CLAIRE BONNETT

Das romantische Château in Frankreich –
Ein Neuanfang für Élodie

Weitere Titel der Autorin:

Sommerglück in der Bretagne

Das romantische Château in Frankreich – Aufregende Zeiten in Courléon

Das romantische Château in Frankreich – Hochzeit mit Hindernissen

Über die Autorin:

Claire Bonnett, geboren 1997, wuchs in einem lebhaften Haushalt voller Bücher auf und begann bereits als Kind eigene Geschichten zu schreiben. Kreative Unterstützung erhält sie dabei von einer Notizbuchsammlung und einem elektrischen Klavier. Die besten Zutaten für ihre Romane findet die Autorin allerdings im Alltag, der ihrer Meinung nach immer noch die verrücktesten Ideen bereithält. Man muss sie nur aufschreiben.

Claire Bonnett

DAS ROMANTISCHE Château IN Frankreich

Ein Neuanfang für Élodie

Lübbe

Vollständige Taschenbuchausgabe
der bei Bastei Lübbe erschienenen E-Book-Ausgabe

Copyright © 2024 by Bastei Lübbe AG,
Schanzenstraße 6 – 20, 51063 Köln

Vervielfältigungen dieses Werkes für das
Text- und Data-Mining bleiben vorbehalten.

Umschlaggestaltung: Guter Punkt, München unter der Verwendung
von Motiven von © istockphoto: pharut und © iStock/Getty Images Plus:
Ekaterina Skorik, kameshkova, Punnarong, Maltiase
Satz: 3w+p GmbH, Rimpar
Gesetzt aus der Adobe Caslon Pro
Druck und Verarbeitung: GGP Media GmbH, Pößneck

Printed in Germany
ISBN 978-3-404-19342-4

1 3 5 4 2

Sie finden uns im Internet unter luebbe.de
Bitte beachten Sie auch: lesejury.de

Kapitel 1

»Bitte schön, Madame, Ihr *café au lait* und ein *pain au chocolat.*«

Vorsichtig stellte ich den Teller mit dem Gebäck und die dampfende Tasse auf dem runden Holztisch ab. Das schaumige Herz auf dem Café schwappte dabei bedenklich nach rechts.

Die ältere Dame am Tisch sah mit irritierter Miene erst zu dem Getränk und dann zu mir. »Ich habe aber ein ganz normales Croissant und einen Kaffee ohne Milch bestellt«, teilte sie mir auf Englisch mit. »Ich vertrage keine Milch.«

»*Mince!*« Peinlich berührt kratzte ich mich am Hinterkopf. »Ja, gut, dann bringe ich Ihnen jetzt besser mal das Richtige, oder? *Un instant s'il vous plaît!*«

Ich schnappte mir so hastig die Tasse und das *pain au chocolat*, dass ein paar Spritzer des Heißgetränks doch noch auf der Tischplatte landeten.

»Entschuldigen Sie, ich bringe gleich Servietten!«, rief ich über meine Schulter und machte mich dann schnurstracks auf den Weg zurück zur Küche. An diesem Tag schien alles schiefzulaufen. Hatte die Dame wirklich ein Croissant bestellt? Vielleicht hatte mich ja das ewige Chanson-Gedudel aus den Lautsprechern aus dem Konzept gebracht.

Das kleine Bistro, in dem ich kellnerte, verkörperte bis ins letzte Detail, was Touristen sich unter »typisch französisch« vorstellten. Eilig schlüpfte ich unter einer Girlande aus rot-weiß-blauen Flaggen hindurch zurück in die Küche.

»Ähem, sie wollte doch ein Croissant«, verkündete ich dort. »Und Servietten bräuchte ich noch.«

»Na, so was.« Mein Vorgesetzter Monsieur Charlier bedachte mich mit einem strengen Blick. »Unsere Frau Anwältin scheint heute Konzentrationsschwierigkeiten zu haben.«

Im Bistro arbeiteten hauptsächlich Studenten, und mein Chef hatte die merkwürdige Angewohnheit, uns mit unserem Berufsziel anzusprechen. Das hieß, es gab einen Herrn Lehrer, eine Frau Biologin und natürlich mich, die Frau Anwältin. Nur leider wollte ich heute noch weniger als sonst an meine akademische Laufbahn erinnert werden.

»Das Leben als Anwältin ist nun mal hart«, erwiderte ich düster. »Besonders das einer angehenden Anwältin.«

»Einspruch abgelehnt.« Charlier packte ein Croissant mit ein wenig Butter und Marmelade auf einen kleinen Teller mit Goldrand. »Und jetzt sieh zu, dass du der Dame die richtige Bestellung servierst.«

»Oui, Monsieur!«

Ich schnappte mir den Teller mit dem Croissant und ein paar Servietten und eilte so schnell ich konnte zurück in den Gastraum. Es war an diesem Morgen gut besucht, besonders von Touristen, die sich bei typisch französischem Flair durch alle Köstlichkeiten des Landes probieren wollten. Das Stimmengewirr und die vielen gezückten Kameras und Smartphones, um ein paar Erinnerungsfotos zu schießen, machten mich nervös. Ganz abgesehen von den Kleinkindern, die in regelmäßigen Abständen gegen meine Beine prallten.

»So, aber jetzt, Madame«, sagte ich, als ich beim richtigen

Tisch angekommen war. »Ein herrlich frisches, luftig leichtes Croissant für Sie.« Ich stellte den Teller vor ihr ab.

Mein Gast bedachte mich lediglich mit einem vernichtenden Blick. »Und was ist mit meinem Kaffee ohne Milch?«

»*Merde.*«

Ich bemerkte selbst, wie sich mehrere Gäste zu mir umdrehten. Zu Recht. So gründlich sah man wohl selten eine Kellnerin die Bestellung vermasseln. Mir wurde heiß.

»Es tut mir unendlich leid, Madame! Ihr *café sans lait* kommt natürlich auch sofort.«

»Wann haben Sie denn bitte hier angefangen?«, schimpfte nun die Dame. »Heute Morgen?«

»Ich bin normalerweise wirklich nicht so schusselig, aber heute … heute habe ich einfach einen schlechten Tag. Wissen Sie, ich studiere an der Sorbonne und –«

Ich wurde von der majestätisch erhobenen Hand der alten Dame unterbrochen. »Ich bin nicht hierhergekommen, um *Ihren* schlechten Tag auszusitzen, Mademoiselle. Machen Sie sich also nicht die Mühe, ich suche mir lieber ein anderes Bistro.«

Mir klappte erschrocken der Mund auf, als sie ihren Stuhl mit einem knarzenden Geräusch zurückzog und sich vom Tisch erhob. »*Au revoir!*«

Und ehe ich noch etwas sagen oder tun konnte – wobei ich wirklich nicht wusste, wie dieser Notfallplan ausgesehen hätte –, schlug die Tür des Bistros hinter ihr zu. *Zut alors.* Ich biss die Zähne zusammen und beugte mich nach vorn, um das unberührte Croissant wieder wegzutragen. Wer weiß … wenn ich es irgendwo versteckte und die Rechnung selbst beglich, würde Charlier vielleicht niemals davon …

»Das war ja eine traurige Vorstellung.«

Nur ein letzter Rest Geistesgegenwärtigkeit verhinderte, dass ein Croissant mitsamt Butter und Marmelade auf dem Bistroboden landete. Direkt hinter mir stand mein Chef.

Charlier hatte die Augenbrauen hochgezogen und die Arme über seinem ausladenden Bauch verschränkt. Zwei Sekunden lang sahen wir uns an, während ich vor Peinlichkeit ein paar Zentimeter zusammenschrumpfte. Dann nickte er mit dem Kinn in Richtung Küche. Wie ein Häufchen Elend folgte ich ihm. Kaum dass wir die Frankreichgirlande passiert hatten, ging es auch schon los.

»Élodie Vinet! Man könnte meinen, du hättest heute Morgen deinen Kopf zu Hause gelassen! Wenn es nicht mal zum Kellnern reicht, bin ich nicht sicher, ob er überhaupt zu etwas taugt.«

»Es tut mir leid, Monsieur. Es ist nur … Sie wissen schon, der Stress. Ich bin heute ein wenig …«

»Das ist mir egal. Wir befinden uns hier nicht in deiner Universität, sondern in meinem Bistro. In Paris. In der Stadt der Liebe, *compris*? Meine Gäste wollen verzaubert werden und sich nicht mit den seelischen Nöten ihrer Bedienung befassen. Und überhaupt, mit Anfang zwanzig sollte man sich doch wohl etwas besser im Griff haben.«

»Mitte zwanzig«, korrigierte ich unwillkürlich.

»Ich gebe dir jedenfalls für den Rest des Nachmittags frei.« Monsieur Charlier wirkte sehr bestimmt. »Deine Leichenbittermiene ist in meinem Laden fehl am Platz.«

»Aber –«

»Der Herr Lehrer wird für dich einspringen, und jetzt Marsch nach Hause. Und komm ja nicht auf die Idee, noch mal so kopflos zur Arbeit zu erscheinen, sonst kannst du dir gleich eine neue Stelle suchen.«

Das Gesicht, das ich daraufhin machte, rechtfertigte meinen vorzeitigen Feierabend wahrscheinlich nur noch zusätzlich.

»Ja, Monsieur …«

Niedergeschlagen zog ich meine Schürze aus und verließ kurz darauf zur schwungvollen Melodie von »Les Champs

Élysées« das Bistro. Dabei befand ich mich gar nicht auf der französischen Prachtstraße. Vielmehr schlurfte ich mit eingezogenem Kopf die verwinkelten Gassen von Montmartre entlang, vorbei an Patisserien in blassrosa Gebäuden, malerisch mit Efeu umrankt. Apropos malen: Hier konnte man an jeder Ecke ein Porträt von sich anfertigen lassen.

Vorfreudige Touristen saßen auf wackligen Holzstühlen, während sich die Künstler und Künstlerinnen hinter weißen Leinwänden verschanzten und in ihr Werk vertieften. Jetzt, da der Frühling in der Stadt angekommen war, stahlen sich sogar ein paar goldene Sonnenstrahlen durch die grauen Wolken. Jede Menge verschiedene Sprachen verflochten sich zu einem Klangteppich. Die Atmosphäre war entspannt und voller Leichtigkeit. Ich mit meiner »Leichenbittermiene« passte nicht in dieses Urlaubsparadies.

Mir entwischte ein tiefer Seufzer, als ich schließlich die vielen, vielen Stufen des Montmartre zurück zur Metro-Station hinuntertrabte. Dabei gab es eigentlich gar keinen richtigen Grund für ein finsteres Gesicht. Allerdings hatte ich mich seit heute Morgen immer noch nicht getraut, die Mail zu öffnen, die in meinem Postfach gelandet war. Die mit dem unheilvollen Betreff: *Ihre Prüfungsergebnisse.*

Als ich kurz darauf in der Metro saß, neben einem adretten Herrn im Anzug, verbrachte ich Fahrt an drei Stationen vorbei damit, nervös meine Hände zu kneten, nur um schließlich doch wieder mein Handy aus der Tasche zu ziehen. Es wurde Zeit, dass ich endlich diese Nachricht öffnete. Aber ich konnte es nicht. Ich starrte einfach nur wie hypnotisiert auf die Betreffzeile, während mein Finger unentschlossen über dem Display schwebte.

»Trauen Sie sich, Mademoiselle.«

Verdutzt wandte ich mich von meinem Handy ab und blickte in das Gesicht des älteren Herren, der neben mir saß.

Er schenkte mir ein ermutigendes, wenngleich etwas mitleidiges Lächeln.

»Vom Herauszögern wird es auch nicht besser, glauben Sie mir.«

Wenn jetzt sogar schon die Leute in der U-Bahn Mitleid mit mir hatten, musste ich wirklich wie ein besonders armes Häufchen Elend aussehen.

»Ich weiß, aber ich bin mir nicht sicher, ob ich es durchstehe, wenn ich durch die Abschlussprüfung gerasselt bin.«

»Ach was!« Mein redseliger Sitznachbar machte eine wegwerfende Handbewegung. »Prüfungen kann man doch wiederholen.«

»Hmmh …« Ich wollte nicht zugeben, dass es sich schon um meinen dritten Anlauf handelte. Zum Glück las ich in diesem Moment auf der Anzeigentafel, dass ich ohnehin aussteigen musste. »Hoffentlich wird das nicht nötig sein.« Ich erhob mich rasch von meinem Sitz. Die Metro kam mit einem Ruck zum Stehen, woraufhin ich gegen eine metallene Haltestange prallte. »*Au revoir, Monsieur!*« Ich rieb meine schmerzende Schulter und verließ die Metro.

Das Viertel, das ich kurz darauf betrat, war nicht ganz so malerisch wie Montmartre. Aber wenn man Paris noch nicht allzu lange kannte, konnte man dort eigentlich alles irgendwie romantisch finden. Selbst den Müll in den Abflussrinnen, die Graffitis an den beigen Mauern oder die omnipräsenten Baugerüste über den Bürgersteigen.

Ich zumindest hatte das alles zutiefst abenteuerlich gefunden, als ich vor fast fünf Jahren hierhergezogen war. Raus aus der öden *province*, rein in die Hauptstadt! Ich hatte dabei ein sehr verklärtes Bild meiner selbst im Kopf gehabt. Von einer Élodie Vinet, die wie eine echte *Bohemienne* aufregende Partys besuchte, bis spät in die Nacht mit Studenten diskutierte und nebenbei noch den Lernstoff wuppte. Nun, streng genommen hatten sich einige Teile des Bohème-Lebens tatsächlich bewahrheitet.

Ich kam vor einem majestätischen alten Gebäude zum Stehen. Ein für Paris so typischer Haussmann-Bau mit hellen Mauern und einem runden, grau schimmernden Dach aus Zink. Ich tippte den Zahlencode an der Eingangstür ein und schob sie mit der Schulter auf. Routinemäßig warf ich einen Blick hinüber zum Aufzug. Er wurde immer noch repariert.

Fünf Minuten später erreichte ich also mit rotem Gesicht und Seitenstechen das Zentrum meines Lebens in der Hauptstadt. Eine winzige Kammer unter dem Dach. Im Winter bildeten sich dort manchmal beim Atmen kleine Wölkchen, und im Sommer verlor man vor Hitze fast den Verstand. Wenn das nicht *bohèmien* war, wusste ich es auch nicht. Als ich eintrat, fasste ich den vagen Plan, mich mit Kühlschrank-Resten zu stärken, bevor ich einen neuen Versuch unternahm, das Ergebnis meiner Prüfungsleistung zu erfahren.

»Manchmal kannst du schon ein furchtbarer Angsthase sein«, murmelte ich deprimiert, als ich meine Jacke und meine Tasche an den Haken an der Eingangstür hängte. Wer es merkwürdig fand, dass ich es nicht über mich brachte, Nachrichten zu öffnen, sollte mich erst mal erleben, wenn ich vor der Aufgabe stand, einen Zahnarzttermin auszumachen.

Das Herz rutschte mir in die Hose, als in diesem Moment mein Handy klingelte. Einen Moment lang befürchtete ich, es wäre Charlier, der beschlossen hatte, mich doch noch zu feuern. Aber es war nicht Charlier, stellte ich erleichtert fest.

»*Coucou, Solène!*«, rief ich ins Handy.

»Hallo, Élodie.« Im Gegensatz zu mir hatte meine beste Freundin einen strengen Ton angeschlagen. Ich ging schlagartig mögliche Verfehlungen durch, bis ich zum Schluss kam, dass Solène erst im Oktober Geburtstag hatte, ich ihr umwerfendes Minikleid wirklich nur geliehen und mit ihrem Ex-Freund niemals ein weiteres Wort gewechselt hatte.

»Also was ist jetzt?« Noch immer glich ihr Ton einem Verhör.

»Ist was …?«, hakte ich vorsichtig nach.

»Na, hat es diesmal geklappt, *chérie?*«

Ich hätte es wissen müssen. Meine beste Freundin war so gut organisiert, sie hatte sogar auf dem Schirm, an welchem Tag ich die Ergebnisse meiner Abschlussprüfungen erhalten sollte. Da sie selbst mit mir Jura studiert hatte, war sie mit den Abläufen bestens vertraut.

»Na jaaa …«

»*Chérie,* du setzt dich jetzt hin und machst endlich deine Mail auf.«

Um ehrlich zu sein, war ich ganz dankbar für Solènes Anruf. Er war der Tritt in den Hintern, den ich gerade dringend benötigte.

»Okay, okay«, erwiderte ich gespielt widerstrebend und ließ mich auf den einzigen Stuhl in meinem winzigen Zimmer fallen. Mein Herz pochte wie verrückt, als ich mein Smartphone auf die Tischplatte legte und Solène auf Lautsprecher stellte. Am liebsten hätte ich wieder gekniffen, doch schließlich tippte ich auf die Nachricht und öffnete die Mail.

Sehr geehrte Madame Vinet, stand dort, alles Weitere nahm ich kaum wahr. Fahrig huschte mein Blick über den Text, bis ich an der entscheidenden Stelle hängen blieb … Ein dumpfes Gefühl breitete sich in meiner Magengegend aus. Ich hatte es geahnt.

»Jetzt spann mich nicht auf die Folter, Élodie.« Für einen kurzen Moment hatte ich fast vergessen, dass ich gleichzeitig ein Telefonat führte.

»Ich befürchte, es ist an der Zeit, der Wahrheit ins Auge zu sehen: Aus mir wird in diesem Leben keine Anwältin mehr.«

»*Mon œil!* Du übertreibst mal wieder.«

»Aber das ist schon das dritte Mal, dass ich durch die Abschlussprüfung gerasselt bin.« Ich überflog erneut den kurzen

Text. »Sogar mit noch weniger Punkten als beim letzten Mal!« Frustriert vergrub ich den Kopf in den Händen.

»Hast du denn das Gefühl, du hast wirklich *alles* in deiner Macht Stehende getan, um dich auf diese Prüfung vorzubereiten?« Man merkte wirklich, dass meine beste Freundin im Gegensatz zu mir die geborene Juristin war. Sie scheute sich nie, unangenehme Nachfragen zu stellen.

Ich hob wieder den Kopf. »Na ja …« Wenigstens konnte sie nicht sehen, wie ich nervös auf meinem Stuhl herumrutschte.

»Dachte ich es mir doch.« Solènes Stimme wurde jetzt ein wenig sanfter. »Du kannst das schaffen, Élodie. Du musst dich nur einmal wirklich auf die Prüfung konzentrieren.«

»Aber ich hab mich doch –« Das Schnauben meiner besten Freundin unterbrach mich.

»Und *ich* habe deine Instagram-Stories verfolgt, *chérie*. Du warst in der Vorbereitungsphase zehnmal öfter auf irgendwelchen Festivals, Konzerten und Theaterpremieren als in der Bibliothek.«

Mit einem Seufzen bekannte ich mich schuldig im Sinne der Anklage. Mich fesselte das kulturelle Leben in Paris schon immer wesentlich mehr als die Frage, unter welchen Umständen Nachbar Garnier sonntags die Hecke schneiden durfte.

»Sperr dich in deiner Wohnung ein, wenn es hilft«, sagte Solène streng. »Hauptsache, du lässt dich bei deinem vierten Anlauf nicht ablenken. Meine Mittagspause ist leider gleich zu Ende. Wir können später noch telefonieren, wenn du möchtest. Jetzt sieh erst mal zu, dass du den Schock verdaust. *À bientôt, chérie.*« Weg war sie.

Ich ließ mein Handy auf dem quadratischen Esstisch liegen, als ich aufstand und mich dem einzigen Ort zuwandte, wo ich heute noch ein wenig Trost finden konnte: meinem Vorratsschrank. Ich schnappte mir eine Flasche Rotwein – in der Voraussicht gekauft, um meinen bestandenen Abschluss

zu feiern. Als ich kurz darauf mit meinem frisch eingegosse-
nen Glas wieder am Tisch saß, fühlte ich mich allerdings nur
noch schlechter. Was für ein mieser, mieser Tag das doch war.
Müde blinzelnd blickte ich auf das schwarze Handy-Display
hinab.

Bei Solène klang alles immer so einfach. *Lass dich nicht ablenken, chérie.* Wenn einen Rechtsfragen nicht die Bohne interessierten, wurde sogar der QR-Code auf einer Mineralwas-
serflasche plötzlich interessant. Und selbst wenn ich mich mal
an den Schreibtisch meiner »Wohnung« zwang, wie Solènes
das winzige Dachkämmerchen nannte, bekam ich schon nach
wenigen Stunden Beklemmungsgefühle.

Obwohl man sich in meinem winzigen Zimmer kaum umdrehen konnte und die Klospülung regelmäßig kaputt ging,
musste ich lange Stunden in Charliers Bistro kellnern, um die
Miete bezahlen zu können. Wenn man auch noch beschloss,
ein Privatleben haben zu wollen, kamen die Vorbereitungen
für die juristische Abschlussprüfung durchaus mal zu kurz.

Nur leider halfen all diese Rechtfertigungen nicht über die
Tatsache hinweg, dass meine beste Freundin recht hatte. Mit
meiner bisherigen Herangehensweise würde ich auch beim
nächsten Versuch nichts erreichen und eine ewige Studentin
bleiben.

Der Gedanke war derart niederschmetternd, dass ich nun
doch einen Schluck Wein nahm. Währenddessen konnte ich
hören, wie einige Tauben auf dem Dach landeten. Ihre Flug-
manöver äußerten sich regelmäßig in einem leisen »Klonk«
über meinem Kopf. Die ersten paar Male hatte ich mich noch
zu Tode erschrocken.

Mein Blick glitt über den Rest meines kleinen Zimmers.
Die Poster von Konzerten, die ich aufgehängt hatte, die zahlreichen Bücher und Postkarten von Flohmärkten, für die eigentlich überhaupt kein Platz war und die sich in die kleinsten
Winkel in den Regalen und Wandnischen drängten. Und

dann natürlich das Bild vom Eiffelturm, das ich nach meinem Einzug auf das Rollo vor meinem einzigen Fenster geklebt hatte. Einfach damit ich so tun konnte, als hätte ich von meinem Zimmer die beste Aussicht der Welt.

Aber all diese Dinge, die Souvenirs von meinen Streifzügen durch Paris, sie erinnerten mich im Grunde nur daran, dass Solène gesagt hatte, ich schöbe etwas vor mir her. Und es stimmte. Ich zögerte halb absichtlich, halb unbewusst das nächste Kapitel meines Lebens hinaus.

Die meisten Kommilitonen meines Jahrgangs hatten ihr Studium schon längst beendet. Solène arbeitete seit fast einem Jahr für eine schicke Anwaltskanzlei im 4. Arrondissement. Nur ich dümpelte unentschlossen vor mich hin, schwankend zwischen dem Wunsch, ebenfalls die Abschlussprüfung zu bestehen, und der Angst vor dem, was danach kommen sollte. Denn eine Karriere im französischen Justizsystem, das konnte ich mit Sicherheit sagen, würde mich nicht glücklich machen.

Das war keine besonders neue Erkenntnis, aber um die vielen Jahre Studium einfach hinzuschmeißen, komplett neu anzufangen, hatte mir einfach der Mut gefehlt. Zum jetzigen Zeitpunkt ohne Abschluss etwas Neues auszuprobieren erschien selbst mir wahnwitzig.

Nachdenklich lehnte ich mich zurück und verschränkte die Hände hinter dem Kopf. Solène hatte recht. Ich brauchte einen Ort, so arm an Überraschung und Ablenkung, dass einem fast nichts anderes übrig blieb, als Gesetzesbücher zu wälzen. Und gleichzeitig würde mir diese Ruhe vielleicht dabei helfen, herauszufinden, was ich wirklich vom Leben wollte.

Mein Blick blieb nun an einem anderen Punkt in meinem Zimmer hängen. Es war ein Foto von einer weiten grünen Landschaft, aufgenommen von einer kleinen Anhöhe. Eine kleine Ansammlung von Natursteinhäusern drängte sich in der Ferne an eine einsame Landstraße. Man konnte auf den ersten Blick wirklich nicht sagen, ob jemand das Bild Anfang des zwanzigsten Jahrhunderts oder letzten Monat aufgenommen hatte. Ich lächelte schief. Manchmal lagen die Lösungen doch viel näher, als man dachte.

Kapitel 2

In Paris hatte ich die Anschaffung eines Autos nicht mal in Erwägung gezogen. Also setzte ich mich am nächsten Morgen am *Gare de l'Est* in einen Zug nach Westfrankreich. In die Pays de la Loire. Am Steuer eines Autos hätte ich auch nicht so viel Gelegenheit dazu gehabt, aus dem Fenster zu schauen und mitzuverfolgen, wie die dicht gedrängten Häuserzeilen der Großstadt langsam ausdünnten.

Die dicken Scheiben des TGV spiegelten mein nachdenkliches Gesicht, als wir die Pariser Vororte verließen. Instinktiv hob ich die Hand, um mein langes glattes Haar zurückzustreichen. Meine unermüdlichen Sparversuche hatten in den letzten Jahren dafür gesorgt, dass es mir fast bis zur Hüfte reichte. Solène hatte einmal angeboten, mir mithilfe eines YouTube-Tutorials eine aufregendere Frisur zu zaubern, aber es gab Dummheiten, die selbst mir unheimlich waren. Außerdem war mein langes Haar eines der wenigen Attribute, die ich aufrichtig an mir mochte.

Maman hatte meine Gesichtszüge immer »individuell« genannt. Eine interessante Beschreibung für meinen schmalen Mund und den kleinen Höcker auf meiner Nase, den ich allerdings nicht ihr, sondern meinem Vater zu verdanken hatte. Es war nun nicht so, dass ich besondere Abneigung gegen mein Äußeres hegen würde, aber viel Zeit verbrachte ich in der Regel auch nicht damit, selig in den Spiegel zu lächeln.

Mein Blick fiel auf die kleine Sorgenfalte, die sich über meinem Nasenbein gebildet hatte. Vermutlich stammte sie von dem Gedankengang, was heute noch auf mich zukommen würde, denn ich hatte meine Eltern die letzten zwei Jahren nicht besucht. Streng genommen, seitdem ich damit angefangen hatte, regelmäßig durch alle Prüfungen zu fallen.

Die Vorstellung, dass Maman immer noch stolz unseren Nachbarn erzählte, dass ihr einziges Kind als Anwältin Karriere machte, versetzte meinem Herzen einen kleinen Stich. Sie hatte nie etwas dagegen gehabt, dass ich nach dem Bac erst mal dreihundert Kilometer von meiner Heimat weggezogen war. Der Rest von Courléon? Der hatte nur unwillig mit dem Kopf geschüttelt und missmutig ein paar Sätze über die Jugend gemurmelt, die das Landleben nicht mehr zu schätzen wisse. Die Wahrheit war allerdings: Wer in Courléon lebte, musste schon die absolute Ruhe lieben, um dort auf Dauer glücklich zu werden. Oder wie ich es als Teenagerin meist genannt hatte: die absolute Langeweile.

Nur sehr langsam vergingen die Stunden im Zug, und weil ich zu nervös war, um zu lesen, ja sogar, um sinnlos auf meinem Handy durch das Internet zu scrollen, sah ich weiter dabei zu, wie sich die Landschaft draußen wandelte. In Touristenbroschüren wurde die Pays de la Loire selten als »absolut langweilig« beschrieben. Und im Grunde war sie das auch nicht. Tatsächlich stellte ich zu meiner eigenen Überraschung fest, dass auch ich das nicht länger so wahrnahm.

Wenn ich früher angesichts weiter grüner Wiesen, uralter Wälder und verwunschener Schlösser – es gab ganze vierhundert davon – eher mit den Augen gerollt hatte, verspürte ich mittlerweile ein aufgeregtes Kribbeln im Bauch, als ich dorthin zurückkehrte. Und angesichts dieser Vorfreude wurde mir allmählich selbst bewusst, wie unglaublich angespannt ich in den letzten Monaten gewesen war. Eine Welle von Müdigkeit erfasste mich, und ich bemerkte, wie mir beim Betrachten der vertrauten Landschaft draußen immer wieder die Augen zufielen ...

Zum Glück war der Bahnhof von Angers nicht nur mein Zielort, sondern auch die Endstation des Zuges. Sonst wäre ich womöglich noch viele, viele Stationen weitergefahren und in einem Kaff, noch weiter von Paris entfernt als mein Heimatdorf, gelandet. In meinem Abteil saßen nicht mehr viele Personen, und auch als ich durchs Fenster den Bahnhof betrachtete, bestätigte sich mein Eindruck, dass wie immer wenig los war. Schwungvoll hievte ich meinen Koffer von der Ablage unter der Decke und machte mich auf den Weg zum Bahnsteig. Ich hatte meinen Eltern heute Morgen meine ungefähre Ankunftszeit durchgegeben.

»Élodie! *Je suis ici!*« Ich erkannte Maman nicht nur daran, dass sie die Person war, die am heftigsten winkte, als ich ausstieg. Sie stach auch sonst aus jeder Menschenmenge heraus.

»Maman!« Lächelnd ging ich den Bahnsteig hinunter, während mein kleiner Rollkoffer hinter mir her schlingerte. Mit Küssen auf die Wange hielt sich meine Mutter nicht lange auf, sie fiel mir direkt um den Hals.

»Es ist so schön, dich mal wieder zu Gesicht zu bekommen!«, verkündete sie, kaum dass wir uns wieder voneinander gelöst hatten.

»Ich freue mich auch«, erwiderte ich. »Ist das Muster neu?«

»Gefällt es dir?« Liebevoll strich Maman über ihren orangen Strick-Cardigan. An den Ärmeln befanden sich lange grüne Fransen, wie sie ein Cowboy tragen würde. Nur eben nicht aus Leder, sondern aus Wolle. »Ich hatte noch ein paar Reste übrig, die unbedingt verarbeitet werden wollten. Papa be-

hauptet aber, die Jacke sieht aus wie eine schimmelige Warn-
weste.«

Ich musste schmunzeln.

»Er hat ja keine Ahnung«, versicherte ich sofort. »Du
weißt, *ich* liebe deine Kreationen.«

»Pah, den letzten Pullover, den ich dir gestrickt habe, hast
du kein einziges Mal getragen«, antwortete Maman. »Aber
nun komm, Papa kann es auch kaum erwarten, dich wiederzusehen. Er konnte leider nicht mitkommen, um dich abzu-
holen. Wir erwarten heute einen Haufen Gäste, musst du wissen.«

Meine Eltern leiteten einen kleinen Gasthof, die *L'Auberge
Vinet*. Der perfekte Ort für Leute, die mal so richtig ausspan-
nen wollten – oder Digital Detox ausprobieren. Das Netz in
Courléon war katastrophal. Besonders überlaufen war die Un-
terkunft noch nie gewesen. Meistens hatte es gerade so gereicht, um über die Runden zu kommen, weshalb es mich
umso mehr erstaunte, dass dort auf einmal riesiger Andrang
herrschen sollte.

»Dann lass uns doch gleich fahren«, schlug ich also vor.
»Und keine Sorge, ich nehm den schon.« Ich schnappte meiner Mutter den Koffer weg und zog ihn in Richtung Ausgang
des Bahnhofs.

»Du musst mir alles erzählen!«, sagte Maman, die mich
mit entschlossenen Schritten einholte. »In den letzten Monaten habe ich ja fast gar nichts mehr von dir gehört.«

»Ja, das … stimmt leider.« Ich schob die riesige Flügeltür
auf, die den Ausgang markierte. »Ich war ziemlich beschäftigt.«

»Das verstehe ich natürlich«, erwiderte Maman, und angesichts ihres verständnisvollen Tons wollte ich am liebsten laut
rufen: *Aber nicht so wie du denkst. Ich habe jede Menge Zeit
auf irgendwelchen Konzerten verplempert.* Nur fiel es mir leider schon schwer genug, das für mich selbst im Stillen zuzu-

geben. Zum Glück ließ meine Mutter das Thema vorerst fallen, als wir den Parkplatz betraten, wo ich Ausschau nach unserem alten Van hielt.

»Wir haben mittlerweile ein neues Auto.« Maman zeigte auf einen grauen Wagen, einige Meter entfernt. »Der alte Van ist kaputt gegangen, gab einen kleinen Unfall.«

»Oh …« Ich wollte gerade fragen, warum sie mir nichts erzählt hatte, bis mir klar wurde, dass man nichts anderes erwarten konnte, wenn man durch Abwesenheit glänzte. Meine armen Eltern, die Neuanschaffung hatte wahrscheinlich ein ziemliches Loch in die Kasse gerissen. Ich verstaute mein Gepäck im Kofferraum des Autos und begab mich dann noch vorn zu meiner Mutter. Müde ließ ich mich auf den Beifahrersitz fallen. Obwohl ich im Zug nicht viel mehr getan hatte, als aus dem Fenster zu starren und dabei einzunicken, fühlte ich mich erschöpft.

»Hier!« Ehe ich blinzeln konnte, hielt mir Maman eine halb geöffnete Tüte hin, und mir stieg der verführerische Duft von Schokoladen-Éclairs in die Nase. Das wirkte besser als zwei Tassen Kaffee.

»Als Claudine gehört hat, dass du zu Besuch kommst, hat sie gleich einen ganzen Haufen davon gebacken«, bemerkte Maman, ließ die Tüte in meinen Schoß fallen und startete dann den Motor.

»*Très gentil!*«

Claudine war unsere Nachbarin und so etwas wie die Dorfbäckerin. Für eine echte Bäckerei war Courléon zu klein, aber da Claudine gefühlt den ganzen Tag damit verbrachte, Torten, köstliches Gebäck und Brot zu zaubern, fühlte man sich nie unterversorgt – und hütete sich selbstverständlich davor, es sich mit der rüstigen Rentnerin zu verscherzen.

»Wie geht es ihr?«, fragte ich, während wir Angers verließen und kurz darauf auf eine einspurige Landstraße gelangten. »Wie geht es Courléon?«

»Claudine geht es ganz gut. Bernouille hat ihr nun doch eine Bulldogge von seinem letzten Wurf aufgeschwatzt, und die hält sie ordentlich auf Trab. Hat letztens eine halbe Packung Mehl verspeist. Unsere Tinette ist auch nicht begeistert von ihrem neuen Nachbarn. Du weißt ja, jedes Mal wenn sie einen Hund sieht, stehen ihr alle Haare zu Berge.«

»Katzen wissen sich ja zum Glück gut zu wehren. Also geht ansonsten alles seinen gewohnten Gang in Courléon.« Ich nahm einen großen Bissen von Claudines Schokoladen-Éclaire.

Angers hatten wir schon lange hinter uns gelassen. Kuhweiden, kleine Wäldchen und Kornfelder säumten die Straße, die wir entlangfuhren. Courléon war so klein, dass die Schilder an den Rändern sich gar nicht erst bemüßigt fühlten, dessen Existenz zu erwähnen. Aber da ich die Strecke in- und auswendig kannte, wusste ich, dass wir fast eine Stunde zu fahren hatten.

»Weißt du noch, wie du als Jugendliche immer behauptet hast, bei uns würde nie etwas Spannendes passieren?«, fragte Maman. »Dabei waren wir sogar mal in den Nachrichten.«

»Maman, das war vor elf Jahren.« Ich rollte mit den Augen. Nach einem heftigen Unwetter war in Courléon zwei Tage lang der Strom ausgefallen. Reporter waren damals erschienen, um im Fernsehen das Dorf vorzustellen, das sich unfreiwillig im Mittelalter befand.

»Jedenfalls kannst du nicht länger behaupten, in Courléon wäre es langweilig. Aufregende Dinge sind im Gange.«

»Aufregende Dinge?« Langsam begann mein Hirn, die Hinweise zu verknüpfen. »Haben sie etwa mit der Heerschar von Gästen zu tun, die plötzlich in die Auberge ziehen?«

»O ja, das haben sie!« Selbst vom Beifahrersitz aus bemerkte ich, wie meine Mutter von einem Ohr zum anderen zu strahlen begann.

»Aha.« Aufregende Dinge waren in Courléon meistens,

dass Monsieur Bernouille ein Schwein schlachtete. Aber dafür würden wohl keine zwanzig Leute anreisen. »Magst du mir verraten, was genau das für aufregende Dinge sind?«

»Nein, noch nicht. Ich spanne dich lieber noch ein bisschen auf die Folter. Erzähl du stattdessen etwas von dir. Solltest du nicht langsam mal fertig werden mit deiner Uni?«

Dieser Themenumschwung kam so überraschend, dass ich mich kurz an meinem Éclair verschluckte. »Ja, na ja«, erwiderte ich, nachdem ich ausführlich gehustet hatte. »Ja. Mir fehlt nur noch eine letzte Prüfung, aber die hat es … ganz schön in sich.«

»Verstehe.«

»Aber ich kriege das schon hin«, antwortete ich hastig. »Ich werde lernen bis zum Umfallen, und dann kriege ich das hin!«

»Natürlich wirst du das. Um dich mache ich mir gar keine Sorgen.« Maman nahm eine Hand vom Lenkrad, um beruhigend meinen Unterarm zu tätscheln.

Zu meiner Bestürzung spürte ich auf einmal einen dicken Kloß in meinem Hals. Am liebsten hätte ich meiner Mutter erzählt, wie oft ich schon durch die Prüfung gefallen war. Ich wusste selbst nicht so genau, was mich zurückhielt.

»Ich mache mir schon Sorgen«, sagte ich lediglich.

»Ach, zum Grübeln hast du später noch Zeit. Genieß lieber die Fahrt.« Also blickte ich wieder nach vorn durch die Windschutzscheibe und hörte in der darauffolgenden Stunde dem Radio zu oder meiner Mutter mit dem neustem Klatsch aus Courléon. Schließlich bogen wir von der Landstraße auf einen kleineren schlecht geteerten Weg ein, der in einem sandigen Feldweg endete. Dort befand sich Courléon. Eine Handvoll Häuser, Bauernhöfe, ein bereits vor vielen Jahren vernagelter Dorfladen und jede Menge Kuhställe. Die meisten Gebäude waren aus Naturstein, teilweise sogar noch mit Strohdächern gebaut.

Ich erspähte am Ende des Weges die Krone der dreihundertjährigen Eiche, unter der sich der Boule-Platz des Dorfes befand. Ein Ort, der fast ebenso häufig besucht wurde wie die kleine mittelalterliche Kapelle. Hier hatten meine Eltern geheiratet, und ich wurde dort getauft, doch ich wusste von beiden Ereignissen leider keine Details mehr.

Mir sprang allerdings etwas anderes ins Auge, als meine Mutter in Schritttempo durchs Dorf fuhr. In Courléon parkten jede Menge Autos. Und damit meinte ich nicht die üblichen alten Peugeot-Modelle und Traktoren, sondern schicke Autos, wie man sie eher in der Stadt zu sehen bekam. Und schwarze Kastenwagen mit getönten Scheiben, die den Eindruck erweckten, als gehörten sie einem Geheimdienst. Langsam dämmerte mir, dass Maman tatsächlich nicht übertrieben hatte. In Courléon passierte wohl wirklich etwas Außergewöhnliches.

Ich setzte mich aufrechter hin, um alles besser betrachten zu können. Wir waren nun fast bei dem Gasthof angekommen, den meine Eltern führten und in dem ich aufgewachsen war. Das drei Stockwerke hohe Gebäude war ein ehemaliger Bauernhof, und das nachträglich darauf gebaute dritte Stockwerk sah beinahe so aus wie eine dicke Sahneschicht auf einem hellbraunen Tortenboden.

Über der Eingangstür hing ein großes Schild aus Holz, auf dem in verschnörkelten Buchstaben *L'auberge Vinet* stand. An den breiten rechteckigen Fenstern hingen Blumenkästen mit hellrosa Blüten.

Als ich noch zur Schule ging, hatte mich mal eine Klassenkameradin gefragt, ob es sich nicht seltsam anfühlte, statt nach Hause zu kommen in ein Hotel einzuchecken. Aber erstens war diese Gebäude immer noch viel zu klein und rustikal, um den Titel Hotel zu verdienen, und zweitens kam es nicht auf die Bezeichnung an, sondern auf das Gefühl. Und in die-

sem Moment fühlte ich mich tatsächlich einfach nur angekommen.

Ein kleines Lächeln stahl sich auf mein Gesicht. Zwar hatte
ich immer noch meine Probleme im Gepäck, aber hier, fernab
von Paris, schienen sie plötzlich nicht mehr ganz so schwer zu
wiegen. Maman parkte den Van in der Garage – der ehemalige Pferdestall –, und wir stiegen aus.

»Willst du mir immer noch nicht verraten, was seit Neuestem hier vor sich geht?«, fragte ich, während ich mein Gepäck
aus dem Kofferraum hievte. »Man könnte fast meinen, hier
würde ein EU-Gipfel stattfinden.«

Maman lachte.

»Die armen Politiker hätten hier ihre liebe Not. Wenigstens sind solche Leute frühes Aufstehen gewohnt. Du weißt ja,
wie viele Gäste sich gleich am ersten Tag über Monsieur Bernouilles Hahn beschweren ... Aber nein, hier sind nicht lauter
Politiker eingefallen, etwas viel, viel Spannenderes ist im –«

»Madeleine!«

Mamans Enthüllung wurde im Keim erstickt, als die Tür
zum Gasthof aufflog. Niemand anderes als Papa erschien im
Eingang. Mit nervöser Miene eilte er auf uns beide zu.

»Ah, hallo, Élodie«, sagte er so schnell, dass es ungefähr so
klang wie Halédie. »Madeleine, ich brauche hier unbedingt
deine Hilfe. Du weißt doch, dass ich kein Englisch spreche
und dieser Monsieur ... Monsieur Domingo hat auch noch so
einen unverständlichen spanischen Akzent! Seit mindestens
zehn Minuten redet er schon auf mich ein. Ich bin völlig –«

»Calme-toi, Étienne.«

Maman stemmte mit fliegenden Fransen die Arme in die
Seiten. »Ich komme sofort und helfe dir mit Monsieur Domingo. Aber lass uns doch vorher unsere Tochter ins Haus begleiten.«

»Oh, ja, natürlich.« Papa blickte wieder zu mir. Er schien
erst jetzt wirklich zu begreifen, wer da neben seiner Frau

stand. »Du warst wirklich ewig nicht mehr hier.« Sein Ton klang eher vorwurfsvoll als begeistert.

»Aber dafür konnte sie doch nichts, du weißt doch, sie muss sehr viel für ihre Uni arbeiten«, sagte Maman nachdrücklich. Ich fand es wirklich rührend, wie sie immer von »meiner Uni« sprach, als würden mir dort alle Professoren zu Füßen liegen.

Papa verzog skeptisch den Mund, gab sich aber vorerst geschlagen. »Jetzt lass mich den wenigstens nehmen«, brummelte er und nahm mir den Koffer ab. »Der ist doch viel zu schwer für dich, Kind.«

Nun zu dritt, gingen wir also zurück zum Gasthof. Seit Papa dazugekommen war, herrschte auf einmal eine seltsam unbeholfene Stille zwischen uns.

»Macht euch bereit«, sagte Papa schließlich, als wir vor der Eingangstür standen.

»Bereit wo–«

Doch da hatte mein Vater schon die Tür aufgeschoben und war ins Innere marschiert. Ich sah zu, dass ich hinterherkam.

»*¿Por qué no hay Internet en el albergue? Where's the internet? C'est où?!*«

Verdutzt zuckte ich zurück, als ich plötzlich einem Mann mit sonnengebräuntem Teint und schwarzen Locken gegenüberstand. Er wedelte mit dem Smartphone in seiner Hand herum und brach dabei in einen wilden Wortschwall aus, in dem ich sowohl spanische, englische als auch französische Satzteile identifizieren konnte.

Papa warf Maman einen Blick zu, der so viel ausdrückte wie »Was habe ich dir gesagt?«. Zumindest konnte ich nun verstehen, warum mein Vater leicht panisch vor diesem mehrsprachigen Ausbruch geflohen war. Mamans große Stärke jedoch war, dass sie nicht einmal ein heftig gestikulierender Gast mit aufgeregt blitzenden Augen aus der Ruhe bringen konnte. Stattdessen lächelte sie mild und wartete geduldig, bis der Gast eine kurze Atempause einlegte.

»Sie können doch das WLAN benutzen«, sagte sie langsam auf Englisch. »In ihrem Zimmer liegt ein Zettel mit dem Passwort.«

»Ich habe nichts gefunden«, verkündete der Mann, von dem ich annahm, dass er Spanier war, nun ebenfalls auf Englisch. Doch auch das verdarb Maman nicht die Laune.

»Er muss dort sein, kommen Sie, wir sehen nach«, sagte sie freundlich mit einer Ruhe, die ich schon immer zutiefst bewundert hatte. Sie bedeutete ihrem Gesprächspartner, ihr zu folgen. Ich konnte den Spanier immer noch munter weiterreden hören, während sie die Treppe zum ersten Stock erklommen. Ein wenig fassungslos schüttelte ich den Kopf.

»Was ist denn *hier* los?«

»Hat Madeleine dir nichts gesagt?«, antwortete Papa.

Ich schüttelte den Kopf. »Sie wollte mich lieber noch ein wenig ›auf die Folter spannen‹, um es mit ihren Worten zu sagen. Aber jetzt ist sie mit eurem spanischen Gast abgehauen. Ich befürchte also, du wirst mich aufklären müssen.«

Papa machte ein unzufrieden klingendes Geräusch, dann deutete er mit dem Kinn nach rechts, wo es zur Küche ging. »Na, dann komm mal mit.« Meinen Koffer verstaute er vorläufig neben dem Treppenaufgang, dann folgte ich meinem Vater zur Küche. Dort roch es zu jeder Tageszeit nach Frittierfett, Suppengewürz und Zitronenspülmittel.

»Die sind aber auch wirklich *alle* so«, murmelte Papa verdrießlich, während er einen Sack Kartoffeln von einem Stuhl räumte, damit ich mich setzen konnte. »Alle total durchgeknallt.«

»Langsam reicht es mit den Andeutungen.« Ich ließ mich auf die frei gewordene Sitzgelegenheit fallen – nur wenig eleganter als ein Sack Kartoffeln. »Wer sind denn ›alle‹? Wo kommen sie her? Was macht dieser verrückte Spanier in unserem Gasthof? Wieso parken im ganzen Dorf auf einmal todschicke Autos? Das klingt langsam wie der Anfang von einem Mysteryfilm.« *Und das kann ich für meine Lernpläne überhaupt nicht gebrauchen*, fügte ich im Stillen hinzu.

»Mit deinem letzten Satz hast du es eigentlich schon fast erraten«, erwiderte Papa, der nun damit begann, verschmierte Teller in den riesigen Geschirrspüler zu räumen. Das war typisch für ihn. Sich einfach nur mit jemandem zu unterhalten, ohne gleichzeitig etwas »Sinnvolles« zu tun, erachtete er als Zeitverschwendung. Anders als Maman, die aus Angers kam und damit, wie alteingesessene Dörfler noch immer betonten, »aus der Großstadt«, war Papa in Courléon aufgewachsen. Dass er schon von Kindesbeinen an hart gearbeitet hatte, erkannte man an seiner drahtigen, aber kräftigen Gestalt.

Maman versicherte mir regelmäßig, dass es damals eine ganze Heerschar von Mädchen auf ihn abgesehen hatte, zu einer Zeit, als zu den hart erarbeiteten Muskeln auch noch eine blonde Haarmähne hinzugekommen war. Die kannte ich allerdings nur von den Hochzeitsfotos, die in der Gaststube über dem Kamin hingen.

»Es ist ja nicht so, dass ich mich nicht auch über die vielen Buchungen freuen würde.« Das Klirren von Weingläsern holte mich wieder zurück in die Gegenwart. Mit den Tellern war Papa bereits fertig. »Aber diese Filmleute sind teilweise exzentrisch.«

»Filmleute?«, wiederholte ich. »Du willst mir nicht wirklich erzählen, dass in Courléon –«

»Genauso ist es.«

Mein Kopf schnellte nach rechts, als ich Mamans Stimme erkannte. Mit zufriedener Miene stand sie im Eingang zur Küche. Anscheinend war es ihr gelungen, die Internet-Abstinenz unseres Gastes zu beenden.

»Sie drehen einen Film im Château«, sagte sie jetzt.

»Also nicht wirklich in Courléon«, bemerkte Papa.

»Aber, Papa, das Château gehört doch zu Courléon. Es heißt ja sogar Château Courléon. Und überhaupt ... ein Film?« Ich setzte mich ein wenig aufrechter hin. »Wirklich? Wie konnte denn so etwas passieren?«

»Das Dorf und das Schloss gehören zwar zusammen, aber du weißt ja, wie die Montenaits sind, die haben sich nie groß um die Dorfbewohner geschert. Und jetzt stiften sie auch noch jede Menge Unruhe mit diesem Filmprojekt«, sagte Papa verdrießlich.

»Ach, Étienne, nun sei doch nicht so. Der alte de Montenait mag vielleicht ein eigenbrötlerischer Griesgram gewesen sein, aber seine Enkel sind ganz anders.«

»Guillaume und Nicolas waren seit Jahren nicht mehr hier. Genau wie sie.«

Es brauchte eine halbe Sekunde, bis zu mir durchsickerte, dass mit »sie« ich gemeint war. Nervös fuhr ich mir durchs Haar.

»Nun wirst du aber unfair. Élodie ist nun mal ehrgeizig, und das ist doch wunderbar. Sie arbeitet hart und hat es ganz alleine geschafft, sich in Paris zurechtzufinden. Wir konnten sie ja nicht mal mit der Miete unterstützen, weil ein Gasthof in diesem winzigen Nest so gut wie kein Geld abwirft.«

Papas Gesicht verfinsterte sich, und ein ungutes Gefühl breitete sich in mir aus.

»Ich habe meinen Eltern damals versprochen, den Hof fortzuführen«, sagte er steif. »Daraus stattdessen einen Gasthof zu machen war deine Idee. Das habe ich dir zuliebe getan.«

»Ähm, Entschuldigung?« Ich merkte selbst, wie dünn meine Stimme klang, und räusperte mich. Bahnte sich hier gerade etwa ein Streit an? Ich wollte mit meinem Besuch keine Grundsatzdiskussionen auslösen.

Zu meiner Überraschung verstummten meine Eltern tatsächlich daraufhin. Die unangenehme Stille, die stattdessen entstand, fühlte sich allerdings auch nicht viel besser an.

»Ich denke, ich sollte dann mal meinen Kram auspacken«, sagte ich betont locker. »Oder musstet ihr mein altes Kinderzimmer auch kurzfristig vermieten?«

»Das würden wir doch nie tun«, erwiderte Maman.

»Also ich war kurz davor«, sagte Papa.

Ich lächelte schief. »Dann beeile ich mich wohl lieber, was?«

Ich schob den Stuhl zurück und verließ die Küche. Als ich im Eingangsbereich wieder angekommen war, atmete ich tief aus. Meine Güte, den Besuch bei meinen Eltern hatte ich mir wirklich vollkommen anders ausgemalt. Ich hatte Maman und Papa bisher nur äußerst selten so angespannt erlebt. Ich schob es auf die Tatsache, dass in Courléon ein Film gedreht wurde und die beiden tatsächlich nicht so viele Gäste gewohnt waren.

Ich schnappte mir meinen Koffer und ging an der Treppe vorbei den Gang hinunter. Dort befand sich eine Tür mit einem laminierten Schild, auf dem in Großbuchstaben »Privé« stand. Aber wenn man einen Gasthof führte und in einem winzigen Kaff wohnte, war eigentlich nichts wirklich privat.

Ich schob die Tür auf und betrat die helle Wohnung, durchquerte die Stube, vorbei am Schlafzimmer meiner Eltern, dem winzigen Bad, bis ich beim Zimmer angekommen war, das ich bewohnte. Dass es für eine einzelne Person eigentlich ziemlich groß ausfiel, hatte ich erst begriffen, als ich nach Paris gezogen war. Dort drin gab es genügend Platz für zwei Bücherregale, ein altes Klavier und einen Ohrensessel. Alles war ein wenig verstaubt. Auch wenn ich wusste, dass es sich um mein Zimmer handelte, fühlte es sich etwas fremd an. Ich hatte schon ewig nicht mehr hier geschlafen.

Ich stellte meinen Koffer neben dem Schreibtisch ab. Es war ein wuchtiger Sekretär aus Walnussholz, der ursprünglich mal meinem Großvater gehört hatte. Viel zu groß für eine Élodie, die nur ein paar Mandalas ausmalen wollte, aber wahrscheinlich genau richtig für die, die sich in todlangweilige Gesetzestexte vertiefen musste. Da kamen einem die Mandalas im Vergleich schon wieder verlockend vor.

Der Sekretär befand sich unter dem Fenster meines Zimmers, durch das im Moment ein wenig Licht der tief stehenden Nachmittagssonne fiel. Ich ließ mich auf den schwarzen Bürostuhl sinken – den ich nicht von meinen Großeltern geerbt hatte.

Mein Zimmer lag auf der Rückseite des Hauses, und da der Gasthof am Rand des Dorfes stand, hatte ich von dort aus einen idyllischen Blick auf eine Reihe von Ulmen. Sie markierten den Anfang des kleinen Wäldchens, das zwischen dem Dorf Courléon und dem Château lag. Eine Weile sah ich einfach nur aus dem Fenster und betrachtete das hohe Gras am Waldrand. Sanft bog es sich in der Nachmittagssonne.

Als Kind hatte ich mir vorgestellt, dass es den Eingang zu einem mystischen Reich markierte. Zu einem gewissen Grad hatte das auch gestimmt, immerhin befand sich auf der anderen Seite des Waldes ein mehr oder weniger verwunschenes Schloss. Die Grashalme, die sich sanft wiegten, waren für mich ein Tor gewesen, das mich dazu einlud, diese Welt zu betreten.

Und ich erinnerte mich an die vielen Male, als Maman mir die strenge Anweisung erteilt hatte, mein Zimmer erst zu verlassen, wenn ich: alle Hausaufgaben erledigt hatte / mich wieder beruhigt hatte / mich bei Monsieur Bernouille dafür entschuldigte, seinen Zaun mit Straßenkreide bemalt zu haben. Doch meistens hatte ich mich dann nicht brav an meinen Schreibtisch gesetzt, um über meine Untaten nachzusinnen.

Ein kleines Lächeln stahl sich auf meine Lippen, als ich das Fenster entriegelte und es weit nach innen aufging. Ich setzte mich schwungvoll auf das Fensterbrett. *Bist du nicht schon ein wenig zu alt für so etwas?* Dieser erwachsene Einwand löste sich in dem Moment in Rauch auf, als ich die Beine aus dem Fenster schwang und mit einem kräftigen Satz draußen im Gras landete. Ich atmete tief den Geruch von Wildblumen und Tannennadeln ein. Warum sollte ich nicht mal wieder ein kleines Abenteuer erleben wie damals mit zehn Jahren?

Langsam lief ich durch das fast kniehohe Gras und näherte mich dem Waldrand. In den Geschichten, die ich mir ausgedacht hatte, war es meistens darum gegangen, dass ich eine Kriegerin, Prinzessin oder Spionin gewesen war, die sich allein durch das Gestrüpp schlagen musste. Ihr Ziel: Das kleine Château auf der anderen Seite des Finsterwaldes. Ich hatte ihn selbst Finsterwald genannt, da es sich um ein so kleines Wäldchen handelte, dass ihm die Dorfbewohner nie einen anständigen Namen gegeben hatten. Es waren wirklich wunderbare Geschichten gewesen, die ich mir ausgedacht hatte.

Ich war mittlerweile am Waldrand angekommen, und eine kühle Brise wehte mir entgegen. Ein paar Vögel zwitscherten, und ich konnte bereits den vertrauten Geruch von Moos und feuchter Erde wahrnehmen. Die magischen Tore öffneten sich. Mit einem großen Schritt betrat ich das Wäldchen.

Mir war bewusst, dass es eigentlich auch einen ganz normalen Weg gab, der auf direktem Weg zum Château führte – aber wo blieb da der Spaß? Außerdem hatte ich schon immer die Ruhe genossen, die sich in mir einstellte, wenn man durch die unberührte Natur lief.

Eines der Dinge, die ich in Paris immer vermisst hatte. Selbst wenn man die zahlreichen Parks oder *jardins* besuchte, man hörte doch immer die Polizeisirenen von draußen, das Bellen von Hunden oder irgendeinen Fremden, der auf einem Pappkarton stehend über Politik diskutieren wollte. Hier begegnete einem allenfalls ein Fuchs oder ein Reh – und die nahmen lieber Reißaus, als sich auf Debatten einzulassen.

Unter meinen Füßen knackste es, als ich über den weichen

Boden ging, immer wieder über umgestürzte Bäume stieg oder kleine Pfützen umrundete. Meine Gedanken begannen dabei abzuschweifen und landeten schließlich bei dem Gespräch in der Küche.

Dass im Château auf der anderen Seite der Bäume tatsächlich ein Film gedreht wurde, konnte ich erst glauben, wenn ich es mit eigenen Augen gesehen hatte. Papas verdrießliches Gesicht tauchte vor meinem geistigen Auge auf. *Du weißt doch, wie die Montenaits sind, haben sich nie um das Dorf geschert.*

Ein Geräusch in den Büschen. Mein Kopf schnellte zur Seite. *Der alte Montenait war vielleicht ein Griesgram, aber seine Enkel sind ganz anders.* Ich blieb stehen, betrachtete die dunkelgrünen Blätter eines Holunderbuschs, aus dem zwei kleine Vögel aufstoben. Und auf einmal war ich wieder die neunjährige Élodie, das Kind mit den zaundürren Beinen, das sich mal wieder aus seinem Zimmer fortgestohlen hatte …

»Hallo?« Ich versuche, meine Stimme mutig klingen zu lassen. Dabei fühle ich mich überhaupt nicht mutig. Maman hat immer gesagt, es ist gefährlich, allein im Wald zu sein. Mein Herz pocht heftig. »Ich bin bewaffnet!«, rufe ich, obwohl das überhaupt nicht stimmt, aber in den Krimis, die Maman und Papa abends im Fernsehen schauen, wird es oft gesagt.

Aus dem Schatten einer alten Eiche löst sich auf einmal eine Gestalt. Es ist ein Junge. Sein Gesicht ist schmal, so wie meines und sein Haar ganz kurz und streng geschnitten, was gar nicht zu ihm passt. Ich blinzle. Er sieht nicht gefährlich aus, und ist offensichtlich auch nicht bewaffnet. Jetzt lächelt er. Ein freundliches, aber schüchternes Lächeln.

»Hallo.« Er kommt vorsichtig ein paar Schritte auf mich zu. »Wie heißt du?«

Ich zögere kurz. Maman sagt, man soll nicht einfach so anderen Leuten seinen Namen verraten. Es ist gefährlich. Und ich bin in einem Wald. Also ist es doppelt gefährlich. Aber der Jun-

ge scheint nett zu sein. Ich denke, Maman hätte ihm auch ihren Namen gesagt.

»Élodie.«

»Gefällt mir.« Der Junge lächelt. »Es klingt wie Melodie. Und ich mag Musik. Darum bin ich auch gerne hier.« Er zeigt mit dem Finger zu den Baumkronen. »Hier gibt es immer Musik.«

»Du bist ein bisschen komisch«, stelle ich fest. »Und du kommst nicht aus Courléon.«

»Doch!« Der Junge nickt energisch mit dem Kopf. »Natürlich komme ich aus Courléon.«

Ich schüttle den Kopf, ebenso entschlossen.

»Nein, ich kenne hier alle Kinder. Es sind nicht viele. Also müsste ich auch wissen, wer du bist, aber ich habe dich noch nie gesehen.« Einer plötzlichen Eingebung folgend füge ich hinzu. »Du wohnst doch nicht etwa im Wald?«

Nun lacht der Junge, und ich runzle die Stirn.

»Ich wohne nicht im Wald«, sagt er. »Sondern auf der anderen Seite.«

»Aber da ist doch nur das Schloss«, sage ich. »Das, in das keiner reindarf. Auch du nicht.«

Er lacht wieder, und langsam werde ich wirklich ärgerlich.

»Natürlich darf ich in das Schloss«, sagt er, und ich beginne, ihn noch viel interessanter zu finden. »Ich bin Nicolas de Montenait.«

Ich blinzelte, und die Erinnerung verflog so rasch, wie sie gekommen war. Es war schon so lange her, und trotzdem erinnerte ich mich noch an so viele Details. Sie blitzten nach und nach in meinem Gedächtnis auf, während ich meinen Spaziergang durch den Wald fortsetzte.

Es war nicht bei der einen Begegnung geblieben. Ich entdeckte wieder den kleinen Bach, an dem Nicolas und ich uns gemeinsam eine Geschichte über eine einsame Wassernymphe ausgedacht hatten. Ich lächelte, als ein kleiner Sonnenstrahl auf das plätschernde Wasser fiel.

Nicolas hatte viel Fantasie gehabt. Und weil er so geheimnisvoll wirkte, waren mir manchmal eigene kleine Geschichten über ihn eingefallen. Die Erinnerung daran fühlte sich etwas peinlich an. Denn in einer dieser Geschichten hatte ich mir Nicolas als Zeitreisenden vorgestellt, der auf mich aufpasste.

Ich hatte eine Menge dieser Ideen als Kind im Kopf gehabt. Ich wusste selbst nicht, wohin sie alle mit dem Älterwerden verschwanden. Sie verblassten einfach, ohne dass ich es überhaupt richtig bemerkt hätte. Zumindest bis ich eines Tages wieder über sie stolperte und sowohl erstaunt als auch etwas bestürzt feststellte, wie sehr sie mir fehlten.

War das auch einer der Gründe gewesen, warum es mir so schwergefallen war, hierher zurückzukommen? Ich hatte mich so sehr auf die vermasselten Prüfungen konzentriert, dass alles andere in den Hintergrund getreten war, und ich fühlte mich etwas überfordert von dem, was auf einmal wieder an die Oberfläche gelangte. Also versuchte ich einfach, meine Gedanken ziehen zu lassen, während ich das letzte Stück des Waldes durchquerte.

Die Bäume begannen sich langsam zu lichten, und immer mehr wärmende Strahlen der Frühlingssonne durchbrachen das Blätterdach. Nun war ich fast dort angekommen, wo ich auch Nicolas zum letzten Mal vor beinahe siebzehn Jahren gesehen hatte. Ich war ihm nach einer unserer Verabredungen hinterhergeschlichen.

Obwohl ich mittlerweile ebenfalls davon überzeugt war, dass er nicht im Wald wohnte, wollte ich immer wieder mit eigenen Augen sehen, wie er das Château betrat. Denn das Seltsame war, obwohl ich mich mit dem Schlosserben angefreundet hatte, war das Château ein verbotener Ort geblieben.

Ich hatte den Kopf schief gelegt und Nicolas angebettelt:

Warum gehen wir nicht zusammen zurück? Ich würde so gerne die Gärten sehen. Und er hatte immer nur gesagt, das geht nicht. Er wollte nicht verraten, warum, also fragte ich Maman. Papa hatte daraufhin geantwortet: *Weil der alte Montenait nichts von uns Dorfbewohnern hält. Und Nicolas wird er den Umgang mit dir schleunigst verbieten, du wirst schon sehen ...*

Ich trat zwischen den Bäumen hervor ins Licht der Nachmittagssonne und blickte zum ersten Mal seit langer Zeit wieder zum Château Courléon hinauf. Selbst als Erwachsene fiel es mir nicht schwer, es mir als Schauplatz mystischer Sagen vorzustellen. Dazu brauchte man nur die weißen verwitterten Mauern zu betrachten, die verschachtelte Architektur mit vielen kleinen und großen Rundtürmen und spitzen dunkelgrauen Dächern, die sich aneinanderdrängten, den Efeu, der einige der hohen Fenster fast verdeckte.

Ein kleiner Erker ragte aus dem höchsten der Türme heraus. Ich hatte bei seiner Betrachtung oft darüber nachgesonnen, was für einen Ausblick man wohl von dort oben hatte. Oder was wohl in den Gewächshäusern im Park des Schlosses alles wuchs? Wie es sich anfühlte, über die flaumigen Blätter der Rosen zu streichen, die neben den gekiesten Wegen gediehen? Ein alter Metallzaun, die Spitzen mit Grünspan überzogen, schirmte jedoch all dies von der Außenwelt ab.

Ich hatte trotzdem gehofft, ihn eines Tages mit Nicolas Hilfe zu überwinden. Doch dann war genau das eingetreten, was Papa pessimistisch vorhergesagt hatte. Nicolas verschwand. Ohne Verabschiedung, von einem Tag auf den anderen. Erst hatte ich verärgert, dann besorgt und irgendwann mit trotzigen Tränen in den Augen am Holunderbaum gewartet. Aber er war nicht zurückgekommen.

Und weil man mit neun Jahren noch etwas pragmatischer veranlagt ist, hatte ich mich wieder mit der Handvoll Kinder aus Courléon zusammengetan. Aber keins von ihnen erzählte jemals so wunderbare Geschichten wie Nicolas – oder hatten

Interessen daran, meine zu hören. Nein, sie machten sich lieber einen Spaß daraus, Monsieur Bernouilles Kühe zu ärgern.

Ich seufzte und begann langsam am Zaun entlangzuwandern. Und hier sollte jetzt also tatsächlich ein Film gedreht werden? Nachdem der »alte Montenait« wie Papa ihn nannte, jahrzehntelang nicht mal seine direkten Nachbarn hineingelassen hatte? Hier musste sich wirklich einiges verändert haben.

Neugierig streifte ich am Zaun entlang, bis ich schließlich auf der Vorderseite des Schlosses ankam – und dort perplex stehen blieb. Das hohe schmiedeeiserne Tor am Ende des gekiesten Weges stand einfach sperrangelweit offen. Und die gesamte Auffahrt zum Schloss wurde von drei großen weißen Zelten und mehreren Wohnwagen verstellt. Ich hätte einfach dort hineingehen können, wenn ich gewollt hätte. Auf der Rückseite des Schlosses hatte alles noch so ausgesehen wie vor siebzehn Jahren. Auf der Vorderseite allerdings schien plötzlich ein modernes Zeitalter eingekehrt zu sein. Das war faszinierend und überfordernd zugleich.

Und nun öffneten sich auf einmal die Zelteingänge, und ich sah mehrere Menschen herauskommen, einige trugen Stühle, ein paar andere hatten Kleider über dem Arm. Sie spazierten hinüber ins andere Zelt. Ich starrte ihnen nach, als handelte es sich dabei um eine Gruppe Außerirdischer. Ich wusste selbst nicht, was mich dazu bewog, aber ich näherte mich weiter dem geöffneten Tor. All die Jahre hatte es das Schloss von der Außenwelt abgeriegelt, und nun konnte man einfach so hindurchgehen …

In diesem Moment kam schon wieder jemand Neues aus dem Zelt – und direkt auf mich zu. Es war ein hochgewachsener Mann, den ich auf Ende dreißig schätzte. Er sah ein wenig gestresst aus, als er auf mich zulief. Ich blieb wie angewurzelt stehen. Ich konnte mich schließlich kaum auf dem Absatz umdrehen und einfach die Beine in die Hand nehmen.

»Maske oder Kostüm?«, fragte er ungeduldig.

»Bitte was?«

»Na, sind Sie von der Maske oder vom Kostüm?« Er stand nun am geöffneten Tor und betrachtete mich von oben bis unten, als wollte er die Antwort selbst herausfinden.

»Keins von beidem«, sagte ich schließlich.

»Ach so, nun ja, die wollten heute kommen und ein paar Sachen vorbereiten.«

»Ich bin nur eine neugierige Dorfbewohnerin«, erklärte ich mit einem schiefen Lächeln.

Mein Gegenüber verschränkte die Arme.

»Mit Schaulustigen hatte ich eigentlich erst gerechnet, sobald die Hauptdarsteller eingetroffen sind.«

»Wer spielt denn die Hauptrollen?« Die Frage konnte ich mir einfach nicht verkneifen. Mir wurde in diesem Moment klar, dass ich herzlich wenig über diesen mysteriösen Film wusste, außer der Tatsache, dass er im Château von Courléon gedreht wurde.

»Da hätten wir einmal Samantha Watts als die Leading Lady, und ihr Spielpartner ist ebenfalls Brite. Wie hieß er noch gleich? Ach ja, Paul Hamilton.«

»Das heißt also, die Dreharbeiten haben noch nicht angefangen?«

Der Mann schüttelte den Kopf.

»In ein paar Tagen. Sie würden nicht glauben, was es für ein Aufwand ist, das alles vorzubereiten. Ein Schloss ist nun mal kein Filmstudio, wo man kurz etwas aufbauen oder umstellen könnte.«

»Ich finde es wirklich spannend, dass hier jetzt ein Film produziert wird. Wissen Sie, der ehemalige Schlossbesitzer war ein furchtbarer Griesgram. Der wollte nicht mal uns Dorfbewohner in der Nähe haben.«

»Ja, Großvater konnte ein wenig … eigen sein«, erwiderte mein Gesprächspartner und lächelte lakonisch. »Wohl einer der Gründe, warum meine Mutter und er nicht mehr miteinander gesprochen haben. Trotzdem hat es mich überrascht, dass er das Schloss meinem jüngeren Bruder und mir vermacht hat.«

Aber seine Enkel sind vielleicht anders. Ich sog überrascht die Luft ein.

»Dann sind Sie …«

»Guillaume de Montenait.« Er streckte mir die Hand hin. Ich schüttelte sie nur kurz, als fürchtete ich, dabei irgendetwas falsch zu machen.

»Und ich bin Élodie Vinet.«

»Die Tochter von den Vinets? Die mit dem Gasthof?«

»Genau.«

»Nun, Élodie Vinet, ich kann mich nicht viel länger mit Ihnen unterhalten. Die Filmleute brauchen fast rund um die Uhr Betreuung, und mein kleiner Bruder verschanzt sich natürlich irgendwo in der Bibliothek, wo ihn keiner findet. *Au revoir, Mademoiselle!*«

Und damit verabschiedete sich Guillaume bereits wieder und lief mit energischen Schritten zurück zu den Zelten.

Kapitel 3

Mein Herz klopfte heftig, während ich ihm nachsah. Hatte er gerade wirklich …? *Mein kleiner Bruder verschanzt sich natürlich in der Bibliothek.* Hatte er gerade wirklich Nicolas erwähnt? Er war hier? Am liebsten wäre ich nun doch durch das offene Tor direkt zum Schloss gestürmt, aber ein letzter Rest gesunder Menschenverstand hielt mich zum Glück davon ab.

Das ist jetzt wirklich nicht der richtige Augenblick für Übersprungshandlungen. Und überhaupt, denkst du wirklich, er würde sich noch an dich erinnern oder besonderen Wert darauf legen, dich wiederzusehen?

Ich straffte die Schultern und wandte mich ab. Besser, ich machte mich auf den Weg zurück nach Courléon.

Anstatt wieder wie eine Pfadfinderin durch den Wald zu schleichen, schlug ich diesmal den normalen Weg ein, auf dem man auch mit dem Wagen das Schloss erreichen konnte.

Währenddessen bombardierte ich mich selbst weiterhin mit Gründen, warum es keine gute Idee war, dem Schloss überhaupt einen zweiten Besuch abzustatten. *Du bist hier, um zu lernen, nicht um Freundschaften aus deiner Kindheit wieder*

aufleben zu lassen und auch nicht, um irgendwelche Filmstars
zu beobachten.

Samantha Watts, der Name sagte mir sogar etwas. Sie war eine junge, umwerfend schöne Schauspielerin aus England, die in einigen großen Blockbustern der letzten Jahre mitgespielt hatte. In Paris war ihr Gesicht schon auf mehreren Filmplakaten zu sehen gewesen, die gut ausgeleuchtet in der Metro hingen. Es fiel mir unglaublich schwer, sie mir in unserem kleinen Kaff vorzustellen.

Vom zweiten Darsteller – wie war noch sein Name gewesen? Paul? – hatte ich noch nichts gehört. Aber zugegebenermaßen konnte ich mich auch nicht wirklich als Hollywood-Insiderin bezeichnen. Über die Handlung des Films hatte ich nicht viel erfahren, aber nach dem zu urteilen, dass er in einem Schloss gedreht wurde und man aufwendige Kostüme durch die Gegend schleppte, handelte es sich wohl um eine historische Produktion.

Und obwohl ich es mir doch eigentlich verboten hatte, landeten meine Gedanken prompt wieder bei Nicolas. Ob das alles seine Idee gewesen war? Stimmte es wirklich, dass sein Bruder und er ... Ich kam nicht dazu, den Gedankengang zu beenden, da in diesem Augenblick etwas Haariges aufgeregt gegen meine Schienbeine sprang.

»Pompidou! Hierher! Aus!«

Ich blickte nach unten zu einer schwarzen Bulldogge mit weißer Brust, die vor mir Sitz machte und begeistert hechelnd zu mir aufsah. Sie oder er schien eine Belohnung zu erwarten.

»Es tut mir wirklich leid, ich dachte, ich könnte ihn hier mal kurz von der ... Nanu, Élodie!«

Der französischen Bulldogge war eine ältere Frau in einem dunkelblauen Kleid und mit grauweißem Haar hinterhergeeilt.

»Salut, Claudine. Bitte sag jetzt nicht, dass ich schon ewig nicht mehr hier war.«

»Na, wenn es doch stimmt«, antwortete Claudine, lachte aber. Sie hatte ein herzliches offenes Lachen, das einfach jeden ansteckte.

»Maman hat mir schon erzählt hat, dass du seit Neuestem einen Hund hast.« Ich ging in die Hocke und hielt Pompidou meine Hand hin, an der er sofort neugierig schnupperte.

»Alain Bernouille und seine Hunde. Ich wusste, dass er mir eines Tages doch noch einen aufschwatzt.« Claudine kam zu uns beiden herüber und leinte ihre Bulldogge an. »Seine ersten Besitzer haben ihn wieder zurückgegeben, weißt du? Angeblich, weil er so frech ist. Und er ist schon ein ziemlich eigensinniger Racker, nicht wahr, Pompidou?«

»Du hast ihn Pompidou genannt? Wie das Centre Pompidou?«

Claudine lächelte milde. »Aber, Élodie, das Centre wurde doch nach einem französischen Präsidenten benannt. Georges Pompidou. Aber nun ja, den kennt ihr jungen Leute wohl nicht mehr.«

»Wir haben andere Qualitäten. Sag mal, bist du etwa auf dem Weg zum Schloss?«

»Also …« Claudine wirkte ein wenig verlegen. »Ich wollte einen kleinen Spaziergang mit Pompidou machen, und das Château liegt nun mal auf dem Weg.«

»Eher am Ende des Weges. Ich war gerade dort.«

»Tatsächlich?! Ich meine … ach ja?«, fragte unsere Nachbarin mit demonstrativ neutraler Miene.

»Ja, es ist ein wirklich merkwürdiger Anblick. Die ganzen Zelte und Caravans. Aber viel mehr ist eigentlich noch nicht zu sehen.«

»Wie wäre es, wenn wir zusammen zurück zum Dorf gehen?«, schlug Claudine daraufhin vor. »Schließlich kann ich auch ein anderes Mal … Ich denke, Pompidou hatte schon genügend Auslauf für heute.«

Ich verkniff mir ein vielsagendes Lächeln. »Gerne, spazieren wir nach Courléon.«

Also liefen wir den breiten Waldweg entlang, während Claudines Bulldogge gemütlich neben uns herzockelte.

»Danke übrigens für die *éclairs*. Sie waren wie immer ein Gedicht!«

»Die hast du ja schon als Kind so gemocht«, antwortete Claudine. »Ich mache dir gern noch ein paar mehr.«

»Nur keine Eile, die Tüte ist noch halb voll«, sagte ich rasch, denn so, wie ich Claudine kannte, würde ich sonst in zwei Wochen drei Kleidergrößen zulegen. »Weißt du, vorhin am Schloss, da habe ich Guillaume de Montenait getroffen, den … den Bruder von Nicolas. Er meinte, sie würden sich jetzt gemeinsam um das Schloss kümmern. Stimmt das? Es war eine etwas merkwürdige Begegnung. Ich wusste zwar, dass Nicolas einen Bruder hat, aber …«

»Guillaume ist fast zehn Jahre älter als Nicolas. Kein Wunder also, dass du ihm vorher nicht begegnet bist. Halbbrüder sind sie außerdem. Sie sind beide vor Kurzem nach Courléon zurückgekehrt. Der alte Jean-Pierre hat ihnen alles vermacht. Ansonsten kann ich dir auch nicht viel mehr erzählen, als du ohnehin schon weißt.«

»Guillaume hat erwähnt, dass sein Großvater und seine Mutter zerstritten waren …«

»Details dazu kann ich dir leider auch nicht nennen. Aber ich habe Jean-Pierre als Jugendlichen erlebt – da merkst du mal, wie alt ich bin –, und er war ein überaus starrköpfiger und impulsiver Mensch. Es wundert mich nicht, dass er sich mit seiner Tochter zerstritten hat. Ich an ihrer Stelle hätte auch so schnell wie möglich das Weite gesucht. Monsieur de Montenait war ein konservativer alter …« Claudine schien nach dem richtigen Wort zu suchen. »Filou.«

Nun konnte ich mir doch ein kleines Lachen nicht verkneifen.

»Es freut dich sicher, dass Nicolas wieder hier ist«, sagte nun Claudine, woraufhin mir das Lachen verging.

»Was? Wieso denn?«

»Na, als Kinder habt ihr euch doch gut verstanden, und Madeleine hat mir erzählt, dass dir in Paris bisher nur untreue *salauds* über die Füße gestolpert sind.«

Gut zu wissen, dass nicht nur Solène, sondern auch Courléon über mein miserables Liebesleben informiert war.

»Hmpf.«

»Er soll immer noch sehr nett sein, ein wenig schüchtern, aber –«

»Ich bin nicht hierhergekommen, um meinen Traummann zu finden«, unterbrach ich Claudine. »Erstens brauche ich nach den ganzen untreuen *salauds* erst mal eine Pause, und zweitens bin ich hier, um zu lernen. Ich will endlich meinen Jura-Abschluss machen.« Langsam bereute ich, dass ich überhaupt einen Ausflug zum Schloss unternommen hatte, es wäre besser gewesen, wenn ich mich gleich in meinem Zimmer eingeschlossen und Gesetzesbücher gewälzt hätte.

Claudine antwortete daraufhin nichts mehr, sondern begnügte sich mit einem vielsagenden Lächeln, das sie nicht ablegte, bis sich die Bäume lichteten und wir wieder das Dorf erreichten. Pompidou schien mittlerweile ziemlich erschöpft zu sein, denn das letzte Stück zwischen Waldrand und Gasthof verbrachte er damit, sich immer wieder demonstrativ ins Gras zu werfen.

»Also, dann geh ich mich mal in meine Lernunterlagen vertiefen«, verkündete ich, als wir schließlich an der L'auberge Vinet ankamen. »Falls du mich in den nächsten Tag suchst, findest du mich unter einem Stapel Bücher begraben.« Nach allem, was sich bisher an diesem Nachmittag zugetragen hatte, fiel es mir selbst schwer, ernsthaft daran zu glauben.

»Greif auch hin und wieder deinen Eltern unter die Arme,

ma chère, und verbring ein wenig Zeit mit Ihnen«, antwortete Claudine. »Die beiden haben dich sehr vermisst.«

Unsere Nachbarin nahm ihre erschöpfte Bulldogge kurzerhand auf den Arm und trug sie hinüber zum kleinen Nachbarhaus, in dem sie wohnte. Mir blieb nichts anderes übrig, als den beiden hinterherzusehen und mir die Frage zu stellen, ob auch nur irgendetwas in Courléon noch so normal und langweilig war wie in den letzten zwanzig Jahren.

Zurück in meinem Zimmer tat ich das Natürlichste, was man in neuen Situationen anstellen konnte: Ich rief meine beste Freundin an. Da es mittlerweile schon fast Abend war, vertraute ich darauf, dass ich sie nicht aus irgendeinem wichtigen Meeting riss. Und ganz die beste Freundin nahm sie bereits nach ein paar Sekunden ab.

»*Salut, chérie!* Wollen wir vielleicht als Erstes über meinen Tag reden? Ich hatte heute einen Klienten in der Kanzlei, der sich ernsthaft, wirklich ernsthaft, über die Anordnung der Hefter auf meinem Schreibtisch beschwert hat, und das Allerschärfste war, danach wollte er –«

»Was auch immer es war, ich kann es toppen.«

»Na, da bin ich mal gespannt«, verkündete Solène. Im Hintergrund hörte ich, wie gerade eine U-Bahn einfuhr.

»Also im Château von meinem Heimatdorf wird ein Kostüm-Film gedreht, unsere Nachbarin will mich mit dem Schlosserben verkuppeln … Ach ja, und Samantha Watts kommt hierher, du weißt schon diese Schauspielerin, die letztens auch in –«

»Moment Mal, heißt das gerade, du bist wieder in deinem Heimatdorf?«, fiel mir Solène ins Wort. »Wie hieß es noch gleich? Courlon?

»Courléon. Ich wollte deinen Rat befolgen und mich an einen Ort begeben, wo ich mich ganz auf die Prüfungsvorbereitung konzentrieren kann. Aber weil das Schicksal einen seltsamen Sinn für Humor hat, geht es hier ausnahmsweise mal drunter und drüber. Ich spiele schon fast mit dem Gedanken, wieder nach Paris –«

»Also das kommt überhaupt nicht infrage!«, verkündete zu meiner Überraschung Solène. »Wann hat man denn bitte schon mal die Gelegenheit, einen Filmstar in echt zu sehen? Du musst ja nicht den ganzen Tag mit dem Fernglas am Zaun von eurem Schloss hängen und alles beobachten. Da bleibt schon genügend Zeit zum Lernen. Und ist dieser Schlosserbe denn nett? Attraktiv? Unter dreißig?«

»Ja, nein, weiß nicht!«, rief ich überfordert.

»Er kann eigentlich nur netter sein als der letzte Typ, dem du auf den Leim gegangen bist. Der mit dem total bescheuerten Namen …«

»Parceval«, brummte ich.

Solène lachte. »Ja, genau, Parceval. Wie auch immer, versuch jetzt erst mal, ein bisschen runterzukommen und dir einen Überblick über deinen Lernstoff zu verschaffen.«

»Das werde ich.«

»Und sag mir Bescheid, wenn du Samantha Watts über den Weg gelaufen bist. Frag sie, wie man so unfassbar langes und gesundes Haar haben kann.«

»Das wird die Arme doch in jedem zweiten Interview gefragt. Aber wenn du einen Tipp von mir willst, weniger blondieren wäre vielleicht –«

»Ich mach doch nur Witze. Du hältst mich also auf dem Laufenden, ja? Ich muss jetzt aussteigen, *à bientôt, chérie!*«

»*À plus, Solène.*«

Die Verbindung wurde unterbrochen. Ich steckte mein Smartphone zurück in die Hosentasche und warf einen Blick auf den Rollkoffer, der neben meinem Bett stand. Ich beschloss, mich langsam wieder in meinem alten Zimmer einzurichten … und heute noch nicht mit dem Lernen zu beginnen.

Ich brauchte ein wenig Zeit, um mich wieder an das Leben in Courléon zu gewöhnen.

Am nächsten Morgen wurde ich vom vertrauten Krähen von Monsieur Bernoiulles Hahn geweckt. Es war zwar nach fünfundzwanzig Jahren natürlich nicht mehr derselbe, aber was den Lärmpegel anging, hatten sich bisher alle mächtig ins Zeug gelegt. Mir war es ganz recht, so früh aus dem Bett geworfen zu werden, so konnte ich vielleicht vor dem Frühstück die ersten Fallbeispiele durchgehen.

Doch das alles würde nur mithilfe einer magischen tiefschwarzen Substanz funktionieren, die besonders Studierende im Übermaß zu konsumieren pflegten. Also schlüpfte ich rasch in ein Paar zerknitterte Jeans und ein T-Shirt und schlich aus dem privaten Wohnbereich zur Küche, denn dort gab es die beste Kaffeemaschine. Maman und Papa waren natürlich bereits aufgestanden, um das Frühstück für den Tag vorzubereiten.

»Zwei Tontechniker reisen heute Nachmittag an«, hörte ich meine Mutter durch die halb geöffnete Tür. »Sie haben aber nur für eine Nacht gebucht, das passt ganz gut, weil für die Tage darauf gleich drei ... Guten Morgen, Élodie!«

Es war ein unmögliches Unterfangen, sich unbemerkt irgendwohin begeben zu wollen, wenn Maman in der Nähe war. Sie hatte die Augen eines Adlers, die Ohren eines Luchs und den Instinkt einer besonders misstrauischen Mutter. Ich war zugegebenermaßen auch ein ganz schön anstrengender Teenager gewesen.

»*Bonjour tout le monde*«, antwortete ich, wobei das *monde* in einem langen Gähnen endete. »Beachtet mich gar nicht, ich wollte mir nur schnell –«

»Hilfst du nicht beim Frühstück?«, fragte Papa, der gerade damit beschäftigt war, frisches Baguette in Scheiben zu schneiden.

»Jetzt lass sie doch, Étienne. Wir kommen auch gut –«

»Warum sollte sie uns nicht bei der Arbeit unterstützen, wenn sie schon wieder hier wohnt?«

»Ich bin hier nicht eingezogen«, warf ich ein.

»Du schläfst hier, also kannst du auch ruhig einen Beitrag leisten.«

Papas Vater, mein Großvater, hatte seinen Kindern immer gepredigt, dass er keine Nutznießer im Haus duldete. Eine Botschaft, die fast so tief in meinem Vater verankert war wie die Tatsache, dass kein besserer Wohnort auf Erden existierte als Courléon. Mir lag ein Kommentar zu diesem Thema auf der Zunge, doch als ich sah, wie Maman die Stirn runzelte und Papa einen strengen Blick zuwarf, schluckte ich jedwede Art von rebellischer Antwort hinunter. Meinetwegen sollte sich nicht erneut ein Streit anbahnen.

»Lasst mich nur kurz einen Kaffee trinken, und ich verspreche euch, dann helfe ich auch beim Frühstück.«

Statt zu antworten, wandte sich Papa der Kaffeemaschine zu, die nach einem durchdringenden Summen, einen Strahl dampfend heißer Flüssigkeit in einen Keramikbecher füllte. Papa nahm die Tasse am Henkel und reichte sie mir.

»Jemand muss noch frische Milch von Monsieur Bernouille holen«, sagte er.

»Okay.« Ich lehnte mich mit der Tasse an die Arbeitstheke.

»Ich meinte jetzt. Das ist ein Kaffee to go.«

Ich seufzte.

»Steht denn der –«

»Ist immer noch an derselben Stelle.«

»Also schön.« Mit meiner dampfenden Kaffeetasse in der Hand verließ ich die Küche und trottete den Gang hinunter, bis ich an der Eingangstür des Gasthofes angekommen war. Ich schob sie mit dem Ellenbogen auf und ging die zwei Stufen hinunter, raus ins Freie. In der Nacht hatte es kurz geregnet, weshalb ein angenehm frischer Duft nach feuchtem Gras in der Luft lag. Die Sonne war erst vor Kurzem aufgegangen und schickte honighelle Strahlen über das kleine Dorf. Die meisten Bewohner schliefen noch. Es sei denn, sie hießen Élodie Vinet oder besaßen einen Bauernhof mit Tieren.

Ich nahm einen kräftigen Schluck Kaffee, der mir ordentlich die Zungenspitze versengte – nun war ich jedenfalls wirklich wach –, dann lief ich hinüber zum ehemaligen Stall neben der Auberge. Nicht nur stand dort das Auto, sondern auch ein hölzerner Handwagen mit vier quietschenden Rädern. Neben Papas strikter Arbeitsmoral ein weiteres Erbe meines Großvaters.

Damit war schon Georges Vinet höchstpersönlich vor vierzig Jahren hinüber zum Hof der Bernouilles gewandert, um frische Milch zu holen, denn meine Vorfahren hatten sich nicht der Tierzucht, sondern dem Ackerbau verschrieben. Zumindest bevor Maman kam und alles auf den Kopf gestellt hatte – und bevor deren Tochter einfach beschloss, abzuhauen.

»Aber nun bist du ja wieder hier«, murmelte ich und nahm mit meiner freien Hand den T-förmigen Griff des Wagens auf, »und kannst ruhig auch einen Beitrag leisten.«

Vermutlich gab ich für Fremde einen ziemlich seltsamen Anblick ab. Eine verschlafene Gestalt, die Haare zum wuscheligen Dutt hochgesteckt, zog einen alten Handwagen hinter sich her, der auf der holprigen Straße auf und ab hüpfte. Er kam nur kurz zur Ruhe, jedes Mal, wenn ich einen Schluck von meinem »Kaffee to go« nahm und stehen blieb.

Monsieur Bernouilles Hof befand sich auf der anderen Seite des Dorfes. Ein Großteil der Felder, die rund um Courléon lagen, gehörte schon seit Ewigkeiten seiner Familie, der andere etwas kleinere Teil den Vinets, auch wenn Papa den Anbau von Weizen und Kartoffeln aufgegeben hatte.

Der Hof der Bernouilles bestand aus mehreren Gebäuden

mit verwitterter Fassade und kleinen Fensterläden. In der Mitte des Hofes stand sogar noch ein alter Pump-Brunnen. Rechts davon waren Garagen für landwirtschaftliche Maschinen. Die Traktoren, die dort standen, gaben auch den ausschlaggebenden Hinweis darauf, dass wir uns im einundzwanzigsten Jahrhundert befanden, denn das Wohnhaus der Bernouilles mit seinen Blumenkästen und Spitzengardinen sah aus, als hätte man es aus einem romantischen Bauernkalender ausgeschnitten.

Mein kleiner Handwagen holperte nun am hölzernen Weidenzaun entlang. Die Kühe waren noch im Stall, freuten sich aber mit Sicherheit schon auf das taufrische Gras, das draußen auf sie wartete. Unter meinen Schuhen knirschte der Kies, als ich schließlich über den Hof ging und das Stallgebäude ansteuerte.

Ich konnte mich gar nicht erinnern, wann ich das letzte Mal bei den Bernouilles gewesen war. Als Kind war es für mich eine besondere Freude, mit Papa und dem Handwagen hinüberzuspazieren. Damals hatte ich Monsieur Bernouille als einen von vielen freundlichen Riesen betrachtet. Mittlerweile war er einen Kopf kleiner als ich. Ich ließ den Wagen am Stalleingang stehen und betrat vorsichtig das niedrige Gebäude. Sofort schlug mir der kräftige Geruch von Kuhfell, Heu und Dung entgegen.

Ich entdeckte Monsieur Bernouille bei den Melkmaschinen am anderen Ende des Stalls. Obwohl in Courléon alles etwas aus der Zeit gefallen wirkte, von Hand wurden die Kühe hier nun doch nicht mehr gemolken. Den Rücken mir zugewandt, beobachtete er mit Argusaugen den Melkvorgang. Seine Tiere waren ihm das Allerheiligste. Das mochte ich an ihm.

»Salut, Étienne!« Anscheinend hatte er meine Schritte gehört. »Du bist spät dran heute Morgen.«

»Das liegt daran, dass er seine nutzlose Tochter geschickt hat.«

Ich lächelte, als sich Monsieur Bernouille mit erstauntem Gesicht zu mir umdrehte.

»Ich habe mich schon gefragt, wann du endlich bei mir vorbeischaust«, sagte er.

»Nun, ich dachte heute Morgen wäre eine gute Idee. Was täten wir denn ohne Ihre Milch?«

»Das weiß ich allerdings auch nicht«, erwiderte Bernouille. »Na, dann auf geht's. Marie müsste gleich in den Stall kommen und kann kurz für mich einspringen.«

Wir begaben uns in einen Nebenraum, wo es nicht mehr ganz so durchdringend nach Kuh roch. Dafür war es aber auch um einiges kälter, denn dort standen riesige Behälter mit frischer Milch. Ich reichte Bernouille eine der braunen Glasflaschen, die ich mitgebracht hatte.

»Ich habe wirklich nie verstanden, was du in Paris wolltest«, sagte Bernouille, während er die erste mit Milch füllte. »Der Müll, der Gestank und dann diese Arroganz.« Er reichte mir die volle Flasche, die ich rasch in den Karren stellte.

»Sowohl Müll als auch Gestank als auch Arroganz sind sehr subjektive Konstrukte«, sagte ich, während ich ihm die nächste entgegenstreckte.

»Die haben dich ja völlig umgedreht.«

Hatte ich einfach nur vergessen, dass man bei jedem Gespräch mit seinen Nachbarn ganz schnell auf dünnes Eis geriet, oder war es einfach nur mit meiner Rückkehr wesentlich zerbrechlicher geworden? Da ich es jedenfalls deutlich knacken hörte, machte ich lieber einen Rückzieher.

»Danke für die Milch, Monsieur! Es gibt einfach keine bessere als die von Ihren Kühen.«

Mein Plan ging auf. Monsieur Bernouille lächelte zufrieden.

»Das liegt daran, dass ich sie nicht den ganzen Tag in den Stall sperre. Und sie hören jetzt Charles Trenet. Zweimal am Tag »La Mer« steigert die Melkquote um fast zehn Prozent!«

Es gelang mir gerade noch, meinen Lachanfall als Husten zu tarnen.

»Das sind die Pollen.« Monsieur Bernouilles nickte verständnisvoll. »Du bist das Landleben nicht mehr gewohnt.«

Ich versuchte, rasch wieder die Szene aus meinem Kopf zu vertreiben, wie ein laut geschmettertes »Laaaaaa meeeeeeer« über Bernouilles Kuhweide hinwegfegte, und räusperte mich. Zum Glück hatten wir mittlerweile fast alle Flaschen befüllt.

»Ich sollte mich dann mal wieder auf den Rückweg zur Auberge machen. Unsere ganzen Regisseure, Tontechniker und wer nicht alles zurzeit bei uns wohnt, brauchen schließlich ein Frühstück.«

»Ahhh …« Monsieur Bernouille kratzte sich am Kopf. »Bin mir immer noch nicht sicher, ob mir diese ganze Filmgeschichte gefällt. Also ich war dagegen. Ich hab hier gern meine Ruhe. Und durch diesen Film kommt jetzt einfach ein ganzer Haufen Ausländer her. Lauter so Durchreisende, die nach ein paar Tagen wieder verschwinden … Die könnten hier wer weiß was anstellen.«

Obwohl mich eine Stimme in meinem Hinterkopf deutlich darauf hinwies, dass wir bei einem empfindlichen Thema angekommen waren, bemerkte ich: »Für so gefährlich halte ich sie jetzt eigentlich nicht. Ist es nicht auch schön, wenn ein paar Gäste nach Courléon kommen?«

»Ja, aber was, wenn dieser komische Film hinterher weltberühmt wird und viel zu viele Leute kommen, um alles zu sehen? Da war neulich eine Doku auf FR1. *Overtourism* nennt man das, das hat schon richtig schöne Dörfer in Norwegen ruiniert.«

Darauf fiel mir im ersten Moment keine passende Antwort ein.

»Ich sag's dir, Élodie.« Monsieur Bernouille machte eine finstere Miene. »Ich glaub nicht, dass da etwas Gutes draus wird. Mir wärs lieber, der alte Montenait hätte seinen Enkeln nicht das Ruder überlassen. Es war doch eigentlich alles ganz in Ordnung, so wie es früher war.«

Da ich wusste, dass Monsieur Bernouille darauf nicht unbedingt Antworten hören wollte wie »Man muss mit der Zeit gehen« oder »Früher war nicht unbedingt alles besser«, machte ich nur ein undefinierbares Geräusch und nickte dann in Richtung Karren.

»Die Milch wird sauer, ich muss mich jetzt wirklich auf den Heimweg machen.«

»Grüß Étienne von mir!«

Ich verließ mit dem geräuschvoll klirrenden Wagen den Stall, grüßte auf dem Rückweg durch den Stall noch Madame Bernouille und atmete tief aus, als ich wieder draußen im Hof stand.

Die Frage, ob es nun eine gute oder schlechte Sache war, dass Nicolas und sein Bruder nach Courléon zurückgekehrt waren und als Erstes die Schlosstore für eine Filmproduktion geöffnet hatten, schien das Dorf zu spalten. Eins war für mich aber klar: Aus dieser Frage würde ich mich um jeden Preis heraushalten. Ich war nicht erpicht darauf, meine Fähigkeiten als Streitschlichterin in meinem Heimatdorf zu erproben.

Kapitel 4

Zurück in der Auberge half ich meiner Mutter, die Milch vom Handkarren zum riesigen Kühlschrank in der Küche zu tragen.

»Setz dich doch noch ein bisschen zu den Gästen«, schlug sie vor, als wir damit fertig waren, doch ich schüttelte den Kopf.

»Ich schnapp mir lieber ein Croissant und mache es mir hinter meinem Schreibtisch bequem.«

Gemeinsam mit dem Regisseur Kaffee zu trinken wäre nur der schnellste Weg, in die Filmgeschichte hineingezogen zu werden, besser also, ich verbarrikadierte mich gleich fernab davon.

»Wann fangen die mit ihrer Filmerei an?« Besser, ich wusste genauer Bescheid.

»In ein paar Tagen, soweit ich weiß.«

Na, dann hatte ich wenigstens noch ein wenig Zeit übrig, bevor der Tumult ausbrach. Ich schnappte mir ein Croissant aus einem riesigen Brotkorb, neben einem Teller mit *pains au chocolat*, die mit Sicherheit von Claudine stammten.

»Ich bin dann in meinem Zimmer, wenn du mich suchst. Beim Lernen!«

»Viel Erfolg, *chouchou*.«

Ich hatte das Gefühl, dass ich momentan wesentlich mehr Zeit damit verbrachte, Leuten zu erzählen, dass ich lernte, als tatsächlich irgendetwas für meine Prüfung zu tun. Um dieses schlechte Gewissen endlich auszuräumen, machte ich mich entschlossen zurück auf den Weg in unsere Wohnung und traf dabei am Fuß der Treppe auf Monsieur Domingo, der ein sehr gestenreiches Telefonat führte.

»Das hat sie verlangt?!«, hörte ich ihn erbost auf Englisch fragen. »Wie soll das denn bitte schön gehen? Da machen die Schlossbesitzer doch niemals mit! Wir müssen alle unsere Ansprüche ein bisschen herunterschrauben. Lass mich noch mal mit ihr reden, ja …?«

Ich widerstand der Versuchung, an der Ecke stehen zu bleiben, um dem Gespräch zu lauschen. Ich war neugierig, wobei Nicolas und Guillaume niemals mitmachen würden und wer seine Ansprüche herunterschrauben sollte, riss mich dann aber zusammen und ging zurück in mein Zimmer. Dort angekommen platzierte ich mein Croissant auf einer Ausgabe des *code civil*, widerstand dem Drang, durch Instagram zu scrollen und klappte stattdessen den Ordner mit meinen Notizen auf. Alle Anmerkungen hatte ich verschiedenfarbig markiert wie Solène es mir empfohlen hatte …

Zu meinem Erstaunen funktionierte dieser Teil des Plans ganz gut. Zwar brauchte ich ungefähr eine halbe Stunde, um eine einigermaßen stabile Konzentration aufzubauen, aber sobald das geschafft war, hatte ich tatsächlich das Gefühl, gerade dazuzulernen. Das führte dazu, dass mir schmerzhaft all die Fehler bewusst wurden, die ich in der letzten Prüfung gemacht hatte.

Mit zusammengezogenen Augenbrauen versuchte ich gerade die Feinheiten eines Falls zu verstehen, in dem jemandem unter speziellen Umständen rechtswidrig gekündigt worden war, als ein dumpfes Klopfen meine Überlegungen unterbrach. Erst vermutete ich, ein Vogel wäre gegen mein Fenster geflattert, doch als sich das Klopfen wiederholte und ich widerwillig aufblickte, war da keine wild gewordene Amsel hinter der Scheibe, sondern unsere Nachbarin Claudine. Ein fast ebenso merkwürdiger Anblick. Ich sprang von meinem Stuhl und riss das Fenster auf.

»Claudine? Was machst du denn hier? Seit wann besuchst du mich am Fenster?«

»Ich hoffe, ich störe nicht?«, antwortete Claudine, beließ es aber als rhetorische Frage, indem sie ohne Unterbrechung fortfuhr. »Ich wollte dich fragen, ob du dich heute Nachmittag um meine Nichte kümmern könntest? Und außerdem wollte ich wie ein normaler Mensch die Vordertür nehmen, um dich das zu fragen, aber Madeleine meinte, du musst lernen und darfst nicht gestört werden.«

»Ach, Maman ...« Ich seufzte.

»Sie ist als Komparsin beim Film dabei, anscheinend muss etwas an ihrem Kleid angepasst werden. Könntest du sie vielleicht zum Schloss begleiten?«

»Wie alt ist deine Nichte noch mal?«

»Letzten Monat ist sie fünfzehn geworden.«

Ich befürchtete, dass es etwas harsch klingen würde, wenn ich jetzt fragte: *Schafft sie das denn nicht allein?* Trotzdem war es mir schleierhaft, warum Claudine nicht einfach selbst ...

»Das wäre doch eine schöne Gelegenheit, Nicolas hallo zu sagen, was meinst du? Ich glaube, er weiß gar nicht, dass du auch wieder in Courléon bist.«

Mein Mund verzog sich zu einem hilflosen Lächeln. Nun kannte ich zumindest meine Rolle in Claudines großem Plan.

»Ja, das wäre natürlich sehr ... nett.«

»Das finde ich allerdings auch. Also, Alice kommt so gegen zwei, komm einfach bei mir vorbei, dann könnt ihr gemeinsam zum Château gehen.«

Mir blieb keine Zeit für Nachfragen, denn Claudine war schon wieder von meinem Fenster verschwunden. Als sie über die grüne Wiese davonstapfte, sah ich, dass sie sogar Pompidou dabeigehabt hatte. Mit einem tiefen Seufzen ließ ich mich auf meinem Schreibtischstuhl nieder. Ein Teil von mir wollte natürlich gern Nicolas wiedersehen, aber ein anderer Teil war sich relativ sicher, dass dieses Wiedersehen sämtliche meiner Einsiedler-Pläne über den Haufen werfen würde …

Meine Befürchtung bestätigte sich schon dadurch, dass allein die Aussicht, Nicolas zu treffen, meine restliche Lerneinheit torpedierte. Jedes Mal, wenn ich versuchte, meine Gedanken auf Zuständigkeiten, Paragrafen und Präzedenzfälle zu lenken, landeten sie doch wieder bei einem der Nachmittage, die wir als Kinder im Wald verbracht hatten.

Mit gemischten Gefühlen klappte ich daher zweieinhalb Stunden später meine Ordner zu und ging in die Küche, um dort nach etwas zu essen zu suchen, bevor ich mich um Claudines Nichte kümmerte. Ich hatte Alice seit Ewigkeiten nicht mehr gesehen. Mir war allerdings immer wieder versichert worden, dass sie in ihrer Vorwitzigkeit mir sehr ähneln würde. Ich hatte das immer als Kompliment verstanden.

In der Küche traf ich auf meine Mutter, die gerade damit beschäftigt war, eine Einkaufsliste zu schreiben. Das machte sie am liebsten ganz altmodisch von Hand.

»Na, wie läuft es?«, fragte sie, als ich eintrat.

Ich wiegte den Kopf hin und her. »Es ist ein Anfang.« Ich ging hinüber zum Kühlschrank. »Gibt es irgendwelche Reste der letzten Tage, die viel Platz wegnehmen?«

»Jede Menge, wir haben zurzeit ziemlichen Überschuss. Als ich gehört habe, dass so viele Gäste auf einmal kommen, habe ich etwas mehr vorgekocht als sonst. Du kannst mit der Suppe anfangen.«

Ich nahm mir einen Teller der Suppe und stellte ihn in die Mikrowelle. Maman blickte auf ihre Einkaufsliste und dann wieder zu mir.

»Du nimmst Papas schlechte Laune doch nicht persönlich, oder?«

Ich verzog hilflos das Gesicht. »Ich war schon darauf eingestellt, dass mir ganz Courléon meinen Umzug vorhalten wird. Aber er wirkt schon besonders vorwurfsvoll.« Ich konnte es ihm ehrlich gesagt nicht verübeln.

Zum Glück piepte in diesem Moment die Mikrowelle und gab mir Gelegenheit, kurz meine Gedanken zu sammeln. Umständlich nahm ich den dampfenden Teller heraus und kramte in der Geschirrschublade nach einem Löffel.

»Du kennst ihn doch, er gibt sich gern missmutiger, als er wirklich ist«, sagte Maman, als ich Teller und Löffel auf den Tisch stellte.

»Ihr hattet es nicht so leicht, während ich weg war, oder?« Ich tauchte den Löffel in die Suppe.

»Das mit dem Unfall und dem neuen Auto habt ihr gar nicht erzählt. Seid ihr zurechtgekommen?«

Maman winkte ab. »Der gebrochene Arm war zwar nicht schön, aber ich wollte, dass du dich auf deine Uni konzentrieren kannst. Du solltest dir nicht ständig Sorgen darüber machen, was deine armen alten Eltern in Courléon anstellen. Und überhaupt.« Sie erhob sich vom Tisch. »Ich muss jetzt zum Einkaufen. Heute Abend gibt es Lammbraten.«

Ich kam nicht dazu, darauf irgendetwas zu antworten, denn zwei Sekunden später war Maman schon aus der Küche verschwunden. Ich blieb allein mit meiner Suppe und einem sehr betroffenen Gefühl zurück. Kein Wunder, dass Papa so wortkarg war, ich vermutete, Maman und er hatten hitzige Diskussionen geführt, inwieweit man mich damit behelligen sollte, was meine »armen alten Eltern« in Courléon taten.

Die Wohnungstür unserer Nachbarin war nicht abgesperrt. Niemand in Courléon verschloss seine Tür mit einem Schlüssel, nicht mal nachts oder wenn man zum Einkaufen fuhr, aber das würde sich vielleicht bald ändern, wenn lauter »Durchreisende«, wie sie Monsieur Bernouille genannt hatte, ins Dorf kamen.

Das Haus, in dem Claudine lebte, war um einiges kleiner als unsere Auberge. Im Vergleich war es fast schon winzig. Es hatte ein Erdgeschoss, plus ein weiteres Stockwerk, das aus nur einem kleinen Raum bestand, dem Schlafzimmer.

Das Haus wurde von einem riesigen Garten umgeben. Gerade jetzt im Sommer waren die zahllosen Obstbäume in voller Blüte ein herrlicher Anblick. Und dahinter befand sich ein kleines Erdbeerfeld. Schon bald würde Claudine ihre *éclairs* nicht nur mit Schokolade, sondern auch mit frischer Obstmarmelade füllen.

Ich betrachtete etwas sehnsüchtig den Kirschbaum, als ich die niedrige Gartentür aufstieß und zu Claudines Haus ging. An einem der tieferen Äste hing immer noch die Holzschaukel, die sie vor zwanzig Jahren extra für mich dort hingehängt hatte. Ich hätte den Vormittag auf jeden Fall lieber damit verbracht, meine alten Weitsprung-Rekorde zu knacken, als Gesetzestexte zu entschlüsseln. Aber genug des Selbstmitleids.

»*Bonjour, les filles!*« Ich klopfte ein paarmal kräftig an Claudines Haustür. »Hier ist –« Aber da wurde sie schon aufgerissen.

»Da bist du ja endlich!«

»Hallo, Alice.«

Ich musterte Claudines Nichte neugierig. Aus dem selbstbewussten Kind war ein ebenso selbstbewusster Teenager mit langen blonden Haaren geworden. Genau wie ihre Tante hatte Alice strahlend blaue Augen, und ich war mir sicher, in fünfzig Jahren würde sie auch dieselben Lachfältchen um die Augen haben. Sie trug einen Minirock und eine weiße Bluse, in der rechten Hand hielt sie ihr Handy umklammert.

»Ich freu mich schon so!«, verkündete sie überschwänglich und wedelte damit herum.

»Du musst mir nachher alles erzählen.« Nun tauchte auch Claudine hinter ihrer Nichte auf und bedachte diese mit einem liebevollen Lächeln. »Aber komm nach Hause, bevor es dunkel wird, ja?«

»Ach, so lange wird das hoffentlich nicht dauern«, antwortete ich.

Alice sah jedoch aus, als hätte sie gar nichts dagegen, drei Stunden in der Kostümanprobe zu verbringen.

Sie bestätigte meine Vermutung: »Das wird sicher ganz, ganz toll! Ich lieeebe Kostüme! Und ich werde Samantha sehen.«

»Samantha?«

»Watts!«

»Ach ja … hoffen wir es.« Ich blieb skeptisch. Man glaubte ja auch immer, den Präsidenten zu sehen, wenn man mit der Schulklasse einmal das Parlament besuchte. »Dann lass uns mal aufbrechen.«

»Ich bin schon lange startklar.« Schon schoss Alice an mir vorbei und durchquerte den Vorgarten. Ich hatte Mühe, hinterherzukommen, und holte sie erst am Gartentor ein.

»Sag mal, wie bist du überhaupt zu deiner Rolle gekommen?«, fragte ich sie, als wir nebeneinander die Straße in Richtung Wald hinuntertrabten.

»Da war ein Aufruf in den Lokalnachrichten, und ich habe mich natürlich sofort beworben«, erklärte Alice. »Ich habe ja gerade Schulferien und außerdem … hallo? Ein echter Hollywood-Film in dieser Einöde? Das würde ich mir um nichts in der Welt entgehen lassen. Ich habe nämlich auch schon überlegt, ob ich nicht später mal Schauspielerin werden will – oder Sängerin.«

Zum Glück wollte sie nicht Anwältin werden, denn da gab ich kein allzu gutes Vorbild ab.

»Du singst also gerne?«

»Gerne? Ich *liebe* es!« Und schon begann mir Alice ausführlich zu erzählen, was sie am Singen so liebte, welche Künstlerinnen sie mochte und wie sie plante, eines Tages der Langeweile von Courléon zu entfliehen und in Paris eine Ausbildung zur Musical-Darstellerin zu machen. All diese Pläne klangen ehrgeizig, ambitioniert und überschwänglich – und erinnerten mich irgendwie an jemanden. Aber es erschien mir in diesem Moment falsch, meinerseits einen langen Vortrag über die prekären Mietverhältnisse in der Hauptstadt zu halten.

Ich hätte auch kaum Gelegenheit dazu gehabt, denn wir kamen kurz darauf am Schloss an. Dass dort die Tore offen standen und man einfach so hineinspazieren konnte, war für mich nach wie vor gewöhnungsbedürftig. Alice hatte da weniger Berührungsängste als ich. Sie ging forsch voran, und mir blieb kaum Zeit, mich umzusehen, als ich hinter ihr hereilte.

»Und wo genau musst du jetzt hin?«, erkundigte ich mich bei ihr.

»Na, dorthin!«

Erst jetzt erkannte ich, dass am mittleren Zelt ein laminiertes Schild befestigt war, auf dem in Großbuchstaben »Département Costume« stand. Zu meiner Verteidigung musste ich sagen, dass bis vor Kurzem noch eine Gruppe junger Frauen davorgestanden hatte. Anscheinend war nicht nur für Alice heute eine Kostümprobe geplant. In diesem Moment wurde der Zelteingang aufgeschoben, und eine weitere Frau mit einem Maßband um den Hals erschien im Eingang.

»Gehört eine von euch zur Hofgesellschaft?«, rief sie nach draußen.

»Ja! Hier! Ich!«

Ehe ich auch nur ein weiteres Wort sagen konnte, sprintete Claudines Nichte zum Zelteingang. Vermutlich war das kein sehr höfisches Benehmen, aber noch trug sie kein Kostüm. Und ich zum Glück ebenso wenig, weshalb ich einfach die Hände in den Hosentaschen vergrub und langsam über den Rasen schlenderte. Ich war mir ziemlich sicher, dass Alice gut zurechtkam, und während sie sich in ein traumhaftes Kleid hüllen ließ, konnte ich ja die Gelegenheit nutzen, mich ein wenig umzusehen.

Also flanierte ich an den Zelten vorbei in Richtung der Wohnwagen und versuchte, so auszusehen, als wäre ich dazu befugt. Währenddessen ragte das Château über mir auf und gab mir das Gefühl, seine zahlreichen Fenster würden mich misstrauisch beäugen.

»Die Kostümprobe für die Komparsen ist bei den Zelten.«

Ich hatte die Frau überhaupt nicht bemerkt, die mit einem Kaffeebecher in der Hand neben einem der Wohnwagen stand.

»Ähm … Ich gehöre nicht zu den Komparsen. Ich begleite nur eine Freundin und war neugierig.«

»Na ja, allzu viel gibt's noch nicht zu sehen.« Die Frau gähnte. »Aber wir starten bald mit dem großen Ball. Das wird ein riesiges Ereignis.«

Mir fiel auf, dass ihr Französisch zwar fließend war, sie aber mit einem leichten Akzent sprach, den ich nicht zuordnen konnte.

»Ein Ball? So ein richtiger? Mit Orchester und Leuten, die komplizierte Tanzfiguren machen?«

»Ja und mit Leuten, die all diesen Leuten vorher die Perücken auf den Köpfen befestigen müssen.« Die Dame betrachtete mich prüfend. »Aber bei dir bräuchte man wahrscheinlich nicht mal ein Haarteil. Die Mesdames im achtzehnten Jahrhundert hätten dich sehr um deine Mähne beneidet. Da kann man tolle Frisuren draus machen.«

Ich fühlte mich zugegebenermaßen geschmeichelt.

»Das heißt, du bist eine Friseurin? Stylistin?«

»Oui, ich bin für Hair und Make-up zuständig«, erwiderte sie lässig. »Hab früher am Theater in Marseille gearbeitet, aber dann ...«

Leider erfuhr ich nicht, was dann geschah. Wir wurden vom Geräusch eines Wagens abgelenkt, der durch die offenen Eingangstore fuhr. Ein riesiges schwarzes Auto mit getönten Scheiben. Ich musste den wirren Gedanken beiseiteschieben, dass nun der Präsident auftauchen würde. Das Auto hielt kurz vor der Wohnwagensiedlung. Die Vordertür sprang auf, und ein muskelbepackter Mann erschien, der kurz einen wachsamen Blick auf die Umgebung warf und dann vorsichtig die Tür im hinteren Teil öffnete.

»Na, das kann ja wohl nur eine Person sein«, sagte die Stylistin neben mir trocken.

»Wer ...?«

Meine Frage wurde beantwortet, als sich erst ein langes Paar Beine aus dem Inneren des Autos schob und kurz darauf eine hochgewachsene Gestalt mit langen roten Haaren in der Auffahrt zum Schloss stand. Mir war schleierhaft, warum sie trotz des bedeckten Himmels eine Sonnenbrille trug, zumindest, bis mein Gehirn mich darauf hinwies, dass Superstars *immer* eine Sonnenbrille trugen.

Kapitel 5

»Samantha Watts«, murmelte ich ehrfürchtig.

»Samantha Watts«, bestätigte die Stylistin und rollte mit den Augen. Und die arme Alice war in der Kostümanprobe und bekam nichts mit.

Ich beobachtete nun Samanthas Bodyguard dabei, wie er den Kofferraum des Wagens öffnete und mehre schwere Taschen heraushievte.

»Was wird das denn?«, fragte ich verwirrt. »Hat die etwa vor, hier …«

In diesem Moment hörte man ein lautes Knarren. Ich wandte den Kopf und sah zu meinem Erstaunen, wie nun auch das Schlossportal aufging und Guillaume de Montenait herauskam, dicht gefolgt von einem jungen Mann mit braunem lockigem Haar. Seinem Bruder Nicolas.

»Alles in Ordnung?«

Anscheinend hatte ich unbewusst ein Geräusch von mir gegeben. »Ja, ja …«, antwortete ich abwesend.

»Das sind die beiden Schlossbesitzer.«

»Ich w–«

»Was geht hier vor?« Guillaume de Montenait hatte sich

vor Samantha Watts aufgebaut. Dass er gerade einen internationalen Filmstar vor sich hatte, schien ihm völlig egal zu sein. Samanthas Bodyguard warf ihm bereits einen finsteren Blick zu.

»Hat Pablo Ihnen nicht Bescheid gesagt?« Samanthas sanfte melodische Stimme passte perfekt zu ihrem Schneewittchen-Teint und den langen roten Locken.

»Wegen was Bescheid gesagt?«, fragte Guillaume stirnrunzelnd.

»Na, dass ich während der Dreharbeiten vorübergehend ins Château ziehe.« Samantha schob nun die Sonnenbrille hoch in ihr Haar.

»Ich meine, mich zu erinnern, dass er gesagt hat, sie hätten darum gebeten, und wir hätten dies abgelehnt«, erwiderte Guillaume steif. »Das hier ist immerhin noch ein Privathaus und kein Hotel.«

»Monsieur de Montenait ...« Samanthas Tonfall bekam nun etwas sehr Bestimmtes. »Sie müssen verstehen, ich bin Method Actor.« Beim Wort »Method Actor« warf sie dramatisch ein paar Locken über ihre Schulter, sodass ich mir nur mit Mühe ein Lachen verkneifen konnte.

»Und was hat das mit unserem Schloss zu tun?«

»Das bedeutet, dass ein Schauspieler sich besonders tief in seine Rolle hineinversetzt.«

Es war das erste Mal, dass sich Nicolas in diese Unterhaltung einbrachte. »Sie tun alles dafür, sich besonders realitätsgetreu in ihren Charakter zu verwandeln, sowohl innerlich als auch äußerlich.«

»Da haben Sie es«, sagte daraufhin Samantha, als sei die Sache jetzt geklärt. »Und dieser Film soll schließlich ein Erfolg werden, nicht wahr? Das geht nur, wenn ich meine Rolle wirklich *lebe!* Und wenn ich das nicht kann, dann tja ...«

Die Frau war ja wirklich ganz schön durchsetzungsfähig. Drohte sie gerade wirklich damit, das ganze Projekt platzen zu lassen, wenn Nicolas und Guillaume sie nicht im Schloss wohnen ließen?

»Also, wir haben doch einen Gästeflügel …«, warf Nicolas zögerlich ein.

Guillaume schnaubte.

»Hast du dir den in letzter Zeit mal angesehen? Die Decke bröckelt, die Heizung funktioniert nicht, und die Betten stammen noch aus dem letzten Jahrhundert.«

»Aber genau darum geht es doch!«, erwiderte Samantha triumphierend. »Das ist genau die Authentizität, die ich brauche. Und für den Aufwand würde ich Sie natürlich entschädigen.«

Man merkte, dass Miss Watts eine Frau von Welt war, die genau wusste, wann man am besten die »Ich bin übrigens auch steinreich«-Karte zog. Ein echter Trumpf, der zumindest bei Guillaume seine Wirkung nicht zu verfehlen schien.

»Wenn Sie sich komplett selbst um Ihre Versorgung kümmern«, antwortete er. »Und wie gesagt, besonders komfortabel wird es nicht –«

»Dann ist es also abgemacht!« Samantha klatschte in die Hände, und schon begann ihr Bodyguard, den ersten Koffer in Richtung Schlosseingang zu schleppen.

»Unglaublich.« Kopfschüttelnd blickte ich ihm nach.

»Die Frau kriegt immer, was sie will«, erwiderte die Stylistin neben mir. Meine Aufmerksamkeit galt nun allerdings nicht Samantha, sondern den beiden Montenaits, die ebenfalls noch etwas überrumpelt wirkten. Ich glaubte, dass weder Guillaume noch Nicolas bisher meine Anwesenheit bemerkt hatten.

»Wir sollten ihnen vielleicht den Weg zeigen«, sagte in diesem Moment Guillaume in ironischem Tonfall zu seinem Bruder und ging daraufhin zügig voran.

»Ja … ja, natürlich.« Nicolas folgte ihm und steuerte den Schlosseingang an.

Sie kamen direkt an uns vorbei, und ich merkte, wie mein Herz ein wenig schneller schlug. Aber Nicolas schien völlig in seine eigenen Gedanken versunken zu sein.

»Mademoiselle Vinet.« Guillaume hatte mich bemerkt und nickte mir höflich zu.

In diesem Moment sah auch Nicolas auf, und unsere Blicke trafen sich. Wie lange hatten wir uns nicht mehr gesehen? Es kam mir nicht wie sechzehn Jahre vor.

Natürlich, aus dem schüchternen Kind, das sich hinter einem Holunderbusch versteckte, war ein erwachsener Mann geworden, aber viele Dinge waren gleich geblieben. Die dunklen ausdrucksvollen Augen, der neugierige, aber vorsichtige Ausdruck in ihnen. Das leichte Lächeln in den Mundwinkeln.

Ich wusste ohne Worte, dass auch Nicolas mich erkannte. Wie angewurzelt war er stehen geblieben, und wir taten nichts anderes, als einander einfach nur anzustarren. Vermutlich war es an der Zeit, auch etwas zu sagen, um herauszufinden, ob die Vertrautheit, die wir als Kinder geteilt hatten, noch vorhanden war …

»Nicolas!«

Gerade, als ich den Mund öffnete – ohne eine Ahnung, was ich sagen wollte –, knuffte Guillaume seinen Bruder in die Schulter. »Willst du die Arme bis zum Sankt-Nimmerleins-Tag anstarren? Reiß dich zusammen, und komm endlich.«

Ich versuchte ein letztes Mal, Nicolas Blick aufzufangen, doch es gelang mir nicht. Stattdessen riss er sich mit einem Ruck los und ging so eilig zurück zum Schloss, dass nun Guillaume Mühe hatte, hinterherzukommen.

»*Catastrophe*«, hörte ich ihn noch fluchen, dann waren sie im Schloss verschwunden.

Mein Wiedersehen mit Nicolas nach so vielen Jahren hatte ich mir anders vorgestellt. Unser schüchterner Austausch von Blicken hatte sich ziemlich unbefriedigend angefühlt. Aber er hatte dennoch etwas in mir ausgelöst, und ich war mir sicher, in Nicolas ebenfalls. Was genau es war? Keine Ahnung. Um das herauszufinden, hätten wir eine Gelegenheit gebraucht, miteinander zu sprechen.

Wie sein älterer Bruder mit ihm umgegangen war, war mir ziemlich sauer aufgestoßen, noch mehr überraschte mich, dass Nicolas die rüde Behandlung einfach so hingenommen hatte. Ich hatte fast den Eindruck, er wäre eher noch etwas scheuer als selbstbewusster geworden.

»Also ich meine, ich wusste schon vorher, dass Samantha etwas kapriziös sein kann, aber bei diesem Projekt verhält sie sich noch merkwürdiger als sonst.« Die Stimme der Stylistin brachte mich in die Gegenwart zurück.

»Du kennst sie näher?«

»Hab ihr schon bei ein paar Produktionen Haare und Make-up gemacht. Sie ist da sehr wählerisch und möchte nur von den Besten betreut werden.«

»Verstehe.«

»Nun, wir werden auch diesen Film irgendwie überstehen. Ich muss mich leider verabschieden. Es gibt noch einiges vorzubereiten.« Die Stylistin leerte mit einem großen Schluck ihren Kaffee und ging an mir vorbei zurück zu den weißen Trailern.

Ich betrachtete noch ein letztes Mal ein wenig melancholisch den Schlossausgang, dann gab ich mir einen Ruck. Es wurde Zeit, nachzusehen, was aus Alice geworden war. Immerhin würde ich ihr viele spannende Details zu ihrem Idol Samantha berichten können. Ich wanderte also zurück zu den großen weißen Zelten am Eingang. Erst zögerte ich kurz, dann schob ich die Plane mit der Beschriftung »Département Costume« zur Seite.

Drinnen blieb ich ehrfürchtig stehen, als ich die langen Reihen von Kleiderstangen sah. Die Kostüme hingen dort in großen durchsichtigen Plastiksäcken verstaut. Das Zelt war außerdem durch eine lange Sichtschutzwand in zwei Abteile getrennt. Eins für die Herren und eins für die Damen. Ich stellte mich rasch auf die linke Seite, wo die Kostüme für die Frauen aufgereiht waren. In dem Moment stieg eine junge Frau in einen riesigen Reifrock, der wie ein bunter Pfannkuchen rings um sie herum den Boden bedeckte. Von Alice sah ich leider keine Spur.

»Kann ich dir helfen?« Die Dame mit dem Maßband um den Hals, die ich vorhin schon gesehen hatte, kam auf mich zu.

»Ja, ich bin auf der Suche nach Alice Aubertin.«

»Oh, die ist gerade im linken Zelt für ihre Frisur und das dazugehörige Make-up. Wir wollten noch mal etwas anderes an ihr ausprobieren.«

»Alles klar!«

Rasch schlüpfte ich wieder aus dem Kostümzelt und lief hinüber ins linke Zelt. Dort waren lange Reihe mit Tischen aufgebaut, auf denen sich Taschen voller Make-up, Lidschatten und Lippenstifte stapelten, daneben jede Menge Glätteisen und Lockenstäbe. Und das Allerbeste: In einem riesigen Regal am Ende des Zeltes standen haufenweise Gipsköpfe mit aufwendigen Perücken. Natürlich sah man damit unter normalen Umständen etwas albern aus, aber in einem historischen Film wirkte es sicher beeindruckend. Vor zweihundert Jahren roch es aber wohl nicht so stark nach Haarspray und Styling-Gel, wenn die Damen und Herren zurechtgemacht wurden.

Endlich entdeckte ich nun auch Claudines Nichte. Strahlend wie ein Honigkuchenpferd saß sie auf einem Hocker vor einem großen ovalen Spiegel. Eine Friseurin war gerade damit beschäftigt, Alices Haare mit einem Lockenstab zu bearbeiten. Neben ihr stand ein voluminöses Haarteil bereit. Schon bald würde die Teenagerin vermutlich nicht mehr wiederzuerkennen sein.

»Da bin ich aber mal gespannt«, sagte ich daher auch, als ich neben ihren Tisch trat.

»Ich auch!«, verkündete Alice, die mich im Spiegel beobachtete. »So eine tolle Frisur kriegt man ja sonst nie.«

»Bist du ihre Schwester?«, fragte nun die Friseurin, während sie eine von Alices Haarsträhnen mit einem Kamm toupierte.

»O nein, ich bin nur eine gute Freundin ihrer Tante. Aber natürlich trotzdem ein großer Fan.«

»Alice hat mir vorhin schon erzählt, dass sie unbedingt mal ins Filmgeschäft möchte«, erwiderte die Haar-Stylistin gut gelaunt. »Wir fangen ja alle mal klein an.«

Ich nickte.

»Sie ist ganz schön ambitioniert für ihre fünfzehn Jahre, nicht mehr lange, und die ganze Welt wird sie als begnadete Sängerin und Schauspielerin kennen.« Noch bevor ich meinen Satz beendet hatte, merkte ich, dass ich offensichtlich einen großen Fehler gemacht hatte. In der Maske wurde es auf einmal ganz still, und Alice warf mir einen wütenden Blick zu.

»Für ihre fünfzehn Jahre …?«, wiederholte ein Make-up-Artist, der neben unserem Tisch arbeitete. »Hast du nicht in deiner Bewerbung angegeben, du wärst achtzehn Jahre alt?«

»Hast du vielleicht kurz deinen Ausweis hier?«

Alice blickte mit gerunzelter Stirn nach links und rechts und verzog den Mund.

»Na gut, na gut, ich habe bei der Bewerbung gemogelt«, gestand sie schließlich. »Mir haben ein paar Jahre gefehlt.«

Mit ernster Miene ließ daraufhin die Friseurin den Lockenstab sinken. »Es tut mir leid, Alice, aber wenn du wirklich erst fünfzehn bist, können wir dich nicht als Komparsin spielen lassen. Die Produktionsfirma hat da strenge Vorschriften. Minderjährige sind immer ein ziemlicher Mehraufwand am Set.«

Das Herz rutschte mir bei diesen Worten in die Hose. Das konnte doch gerade nicht wirklich passiert sein.

»Alice ...«, wandte ich mich an Claudines Nichte. »Das habe ich nicht ...«

Doch Alice funkelte mich mit einem Blick an, der jegliche Entschuldigungsversuche abwürgte. Wütend sprang sie von ihrem Stuhl auf. »Du bist das Allerletzte!«, rief sie mit Tränen in den Augen.

»Es tut mir leid! Ich wollte doch nicht ...«

Schon stürmte Alice mit wehenden, halb toupierten Haaren aus dem Zelt. Erschüttert blickte ich ihr hinterher.

»Ich habe gerade eine glanzvolle Karriere ruiniert ...«

»Es ist besser so«, tröstete mich die Frisur-Künstlerin. »Wenn das erst im Nachhinein rausgekommen wäre, hätte es echte Probleme gegeben. Die Produktionsfirma mag solche Zwischenfälle gar nicht, und wir hätten Ärger mit dem Gesetz bekommen.«

Und da ich meine Abschlussprüfung einfach nicht bestand, hätte ich Alice nicht mal als kompetente Anwältin beistehen können.

»Aber gibt es denn wirklich gar keine Möglichkeit, dass sie dabei sein kann? Sie wünscht es sich doch so sehr.«

»Na ja ...« Die Friseurin machte ein nachdenkliches Gesicht.

»Theoretisch könntest du als Aufsichtsperson für Alice ebenfalls dabei sein«, sagte der Make-up-Artist. »Aber dann müsstest du auch immer am Set sein, wenn sie ...«

»Aber ich bin keine Schauspielerin.«

»Komparsen sind auch keine Schauspieler«, antwortete die andere. »Du müsstest wirklich nicht viel mehr tun, als im Hintergrund zu stehen und gut auszusehen. Das erfordert minimalen Einsatz. Außerdem hast du tolle Haare, die perfekte Figur für eins unserer Kleider und ein interessantes Gesicht. So markante Züge, das wird richtig authentisch aussehen!«

Wenn ich Alices Auftritt im Film retten wollte, musste ich also ebenfalls Teil davon werden? So viel zum Thema Lernen bis zum Umfallen. Ich wollte gerade ablehnen, als ein anderer Gedanke in mir aufblitzte. Ich hatte als Kind immer davon geträumt, das Schloss einmal von innen zu sehen. Und Nicolas würde auch dort sein. Ja, vielleicht würde ich ihn sogar ohne seinen herrischen Bruder erwischen.

»Okay, also nur mal angenommen, nur mal ganz hypothetisch angenommen, ich würde Alices Aufsichtsperson für den Ball werden. Wie lange würde das dann dauern?«

Die Friseurin wiegte den Kopf hin und her. »Mit einer Woche oder so kannst du schon rechnen, aber es wird bezahlt, und Ballszenen machen eigentlich immer Spaß. Der Ballsaal im Château soll auch besonders schön sein, auch wenn ich ihn bisher noch nicht gesehen habe. Klein, aber fein.«

Ich atmete kurz aus und nickte. »Na schön, für diese *eine* Szene, für den Ball, bin ich auch dabei. Aber nur dafür!«

»Herrlich! Da wird sich Alice aber freuen. Dann geh doch gleich rüber zu Violetta, und sag ihr, dass du jetzt ebenfalls adeliger Gast auf unserem Ball bist.«

Kapitel 6

Auf einmal ging alles ziemlich schnell. Vermutlich war es auch besser so, bevor ich dazu kam, genauer darüber nachzudenken, worin ich gerade eingewilligt hatte. Wie im Traum verließ ich das Zelt und ging wieder zurück zu den Kostümen. Zumindest wusste ich jetzt, dass die Dame mit dem Maßband um den Schultern Violetta hieß. Mit besorgtem Gesicht kam diese auch gleich auf mich zu.

»Ist alles in Ordnung?«

»Na ja ...« Ich lächelte schief. »Es hat sich leider herausgestellt, dass Alice nur so aussieht, als wäre sie schon achtzehn, aber leider erst fünfzehn ist. Deswegen braucht sie eine Aufsichtsperson, und die bin ich.«

»*Mon dieu.*« Violetta schüttelte den Kopf. »Das hätte ich nun wirklich nicht erwartet. Aber im Filmgeschäft kommt eigentlich immer alles ganz anders, als man denkt. Dann werden wir dich wohl mal für den Ball hübsch machen, *n'est-ce pas?*«

»Geht das denn noch so kurzfristig?«

»Aber selbstverständlich!«, erwiderte Violetta entschlossen, während sie mich bereits von oben bis unten musterte. »Ich glaube, ich habe auch schon eine Idee, wie wir dich herrichten. O ja! Das sollte *perfekt* an dir aussehen. Komm!«

Also folgte ich der Kostümbildnerin in ihr Labyrinth aus Kleidern, gespannt, welches davon meines werden sollte.

»Würdest du dich kurz bis auf die Unterwäsche ausziehen?« Violetta deutete auf einen durch Paravents abgetrennten Bereich. »Ich bringe dir gleich alles.«

Alles? Das klang, als würde zum Ballkleid noch eine Schleppe, ein Regenschirm und ein extravaganter Hut gehören. Ich fragte mich bereits jetzt, worauf ich mich da nur eingelassen hatte, während ich meine Jeans und mein T-Shirt auszog. Zum Glück war heute ein warmer Tag und die Kostümbildnerin brauchte nicht lange, bis sie mit einem der ausladenden Kleider zurückkam. Das trug sie über den linken Arm geworfen. Als Erstes band sie allerdings etwas Ähnliches wie zwei Kissen um meine Taille, die meine Hüfte nach links und rechts um einiges vergrößerten.

»Damit komme ich ja nur noch seitwärts durch Türen«, stellte ich fest.

»Ach, die Türen sind groß genug.«

»Kannst du mir noch etwas mehr über diesen Film erzählen, den ihr da dreht?«, fragte ich, während die Kostümbildnerin am Saum meines Rocks herumzupfte. »Irgendwie weiß ich immer noch nicht viel mehr, als dass es historisch wird.«

»Es wird sogar sehr historisch«, antwortete Violetta schmunzelnd. »Das Filmprojekt heißt ›Antoinette‹ und soll die ersten Jahre von Marie Antoinette nach ihrer Heirat mit Louis XVI. nachverfolgen. Stark fiktionalisiert allerdings.«

»Ist das nicht die Königin, die am Ende enthauptet wurde?«

»Ja, die Königin, die bei der französischen Revolution ein sehr unglückliches Ende gefunden hat, aber das ist zum Glück nicht Teil des Films.«

»Und Samantha Watts spielt Marie Antoinette?«

»Du hast es erfasst. Wenn du einmal kurz die Arme heben würdest.« Ich tat, wie mir geheißen, und Violetta stülpte einen riesigen Rock über meinen Kopf. Fasziniert blickte ich auf den mitternachtsblau glänzenden Stoff hinunter. Es war, als würde mich ein kleiner See umgeben, dessen Oberfläche sich jedes Mal kräuselte, wenn ich mich bewegte.

»Hatte Marie Antoinette denn rote Haare?«, fragte ich weiter.

»*Mais non*, Samantha wird eine Perücke tragen. *Voilà*.« Und plötzlich wurde ich von Violetta in ein enges Mieder eingeschnürt, woraufhin ich nach Luft schnappte.

»Sehr authentisch.« Ich keuchte und richtete mich etwas gerader auf.

»Ich weiß, es ist unbequem«, sagte Violetta mitfühlend. »Aber glaub mir, du wirst umwerfend aussehen.«

»Hoffentlich ist es das alles wirklich wert«, murmelte ich, während sich das Mieder eng an meinen Körper heftete. »Und wen spielt dann dieser andere Typ? Wie hieß er noch?«, fragte ich, um mich etwas abzulenken.

»Paul Hamilton?«

»Ja, genau! Spielt der dann ihren Ehemann? Louis, den Soundsovielten?«

»O nein.« Violetta lachte. »Paul spielt den heimlichen Geliebten – einen fiktionalen Charakter natürlich. Er soll Maries Antoinettes erste wahre Liebe sein, für den sie am liebsten alles aufgeben würde. Du siehst, es wird alles sehr romantisch und leidenschaftlich.«

»Und unbequem.«

»Warte nur ab, jetzt kommt das Oberteil.« Violetta zauberte nun eine Art Bluse mit voluminösen Puffärmeln hervor, die seitlich aufgeschlitzt waren, darunter kam eine Lage weißer Satin zum Vorschein. Ich zog sie mir von vorn über die Arme. Der tiefe Ausschnitt war mit kleinen silbernen Perlen gesäumt.

»Wow!«

»Ich sagte doch, du wirst umwerfend aussehen.«

Violetta stellte sich nun hinter mich und begann die vielen kleinen Haken zu schließen, die das Oberteil am Rücken zusammenhielten.

»Auf dem Ball morgen soll übrigens die allererste Begegnung zwischen Antoinette und ihrem Geliebten stattfinden. Der Moment, in dem der Funke zwischen ihnen überspringt. Samantha sollte das aber nicht allzu schwerfallen. Paul Hamilton ist schließlich ein echter Beau – und Single. Das hier ist übrigens sein erster internationaler Film.«

»Na, dann wundert es mich, dass er nicht ebenfalls ins Schloss eingezogen ist«, bemerkte ich. »Er ist wohl einfach kein«, ich fegte dramatisch eine Haarsträhne über meine Schulter, »*Method Actor!*«

Violetta lachte. »Du bist aber auch nicht schlecht als Schauspielerin.« Ich spürte, wie sich die letzte Öse am oberen Ende meines Rückens schloss. »Und dann wären wir auch schon fertig mit deinem Ballkostüm.«

Ich streckte die Arme aus, um noch einmal das wunderschöne Oberteil zu betrachten, das Violetta für mich ausgesucht hatte. Es passte wie angegossen. Man fühlte sich darin wirklich wie ein ganz anderer Mensch. Nicht mehr wie Élodie, die chronisch überforderte Jura-Studentin, sondern eher wie die Comtesse Élodie Vinet von und zu Chronisch-Überfordert.

»Würdest du vielleicht mal kurz in meine Richtung sehen?« Ich bemerkte erst jetzt, dass Violetta ein Tablet gezückt hatte. »Ich muss ein Foto von dir machen, damit wir morgen wissen, wie alles an dir saß.«

Also ließ ich mich brav fotografieren und mir dann von Violetta dabei helfen, mich wieder aus meinem herrschaftlichen Kostüm zu befreien.

»Schreib mir noch bitte deine E-Mail-Adresse und deine

Handynummer auf, damit wir dich kontaktieren können«, sagte Violetta, als sie den Rock und das Oberteil an die Kleiderstangen gehängt hatte. Ich tat wie geheißen und kritzelte meine Kontaktdaten auf einen Zettel, den ich Violetta gab.

»Wann geht es morgen los?«, fragte ich nervös, während sie mich zum Ausgang begleitete.

»Du solltest pünktlich um sechs bitte hier sein. Aber du wirst noch mal eine Mail bekommen, in der alle Details stehen.«

»Sechs Uhr morgens?«

»Selbstverständlich! Bei Nachtdrehs fangen wir erst um zwölf an.«

»Du meinst um Mitternacht?«

Violetta lächelte. »Zwölf Uhr mittags.«

Dann hielt sie die Zeltplane auf, sodass ich hindurchschlüpfen konnte. »Wir sehen uns also morgen!«, verabschiedete sich die Kostümbildnerin.

Schon stand ich wieder draußen vor dem Schloss. Immer noch etwas überrumpelt blinzelte ich in die mittlerweile tief stehende Nachmittagssonne, dann warf ich einen Blick zum Schloss. An einem der Fenster sah ich für einen kurzen Augenblick eine Gestalt. Nicolas? Doch als ich die Augen zusammenkniff, um sie besser erkennen zu können, war sie bereits wieder verschwunden. Wir würden sicher irgendwann eine Chance bekommen, auch miteinander zu sprechen. Ich wandte mich ab und ging entschlossen durch das Tor.

Im Wald überholte ich ein paar andere Komparsen, die ebenfalls bei einer Kostümprobe gewesen waren und ihre Autos kreuz und quer im Dorf geparkt hatten. Monsieur Bernouille war vermutlich gar nicht erfreut. Normalerweise hätte ich vielleicht versucht, eine der jungen Frauen in ein Gespräch zu verwickeln und etwas mehr über die Arbeit als Hintergrundkunstwerk zu erfahren, aber ich hatte es eilig, zurückzukommen. Ich hoffte, dass ich vielleicht noch Alice erwischte, um sie über die neue Situation zu informieren.

Es war wirklich nicht meine Absicht gewesen, dass sie aus dem Projekt flog. Aber woher hätte ich auch ahnen sollen, dass sie sich klammheimlich ein paar Jahre älter gemacht hatte? Zurück im Dorf steuerte ich daher schnurstracks Claudines Häuschen an. Dass ich mich wieder voll und ganz ins Dorfleben integriert hatte, merkte ich schon daran, dass ich diesmal ohne Umschweife ihre Haustür aufriss.

»Alice!«, rief ich. »Es tut mir wirklich –«

»Ich will nicht mit ihr reden!

»Komm doch rein, *ma chère!*«

Claudine trat aus der Küche, über ihrem blauen Kleid trug sie eine karierte Schürze, auf der sich einige hellrote Flecken befanden. »Ich mache gerade Erdbeermarmelade«, erklärte sie seelenruhig. »Magst du nicht kurz in die Küche kommen und dich setzen? Vielleicht einen Schluck Limonade trinken? Du siehst ganz abgehetzt aus.«

Ich folgte Claudine in den quadratischen Raum, der komplett von Küchenschränken eingerahmt wurde. Von der Decke hingen auf einem Gitter getrocknete Gewürze, sodass es leicht nach Thymian, Majoran und Basilikum roch. An einem großen alten Holztisch in der Mitte saß eine völlig verheulte Alice. Vor ihr mehrere zerknüllte Taschentücher.

Claudine nahm das offenbar alles nicht weiter tragisch. Sie warf einen kurzen Blick in den riesigen dampfenden Topf, der auf ihrem Herd stand. Der süße Erdbeerduft, den er verströmte, ließ einen ganz schwach werden. Dann öffnete sie ihren Kühlschrank und holte einen Krug mit einer hellgelben Flüssigkeit heraus, in der einige Eiswürfel schwammen.

»Du hast also die Schauspielkarriere meiner Nichte torpediert«, sagte sie, während sie den Krug und ein leeres Glas vor mich stellte. »Alice kam völlig aufgelöst hier an.«

»Ich weiß, ich weiß. Aber ich habe mittlerweile eine Lösung gefunden.«

»Eine Lösung?«, flüsterte Alice und sah hoffnungsvoll zu mir auf.

»Ich bin jetzt deine Aufsichtsperson während deiner Zeit am Set. Das heißt, du bist immer noch beim Film dabei, musst dich aber die ganze Zeit mit meiner Anwesenheit herumschlagen.«

»Wirklich?«

Ich nickte nachdrücklich.

»Oh, Élodie!« Alice sprang auf und schloss mich in die Arme. »Danke, danke, danke!« Sie ließ mich wieder los. »Ich muss kurz telefonieren!« Und schon stürmte sie aus Claudines Küche.

Kopfschüttelnd sah ich ihr hinterher. Wahrscheinlich hatte sie schon all ihren Freundinnen eine Sprachnachricht geschickt, was für eine fiese Person ich war. Erschöpft ließ ich mich auf den frei gewordenen Platz am Tisch sinken.

Claudine stand immer noch am Herd und nickte zufrieden.

»Ich habe mir schon gedacht, dass sie dich engagieren. Mit deinen tollen Haaren und der markanten –«

»Und meiner markanten Nase . . .«

»Genau! Und du wirst Nicolas sicherlich öfter begegnen, wenn du im Schloss bist.«

Ich hätte an dieser Stelle gerne kräftig protestiert, dass es mir ganz egal war, ob ich Nicolas im Schloss treffen würde, aber Claudine konnte ich nichts vormachen. Sie kannte mich in- und auswendig.

»Es wäre doch ganz schön, ein paar Worte mit ihm zu wechseln«, gab ich daher widerstrebend zu. »Bisher hat er mich nämlich nur entgeistert angestarrt.« Um mich von diesem seltsamen Moment abzulenken, nahm ich einen tiefen Schluck eisgekühlte Limonade.

»Gib ihm ein wenig Zeit. Er hat momentan viel um die Ohren.«

»Und einen ziemlich dominanten großen Bruder ...«

»Das stimmt allerdings.« Claudine seufzte. »Guillaume scheint ganz nach seinem Großvater zu kommen. Ein typischer Montenait eben. Einer, der sich am allermeisten für seine eigenen Belange interessiert, weniger für das Wohl von Courléon. Nicolas hingegen, wenn man ihn nur ein wenig aus seinem Schneckenhaus herauslocken würde ...« Claudine warf mir einen langen Blick zu, bei dem mir ganz flau wurde. Ihr konnte man definitiv nicht vorwerfen, sich nur um ihre eigenen Belange zu kümmern.

»Ich glaube, ich sollte mich dann langsam mal auf den Heimweg machen«, verkündete ich. »Es ist schon recht spät und ich sollte noch ein wenig ... lernen.«

Bevor du morgen den ganzen Tag am Set verbringst, anstatt dich auf deine Prüfung vorzubereiten, fügte eine vorwurfsvolle Stimme in meinem Kopf hinzu, die verdächtig nach Solène klang.

»Aber natürlich, ich will dich auch nicht länger aufhalten«, erwiderte Claudine und zwinkerte. »Sonst bekomme ich es noch mit deiner Mutter zu tun.«

»Haha, ja«, antwortete ich, aber es war eher ein »eigentlich ist das kein Scherz«-Lachen. Ich stand auf, und Claudine hielt mir die Tür zum Flur auf.

»*À bientôt!*«, verabschiedete ich mich hastig und eilte aus dem Haus.

Draußen angekommen lehnte ich mich gegen die steinerne Mauer und atmete tief durch. Das Dorfleben. Einerseits konnte man einfach so in die Küche seiner Nachbarn stürzen und bekam dort Limonade serviert. Andererseits wurde aber auch schon mal dein ganzes Leben vorausgeplant. Leider konnte ich nicht behaupten, dass meine eigene Lebensplanung viel erfolgreicher lief.

»Das wir uns als Kinder ganz gut verstanden haben, sagt überhaupt nichts!«, erklärte ich dem Gartenzaun einige Meter entfernt. »Und wenn er in meiner Gegenwart den Mund nicht aufkriegt, sehe ich schwarz für die Zukunft.«

Claudines Zaun ließen all diese Argumente unbeeindruckt. Vermutlich interessierte ihn mein Gefühlsleben auch nicht besonders.

Obwohl meine Eltern einen Gasthof führten, war es vollkommen unmöglich, ungesehen zu verschwinden, es sei denn, man nahm mein Zimmerfenster. Diesmal traf ich auf meine Mutter direkt im Hausflur.

»Na? Hast du draußen einen Spaziergang gemacht?«, fragte sie. Sie wirkte gut gelaunt.

Erst jetzt fiel mir auf, dass ich völlig vergessen hatte, ihr von Claudines Besuch an meinem Fenster zu erzählen.

»Ich habe Alice zum Schloss begleitet. Sie wollte ... na ja ... als Komparsin auftreten. Wusstest du eigentlich, dass das ein Film über Marie-Antoinette werden soll?«

»Die geköpfte Königin?«

»Ja, aber ohne Köpfung!«

»Gott sei Dank, dann kann ich mir den Film am Ende auch anschauen.«

»Vermutlich wirst du dann darin sogar ...«, ich schluckte, »mich entdecken.«

Wie ich erwartet hatte, blickte mich meine Mutter mit großen Augen an.

»Du wirst im Film sein?«

Ich nickte bedächtig. »Aber nur in einer Szene!«, schob ich rasch hinterher. »Und es war auch überhaupt nicht so geplant. Ich musste kurzfristig als Aufsichtsperson für Alice einspringen, weil die sich älter gemacht hatte, und –«

»Schon gut, schon gut.« Maman lachte und winkte ab. »Im Gegensatz zu Alice bist du ja schon volljährig und kannst tun und lassen, was du willst. Komm doch mit in die Küche, da können wir weiterreden, ich wollte gerade anfangen, das Abendessen zu kochen, und würde mich über Unterstützung freuen.«

»Klar!«, antwortete ich, erfreut, dass Maman nicht die geringsten Bedenken zu haben schien, und lief hinter ihr her den Gang hinunter.

»Du hättest den Job ja auch niemals angenommen, wenn er deine Lernerei gefährden würde, oder?«, fragte sie in diesem Moment über die Schulter.

Ich zwang mich zu einem zuversichtlichen Lächeln. »Auf gar keinen Fall!«

Und so gingen wir gemeinsam in die Küche des Gasthofes, und ich lenkte mich von meinen nagenden Zweifeln an meiner juristischen Karriere ab, indem ich damit begann, meiner Mutter haarklein alles über den heutigen Nachmittag zu erzählen. Angefangen von Alices großen Plänen, in Paris als Sängerin und Schauspielerin durchzustarten, über den skurrilen Auftritt von Samantha Watts bis hin zum hinreißenden Kleid, dass ich morgen tragen würde.

»Die beiden Montenaits sind übrigens auch noch aufgetaucht. Guillaume und Nicolas«, sagte ich schließlich, während ich einen Haufen klein geschnittener Zwiebeln in einen riesigen Kochtopf schüttete. Maman würzte währenddessen den Braten.

»Habt ihr euch unterhalten?« Sie hob den Kopf.

»Nein … aber, was nicht ist –«

»Halt dich lieber von beiden fern.«

Bei unserer angeregten Unterhaltung hatte ich überhaupt nicht mitbekommen, dass Papa die Küche betreten hatte. Er schleppte zwei Säcke Karotten, die er mit einem dumpfen Geräusch auf die Fliesen plumpsen ließ.

»Guillaume ist ein aufgeblasener Angeber und Nicolas nach allem, was man hört, ein verschüchterter Bücherwurm.«

»Das klingt bei dir so negativ«, antwortete ich entrüstet.

»Schon mal versucht, ein Schloss zu leiten, wenn du anderen Leuten nicht mal richtig in die Augen sehen kannst?«, sagte Papa. »Nicolas wird sein ganzes Leben lang nach Guillaumes Pfeife tanzen, und der wiederum ist nur an Geld interessiert. Oder warum sollte er sonst eine Filmcrew ins Schloss seiner Vorfahren lassen?«

»Élodie wird dort morgen auch sein!«, verkündete Maman. »Als Komparsin. Auf einem Ball!«

»Wolltest du nicht lernen?«, fragte Papa stirnrunzelnd.

Am liebsten hätte ich laut »Eigentlich schon!« gerufen, vielleicht noch mit dem Zusatz »Aber ich will den verschüchterten Bücherwurm wiedersehen!«. Ich beschränkte mich stattdessen auf ein betont zuversichtliches Lächeln.

»Es ist nur für ein paar Tage. Das kriege ich schon hin.«

»Spring im Schloss herum so viel du willst«, antwortete Papa und wuchtete mit finsterer Miene die Karotten neben die Spüle. »Solange du dich nicht mit den Montenaits einlässt.«

Mit diesen düsteren Worten verließ er wieder die Küche. Auch das Summen des Dampfabzugs half nicht über die unangenehme Stille hinweg, die mit Papas Abgang entstanden war.

»Was hat er denn nur?«, fragte ich schließlich kopfschüttelnd. »Man könnte meinen, die Montenaits hätten ihm einmal höchstpersönlich die Suppe versalzen.«

»Ach, du weißt doch, wie das ganze Dorf hier ist. Nachtragend über Generationen hinweg. Da steckt irgendeine uralte Geschichte dahinter, frag Claudine danach, wenn du willst. Ich fand das alles schon immer furchtbar albern.«

»Du kommst ja auch aus Angers«, erwiderte ich mit einem kleinen Lächeln. »Dem weit entfernten Ausland.«

»Richtig!« Gespielt dramatisch hielt sich Maman den

Handrücken gegen die Stirn. »Ich bin ein fast ebenso internationaler Star wie diese Samantha Nodds.«

»Watts.«

Kapitel 7

Nachdem ich den restlichen Abend dabei geholfen hatte, Lammbraten zu servieren und die vielen Gäste in der Auberge zu bewirten – zu meiner Überraschung traf ich dabei prompt Violetta wieder –, fiel ich gegen halb elf müde in mein Bett und verschob damit alle Lernpläne auf morgen.

Ich ließ mich stattdessen erschöpft in einen Schlaf sinken, der mir Träume von einem verwunschenen Schloss bescherte, in dem Claudine den ganzen Tag Aprikosenmarmelade kochte, während der spanische Regisseur haareraufend um sie herumsprang. Ein ganz normaler verrückter Traum eben, zumindest bis zu diesem letzten Moment vor dem Aufwachen, in dem ein kleiner Teil des Bewusstseins schon zwischen Traum und Wirklichkeit unterscheiden konnte. Ich stand wieder an dem Holunderbusch im Wald, und Nicolas kam hinzu, der erwachsene Nicolas, und er lächelte mich an.

Du hast auf mich gewartet, sagte er. *Ich wusste, dass du warten würdest.*

Und noch bevor ich antworten konnte, wurde die Stilles des Waldes von einem kräftigen Hahnenschrei durchbrochen.

Verwirrt fuhr ich hoch. Monsieur Bernouilles Hahn legte

sich ein weiteres Mal kräftig ins Zeug, und ich ließ mich müde zurück ins Kissen fallen. Zumindest bis mir wieder einfiel, dass ich ja schon um sechs am Château sein musste. Abrupt schoss ich wieder in die Höhe und schwang die Beine aus dem Bett. An meinem ersten Arbeitstag wollte ich schließlich nicht zu spät kommen.

»Dein Chef ist schon eine Stunde vor dir aufgestanden«, war das Erste, das Maman verkündete, als ich kurz darauf zerzaust und gähnend die Küche betrat.

»Chef?«, fragte ich verwirrt und dachte an Monsieur Charlier. Er war nicht begeistert gewesen, dass ich meinen Job vorläufig pausieren wollte.

»Na, der Regisseur, Pablo Domingo.«

»Oh.« Ich gähnte erneut. »Ach so.«

Müde schlurfte ich zur Kaffeemaschine, in der Hoffnung ein koffeinhaltiges Heißgetränk würde mich etwas wacher machen.

»Warum nur muss dieser Ball so früh am Morgen stattfinden«, murrte ich. »Eine echte Adelige lag um diese Zeit noch im Bett und träumte von den neuesten Hüten aus Paris.«

Maman lachte. »Ich bin schon ganz gespannt, was du erzählst. Besonders vom Schloss. Ich kann immer noch nicht glauben, dass es auf einmal Normalsterbliche betreten dürfen.«

»Ich auch nicht.« Ich entnahm den fertigen Kaffee.

»Ich wünsche dir auf jeden Fall viel Spaß.« Maman stand auf und ging zur Tür zum Gastraum. »Und mach dir keine Gedanken wegen Nicolas«, sagte sie über die Schulter. »Der traut sich schon noch.«

Als ich kurz darauf die Auberge verließ, kam es mir nicht länger so vor, als müsste ich heute zur Arbeit erscheinen, bevor der Rest der Welt überhaupt ans Aufstehen dachte. Ich sah eine ganze Gruppe von jungen Frauen und Männern, die sich in diesem Moment in Richtung Wald begaben. Ich vermutete, sie waren ebenfalls als Komparsen herbestellt worden, und machte mich daran hinterherzukommen. Vor dem Waldeingang wartete bereits Alice auf mich.

»Komm!« Sie winkte ungeduldig. »Ich will nicht zu spät sein.«

Ich wollte auch möglichst schnell am Château sein, denn der Himmel war heute Morgen ziemlich grau und zugezogen. Zum Glück würden wir ja die meiste Zeit im Schloss verbringen. Im Wald bekam ich ein paar Gesprächsfetzen der anderen Komparsen mit.

»Bist du auch so oft umgebucht worden?«

»Vor einer Woche war ich noch als Scheuermagd eingeplant. Dann haben sie plötzlich angerufen und mich zur Hofdame befördert.«

»Da hast du aber Glück gehabt, Alexandre ist das Gegenteil passiert.« Ich hörte ein Lachen. »Der war ein adeliger Gesandter, jetzt ist er Schweinehirte.«

Ich hoffte inständig, man würde mich vor Ort nicht auch noch so kurzfristig umbesetzen. Dafür freute ich mich einfach schon zu sehr auf mein Kleid.

Zu meiner Überraschung sah ich diesmal durch das offene Tor bereits eine lange Schlange von Menschen, die vor einem der weißen Zelte anstand. Da sich offensichtlich alle dort einreihten, taten Alice und ich einfach dasselbe.

»Ich glaube, da vorne füllt man seinen Arbeitsvertrag aus«, stellte Claudines Nichte fest und reckte den Hals.

»Ach, stimmt ja, wir werden dafür bezahlt.«

»Hattest du das vergessen?«

»Irgendwie war es echt das Letzte, woran ich bei der ganzen Sache gedacht hatte«, gab ich zu.

Alice öffnete gerade den Mund, da rückte die Schlange ein großes Stück nach vorn. Aus dem weißen Zelt kamen ein paar der Mitarbeiter vom Filmset. Sie alle trugen dunkle T-Shirts, auf denen in Großbuchstaben »Antoinette« stand, darunter befand sich die weiße Silhouette einer Frau mit turmhoher Perücke.

Ich bekam ein paar Blätter Papier in die Hand gedrückt, auf denen ich meine persönlichen Daten und meine Kontonummer eintragen sollte. Es entstand ein kleines Durcheinander, währenddessen ich Alice aus den Augen verlor, bis schließlich einer der Mitarbeiter auf mein verwirrtes Gesicht aufmerksam wurde, mir die Formulare abnahm und mich zum Kostümzelt schickte. Dort traf ich zum Glück auf ein bekanntes Gesicht.

»Hallo, Élodie!« Violetta winkte mir fröhlich zu, während sie einer älteren Frau in ihren Rock half.

Etwas eingeschüchtert winkte ich zurück. Gestern noch war mir das Zelt riesig vorgekommen, und heute, da sich auf einmal ein Haufen Leute darin tummelte, fühlte es sich fast schon beengt an. Nachdem Violetta der anderen Dame mit ihrem Rock geholfen hatte, kam sie zu mir herüber. Sie wirkte gestresst.

»Puh, du siehst ja, was hier los ist«, sagte sie zur Begrüßung. »So ein Ball ist heute nicht viel weniger Arbeit als früher. Wärst du vielleicht so gut und würdest für mich Nikita herholen? Wir brauchen hier drin dringend Unterstützung.«

»Wenn du mir sagst, wer Nikita ist und wo ich sie finde.«

»Sie ist Samanthas Stylistin. Ihr Trailer ist nicht zu übersehen, ist schließlich der größte von allen. Frag sie, ob sie vielleicht ausnahmsweise bei den Komparsenfrisuren helfen könnte, bevor sie Samantha vorbereitet. Sei so lieb, ja?«

»Aber klar«, antwortete ich, obwohl ich jetzt schon befürchtete, in den falschen Trailer zu geraten und irgendjemanden in Unterhose aufzuschrecken. Ich schlüpfte wieder aus dem Zelt und schob mich an den zahlreichen Komparsen vorbei, die entweder mit ausgefüllten Verträgen wedelten oder offenbar ebenfalls noch nicht wussten, wann und wo sie eingekleidet werden sollten. Ich begab mich in das kleine Labyrinth aus Wohnwagen und reckte den Hals, um den Richtigen zu identifizieren.

Schließlich entdeckte ich ihn und ging so schnell ich konnte über den Rasen hinüber, während sich vom Himmel bereits die ersten feinen Regentropfen lösten. Ich stieg die wenigen Stufen hinauf und stellte fest, dass die eckige Metalltür nur angelehnt war. Gerade, als ich die Hand heben wollte, um vorsichtig anzuklopfen, wurde sie einfach von innen aufgerissen.

»Verrätst du mir vielleicht, warum du dich unbedingt in diesem heruntergekommenen alten Schloss einquartieren … Oh.« Vor mir stand ein junger Mann in meinem Alter mit blonden, fast schulterlangen Haaren und stahlgrauen Augen. Überrascht musterte er mich von oben bis unten. Ich blickte ihm ebenso perplex entgegen.

»Salut«, sagte ich schließlich.

»Bist du Nikita?«, fragte mein Gegenüber auf Englisch und kratzte sich am Kopf.

»Bist du Samantha?«

Nun lachte er. »Nein, ich bin Paul.«

»Paul Hamilton!«

Das war also der Hauptdarsteller. Anhand seines Aussehens hätte ich fast erahnen können, dass er nicht nur vom Catering war.

»Genau, Paul Hamilton. Zwar nicht ganz so berühmt wie Samantha, aber vielleicht mache ich mir langsam auch noch einen Namen.« Mir fiel auf, dass Paul einen britischen Akzent hatte. Er klang ungefähr so, wie ich mir immer einen gebildeten Oxford-Studenten vorgestellt hatte, was wiederum gar nicht zu seiner durchtrainierten Gestalt passen wollte. Nun trat er einen Schritt zurück und öffnete mir höflich die Tür.

»Entschuldige, wenn ich dich vorhin erschreckt habe. Komm doch herein.«

Eigentlich war ich ja auf der Suche nach Nikita, die offensichtlich nicht hier war, aber von einem Filmschauspieler höchstpersönlich in den Trailer von Samantha Watts eingeladen zu werden ... Wer hätte das schon freiwillig ausgeschlagen?

Das Innere war viel geräumiger, als ich erwartet hatte. Es gab eine kleine Teeküche, einen großen Schrank – vermutlich mit Kleidung –, einen riesigen Schminktisch mit einem hohen Spiegel dahinter und eine Lederbank mit einem Tisch. Dort setzte sich nun Paul hin, der mich weiterhin aufmerksam musterte.

»Bist du Pablos neue Regie-Assistentin?«, fragte er jetzt. »Die verschleißt er ja am laufenden Band.«

Das konnte ich mir gut vorstellen.

»Nein«, antwortete ich möglichst würdevoll. »Ich bin ein adeliger Gast auf dem Ball.«

Paul grinste. »Oh, eine Komparsin also, tja, mit diesen Hintergrundjobs fangen die meisten an. Die ersten Tage sind noch ganz aufregend, ab dann fragst du dich, wie du dein Handy ans Set schmuggeln könntest, um die Drehpausen zu überbrücken.«

»Na, dann habe ich ja Glück, dass heute noch mein erster Tag ist. Was machst du eigentlich in Samanthas Trailer?«

»Dasselbe könnte ich dich fragen.«

»Aber ich war schneller.«

Paul lächelte anerkennend. »Eigentlich bin ich mit Samantha verabredet, um noch mal unseren Text durchzugehen. Beziehungsweise habe ich sie gestern Abend darum gebeten, aber sie scheint es vergessen zu haben.« Paul sah nun nicht mehr ganz so gut gelaunt aus. »Ich hoffe, sie geruht heute noch, hier zu erscheinen.«

Ich wusste nicht, welche Synapsen in meinem Hirn eine Fehlzündung hinlegten, aber sie führte dazu, dass ich prompt vorschlug: »Soll ich mit dir üben?«

Paul sah mich einen Moment mit hochgezogenen Augenbrauen an – er erinnerte mich an Solène, wenn ihr etwas missfiel –, dann neigte er den Kopf. »Also, ich meine … Ja, na gut, warum eigentlich nicht. Das solltest du schon hinbekommen. Samantha lebt ja schließlich auch mehr von ihrem Aussehen als ihrem schauspielerischen Talent.«

Das wiederum war meiner Meinung nach eine ganz schön steile These, aber da ich nun bereits meine Hilfe angeboten hatte … Paul stand auf und schnappte ein paar zusammengeheftete Packen Papier von Samanthas Schminktisch.

»Sieh nur, wie gut ich vorbereitet war.« Er wedelte damit vor meiner Nase herum. »Zwei Ausgaben, falls sie ihre nicht findet.« Ich merkte schon, dass Paul jemand war, der seinen Beruf sehr ernst nahm. In diesem Sinne hätte er sich wohl tatsächlich ganz gut mit Solène verstanden.

»Also dann!« Paul setzte sich wieder auf die lederne Eckbank und forderte mich mit einer Geste auf, mich hinzuzugesellen. Kaum dass ich Platz genommen hatte, schob er mir das aufgeschlagene Drehbuch entgegen.

»Es geht um ihre allererste Begegnung im Ballsaal«, erklärte er. »Marie-Antoinette kommt mit ihren Hofdamen hinzu, während bereits der erste Tanz im Gange ist. Ihr zukünftiger Geliebter, der Marquis, beteiligt sich jedoch nicht. Er steht alleine in einer Ecke des Raumes und beobachtet alles.« Ich merkte, wie Pauls Stimme tatsächlich begann, einige Bilder in meinen Kopf zu pflanzen. Plötzlich konnte ich alles fast selbst mit eigenen Augen sehen, den prunkvollen Saal, die flackernden Kerzen, und hörte die Takte von ein paar Streichern.

»Sie ist diejenige, die das Gespräch sucht«, fuhr Paul fort und sah mich dabei eindringlich an. Er beugte sich sogar ein wenig vor. Ich merkte, wie mir plötzlich ganz flau in der Magengegend wurde. Es war schon eine Weile her, dass mir ein unheimlich attraktiver Mann tief in die Augen gesehen hatte.

»Das ist jetzt dein Einsatz.«

»Was?«

Paul rollte mit den Augen und tippte auf das Skript. »Hier, da, wo Antoinette steht, das sind deine Zeilen. Es ist wirklich nicht so schwer.«

Ich riss mich zusammen und spähte mit konzentrierter Miene auf das Blatt Papier. Dort standen nicht nur meine Dialogzeilen, sondern es wurde ebenfalls haarklein die Szene beschrieben, die Paul vorhin in Worte gefasst hatte. Mein Blick blieb bei Samanthas erstem Satz hängen. Ich räusperte mich.

»Ihr scheint kein Vergnügen am Tanz zu finden?«, las ich vor und blickte dann wieder hoch zu Paul. Der schien sich nun ganz in seiner Rolle zu befinden, denn aus dem freundlichen Briten war ein ganz anderer Mensch geworden. Sein Gesicht hatte sich verändert, wirkte auf einmal nicht offen und zugänglich, sondern verschlossen und etwas hochnäsig.

»Mich lockt derlei Zerstreuung nicht. Wenn der ganze Hofstaat zusammenkommt, um Intrigen zu spinnen, halte ich mich lieber im Hintergrund.«

Ich war so fasziniert von Pauls Darbietung, dass ich ihn ein paar Sekunden lang anblinzelte, bis ich wieder aufs Skript sah.

»Dann …«, las ich vor. »Dann sonnt Euch doch in Eurer Überlegenheit, wenn Ihr wirklich glaubt, auf diese Weise dem Geflüster zu entgehen.«

Ich blickte wieder zu Paul, um dessen Mundwinkel nun ein kleines Lächeln spielte. »Allein, dass Ihr mit mir gesprochen habt, wird tagelang für Gesprächsstoff sorgen, *votre majesté.*«

»Ich …« Ich räusperte mich. »Ich sehe es fast schon als meine königliche Pflicht, ein wenig Stoff für Lästereien zu bieten.«

»Dann soll es mein bescheidener Dienst sein, Euch heute Abend dabei zu helfen.« Zu meinem Erstaunen ergriff Paul in diesem Moment meine Hand, die auf dem Tisch lag. Er führte sie bis knapp vor seine Lippen und hauchte dann einen Kuss darauf, während mein Herz einen kleinen Salto schlug. Ich blickte in Pauls Augen, der mich so intensiv ansah, dass mir einen kurzen Moment die Luft wegblieb. Das alles fühlte sich plötzlich gar nicht mehr so gespielt an ...

»... weiß, was das für eine Arbeit macht!«

In diesem Moment flog die Tür zum Wohnwagen auf. Ich entzog Paul blitzartig – und vermutlich mit puterroten Wangen – meine Hand. Im Türrahmen stand allerdings nicht die eigentliche Besitzerin des Trailers, sondern Nikita, Samanthas Stylistin.

»Was geht denn hier vor?« Sie ließ ihr Funkgerät sinken, in das sie bis eben noch hineingesprochen hatte. »Hey, dich kenne ich doch. Bist du nicht Komparsin? Du hast hier nichts zu suchen! Wenn das Pablo erfährt ...«

»Ähm ...« Gestresst brachte ich keinen vernünftigen Satz zustande. Würde man mich vom Set verweisen?

»Es ist meine Schuld!«, sprang in diesem Moment Paul in die Bresche. Er erhob sich mit selbstbewusstem Gesicht von seinem Platz. »Ich habe sie hier aufgehalten. Kein Grund zur Aufregung.«

»Ja, ähm.« Allmählich begannen sich meine Gedanken zu ordnen. »Violetta hat mich hergeschickt, um zu fragen, ob du bei den Frisuren von den Komparsinnen vielleicht mithelfen –«

»Nein, kann ich nicht«, fauchte Nikita. »Ich habe schon mit Samantha alle Hände voll zu tun. Sie will lieber im Schloss als im Wohnwagen frisiert werden. Hat sie gerade eben aus heiterem Himmel beschlossen.«

Paul schnaubte. »Na, dann hätte ich hier noch lange auf sie warten können.«

»Pablo regt sich schon wieder auf, und ich bin hier seit fünf Uhr morgens im Stress, also, nein, Violetta muss selbst

sehen, wie sie klarkommt, und du machst dich jetzt schleunigst auf den Weg zurück zum Kostümzelt! Es reicht schon,
wenn unsere Hauptdarstellerin alle Zeitpläne durcheinander-
bringt.« Mit bestimmter Miene nickte Nikita in Richtung
Ausgang.

»Natürlich«, antwortete ich hastig. »Ich sag auch Violetta
Bescheid.«

Gerade, als ich losstürmen wollte, streifte mich etwas am
Arm.

»Danke für deine Hilfe.« Paul lächelte. »An deinem Schauspiel müssen wir aber noch etwas arbeiten.«

»Ich ... also ... tschüss!«, waren meine Abschiedsworte,
bevor ich mich an Nikita vorbeidrängte.

Kapitel 8

»Da bist du ja endlich!«, war das Erste, was Violetta sagte, als ich ins Innere schlüpfte. »Was hat denn so lange gedauert?«

Ich war mir nicht sicher, ob die Kostümfrau mir tatsächlich glauben würde, wenn ich jetzt verkündete: *Musste noch mit einem der Hauptdarsteller Text lernen!*, stattdessen antwortete ich: »Nikita hat leider keine Zeit. Sie ist im Stress wegen Samantha.«

»*Putain*, wir sind hier alle im Stress«, schimpfte Violetta. Das war wohl eine der wichtigsten Regeln, die es an einem Filmset zu beachten galt. Hier standen immer alle unter Strom.

»Na, wie auch immer.« Violettas Ton wurde etwas milder. »Du kommst gerade rechtzeitig, um in dein Kleid zu schlüpfen.«

Also folgte ich der Kostümfrau in einen der abgetrennten Bereiche und wurde dort von ihr so schnell in mein mitternachtsblaues Ballkleid gesteckt, dass ich selbst nicht recht wusste, wie mir geschah. Schon blickte ich auf den riesigen schimmernd blauen Rock hinunter und spürte, wie mir das enge Mieder einen Teil der Luft abschnürte.

»Und jetzt marsch ins Make-up!« Violetta stupste mich in Richtung Ausgang.

Ich ging also ins nächste Zelt, wo vor Dutzenden von Spiegeln die höfische Gesellschaft Platz genommen hatte und sich in unterschiedlichen Stadien der Verwandlung befand. Hier sah ich auch Alice wieder, die ein weinrotes Ballkleid mit einem offenherzigen Ausschnitt trug. Ich erkannte sie nur an ihrem fröhlichen Winken, denn die weiße Perücke auf ihrem Kopf, verlieh ihr ein völlig neues Aussehen.

»Was bist du?« Ein junger Mann mit blau gefärbten Haaren und mit Kajal umrandeten Augen kam geschäftig auf mich zu.

Ich schluckte geistesgegenwärtig die Antwort »Ein Mensch« hinunter und erwiderte stattdessen: »Adeliger Gast.«

»Na, dann komm, setz dich hierher, ich mache dich zurecht.« Der Make-up-Artist mit den blauen Haaren geleitete mich zum Frisierplatz direkt neben Alice.

»Ich liebe dein Kleid!«, sagte sie zu mir, während ich mich setzte.

»Danke, deins ist aber auch ein echter Hingucker.«

»Kopf nach vorne bitte.«

Also blickte ich in mein Spiegelbild und sah dem Make-up-Artist dabei zu, wie er damit begann, meine Haare zu bürsten.

»Du warst vorhin so plötzlich verschwunden«, hörte ich Alices Stimme neben mir.

»Ja, Violetta, eine vom Kostüm, hat mich losgeschickt, um etwas für sie zu erledigen.« Ich wollte lieber nicht überall herumposaunen, dass ich einfach in Samantha Watts Wohnwagen spaziert war und dort auch noch Paul Hamilton getroffen hatte. Mir blieb von unserer Begegnung vor allem im Gedächtnis, dass er gar nicht so abgehoben erschienen war, wie man es von einem Filmstar erwarten würde. *Aber*, fügte ich gedanklich hinzu, *im Grunde ist er ja auch noch kein Star. Das ist Samantha, und die entspricht bisher so ziemlich allen Klischees einer Hollywood-Diva.*

So grübelte ich im Stillen weiter vor mich hin und bekam kaum mit, was für ein Kunstwerk gerade auf meinem Kopf aufgebaut wurde. Erst als mein Haar-Betreuer stolz »Na?« sagte, schreckte ich wieder aus meinen Gedanken hoch.

»Wow!« Das fasste meiner Meinung nach meinen Anblick ganz gut zusammen. Ich trug nun eine elegante Turmfrisur, die wohl im achtzehnten Jahrhundert der letzte Schrei gewesen war.

»Damit kann man aber nicht zu einem Metal-Konzert«, stellte ich schließlich fest.

»Untersteh dich, damit zu headbangen«, antwortete der Make-up-Artist und lachte. »Aber für den perfekten Halt sorge ich noch.« Kaum hatte er den Satz beendet, fand ich mich schon in einer süßlich duftenden Wolke Haarspray wieder.

»Vielen Dank«, brachte ich zwischen zwei Hustern hervor und machte Anstalten, aufzustehen.

»Warte, warte. Du wirst doch noch geschminkt.«

Schicksalsergeben ließ ich mich wieder auf meinen Stuhl fallen.

»Metallic Smokey Eyes sollen im Sommer 1777 besonders angesagt gewesen sein«, schlug ich vor.

»Also, wir halten uns zwar bei Haare, Make-up und Kostümen nicht exakt an historische Vorgaben, aber die Metallic Smokey Eyes kriegen wir leider nicht durch.«

Als Nächstes wurde mein Gesicht unheimlich bleich gepudert – der Make-up-Artist verriet mir, dass man früher unter anderem Blei zu diesem Zweck verwendet hatte – und sehr viel Rouge aufgetragen. Langsam erkannte ich mich wirklich nicht mehr, als ich in den Spiegel blickte.

»Wunderbar! Nun bist du bereit für den Ball.« Der Make-up-Artist strahlte übers ganze Gesicht, als hätte man ihn ebenfalls dorthin eingeladen.

»Vielen Dank für die tolle Frisur und den vampirischen Teint«, antwortete ich, als ich aufstand. »Soll ich jetzt einfach direkt ins Schloss marschieren und den Ball eröffnen?«

»*Mais non!*«, erwiderte mein persönlicher Friseur entsetzt. »Geh bitte wieder rüber ins ganz äußere Zelt, da sind auch die anderen Komparsen, die schon hergerichtet sind. Man wird euch gleich abholen und ans Set bringen.«

Ich tat also, wie mir befohlen, und verließ das Hair-and-Make-up-Department, wobei ich prompt am Zeltausgang meine Frisur in Gefahr brachte.

»Du musst dich ducken!«, rief mir der Visagist entsetzt hinterher. »Vergiss nicht, dass du jetzt zehn Zentimeter größer bist!«

»Ich werde aufpassen!«, rief ich rasch zurück, bevor er auf die Idee kommen konnte, meine Frisur mit einer weiteren Tonne Haarspray zu fixieren.

Allein schon als ich die wenigen Meter zum Aufenthaltszelt zurücklegte, fiel mir auf, wie anders man sich bewegte, wenn einem ein riesiger Rock an der Taille hing und alles oberhalb davon durch ein unnachgiebiges Mieder eingeschnürt wurde. Meine morgendlichen Sprints zur Metro hätte ich in diesem Aufzug nicht geschafft. Zugegeben, mit dem Kleid hätte ich auch nicht auf die Rolltreppe gepasst.

Als ich schließlich tief gebückt ins Komparsenzelt schlüpfte, winkte mir sogleich Alice. Es war etwas merkwürdig, auf einmal einem Haufen herausgeputzter Leute in Ballkleidung mit Federn auf dem Kopf zu begegnen, die in einem improvisierten Zelt auf Bierbänken saßen, sich unterhielten oder auf ihrem Smartphone scrollten.

»Es müsste bald losgehen!«, erklärte Alice. »Du warst, glaube ich, eine der Letzten, die sie zurechtgemacht haben. Ich würde ja vorschlagen, du trinkst noch einen Kaffee oder isst ein Sandwich, bevor wir anfangen.« Sie nickte zum anderen Ende des Zeltes, wo ein langer leerer Tisch stand, auf dem eine einzelne nicht eingesteckte Kaffeemaschine stand. »Aber irgendwie scheint es Probleme mit dem Catering zu geben.«

Ich kam gar nicht dazu, darauf zu antworten, denn im nächsten Moment wurde wieder der Zelteingang aufgeschoben. Alle Köpfe wandten sich zu den Neuankömmlingen um. Der erste gehörte mit seinem schwarzen Antoinette-Shirt offensichtlich zur Film-Crew, der zweite war Guillaume de Montenait. Er trug kein Fan-Shirt, sondern Hemd und Jackett. Sein Gesichtsausdruck schwankte irgendwo zwischen besorgt und verärgert. Wie gesagt, an einem Filmset standen alle unter Strom.

»Alle, die hier fertig sind, gehen jetzt ins Schloss in den Ballsaal«, verkündete der Film-Mann.

»Ich werde Sie hinführen«, fügte Guillaume hinzu. »Und Ihnen die nötigen Instruktionen mit auf den Weg geben. Immerhin handelt es sich hier um einen historischen Ort.«

»Mit dem scheint aber nicht gut Kirschen essen zu sein. Das ist aber nicht der Regisseur, oder?«

»Das ist Guillaume de Montenait«, flüsterte ich zurück. »Er ist einer der Schlosserben.«

»Und wo ist der andere?«

Das hätte ich allerdings auch gerne gewusst. Langsam begann ich doch an Papas düstere Einschätzung zu glauben, dass Nicolas sich lieber aus allem heraushielt. Mir blieb keine Zeit, weiter darüber nachzusinnen, denn unter großem Geraschel erhob sich die festliche Gesellschaft und verließ einer nach dem anderen – nur so war es logistisch überhaupt möglich – das Zelt.

Wenigstens hatte der Regen mittlerweile aufgehört. Wir durchquerten das kleine Wohnwagendorf, und dann kam der große Moment. Wir erreichten das Schlosstor. Eine große zweiflügelige Tür aus Holz mit vergoldeten Fassungen befand sich am Ende einer kurzen, steinernen Treppe. Guillaume stieg die Stufen hinauf, bis er direkt davorstand, und drehte sich dann zur Komparsenschar um.

»Ich bitte Sie darum, keine lauten Gespräche mehr zu führen, während wir zum Ballsaal gehen«, sagte er, »nicht zu trödeln und natürlich nichts anzufassen.«

Ich nickte beklommen. Die anderen Hintergrunddarsteller wirkten größtenteils weniger ehrfürchtig. Sie waren sich vermutlich nicht der Tragweite dieses für Courléon historischen Moments bewusst. Zumindest schloss ich das aus Alices Kommentar, die neben mir murmelte: »Jetzt mach endlich die Tür auf.«

Nachdem Guillaume ein letztes Mal streng von einem zum anderen geblickt hatte, tat er auch genau das. Das Schlosstor gab ein lautes langgezogenes Knarzen von sich, als er es mit beiden Händen aufschob. Das Geräusch erinnerte mich an einen alten Gruselfilm.

»Na endlich!« Schnurstracks erklomm Alice neben mir die Treppenstufen und folgte dem Schlosserben ins Innere.

Ich sah zu, dass ich hinterherkam. Wir betraten einen Eingangssaal mit steinernem Boden, der von zwei Treppen eingerahmt wurde, die hinauf auf eine Galerie führte. Innen herrschte dämmriges Licht. Mein Blick wanderte nach oben und blieb an einem riesigen Deckengemälde hängen. Es zeigte einen blauen Himmel voller Wolken, auf denen sich allerlei Gestalten tummelten, unter anderem kleine, etwas dickliche Kinder mit flauschigen Flügeln. Man nannte sie Putten, glaubte ich.

»Ich sagte doch, bitte nicht trödeln!«, drang in diesem Moment Guillaume de Montenaits Stimme zu mir vor. Rasch senkte ich wieder meinen Kopf. Mein Make-up-Artist hätte sicher ebenfalls geschimpft, dass ich meine Frisur so unvernünftig in Gefahr brachte.

»Hier entlang!«

Wir erklommen nun die Treppen hoch zur Galerie, und

ich merkte selbst, wie ich immer aufgeregter wurde. Und auch wenn Guillaume um Ruhe gebeten hatte, hallten die Schritte von einer Schar Leute in hohen Schuhen deutlich vernehmbar von den Wänden wider. Guillaume öffnete die Türen am Ende der Galerie, und wir gingen nun einen lang gestreckten Gang entlang, von dem einige Türen abgingen.

Auf der anderen Seite wurde er von hohen runden Fenstern gesäumt, die etwas Licht spendeten. Sie erhellten zahlreiche Ölgemälde in schweren hölzernen Rahmen, die an der Wand gegenüber hingen. Am Ende des Ganges befand sich eine letzte hohe Flügeltür. An beiden Seiten waren altmodische Kerzenleuchter aus Messing befestigt.

Guillaume drehte sich erneut zu uns um. »Seien Sie im Ballsaal achtsam mit dem Boden«, begann er mit einem eindringlichen Blick in die Runde. »Er stammt noch original aus dem frühen achtzehnten Jahrhundert. Lehnen Sie sich auf keinen Fall an die Wände, das könnte den Stuck beschädigen – ebenso wenig an die Statuen.«

»Im Saal wird auch eine Art Buffet am Rand aufgebaut sein«, fiel ihm nun der Film-Mitarbeiter ins Wort. Ich hatte fast vergessen, dass er auch anwesend war. »Mit kleinen Speisen und Krügen mit Getränken. Bitte fassen Sie es ebenfalls nicht an. Nichts davon ist echt.«

»Und Sie«, zu meinem Unbehagen deutete Guillaume nun direkt auf mich, »Sie machen bitte einen Bogen um die Kronleuchter. Sie hängen recht tief, und wir wollen doch nicht, dass sich Ihre Frisur verfängt.«

Ich nickte.

»Früher sind schon Ballgäste bei solchen Unfällen tatsächlich angekokelt worden«, raunte mir eine Komparsin von hinten zu. »Oder Schlimmeres.«

Das klang nicht sehr beruhigend.

»Nun, dann können wir sie jetzt wohl reinlassen, oder?«, fragte der Mann von der Filmcrew Guillaume ungeduldig.

»Ich schätze ... schon«, sagte der Schlosserbe, machte allerdings immer noch ein recht widerwilliges Gesicht, als er sich umdrehte, um die Flügeltüren zu öffnen.

Unwillkürlich griff ich nach Alices Hand. Sie drückte sie kurz. »Soooo aufregend«, flüsterte Claudines Nichte. Sie ließ meine Hand erst wieder los, als wir durch die Tür einen lang gezogenen Saal betrachteten.

Die Decke war nach oben gewölbt und wurde ebenfalls von einem Gemälde verziert, das wohl eine Jagdszene darstellen sollte. Genau wie Guillaume angekündigt hatte, hingen schwere Kristallleuchter von der Decke herunter. Das Licht, das durch die hohen abgerundeten Fenster auf der linken Seite des Saals fiel, verlieh ihnen ein strahlendes Funkeln.

Auf der rechten Seite des Saals entdeckte ich unterdessen die angekündigten Tische mit den Snacks, die man nicht beachten durfte. An der rechten Wand waren ebenfalls hohe Spiegel eingelassen, die von silbrig glänzenden Leisten eingerahmt wurden. Das alles wäre die perfekte Illusion eines historischen Ballsaals gewesen, ohne die zahlreichen Kameras, die in verschiedenen Positionen im Saal aufgebaut waren. Riesige schwarze, durch und durch moderne Geräte mit Bildschirmen hinter den Linsen, die von Männern und Frauen in Crew-Shirts bewacht wurden. In der Mitte des Saals entdeckte ich nun auch den dunklen Lockenkopf des Regisseurs Pablo Domingo.

»Der Saal erinnert mich irgendwie an etwas ...«, überlegte ich laut, während sich unsere Truppe der Saalmitte näherte. Ich achtete dabei penibel auf die Lage der Kronleuchter.

»An eine kleine Version des Spiegelsaals von Versailles. Nur in einer anderen Farbgebung. Silber statt Gold«, sagte die Komparsin, die mich auch schon davor gewarnt hatte, in Flammen aufzugehen.

»Und mit etwas weniger Spiegeln«, fügte Alice hinzu.

»Das liegt daran, dass Versailles ein Vorbild für die europäischen Fürstenhäuser war«, schaltete sich nun ein anderer Komparse neben uns ein. »Die meisten ließen sich beim Bau ihrer eigenen Herrschaftssitze von Versailles inspirieren. Denken Sie nur mal an Schloss Schönbrunn in Österreich.«

Erstaunlicherweise schienen einige Komparsen auch noch nebenberufliche Experten für europäische Geschichte und Architektur zu sein. Ich war ja nur als Aufsichtsperson für die Nichte meiner Nachbarin hier gelandet. Wir waren nun bei Pablo angekommen, der sich während unserer Ankunft noch mit jemandem unterhalten hatte. Als sich die beiden umdrehten, erkannte ich, mit wem.

Paul Hamilton steckte mittlerweile in einem ziemlich beeindruckenden Outfit. Es bestand aus einem königsblauen halblangen Mantel mit goldenem Brokat an den Säumen, darunter trug er ein Hemd mit sehr langen flattrigen Ärmeln aus weißer Spitze und eine Art Spitzenfähnchen am Hals. Dazu kam eine knielange, ebenfalls blaue, enge Hose und vom Knie abwärts eine weiße Strumpfhose, die seine muskulösen Waden zur Geltung brachte. Ich warf noch einen amüsierten Blick auf die weißen Schnabelschuhe mit den extragroßen Schnallen.

Von hinten hatte ich den Briten nicht erkannt, weil nun eine weiße Perücke mit perfekt gerollten Locken auf seinem Kopf saß. Es waren vor allem Pauls strahlend blaue Augen, die ihn verrieten. Zu meinem Erstaunen machte er mich sogleich in der Menschenschar aus und schenkte mir ein verschmitztes Lächeln.

»Wow!«, formten seine Lippen.

Ich wiederum biss fest auf meine, um nicht loszulachen. Die ganze Situation war einfach zu skurril.

»Also, das sind die adeligen Gäste«, sagte der Mann, der uns abgeholt hatte, zu Pablo.

»Ah, nun, sehr gut!«, erwiderte der Regisseur gestenreich.

»Führ sie schon mal in die Szene ein. Wir warten noch auf Samantha.«

Anscheinend war der junge Mann, der uns hierhergeführt hatte, der Regieassistent. Die dunklen Ringe unter seinen Augen waren jedenfalls ein deutlicher Hinweis auf einen anspruchsvollen Job mit langen Arbeitszeiten. Pablo marschierte mit Paul im Schlepptau zu einem der Kameraleute, vermutlich, um ihm irgendetwas zu erklären. Guillaume hängte sich an ihre Fersen, als Schlossbesitzer vermutlich sein gutes Recht. Ich war kurz versucht, mich ihnen anzuschließen, denn irgendwie war ich neugierig, was es zu besprechen gab, aber das Räuspern des Regieassistenten erinnerte mich daran, dass ich für andere Aufgaben bestimmt war.

»Wir drehen heute eine der ersten Begegnungen zwischen Marie-Antoinette und dem Marquis«, erklärte er mit erhobener Stimme. »Und zwar nur die ersten Dialoge zwischen den beiden, relativ viele Close-ups, deswegen ist heute auch noch nicht das Orchester anwesend oder die Tänzerinnen und Tänzer.«

Ich hatte schon vermutet, dass sie uns nicht noch spontan ein paar komplizierte Tanz-Reigen für den Ball einbläuen würden. Wir waren tatsächlich nur als plaudernde Staffage gedacht.

»Samantha beziehungsweise Marie-Antoinette wird als Erstes durch diese Tür mit ihren Hofdamen eintreten.« Der Regieassistent deutete auf die hohe Flügeltür auf der anderen Seite des Raumes, die sich just in diesem Moment langsam öffnete.

»Sie kommt, sie kommt!«, hörte ich Alice neben mir aufgeregt murmeln. »Samantha kommt!«

Doch es war nicht der rothaarige Filmstar, der den Ballsaal betrat, sondern Nicolas.

Ich bekam nur am Rande mit, wie Alice und ein paar andere Komparsinnen neben mir ein enttäuschtes »Ohhhh«

machten, denn mein Herz tat einen kleinen Hüpfer. Er schien also doch nicht beschlossen zu haben, sich den ganzen Tag im Château zu verstecken. Sein Blick schweifte durch den Saal und blieb dann bei Guillaume hängen, eilig ging er auf seinen Bruder zu. Der Regieassistent räusperte sich, um die Aufmerksamkeit wieder auf sich zu lenken.

»Sie werden, wenn Marie Antoinette hereinkommt, relativ nah am Eingang stehen und sich in Grüppchen unterhalten. Sobald die Königin eingetreten ist, ist es wichtig, dass sie alle …«

Ich hörte nicht mehr genau hin, da ich damit beschäftigt war, zu beobachten, wie Nicolas nun Guillaume beiseitenahm. Guillaume machte ein ärgerliches Gesicht, während Nicolas ihm irgendetwas erklärte. Der ältere Montenait begann auf seinen jüngeren Bruder einzureden, doch der schüttelte immer wieder den Kopf. Schließlich schnaubte Guillaume, sagte, seiner Miene nach zu urteilen, etwas nicht besonders Freundliches und verließ den Ballsaal. Nicolas sah ihm hinterher und ließ dann seinen Blick durch den Saal schweifen, bis er schließlich bei meiner Gruppe ankam …

»Kannst du das überhaupt?« Jemand zupfte mich am Ärmel.

»Was?«, flüsterte ich und drehte mich zu Alice um.

»Na, einen Hofknicks. Der Typ hat gerade gesagt, sobald die Königin eintritt, müssen wir alle einen tiefen Knicks machen. Angeblich gab es eine Mail mit einem Video, in dem das zu sehen ist.«

»Ich hab keine Mail bekommen …«

Wie wir das Knicks-Problem lösen sollten, trat allerdings in den Hintergrund, als Pablo Domingo plötzlich »Samantha! ¡Finalmente!« rief.

Die Köpfe aller Anwesenden schnellten herum, denn entgegen unseren Erwartungen war der Star des Films durch die Tür in unserem Rücken eingetreten, gefolgt von vier weiteren höchst gut aussehenden jungen Frauen. Das waren wohl die Hofdamen. Ähnlich wie Paul erkannte man Samantha Watts nur noch schwer wieder. Sie trug nun ein riesiges cremefarbenes Kleid und eine weiß gepuderte Perücke. Für mich war es vor allem der kritische Gesichtsausdruck, der sie zweifelsfrei als Samantha identifizierte.

Mich beeindruckte, wie wenig Schwierigkeiten sie dabei zu haben schien, sich in ihrem sehr aufwendigen und garantiert wahnsinnig unbequemen Kostüm fortzubewegen. Zielstrebig steuerte sie den Regisseur und Paul an, dicht gefolgt von vier Hofdamen, und ich hatte mit einem Mal gar keine Probleme mehr damit, sie mir als absolutistische Herrscherin vorzustellen.

»Es ist wahnsinnig zugig hier«, sagte sie zu den beiden, und da jede andere Person im Raum bei ihrem Erscheinen verstummt war, konnte man sie sehr gut hören. »Können wir keine Heizstrahler bekommen?«

»*No*, geht nicht, wegen Stuck an den Wänden«, antwortete der Regisseur. »Señor de Montenait hat es mir sehr ausführlich erklärt.«

Samantha zuckte mit den Schultern. »Dann wird sich die Post Production drum kümmern müssen, wenn mir die Fingerspitzen blau anlaufen.«

Das fand ich nun doch etwas übertrieben, zwar war es im Ballsaal wirklich nicht besonders warm, wie in den meisten alten Gemäuern, aber mit blauen Fingern würde ich nicht rechnen.

»Wir organisieren ein paar Decken«, versuchte Pablo seinen Star zu beschwichtigen. »Würdet ihr nun zur anderen Seite rübergehen? Wir wollen deinen ersten Auftritt auf dem Ball filmen.«

Samantha nickte, winkte dann knapp – sie war wirklich ganz in ihrer Rolle! – ihren Hofdamen und promenierte mit ihnen zum anderen Eingang des Saals.

»Ihr verteilt euch jetzt rund um den Eingang!« Nun tauchte auch der Regieassistent wieder auf und begann uns mit großen Gesten – seinem Chef nicht unähnlich – Positionen im Saal zuzuweisen. »Merkt euch bitte, wo ihr steht und mit wem. Sobald ihr ›Und bitte‹ hört, heißt das, dass gedreht wird, ihr tut dann so, als würdet ihr euch mit den anderen unterhalten. Und wenn Marie-Antoinette den Saal betritt, bitte einen anständigen Hofknicks von den Damen. Die Herren verbeugen sich. Und *nicht* in die Kameras schauen!«

Also stellte ich mich mit Alice und der Komparsin, die alles über angekokelte Ballgäste wusste, schräg links vom Eingang auf.

Wir beobachteten Samantha dabei, wie sie mit ihrem Gefolge hinter der Tür postiert und diese geschlossen wurde. Ich ließ meinen Blick weiter durch den Raum schweifen und bemerkte, dass sich Nicolas nun hinter die Kamerafront begeben hatte. Auf eine Position, von der aus er mich ganz genau sehen konnte. Er sah mich tatsächlich auch unverwandt an. Schon wieder merkte ich, wie meine Hände trotz der zugigen Kälte ein wenig schwitzig wurden.

»Und über was sollen wir uns jetzt unterhalten?«, fragte in diesem Moment Alice.

»Irgendwas«, erwiderte die andere Komparsin. »Das spielt für den fertigen Film keine Rolle. Es soll nur realistisch aussehen.«

»Ton läuft«, schallte es durch den Saal.

»Kamera läuft«, kam es aus einer anderen Ecke.

»Und bitte!«, rief Pablo.

»Nicht zu den Kameras schauen«, zischte mir Alice zu.

Hastig wandte ich mich ab.

»Ist es nicht ein … herrlicher Abend für so einen … Ball?«, begann die andere Komparsin recht holprig eine Unterhaltung.

»Ja, es ist wirklich, also, ich fühle mich sehr … festlich«, gab ich ebenso eloquent zurück.

»Madame, euer Kleid ist wirklich ein Kunstwerk«, schaltete sich auch Alice ein. Sie schien bereits ganz in ihrem Element zu sein. »Ihr müsst mir unbedingt verraten, wo …«

Zum Glück öffnete sich in diesem Moment die Tür, und ich stellte fest, dass es wirklich kaum einen Unterschied machte, ob nun Samantha Watts oder eine echte königliche Hoheit den Raum betrat. Aller Augen richteten sich auf sie.

»Knicks!«, zischte die Komparsin.

Das half leider nicht über die Tatsache hinweg, dass ich nicht wusste, wie nun ein »anständiger Hofknicks« ging. Also machte ich es mir zunutze, dass ich einen riesigen Rock aus schwerem Stoff trug. Ich ging mit beiden Beinen leicht in die Hocke und neigte den Kopf, ähnlich einem Huhn, das auf besonders majestätische Art ein Ei legen wollte.

»Danke!«

Überrascht, dass die Szene jetzt schon vorüber sein sollte, hob ich den Kopf und richtete mich wieder auf. Pablo stürmte bereits heran.

»Samantha, *fantástico, maravilloso!* Genau so hatte ich mir das vorgestellt.«

Ich fragte mich, wann man mich zuletzt derart überschwänglich dafür gelobt hatte, eine Tür zu passieren.

»Paul!« Energisch winkte er den Darsteller zu sich heran, der bisher einsam auf der rechten Seite neben einer Marmorbüste gestanden hatte. »Ich weiß, wir hatten ursprünglich geplant, dass du neben der Statue stehst, aber lass uns mal ausprobieren, was es mit der Energie der Szene macht, wenn du dich auf der anderen Seite des Raumes aufhältst.«

Paul nickte konzentriert, als wüsste er ganz genau, von welcher »Energie« der Regisseur gerade sprach.

»Ja, das habe ich mir auch schon überlegt«, antwortete er, und ich schluckte mühsam ein Lachen hinunter. Ob Paul rechts oder links stand, schien einen ganz schön großen Einfluss auf die »Energie« zu haben.

»O mein Gott, o mein Gott.« Alice zupfte aufgeregt an meinem Ärmel. »Das heißt er kommt zu *uns!*«

Das bemerkte ich auch, als Pablo Domingo mit enthusiastischer Miene Paul Hamilton in unsere Richtung geleitete.

»Hier!«

Als wäre Paul ein Kerzenleuchter, packte er ihn an den Schultern und postierte ihn ungefähr einen Meter von uns.

»Ich hatte mir vorgestellt, dass du hier bei der Gruppe stehst und einen abschätzigen Blick in deren Richtung wirfst. Ihr!« Er wirbelte herum und zeigte auf uns. »Unterhaltet euch überschwänglich und affektiert, lacht ruhig ein paarmal übertrieben.«

Das wurde ja immer schlimmer.

»Okay«, antwortete ich vorsichtig.

»Natürlich, Monsieur!« Alice klang wesentlich begeisterter.

»Damit sind wir auf jeden Fall gut im Bild«, sagte die andere Komparsin zufrieden.

»Alles auf Anfang!«, verkündete Pablo und stürmte wieder hinter die Kameras. Unter lautem Geraschel verließen Samantha und die Hofdamen wieder den Saal.

Ich warf einen Blick zu Paul, der bereits wieder in seiner Rolle zu sein schien, denn seine Miene war undurchdringlich.

»Okay, Ton läuft!«

»Kamera läuft!«

»Und bitte!«

»Hach, Madame, ihr erzählt ja immer so amüsante Geschichten!« Ich zuckte zusammen, als Alice mich am Arm packte und laut lachte. Auch die andere Komparsin stimmte mit ein.

Meiner Kehle entwich ein trockenes Husten. Verlegen wollte ich mir durchs Haar fahren, gerade rechtzeitig fiel mir ein, was für eine dumme Idee das war und stemmte stattdessen den Arm in die Seite.

»Habt Dank, werte Nichte meiner Nachbarin! Ich bin mir meines Esprits sehr bewusst!«, verkündete ich und kassierte dafür den von Pablo bestellten, sehr überzeugend vernichtenden Blick von Paul. Zum Glück öffnete sich in diesem Moment erneut die Tür des Ballsaals.

»*Votre majesté!*«, hauchte Alice, und ich war nicht sicher, ob dieser Ausruf nur gespielt war.

Samantha schritt mit blasierter Miene in den Saal, und ich machte wieder meine improvisierte Variante von einem Hofknicks.

»Hast du es gemerkt? Er hat dich angesehen!«, wisperte mir Alice zu, während wir beide die Köpfe senkten.

»Das war eine Regie-Anweisung«, zischte ich zurück.

»Danke!«

Wir erhoben uns allesamt wieder aus unserer demütigen Haltung. Pablo war bereits zur Stelle.

»*¡Mucho mejor!*« Strahlend wandte er sich erst an Samantha, dann an Paul. »Genau so machen wir das gleich noch mal!«

»Also ich bräuchte eine ganz kurze Pause, um mich aufzuwärmen«, erwiderte Samantha. »Ich friere. Und die Königin sollte wohl kaum schlotternd den Saal betreten, oder?«

Ich sah Paul und den Regisseur fast gleichzeitig lautlos seufzen.

»Eine Decke und einen Tee für Miss Watts, *por favor!*«, rief Pablo in die Menge seiner Untergebenen, und ich sah seinen Assistenten sogleich losstürmen. Pablo wandte sich daraufhin den Komparsen zu. »Kurze Pause.« Dann marschierte er zu einem der Kameramänner.

Ich sah ihm nachdenklich nach, denn mir waren mehrere erhellende Erkenntnisse gekommen. Erstens, das ständige Wiederholen von winzigen Sequenzen würde sich jetzt noch den ganzen Tag hinziehen, und zweitens, es gab Dinge, die aufregend und langweilig zugleich sein konnten.

»Élodie?«

»Hmm?«

»Ist dieser komische Kerl da drüben auch vom Film?«

Ich blickte zu Alice, die zur Ecke nickte, wo Nicolas stand.

»Der starrt dich an«, flüsterte sie, und ich musste mir ein kleines Lächeln verkneifen, als Nicolas es nicht groß zu stören schien, dass Alice und ich nun den Blick erwiderten.

Mir fiel nun sein Outfit auf, das etwas aus der Zeit gefallen wirkte. Ein weißes Hemd, die Ärmel hochgekrempelt, mit einer dunklen Tweedweste darüber, der ein Knopf fehlte. Es saß etwas zu locker an seiner hochgewachsenen Gestalt. Aber hatte ich gerade wirklich die Garderobe von jemanden als altmodisch beurteilt, während ein pompöser Reifrock an mir herunterhing? Diese Überlegungen wurden davon unterbrochen, dass Nicolas kurz nach rechts und links sah und sich dann aus seiner Beobachterposition löste. Jemand stupste mich in die Seite.

»Nicht jetzt, Alice!« Unwirsch drehte ich mich um und blickte in das Gesicht von Paul Hamilton.

Kapitel 9

Es dauerte ein wenig, bis ich wirklich realisierte, dass ich gerade den Hauptdarsteller des Films angeschnauzt hatte. Alice und der anderen Komparsin, mit der wir unsere holprigen Unterhaltungen spielten, hatte es angesichts dieser Tatsache so ziemlich die Sprache verschlagen. Stumm und mit ehrfürchtiger Miene hatten sie sogar ein paar Zentimeter Abstand genommen, als würde Paul eine Art heilige Aura umgeben.

»Während Samantha sich aufwärmt, wollte ich mich kurz für meinen finsteren Blick vorhin entschuldigen«, sagte Paul mit einem charmanten Lächeln. »Und mich erkundigen, wie dir deine erste Filmrolle gefällt.«

»Ach, das war schon in Ordnung«, antwortete ich. »Pablo hat ja gesagt, dass du uns anschauen sollst wie ein arroganter ... ähm, und ansonsten bin ich nur froh, dass keiner mitbekommen hat, dass ich keine Ahnung habe, wie ein Hofknicks geht.«

»Ach, wirklich?«, gab Paul zurück. »Brauchst du einen kurzen Kurs?«

»Also, na ja«, stammelte ich. »Ich dachte, ich frag nachher mal …«

»Es ist wirklich nicht schwer.« Und zu meinem großen Erstaunen legte Paul eine Hand auf meinen Rücken und führte mich ein Stück von den anderen Komparsen weg in die Nähe des Eingangs. »Ich schulde dir schließlich noch was wegen vorhin.« Er stellte sich mir gegenüber auf. »Also bei einem Hofknicks stellst du dein rechtes Bein ein Stück hinter dein Linkes. Die Ferse des hinteren Fußes zeigt dabei nach oben. Und dann gehst du tief in die Knie – es handelt sich schließlich um die Königin!«

Ich tat, wie mir geheißen.

»Und die Hände schlackern nicht einfach so neben dir herum«, fügte Paul hinzu. »Sie heben vorsichtig den Rock an, aber nur ein paar Zentimeter.«

Also hob ich meinen Rock ein winziges Stückchen, was bei seiner Größe ein Balance-Akt war.

»Perfekt«, sagte Paul, als ich mich wieder erhob.

»Das war schon alles?«, fragte ich erstaunt. »Irgendwie hatte ich mir das komplizierter vorgestellt.«

»Jetzt bist du fürs nächste Mal perfekt vorbereitet.«

»Ich bin beeindruckt, dass auch Knicksen zu deinem Repertoire gehört.«

Paul lachte.

»Wir hatten ein Training vor den Dreharbeiten. Und dank dem kann ich dich jetzt auch wie ein echter Gentlemen zurück zu deiner Gruppe bringen, bevor allen im Saal die Augen aus dem Kopf fallen.«

Damit hatte er wirklich ins Schwarze getroffen. Jetzt, da das Adrenalin ein wenig abgeebbt war und ich Gelegenheit hatte, mich umzusehen, bemerkte ich, dass uns tatsächlich alle anstarrten. Bis auf Nicolas, von dem ich auf einmal keine Spur mehr entdecken konnte. Das gab es doch nicht!

»Mademoiselle?« Paul vollführte erst eine elegante Verbeugung, bei der er ein Bein nach vorn stellte, dann das hintere Bein beugte und sich leicht nach vorn neigte.

»Bravo, Monsieur.« Ich tippte anerkennend mit den Fingern auf die obere Seite meiner Hand.

»Darf ich sie zurück an Ihren Platz geleiten?« Paul streckte mit einer majestätischen Geste seine Hand aus, woraufhin ich ihm meine reichte.

»¡*Venga, venga!*« Ich zuckte zusammen, als urplötzlich Pablo Domingo neben uns auftauchte. »Señora Watts hat sich aufgewärmt! Alles wieder auf Anfang!«, rief er und fuchtelte mit den Armen.

Paul warf mir einen entschuldigenden Blick zu, aber ich war ganz froh, von ihm nicht wieder mit großer Geste durch den Saal geführt zu werden. So rasch und unauffällig, wie es mit einem riesigen Reifrock und einer Turmfrisur ging, stöckelte ich zurück zu Alice und der anderen Komparsin.

Alice starrte mich an, als wäre ich soeben vom Himmel selbst herabgeschwebt.

»Das war Paul Hamilton«, sagte sie nur.

»Ich weiß.«

»Und er hat mir dir gesprochen.«

»Ich weiß.«

»Wieso ist er ausgerechnet zu dir gekommen?«, schaltete sich jetzt die andere Komparsin mit leicht missbilligender Miene ein.

»Hat man das nicht gesehen?«, antwortete ich mit einem verschmitzten Lächeln. »Um mir einen Hofknicks beizubringen.«

Nur leider schien er dadurch Nicolas verscheucht zu haben. Es war wirklich zum Verrücktwerden!

»Ach, ich soll dir übrigens das hier geben.« In diesem Moment drückte mir Alice einen winzigen zusammengefalteten Zettel in die Hand.

»Woher …?«, fragte ich verwirrt.

»Hat mir dein geheimnisvoller Beobachter gegeben.«

»Alles auf Anfang!«, schallte Pablos Stimme durch den Raum und unterband damit vorläufig jedes weitere Gespräch. In Ermangelung einer Hosentasche steckte ich den kleinen Zettel in meinen Ausschnitt.

»Ton läuft!«

»Kamera …«

Die Flügeltür öffnete sich, und Guillaume kam herein.

»¡Por el amor de Dios! Schnitt! Wir drehen gerade!« Pablo machte ein finsteres Gesicht, das Guillaume de Montenait völlig unbeeindruckt ließ.

»Im Vertrag haben wir doch festgelegt, dass immer ein Mitglied der Familie bei den Dreharbeiten in unserem Schloss anwesend sein muss«, erwiderte er gelassen.

»Ja, aber …«

»Also können Sie doch jetzt anfangen.« Guillaume schob sich an einer Gruppe aufgetakelter Damen mit Fächern vorbei, bis er wieder hinter den Kameras stand.

Pablo Domingo murmelte etwas wenig freundlich Klingendes auf Spanisch, dann räusperte er sich. »Okay, wieder alles auf Anfang!«

Die nächsten zwei Stunden verbrachten wir damit, noch ein paar Male Samanthas großen Auftritt zu wiederholen, und dann kamen wir auch schon zu den Dialogen, die ich heute Morgen – ich konnte es selbst kaum glauben – mit dem Hauptdarsteller geübt hatte.

Die Regieanweisung war ziemlich eindeutig: Man durfte die beiden nicht die ganze Zeit anstarren, während sie sich unterhielten. Aber was ich aus den Augen- und Ohrenwinkeln mitbekam, gab mir immerhin eine Ahnung, warum man Samantha Watts Extravaganzen auf sich nahm. Die kühle, stolze, aber gleichzeitig unsichere junge Königin verkörperte sie perfekt, und Paul konnte seine abschätzigen Blicke jetzt einer anderen widmen. Doch viel mehr als die schauspielerische Leistung der beiden beschäftigte mich der kleine Zettel in meinem Ausschnitt. Ich war schon kurz davor gewesen, anzunehmen, dass mich Nicolas für immer aus der Ferne beobachten wollte. Ich brannte darauf, herauszufinden, was er wohl geschrieben hatte.

»Und Schnitt!«

Ich wusste nicht, wie oft ich diesen Ausruf heute schon gehört hatte, aber mittlerweile sehnte ich mich von ganzem Herzen nach einer Pause. Nicht nur weil ich Nicolas' Nachricht lesen wollte, sondern weil das Herumstehen in hochhakigen Schuhen und dem schweren Kleid auf Dauer ziemlich anstrengend wurde. Und, ich gab es zu, langsam fröstelte ich auch ein bisschen in dem historischen Ballsaal.

»Wir machen jetzt Mittagspause!«, verkündete Pablo. »Samantha, Paul, *excelente, fantástico!* Ihr wart wirklich ganz, ganz toll bisher!«

Die Crew spendete höflich Applaus, und der Regieassistent löste sich aus der Menge. »Liebe Komparsen, ich bringe euch für die Pause runter ins Aufenthaltszelt!«, verkündete er.

»Gott sei Dank«, stöhnte Alice neben mir. »Ich sterbe vor Hunger.«

Ich erwiderte nichts, denn meine Aufmerksamkeit galt in diesem Moment Pablo Domingo, der seinen Assistenten beiseitenahm und ihm etwas zuflüsterte. Der machte ein Gesicht, als hätte Señor Domingo ihm gerade gekündigt. Sein Chef quittierte das mit einem aufmunternden Schulterklopfen und ließ ihn dann stehen.

»Okay, also wir gehen jetzt zum Zelt. Folgt mir bitte alle«, sagte der Assistent in einem Ton, als hätte man ihm die schlimmste Aufgabe von allen aufgebürdet. Die Aussicht auf eine warme Mahlzeit mobilisierte in Rekordtempo die letzten Kräfte der Hofgesellschaft.

»Ich fasse es immer noch nicht, dass du mit Paul Hamilton gesprochen hast«, sagte Alice, während wir mit raschelnden Kleidern nebeneinander herschritten.

»Ich wusste gar nicht, dass du dich in den verguckt hast? Gilt deine ungeteilte Bewunderung nicht Samantha Watts?«

»Quatsch!« Da es die ausladenden Kleider unmöglich machten, mit dem Ellenbogen auszuteilen, erwischten mich lediglich Alices Fingerspitzen.

Wir verließen das Schloss wieder. Der Himmel über uns hatte sich zu einem unheilvollen Schiefergrau verdunkelt, aber immerhin regnete es nicht.

»Ich freu mich schon auf einen Kaffee«, sagte Alice, als wir fast am weißen Zelt angekommen waren. »Und was Warmes zu essen.«

Ich konnte mir gerade noch verkneifen, zu fragen, ob sie nicht ein wenig jung für Kaffee war. Mit Mitte zwanzig musste man sich regelmäßig daran erinnern, wie erwachsen man sich selbst mit fünfzehn Jahren gefühlt hatte.

Claudines Nichte war so liebenswürdig, mir die Plane aufzuhalten, sodass ich beim Eintreten meine Frisur nicht ruinierte. Als ich mich wieder aufgerichtet hatte, stach mir als Erstes ins Auge, dass es im Zelt immer noch ziemlich genauso aussah wie heute Morgen. Am anderen Ende stand nur ein langer Tisch mit einer einsamen Kaffeemaschine, ein Heißwasserbehälter mit Zapfhahn und eine einzige Schachtel Kamillentee.

Auch die anderen Komparsen bemerkten nach und nach die dürftige Versorgungslage. Unzufriedenes Gemurmel machte sich breit. »Hangry« nannte man das im einundzwanzigsten Jahrhundert, soweit ich wusste.

»Was soll das denn hier?«, fragte Alice missbilligend.

»Keine Ahnung.« Erschöpft ließ ich mich auf eine der klapprigen Bierbänke sinken.

Nun betrat auch der Regieassistent das Zelt, und ich ahnte langsam, warum er vorhin ein derart besorgtes Gesicht gezogen hatte. »Ihr Lieben!«, rief er, und es klang eher wie ein *Habt Gnade!*. »Es gab leider ein kurzfristiges Problem mit dem Catering und deshalb ...« Er verstummte kurz. »Na ja ... deshalb gibt es heute nur Getränke in der Mittagspause. Wir versuchen natürlich, so schnell wie möglich Ersatz aufzutreiben, aber bis dahin –«

»Und was ist mit den Hauptdarstellern?«, rief eine Komparsin dazwischen. »Müssen die in der Zwischenzeit auch von heißem Wasser leben?«

Der Regieassistent machte ein zutiefst unglückliches Gesicht. »Na ja, also ... nein.«

Ich merkte schon, selbst an einem Filmset gab es Standesunterschiede.

»Aber wir geben uns wirklich die größte Mühe, dieses Problem schnell zu beheben. Ich halte euch auf dem Laufenden.«

In diesem Moment machte das Walkie-Talkie an seinem Gürtel ein knarzendes Geräusch, was der Assistent als Anlass nahm, aus dem Zelt zu stürmen. Die Verbliebenen machten ihrem Unmut Luft.

»Das ist mal wieder so was von typisch!«

»Komparsen kann man behandeln, wie man will!«

»Also ich weiß ja nicht, ob ich unter diesen Umständen morgen wieder hier erscheine.«

»In diesem Ballsaal war es wirklich ziemlich kühl ...«

Ich blickte hoch zu Alice, doch die wirkte relativ gelassen.

»Vielleicht haben sie ja Angst, dass einige von uns sonst nicht mehr ins Kostüm passen.« Sie kicherte.

»Du regst dich gar nicht auf?«, fragte ich verwundert.

Sie schüttelte den Kopf. »Ich habe heute einen echten Filmstar gesehen. Und einer der Schauspieler hat mit dir gesprochen, und ich stand daneben! Ich find's so cool und so aufregend hier, von 'nem ausgefallenen Mittagessen lass ich mir das nicht verderben.«

Ich freute mich, dass Alice die Sache so positiv sah, die anderen Hintergrund-Darsteller konnte sie damit allerdings nicht anstecken.

»Und in diesem Kuh-Kaff um die Ecke gibt es auch nicht mal einen Bäcker oder einen Supermarkt«, murrte jetzt einer. »Wenn sie schon in der tiefsten Provinz drehen müssen, sollte wenigstens die Versorgung klappen.«

Ich versuchte, mir kurz vorzustellen, wie eine Schar Damen im Reifrock und Herren in Strumpfhosen erst durch den Wald marschierte und dann in Courléon einfiel. Die Bezeichnung als Kuhkaff stieß mir sauer auf, denn obwohl ich das Dorf schon an die tausend Mal so genannt hatte, durften das meiner Meinung nach nur Leute, die daraus stammten.

»Soll ich dir mal einen Kaffee oder einen Tee besorgen?«, fragte Alice. »Jetzt, wo noch alle mit Nörgeln beschäftigt sind, wäre die perfekte Gelegenheit.«

»O ja, vielen Dank! Ich nehme den Kamillentee, bitte.« Sollte ja auch gut für die Nerven sein.

»Kommt sofort, Madame.«

Daran merkte man mal, wie alt ich in Alices Augen schon war. Zumindest hatte sie recht, dass momentan alle vollauf damit beschäftigt waren, sich über die Filmproduktion aufzuregen und Horrorgeschichten über vorausgegangene Komparsen-Jobs auszutauschen. Jetzt war wohl die perfekte Gelegenheit. Mit einer unauffälligen Geste zog ich den zusammengefalteten Zettel aus dem Ausschnitt meines Kleides. Ich warf noch einen prüfenden Blick in Richtung Claudines Nichte, die sich am Wasserbehälter zu schaffen machte, und faltete ihn dann vorsichtig auf. Ich musste mich ein wenig hinabbeugen, um die eng aneinandergedrängten Buchstaben lesen zu können.

Zwölf Jahre sind vergangen, Élodie, würdest du mich trotzdem heute Abend um acht am Holunderbaum treffen? Diesmal werde ich dort sein. Nicolas

Ich konnte nicht verhindern, dass ein glückliches Seufzen

meinen Lippen entschlüpfte. Gedankenverloren strich ich mit dem Daumen über die sorgfältig aufgeschriebenen Zeilen. Nicolas hatte eine filigrane, leicht schräg stehende Handschrift. Mir gefiel der kleine Schnörkel, der das E von Élodie verzierte, ebenso wie der hauchdünne Akzent darüber.

»Ist das die Nachricht von deinem merkwürdigen Verehrer?«

Ein langer Schatten breitete sich plötzlich über den Zeilen aus. Ich blickte hoch zu Alice, die mit zwei dampfenden Tassen vor mir stand.

»Also bitte«, entrüstete ich mich. »Er ist immerhin einer der Schlosserben.«

Alice reichte mir die Teetasse und setzte sich dann neben mich. »Also wenn dich meine Meinung interessiert ...«

Ich wusste, dass diese Art Satz nur von Leuten kam, die so oder so ihre Meinung kundtaten.

»Ja?«

»Wenn ich die Wahl zwischen einem Schlosserben und einem Filmstar hätte –«, begann Alice mit der Miene meiner Jura-Professoren, wenn sie einen besonders komplizierten Fall aufarbeiteten.

»Jetzt mach aber mal halblang!«, fiel ich ihr ins Wort. »Nicolas und ich sind ... wir kennen uns noch aus Kindertagen, und mit Paul habe ich heute ein-, vielleicht auch zweimal gesprochen. Daraus muss man jetzt nicht gleich eine Dreiecksromanze machen wie in so einer dämlichen Romcom.«

Alice zog lediglich mit wissendem Blick die Augenbrauen hoch, ähnlich wie ihre Tante bei unserem ersten Spaziergang durch den Wald. Sie glaubte mir kein Wort. Und ich im Grunde auch nicht.

Kapitel 10

Während des restlichen Drehtags hatte ich kaum Gelegenheit, weiter über Nicolas, Paul oder romantische Komödien nachzudenken. Die Stimmung unter den Komparsen war nach der ausgefallenen Mahlzeit im Keller, das merkte selbst Pablo Domingo, der versuchte, die allgemeine Moral zu heben, indem er ein paar seiner *Fantàsticos* auch uns widmete. Samantha und Paul ließ er unterdessen ihre Begegnung auf dem Ball bis zum Umfallen spielen, sodass ich bald Wort für Wort jede Dialogzeile mitsprechen konnte.

Nicolas tauchte nicht mehr auf, stattdessen wachte dessen Bruder Guillaume über die Szene und schritt ab und zu ein, wenn seiner Meinung nach jemand den Steinbüsten zu nahe kam oder zu energisch übers Parkett schritt. Ich wollte ständig nach meinem Handy greifen oder auf mein Handgelenk sehen, um die Uhrzeit zu checken, doch beides war im achtzehnten Jahrhundert nicht möglich, weshalb ich mich nur am Licht orientieren konnte, das durch die Bogenfenster fiel.

Als Pablo schließlich »*Muchas Gracias,* das wars für heute!«, rief, ging ein erleichtertes Aufseufzen durch die Menge. Kaum dass der Regisseur zu Ende gesprochen hatte, kam jemand von der Filmcrew angeprescht und reichte Samantha eine rote Wolldecke. Dabei hatten sich die Wolken draußen langsam verzogen.

»Danke für euren Einsatz! Wir sehen uns morgen!«, verabschiedete sich Pablo und winkte kurz in Richtung Komparsen, dann steckte er mit Paul die Köpfe zusammen.

»Alle mir nach, bitte!« Der Assistent winkte uns zum Ausgang.

»Puh, das war wirklich ein langer Tag«, bemerkte Alice, deren Begeisterung in der letzten halben Stunde auch etwas abgeebbt war. »Meinst du, das läuft immer so ab? Wir haben höchstens eineinhalb Minuten Film gedreht.«

»Ganz normaler Durchschnitt«, warf ein anderer Komparse ein. »Aber bei diesem Regisseur befürchte ich, wird es höchstens eine Minute am Tag.«

Alice freute sich: »Das heißt, dass wir mehr Zeit am Set verbringen können!«

Ich seufzte. »Das heißt es wohl.«

Selbstredend, dass ich heute noch keinen einzigen Gedanken an Paragrafen verschwendet hatte. Mein schlechtes Gewissen konnte ich nicht mal mit dem Versprechen einer strebsamen Nachtschicht beruhigen, denn schließlich hatte ich heute Abend eine Verabredung …

»Na? Hat's dir gefallen?«, fragte mich Violetta, während sie mir aus meinem riesigen Kleid half. Ich war mittlerweile schon von meiner Turmfrisur befreit worden. Abschminken sollten sich die Komparsen zu Hause. Ich sah mit meinem überschminkten Gesicht und den Haarspray-verklebten Strähnen aus wie der übernächtigte Gast einer Halloweenparty.

»Es war … schön.« Ich konnte ein erleichtertes Aufseufzen nicht unterdrücken, als ich wieder in meine bequemen Jeans schlüpfte. »Es ist schon ein ziemliches Erlebnis, aber wenn ihr es bis morgen nicht schafft, besseres Catering aufzutreiben, kommt es zur Meuterei, fürchte ich.«

»Wem sagst du das.« Auch Violetta seufzte. »Normalerweise gibt es da keine Probleme, aber irgendwie sind die Abläufe bei diesem Film wie verhext ...«

Ich hob interessiert den Kopf. »Ach ja?«

Die Kostümbildnerin winkte rasch ab. »Nicht so wichtig. Ich kriege ja heute Abend bei deinen Eltern noch eine vernünftige Mahlzeit. Nur leider habe ich erst in einer Stunde Feierabend.«

»Was auch immer meine Eltern auf den Tisch stellen, ich würde es nicht verpassen.« Ich griff nach meiner Tasche. »Dann sehen wir uns spätestens morgen früh wieder.«

»Bis bald, Élodie!«

Draußen vor dem Zelt wartete bereits Alice auf mich, die ebenfalls so aussah, als hätte sie nach einer langen Partynacht vergessen, sich vom Make-up zu befreien. Trotzdem strahlte sie über beide Ohren, und während wir gemeinsam durch den Wald zurück ins Dorf stapften, ging sie noch einmal haarklein alle Details des Tages durch – den ich wohlgemerkt komplett mit ihr zusammen verbracht hatte. Ich hörte daher nur mit halbem Ohr zu.

Mir gingen ganz andere Dinge durch den Kopf. Was Violetta wohl damit gemeint hatte, dass die Dinge am Set bisher wie verhext waren? Wie das Treffen mit Nicolas wohl werden würde? Über was würden wir sprechen? Und hatte Alice womöglich recht damit, dass Paul ebenfalls ein Auge auf mich geworfen hatte? Die Vorstellung war so abwegig, dass ich entschlossen den Kopf schüttelte. »Filmstar verliebt sich in Normalo«-Geschichten existierten nur in Büchern oder ... na ja ... im Film.

»Jedenfalls noch mal danke, danke, danke, dass du mich zum Set begleitest!« Wir waren nun am Gasthof meiner Eltern angekommen. Ehe ich etwas erwidern konnte, warf Alice voller Dankbarkeit die Arme um mich.

»Keine Ursache!«, keuchte ich überrascht.

»Ich hoffe, dir hat es auch ein bisschen gefallen?« Alice entließ mich aus ihrem Klammergriff.

»Klar.« Ein bisschen hatte mir schließlich auch das Jura-Studium gefallen.

»Dann bis morgen! Sei pünktlich!« Alice winkte noch einmal heftig und machte sich dann auf den Weg zu ihrer Tante.

Ich blickte ihr mit einem schiefen Lächeln nach. Es fühlte sich merkwürdig an, dass ich in Claudines Nichte so viel von mir selbst sah. Eine junge enthusiastische Teenagerin, die unbeschwert durchs Leben ging, nichts langweiliger fand als das Dorfleben und es kaum abwarten konnte, aus der Provinz zu verschwinden.

Da am Set das Mittagessen ausgefallen war, verschlug es mich zu Hause zuerst in die Küche, statt in mein Zimmer. Wenig überraschend wurde ich dort bereits von meinen Eltern erwartet. Papa war damit beschäftigt, Kartoffeln zu schälen, während Maman Gläser polierte.

»Kind, du bist ja furchtbar bleich!«, rief meine Mutter, kaum dass ich über die Schwelle trat.

»Das ist die Schminke.« Ich entdeckte auf dem Tisch ein paar von Claudines Eclairs, nahm mir einen und biss ein großes Stück ab.

»Und wie war's?«

»Anstrengend …«

»Und das Schloss? Du warst also wirklich im Château?«, bohrte Maman weiter.

Ich nickte. »Wer weiß, jetzt, da die Montenaits schon einen Film darin drehen lassen, öffnen sie die Räume vielleicht dauerhaft für das gemeine Volk.«

»Den Ballsaal würde ich auch zu gerne mal sehen«, sagte Maman träumerisch.

»Und wie lange soll diese Filmerei jetzt noch gehen?« Es war das erste Mal, dass Papa etwas zum Gespräch beitrug.

»Für den Ball sind noch einige Drehtage veranschlagt.«

»Aber sagst du nicht ständig, du bist hergekommen, um für deine Prüfungen zu lernen? Wie soll das gehen, wenn du ständig im Château der Montenaits bist?«

Treffer, versenkt. Während ich nach einer guten Antwort suchte, nahm ich noch einen Bissen von meinem Eclair.

»Ach, was sind schon ein paar Tage?«, sprang Maman ein. »Élodie ist fleißig und klug genug, um das trotzdem hinzukriegen.«

»Und du musst sie immer in Schutz nehmen«, brummte Papa.

»Ich finde es nach wie vor gut, dass dieser Film gedreht wird«, sagte Maman nachdrücklich. »Ist es nicht auch ein Zeichen, dass sich die Montenaits ein wenig verändert –«

»Verändert?«, fragte Papa verächtlich. »Die haben immer nur an sich selbst gedacht, und das wird auch weiterhin so bleiben. Oder haben sie bei dieser ganzen Filmgeschichte jemals das Dorf einbezogen? Richtig, denen geht es nur um *ihr* Schloss, um *ihr* Geld, und Courléon ist ihnen völlig schnuppe!«

Maman seufzte. »Ach, Étienne …«

Ein unangenehmes Schweigen trat ein.

»Also, dann setz ich mich mal an meinen Schreibtisch und pauke Gesetzestexte, sagte ich schließlich, um der Situation zu entkommen.

»Aber du hast kaum was gegessen …«

»Ich halte das für eine gute Idee«, sagte Papa.

»Aber –«

»Schon in Ordnung, Maman, meine Leichenblässe will ich schließlich auch loswerden.«

Ich aß den letzten Rest des Eclairs auf und verließ wieder die Küche.

»Warum bist du so streng mit ihr?«, hörte ich gerade noch Maman sagen, als ich die Tür hinter mir schloss.

Weil Papa schon immer den Part des strikten Elternteils übernommen hat, beantwortete ich die Frage für mich im Stillen. Maman war immer diejenige gewesen, die meine Träume nicht als Schwärmereien abgetan hatte, die stets an das Gute im Menschen glaubte und nichts für unmöglich hielt. Papa war eher der Pessimist, der lieber das Schlimmste annahm und sich dann vom Guten überraschen ließ.

Jemand hatte mal zu mir gesagt, Solène wahrscheinlich, dass »Gegensätze ziehen sich an« nur für kurze Zeit funktionierte, und langfristige Beziehungen auf »gleich und gleich gesellt sich gern« beruhten. Meine Eltern hatten es trotzdem miteinander ausgehalten. Zumindest hoffte ich, dass sie das immer noch taten.

Um diese beunruhigenden Gedanken zu verscheuchen, nahm ich eine extralange heiße Dusche, nach der ich wenigstens nicht mehr wie ein Gespenst aussah und auch meine Haare einem Vogelnest nicht länger ähnelten.

Mir blieben nur noch zehn Minuten, bevor ich losmusste, um Nicolas zu treffen. Einen Großteil davon verwandte ich darauf, nachdenklich in den Schrankspiegel zu blicken, nachdem ich mich angezogen hatte. Zwölf Jahre waren wirklich eine lange Zeit. Schon seltsam, während meines Studiums in Paris hatte ich kaum an Nicolas gedacht, aber jetzt, seitdem ich wieder in Courléon war, kam es mir nicht wie zwölf Jahre seit unserer letzten Begegnung vor. Hoffentlich würden wir es schaffen, an alte Zeiten anzuknüpfen.

Es war Punkt acht Uhr, als ich am Holunderbaum ankam. Mich erwartete dort lediglich hohes Gras und Grillenzirpen, Nicolas war noch nicht da. Müde lehnte ich mich gegen den kratzigen Baumstamm und schloss die Augen. Er würde schon noch kommen. Er hatte es versprochen …

»Élodie?«

Ich zuckte zusammen.

Neben mir war urplötzlich Nicolas aufgetaucht. Wie man sich derart durchs dichte Unterholz anschleichen konnte, war mir vollkommen schleierhaft. Es fühlte sich seltsam an, ihm von einem Moment auf den anderen so nahe zu sein, die Bartstoppeln an seinem Kinn zu erkennen und das helle Blau seiner Augen, die mich entschuldigend anblickten.

»Ich habe dich erschreckt.«

»Ach.« Ich lächelte. »Du hattest dich ja schon bei unserer allerersten Begegnung hinter einem Strauch versteckt.«

Nicolas' Miene leuchtete auf. »Das stimmt. Und wie freundlich von dir, trotzdem meiner Einladung zu folgen.«

»Die Freude ist ganz meinerseits.«

Nicolas lächelte, ich ebenfalls, und eine kleine Pause entstand.

»Und … was machen wir jetzt?«, fragte ich schließlich. »Strolchen wir wieder durchs Unterholz auf der Flucht vor … Wie hatten wir sie noch gleich genannt?«

»Melusine, die Mooshexe.« Nicolas' Blick schweifte über die Bäume, als erwartete er, dass sie gleich hinter einem hervortrat.

»Ihr war bestimmt sehr langweilig, während unserer … Abwesenheit.«

Nicolas nickte. »Es ist wirklich lange her. Ich dachte, wir könnten einen kleinen Spaziergang machen. Ich würde dir gern den Rosengarten des Châteaus zeigen. Das ist einer meiner Lieblingsorte.«

»Nicht die Bibliothek?«, entwischte es mir.

Nicolas musterte mich überrascht.

»Ach, dein Bruder hat da mal so was erwähnt«, nuschelte ich.

Nicolas seufzte, sagte aber nichts.

»Ich würde sehr gerne eure Rosen sehen«, schob ich rasch hinterher, woraufhin Nicolas' Gesicht sich wieder erhellte.

»Dann lass uns gehen!«

Und so machten wir uns auf den Weg durch den Wald. Mittlerweile setzte die Dämmerung ein und tauchte die Blätter der Bäume in ein feuriges Orange, so, als spazierten wir durch einen Herbstwald. Während unter unseren Schuhen das Laub raschelte, wartete ich darauf, dass Nicolas wieder das Wort ergriff. Zu meiner Belustigung stellte ich fest, dass er mir zwar immer wieder verstohlene Seitenblicke zuwarf und den Mund öffnete, dann aber doch weiter schwieg. Ich würde wohl die Initiative ergreifen müssen.

»Es gibt doch eine Frage, die uns beide unter den Nägeln brennt«, sagte ich, während ich über einen Baumstamm hinwegstieg.

»Ja?« Nicolas sah sich aufmerksam zu mir um.

»Na, was der jeweils andere in den letzten zehn Jahren so getrieben hat.«

»Es hat mich auf jeden Fall überrascht, dich in Courléon wiederzutreffen. Ich hatte immer das Gefühl, es würde dich von hier fortziehen.«

Ich lachte. »Dein Gefühl hat dich nicht getäuscht. Nachdem ich in Angers die Schule beendet habe, bin ich Hals über Kopf nach Paris gezogen, um zu studieren.«

»Und auf welches Fach fiel deine Wahl?«

»Jura.«

»Jura?! Ich meine …« Nicolas räusperte sich kurz. »Jura?«

Ich winkte ab. »Das war eine totale Fehlentscheidung. Aus mir wird eine lausige Anwältin.«

»Und trotzdem willst du eine werden?« Nicolas wirkte verwirrt.

Zum Glück hatten wir nun den Rand des Wäldchens erreicht, und die Umrisse des Châteaus tauchten vor uns auf. In der Abendsonne sah es wirklich ein wenig verwunschen aus, als würde dort tatsächlich Melusine, die Mooshexe, wohnen.

»Wir schleichen uns also durch den Hintereingang rein?«, fragte ich belustigt, und Nicolas sah ertappt aus.

»Es ist näher an den Gärten«, antwortete er dann.

Wir gingen zu dem alten schmiedeeisernen Tor, das dort eingelassen war, und Nicolas zog einen alten Schlüssel mit langem Stiel aus seiner Hosentasche. Das Tor quietschte geräuschvoll, als er es aufstieß.

»Werden dort auch noch Dreharbeiten stattfinden?«, fragte ich, während ich Nicolas durch den Eingang folgte.

»Allerdings. Auch wenn die Gärten in keinem besonders guten Zustand sind. Nun, mir fällt eigentlich kein Teil des Schlosses ein, der in einem exzellenten Zustand ist.«

»Euer Ballsaal macht doch ordentlich was her.«

»Da bröckelt der Stuck. Und das Parkett müsste fachmännisch renoviert werden.«

Schlosserbe schien ein zermürbender Job zu sein.

»Aber mit dem Geld, das wir von der Filmgesellschaft kriegen, sollten wir wenigstens die größten Baustellen richten können.« Nicolas schien die Sache nicht ganz so negativ stehen lassen zu wollen.

Vorerst vertieften wir das Thema Film nicht, denn wir waren nun bei dem kleinen Park angekommen, der sich hinter dem Schloss erstreckte. Fasziniert betrachtete ich den verschlungenen gekiesten Weg, der sich an einer Reihe von Buchsbäumen entlangwand und dann in einem großen Kreis endete, in dessen Mitte sich ein Springbrunnen befand. Der imposante Marmorschwan im Zentrum des Beckens spie allerdings keinen Wasserstrahl aus seinem weit geöffneten Schnabel. Von einer geradezu kindlichen Neugier gepackt, lief ich auf ihn zu.

»Schade, dass er nicht an ist.« Ich strich mit den Fingerspitzen über den steinernen Rand des Beckens.

»Guillaume könnte dir auf den Cent genau vorrechnen, was uns das Wasser kosten würde.« Nicolas trat neben mich.

»Dein Bruder macht bisher auf mich einen ziemlich ... ziemlichen Eindruck.«

»Ach, Guillaume ist gar nicht so –«

»... großkotzig, wie er immer tut?«

Es war beruhigend, Nicolas einmal lachen zu sehen, bisher hatten alle seine Reaktionen immer etwas Verhaltenes an sich gehabt.

»Er macht sich nur Sorgen, und dann wird er manchmal etwas schroff. Aber lass uns über etwas anderes sprechen.«

»Gerne.« Ich setzte mich auf den Rand des Brunnens. »Über dich zum Beispiel. Ich habe schließlich auf dem Weg durch den Wald einiges über mich erzählt, aber ich weiß immer noch nicht, was du in den letzten zwölf Jahren so angestellt hast.«

Ich klopfte auf den freien Platz neben mir. Ich sah Nicolas kurz zögern, dann setzte er sich mit respektvollem Abstand dazu. Aber der Nicolas, der in meiner Kindheit fantasievoll ausgeschmückte Geschichten erzählen konnte, schien ziemlich überfordert damit zu sein, seine eigene zu erzählen. Gedankenvoll ließ er seinen Blick über die Buchsbäume rings um uns schweifen.

»Dass ich mich damals nicht richtig verabschiedet habe, hat mich fertig gemacht. Ich weiß, wir waren neun und zehn Jahre alt, aber ...« Er sah wieder zu mir. »Ich habe dich einfach stehen lassen. Es war falsch von mir.«

»Wir waren zwar wirklich erst neun und zehn Jahre alt.« Ich hielt kurz inne. »Trotzdem wusste ich, dass es niemals deine Absicht war, mich hängen zu lassen.«

Nicolas fuhr sich mit der Hand durchs Haar, dann sprudelten die Worte aus ihm heraus, als hätte er schon lange darauf gewartet, mir diese Geschichte erzählen zu können: »Meine Mutter erschien von einem auf den anderen Tag im

Schloss und verkündete, sie wolle mich wieder zu sich nehmen. Sie hatte einen neuen Mann kennengelernt, beschlossen, mich in eine anständige Schule zu schicken, und sie wollte dafür sorgen, dass ich nicht ...« Ein kleines Lächeln stahl sich auf seine Lippen. »... nicht so verquer werde wie mein Großvater.«

»Claudine hat, ähm, erwähnt, dass deine Mutter und dein Großvater kein einfaches Verhältnis zueinander hatten.«

Nicolas zog die Brauen hoch. »Der Fluch dieser Familie«, sagte er mit leiser Ironie. »Niemanden schlagen sie besser in die Flucht als ihresgleichen. Großvater war vom Lebensstil meiner Mutter entsetzt. Kaum war sie achtzehn, ist sie fort und auf Reisen gegangen. Sie wollte Abenteuer erleben. Guillaume und ich sind, hm, Resultate davon.«

Nicolas' Mutter klang für mich wie eine Frau, die ziemlich genau wusste, was sie wollte.

»Sie hatte nicht wirklich Zeit für Kinder«, fuhr Nicolas fort. »Also hat sie meinen älteren Bruder und mich immer wieder bei Großvater abgeladen. Der hatte sich zwar – ich zitiere – keine Bastarde als Enkel gewünscht, aber, und das muss man ihm trotz all seiner Schwächen zugutehalten, er hat sich gekümmert. Ich hatte keine unglückliche Kindheit im Schloss. Tatsächlich wurde mein Leben erst schwierig, als meine Mutter ... Ich weiß, sie hat es nur gut gemeint, aber ... verdammt habe ich dieses Internat gehasst, in das sie mich geschickt hat.«

»Und deine Mutter wollte dich nicht hier leben lassen? Obwohl du im Château viel glücklicher warst?«

Nicolas schüttelte den Kopf. »Großvater und sie waren dermaßen zerstritten ... Sie hat uns irgendwann sogar verboten, mit ihm zu sprechen. Und jetzt nach seinem Tod stehen wir mit einem Familien-Schloss da, das mein Bruder als geldfressende Ruine wahrnimmt.«

»Aber du nicht ...«, vervollständigte ich den Satz.

Nicolas blickte mit einem kleinen Lächeln zu mir auf. »Ich nicht«, bestätigte er. »Ich finde, das Château ist ein wunderbarer Ort. Und im Gegensatz zu Großvater habe ich auch nichts gegen die Dorfbewohner.«

»Mein Vater würde langsam anzweifeln, dass du wirklich ein de Montenait bist.« Ich sprang vom Brunnenrand und drehte mich schwungvoll zu Nicolas um. »Aber kannst du mir vielleicht erklären, woher diese dämliche Fehde überhaupt kommt? Dass sich die Montenaits und die Bewohner von Courléon nicht leiden können, war immer eine derartige Selbstverständlichkeit, dass sich nie jemand die Mühe gemacht hat, mir zu erläutern, warum.«

Nicolas erhob sich ebenfalls. »Wenn wir schon über so etwas Unerfreuliches sprechen müssen, möchte ich dir wenigstens vorher den schönsten Teil des Gartens zeigen. Er ist etwas ganz Besonderes. Darf ich?«

Zu meiner Überraschung streckte mir Nicolas seine Hand hin, leicht erhoben, wie die Herren im Ballsaal eine Dame zum Tanz führten. »Du musst die Augen schließen.«

Ich zögerte kurz, dann legte ich meine Fingerspitzen in seine Hand. »Du stellst mich jetzt aber nicht in die Mitte von einem Hecken-Labyrinth?«

Nicolas zwinkerte. »Das würde ich nie tun.«

»Also dann …«

Ich machte folgsam die Augen zu. Nicolas' Finger umfassten sanft, aber entschlossen meine, und ich überließ mich ganz seiner Führung. Nun konnte ich nur noch das Zwitschern der Vögel hören, das Knirschen der Kieselsteine unter uns und bemerkte, dass Nicolas angenehm nach Minze und Moschus roch.

»Was hast du eigentlich in den Jahren danach gemacht? Nach der Schule, meine ich?«, fragte ich während, ich blindlings durch die Gegend stolperte.

»Ich habe studiert, wie du. Kunst- und Kulturgeschichte in England.«

Ich verzichtete darauf mit *Kunstgeschichte?!* auf diese Enthüllung zu reagieren, da sie mich kein bisschen überraschte.

»Puh, ganz Courléon war ja schon sauer, dass ich nach Paris abgehauen bin, aber wenn ich es dann noch gewagt hätte, in *England* zu studieren. Ich könnte mich hier nicht mehr blicken lassen.« Ich bemerkte, dass sich der Duft um uns herum veränderte. Er wurde intensiver, schwerer, es roch nach ... Rosen? Kühler war es auch geworden.

»Kann ich jetzt die Augen wieder aufmachen?«, fragte ich voller Ungeduld.

»Ein paar Schritte noch ...«

Endlich blieben wir stehen, und ich fühlte, wie Nicolas' Hand vorsichtig meine losließ.

»Atme noch einmal tief ein ...«

Ich holte Luft. Der intensive blumige Duft kitzelte in meiner Nase. Mir wurde fast ein wenig schwindelig.

»Kann ich –«

»Jetzt darfst du.«

Ich öffnete die Augen und blinzelte überrascht, als ich mich unter einer Kuppel aus gelben Rosen wiederfand. Sie schienen sich an einer Art Gitter emporzuranken, aber das wurde völlig von den grünen Ranken und Blättern verdeckt. Kein Wunder, dass es kühl geworden war. Dieser kleine Pavillon schien wirklich, aus nichts anderem als Rosen zu bestehen. Man konnte sich kaum sattsehen oder –riechen.

Ich atmete noch mal tief ein, während ich mich mit einem Lächeln im Gesicht langsam um die eigene Achse drehte. Dabei stieß ich beinahe mit Nicolas zusammen. In dem kleinen Pavillon waren unsere Gesichter nur eine Handbreit voneinander entfernt. Mir wurde ganz kribbelig zumute. Ich wollte nicht starren, aber seine Augen ließen mich einfach nicht los.

Als würde dort etwas auf mich warten, von dem ich nicht einmal wusste, dass ich es gesucht hatte.

»Ein wirklich ... wunderschöner Ort«, sagte ich leise. Ich wünschte fast, Nicolas würde noch einmal meine Hand in seine nehmen, nur kurz, um zu beweisen, dass ich nicht träumte.

»Ja ...«, antwortete er mit ebenso gedämpfter Stimme. »Wunderschön.«

»Nicolas!« Eine scharfe Stimme zerschnitt die Luft.

Nicolas und ich zuckten zurück, als wäre uns erst dann bewusst geworden, wie nah wir voreinander standen.

»Das klingt wie dein großer Bruder ...«

»Nicolas, bist du hier?«

Durch den runden Ausgang erkannte ich Guillaume de Montenait, der in einiger Entfernung um eine Hecke bog. Sein Kopf wandte sich in unsere Richtung.

»Ich glaube, es wäre besser, wenn du gehst«, hörte ich plötzlich Nicolas neben mir.

Einerseits war ich tatsächlich nicht besonders erpicht auf eine Begegnung mit Guillaume, andererseits kam es mir doch merkwürdig vor, dass ich so abrupt nach Hause geschickt wurde. Nicolas' Bruder hatte uns mittlerweile entdeckt und kam auf uns zu.

»Okay«, antwortete ich etwas überfordert. »Dann ... verabschiede ich mich wohl.«

»Hier.« Nicolas schlüpfte aus seinem Jackett und reichte es mir. »Es wird kühl sein, wenn du durch den Wald zurückgehst.«

Schon hielt ich sein etwas kratziges Jackett in den Armen. Zumindest wusste ich jetzt, was die ganze Zeit nach Minze und Moschus gerochen hatte.

»Dann bis ... bis bald«, murmelte ich und sah Nicolas hinterher, der seinem älteren Bruder entgegenging.

»Du brauchst dich nicht aufzuregen, ich habe nur einer alten Freundin den Park gezeigt«, hörte ich ihn mit fester Stimme erklären.

Dann erinnerte ich mich daran, dass er mich gebeten hatte, nach Hause zu gehen, und machte auf dem Absatz kehrt, um den Pavillon in die Gegenrichtung zu verlassen. Doch es half nichts, einen letzten Satz hörte ich noch: »Doch nicht etwa diesem Vinet-Mädchen?«

Kapitel 11

Die Hochstimmung, die ich während unserer Begegnung empfunden hatte, verflog nach und nach, während ich allein zurück durch den Wald stapfte. Zumindest fror ich nicht in der Abenddämmerung. Dafür sorgte das Jackett, das mir Nicolas so ritterlich mitgegeben hatte. Aber was nutzte mir all diese Ritterlichkeit, wenn er sie nicht mit mir vor anderen zeigen wollte?

Eine kühle Windböe zupfte mir ein paar Haarsträhnen ins Gesicht, und mit jedem Schritt, den ich mich der Auberge näherte, spürte ich, wie die Zweifel in mir hochkrochen, und den wunderschönen Moment, den wir geteilt hatten, aushöhlten. Viel war nicht mehr von ihm übrig, als ich schließlich wieder bei der Auberge ankam.

»Und wo warst du?« Zu meinem Erstaunen befand sich Maman ausnahmsweise nicht in der Küche, sondern in unserem Wohnzimmer, als ich eintrat. »Du hast das Abendessen verpasst.«

Für einen kurzen Moment fühlte ich mich nicht mehr wie fünfundzwanzig, sondern wie fünfzehn.

»Mir war nach einem Spaziergang«, antwortete ich schließlich.

»Reste sind im Kühlschrank, falls du noch Hunger hast.«

»Danke, ich denke aber, ich werde heute mal früh schlafen gehen.« Ich wandte mich ab, um in mein Zimmer zu flüchten.

»Ist alles in Ordnung, Élodie?«, hörte ich Mamans Stimme in meinem Rücken. »Du siehst so besorgt aus.«

»Ach ...« Ich winkte ab, während ich die Tür aufzog. »Ich bin nur müde.« Ich trat in mein Zimmer. »Müde, verwirrt und heillos überfordert«, murmelte ich, als ich schließlich allein war.

Ich ging hinüber zu meinem Schreibtisch und warf einen Blick auf mein Smartphone, das ich dort vor meinem Aufbruch abgelegt hatte. Solène hatte versucht, mich zu erreichen. Einen Moment zögerte ich. Hatte ich heute überhaupt noch Lust auf ein Telefonat? Aber dann wurde mir klar, dass Solène gerade die einzige einigermaßen unvoreingenommene Person in meinem Umfeld war, mit der ich über Nicolas sprechen konnte. Ich setzte mich an meinen Schreibtisch.

Solène nahm ab, kaum dass ich gewählt hatte. »Na, schön gelernt heute? Wo würdest du die Details zu einer außerordentlichen Kündigung einsehen?«

»Weiß ich nicht«, erwiderte ich ohne Umschweife. »Solène, ich brauche deinen Rat.«

»Kein Problem, bei einer außerordentlichen Kündigung musst du zuerst in den *code du travail* schauen, und zwar unter Paragraf –«

»Es geht nicht um Jura«, fiel ich ihr ins Wort. »Sondern um, also, erinnerst du dich noch an den Schlosserben?«

»Natürlich!«, antwortete Solène nachdrücklich. »Wie hieß er noch gleich?«

Ich seufzte kurz. »Nicolas ... Nicolas de Montenait.«

Und dann begann ich mit allen Details, die mir wichtig erschienen, meiner besten Freundin von meinem merkwürdigen Rendezvous zu erzählen.

»Ich glaube, dass er mich wirklich mag«, schloss ich schließlich nachdenklich. »Aber das reicht nicht.«

»Das reicht nicht?«, fragte Solène, die die ganze Zeit über konzentriert zugehört hatte. »Für manche Leute hat schon wesentlich weniger gereicht.«

»Aber ich will nicht nur einen Mann, der mich mag«, stellte ich fest. »Er muss für sich, für mich, für *uns* einstehen. Ich will mit jemandem zusammen sein, der meine Hand ganz selbstverständlich vor anderen in seine nimmt. Ich weiß nicht, ob Nicolas das kann. Und solange diese Unsicherheit besteht, kann ich mich auch nicht öffnen.«

Am anderen Ende der Leitung wurde es kurz still, dann hörte ich Solènes Seufzen.

»Ich verstehe dich vollkommen, *chérie*. Wenn ich dir trotzdem noch einen Rat anbieten darf: Rede nicht nur mit mir. Rede mit ihm. Wir sind alle groß genug, um auf Spielchen zu verzichten. Wenn Nicolas wirklich Gefühle für dich hat, dann schafft er es auch, sich freizuschwimmen und für euch beide einzustehen. Auch wenn ihm das momentan schwerzufallen scheint. Sein Bruder klingt ziemlich tyrannisch.«

»Tyrannisch ist untertrieben! Pablo sollte darüber nachdenken, ihn noch als Bösewicht zu besetzen. Der würde sogar Samantha an die Wand spielen.«

Noch während der Satz sich in meinem Mund formte, wurde mir klar, dass ich mich gehörig verplappert hatte.

»Besetzung? Pablo«, hakte Solène sofort nach. »Schauspiel? Du bist doch nicht etwa …?«

Ich seufzte kurz, dann erzählte ich in groben Zügen, wie es dazu gekommen war, dass ich für die nächsten zwei Wochen als Komparsin im Schloss der Montenaits sein würde.

»Du kannst mir jetzt ruhig eine Predigt halten«, sagte ich

niedergeschlagen, als meine Erzählungen vom ersten Drehtag endeten. »Ich weiß, dass es wahnsinnig unvernünftig war, den Job anzunehmen, aber Claudines Nichte –«

»Ja, war es«, unterbrach mich Solène. »Aber weißt du, *chérie*, ich habe das Gefühl, hier steht gerade viel mehr auf dem Spiel als dein nächster Anlauf für die Abschlussprüfung. Natürlich habe ich immer gerne den Part der strengen Gouvernante übernommen, die dich zurück an den Schreibtisch schickt, aber ... ich habe das Gefühl, dass du Spaß an diesem Film hast, dass es dich glücklich macht, im Schloss zu sein, und da ich auch weiß, dass du im Grunde deines Herzens keine Anwältin oder Richterin sein willst ... Ach, verdammt, so kann ich dich wirklich nur schwer ausschimpfen!«

»Das wird ganz schön hart, jetzt noch zu lernen, wenn du nicht mehr mit der Peitsche hinter mir her bist«, antwortete ich halb ernst.

»Keine Sorge, ich bin und bleibe großartig im Herumkommandieren. Für morgen stelle ich dir zwei Aufgaben, erstens, du redest noch mal mit deinem Schlosserben, und zweitens, du informierst dich etwas besser über Kündigungsfälle.«

»Oui, Madame! Und er ist nicht *mein* Schlosserbe ...«

»Noch nicht zumindest. *À bientôt, chérie!*«

Ich bin gespannt, wie die Maskenbildnerinnen es schaffen wollen, meine Augenringe zu überdecken, war mein erster Gedanke, als ich am nächsten Morgen übernächtigt zu Claudines Haus trottete.

Inzwischen war ich schon wieder so gut im Dorfleben angekommen, dass ich ohne einen zweiten Gedanken einfach die Haustür aufzog und eintrat. Der Geruch nach Kaffee und Frühstücksmarmelade, der mich erreichte, trug zumindest dazu bei, einen Teil meiner Lebensgeister zu wecken. Alice und Claudine saßen noch beim Frühstück.

»Hier, nimm noch ein paar«, sagte unsere Nachbarin und

schob ihrer Nichte noch mehr Toastbrote zu. »Du wirst zu dünn.«

»Aber ich muss doch in mein Kostüm passen!«

»Notfalls machen sie es eben weiter.« Ich lehnte mich in den Türrahmen und verschränkte die Arme.

»Oh, hallo, Élodie!« Alice sprang auf, froh der Überfütterung durch Marmeladentoast zu entkommen. »Wir sollten gleich losgehen, oder? Wir kommen sonst zu spät!«

Ich nickte mit gebotenem Ernst. »Der Weg durch den Wald ist lang und beschwerlich.«

»Ich hol nur kurz meine Jacke.«

»Es ist wirklich liebenswürdig von dir, dass du meine Nichte begleitest«, sagte Claudine, die Alice schmunzelnd hinterherblickte. »Sie hat mir erzählt, dass du am Filmset sogar schon die Aufmerksamkeit der Schauspieler auf dich ziehst.« Auf ihren amüsierten Gesichtsausdruck folgte plötzlich ein listiger Seitenblick.

Ich winkte ab.

»Du kennst Alice. Sie neigt manchmal zu Übertreibungen.«

Aber mir war klar, selbst wenn ich jetzt abwiegelte, würden bald alle in Courléon wissen, dass ich ganz privat mit Hollywoodstars verkehrte. Gerüchte verbreiteten sich hier schneller als Katzenhaare auf weißen Hosen.

»Bin so weit!« Alice stand mit leuchtenden Wangen neben mir. Es fehlte nur noch, dass sie auf und ab hüpfte. »Wollen wir gehen?«

»Viel Spaß!«, rief uns Claudine hinterher. »Ich will nachher alle Details hören.«

Bei den meisten war diese Formulierung nichts weiter als eine Floskel. Bei Claudine hingegen war sie vollkommen ernst gemeint. Und aus genau diesem Grund konnte ich momentan auch nur Solène von Nicolas erzählen, sonst würde mir die Sache bald entgleiten.

Während ich den Weg zum Schloss damit verbrachte, stumm darüber nachzugrübeln, wie ich Solènes Ratschlag befolgen und mit Nicolas sprechen sollte, plapperte Alice munter vor sich hin. Ich bekam am Rande mit, wie sehr sie es bedauerte, dass Fotos am Set strengstens verboten waren, sie hoffte, dass Pablo heute Samantha einmal in unsere Nähe stellen würde, und dass die wenigen anderen Jugendlichen in Courléon ja soooo neidisch auf sie waren.

Mir schwirrte der Kopf, als wir schließlich am weit offen stehenden Schlosstor ankamen und uns schon ganz wie die routinierten Profis in die Warteschlange der Komparsen einreihten. Mir fiel auf, dass neue Gesichter hinzugekommen waren. Neben weiteren jungen Männern und Frauen, auch ein paar ernst dreinblickende Erwachsene mit riesigen Instrumentenkästen unter dem Arm.

»Ach, heute wird ja getanzt.«

»Da würde ich auch gern mitmachen«, sagte Alice neben mir sehnsuchtsvoll.

»Ich nicht. Hast du dir mal ein paar Kostümfilme angesehen? Die vollführen so hochkomplizierte Figuren, während denen man kreuz und quer aneinander vorbeiläuft. Das wäre wie beim Auto-Scooter, wenn ich dazukomme.«

»Ich hätte nichts gegen ein bisschen Aufregung im Ballsaal ...«

Aus irgendeinem Grund verwandelte sich Alices flapsiger Kommentar in eine Art selbsterfüllende Prophezeiung. Genau wie gestern schickte man uns nacheinander in die Haare- und Make-up Zelte, wobei mir auffiel, dass es heute viel länger als gestern zu dauern schien, bis wir aufgerufen wurden. Ich erfuhr, warum, als ich im Kostümzelt Violetta wiedertraf. Die sah zutiefst gestresst aus und machte ein ganz verbissenes Gesicht. Die anderen Kostümbildnerinnen wirkten nicht viel entspannter.

»Morgen, Élodie«, sagte sie, während sie mich hinter einen

der Paravents bugsierte. »Tut mir leid, dass hier heute so ein Chaos herrscht, aber …« Sie verstummte.

»Aber …?«, fragte ich nach, während ich aus meinen Anziehsachen schlüpfte.

Violetta spannte einen Moment den Kiefer an, dann seufzte sie. »Ach, was soll's, die Geschichte macht ja eh schon die Runde. Jemand hat gestern von allen Aufbewahrungstüten mit den Kostümen die Etiketten abgerissen. Sie lagen überall auf dem Boden verstreut herum, als wir angekommen sind. Wir haben den ganzen Morgen bisher damit verbracht, alles wieder richtig zuzuordnen. Und das ausgerechnet heute, wo noch mehr Komparsen als sonst vor Ort sind. Es ist zum Verrücktwerden! Ich meine, wer macht denn so was?!«

Das war eine naheliegende Frage. Unwillkürlich wanderten meine Gedanken zu den neidischen Freundinnen von Alice, aber ich konnte mir wahrhaftig nicht vorstellen, dass jemand aus dem Dorf nachts hier einbrechen würde, um kindische Streiche zu spielen.

»Mach dir nichts draus«, versuchte ich Violetta zu trösten. »Ich bin mir sicher, das wird nicht noch mal passieren.«

»Ganz sicher nicht!«, erwiderte die Kostümfrau wutschnaubend. »Und wenn ich einen Wachhund draußen anbinden muss!«

Sie wirkte allerdings schon etwas besser gelaunt, als sie mich in mein atemberaubendes, wirklich atem-beraubendes Mieder einschnürte, mir in meinen Rock half und mich dann zu Haare und Make-up scheuchte.

Auch dort wurde bereits eifrig spekuliert, wer gestern die Verwüstung im Kostümzelt angerichtet hatte. Die Verdächtigungen beschränkten sich größtenteils auf »Vagabunden« oder »vielleicht war jemand betrunken«. Bei all dem Getuschel und Gerätsel, während man mir die Haare hochsteckte, fühlte ich mich langsam wirklich wie eine Edeldame des achtzehnten Jahrhunderts. Vielleicht sollte ich Nicolas fragen, ob es im

Château einen Hausgeist gab, wenn ich ihn das nächste Mal sah. Wann auch immer das sein würde.

Mit fast zwei Stunden Verspätung wurden wir an diesem Morgen wieder wie eine Herde Schafe in den Ballsaal des Châteaus getrieben. Ich konnte nicht umhin, auf dem Weg immer wieder sehnsuchtsvolle Blicke in die abzweigenden Gänge zu werfen. Ich wollte noch mehr vom Schloss sehen! Vor allem aber wollte ich Nicolas zu Gesicht bekommen, doch zu meiner Enttäuschung konnte ich ihn nirgends entdecken, als wir den Ballsaal betraten. Lediglich Guillaume war vor Ort und bedachte mich immer wieder mit bohrenden Blicken.

Zum Glück blieb mir keine Zeit, mich deswegen unwohl zu fühlen, denn Pablo Domingo eilte ununterbrochen vom einen Ende des Ballsaals zum anderen, um Anweisungen zu erteilen. Ich konnte verstehen, dass der gute Mann im Stress war, denn im Saal war es heute doppelt so voll.

Auf der anderen Seite, die gestern nicht im Bild zu sehen gewesen war, hatte sich das Orchester positioniert. Ein Ensemble von Streichern in schwarzen festlichen Anzügen. In der Mitte befand sich der Teil der Hofgesellschaft, der tanzen sollte, und wir, der Teil, der nur im Hintergrund stehen und tuscheln sollte, stand an den Rändern. Einigen von uns hatte man sogar ein paar langstielige Kristallgläser in die Hand gedrückt. Props nannte man solche Requisiten. Amüsiert beobachtete ich Alice, die ununterbrochen ihr Glas schwenkte wie ein Sommelier.

»Hast du Samantha schon –«

»Nein, ich habe Samantha noch nicht gesehen.«

Paul Hamilton hingegen war bereits anwesend und zwinkerte mir fröhlich zu. Das war eine schöne Abwechslung im Vergleich zu Guillaumes vernichtenden Blicken, brachte mir aber wieder eifersüchtige Gesichter von anderen Komparsinnen ein. Es war erstaunlich, wie viele Reaktionen man hervorrufen konnte, obwohl man nur wortlos herumstand.

Zum Glück erschien bald darauf Samantha und zog die Aufmerksamkeit aller auf sich. Pablo stürmte ihr sofort entgegen und erklärte mit großen Gesten, was er für die nächsten Takes geplant hatte. Über den Lärm der Musiker, die ihre Instrumente stimmten, konnte man leider nicht viel davon verstehen. Es dauerte noch eine gute halbe Stunde, bis schließlich alle Tänzer und Nichttänzer an ihren vorgesehenen Plätzen standen und die Musikanten zufrieden mit der Beleuchtung ihrer Notenblätter waren.

»Ich fürchte, wir werden deinem großen Idol heute nicht viel näher kommen«, sagte ich zu Alice, während ich die Tänzer beobachtete, die in zwei langen Reihen einander gegenüberstanden. Warum es so lange gedauert hatte, zwei Reihen zu bilden, wusste keiner.

»Immerhin können wir ihr beim Tanzen zusehen!«

»Okay, alles auf Anfang, wir drehen den ersten Take mit Musik!«, verkündete Pablo in diesem Moment und klatschte in die Hände.

»Ton läuft!«

»Kamera läuft!«

»Und bitte!«

Das Cembalo begann zu spielen, begleitet von Oboen, ein fröhliches, aber nicht allzu schnelles Stück, und wie ich bereits angekündigt hatte, begannen die Tänzer und Tänzerinnen Paare zu bilden, die aufeinander zukamen, sich wieder trennten und kleine Hüpfbewegungen machten. Mittendrin erkannte ich Paul und Samantha, die sich zwischen den Paaren bewegten, als wären sie mit barocken Tänzen aufgewachsen. Allerdings befanden sich die Kameras so nah an den beiden, dass man nicht allzu viel von ihnen sah.

»Danke!«

Die Musik setzte aus, und Pablo erschien auf der Bildfläche.

»Samantha! Paul!«

»Fantàstico«, flüsterte ich Alice zu.

»¡Fantàstico! Excelente! Die anderen Tänzer würde ich darum bitten, etwas größere Abstände zu lassen, damit unsere Hauptdarsteller nicht verdeckt werden. Wir drehen jetzt mit Dialog, ohne Musik. Das heißt ihr!« Er wirbelte herum und zeigte in unsere Richtung. »Die anderen Ballgäste tun bitte nur so, als würden sie sich unterhalten. Bis auf das Klappern von Schuhen und die Hauptdarsteller sollte man nichts hören.«

Pablo wuselte wieder davon.

»Ton läuft!«

»Kamera läuft!«

»Und bitte!«

Beim nächsten Take wurde komplett ohne Musik getanzt, sodass man den Dialog zwischen Paul und Samantha aufnehmen konnte. Es war ein ziemlich seltsamer Anblick, die Paare zu beobachten, die vollkommen stumm durch die Gegend hüpften. Ich warf Alice einen Blick zu und zog die Augenbrauen hoch, die bewegte lautlos die Lippen, um ein Gespräch zu simulieren.

»Ihr seid ein besserer Tänzer als erwartet«, hörte man Samanthas Stimme glasklar im Raum. »Dabei verabscheut ihr doch die Gavotte?«

»Abneigung hat nichts mit Können zu tun, votre majesté.«

»Und trotzdem werde ich das Gefühl nicht los, Ihr würdet gegen meine ...« Es folgten drei Sekunden peinliche Stille. »Ach, verdammt!«

»Schnitt!«

»Das war ja mal gar nicht fantàstico«, murmelte ich Alice zu.

145

»Jeder kann mal seinen Text vergessen«, antwortete die prompt.

»Ja … immerhin haben sie welchen.«

Es wurde ein langer Vormittag, an dem immer und immer wieder die Gavotte mit und ohne Musik getanzt wurde. Paul und Samantha, mit dem ein oder anderen Gedächtnisaussetzer, spielten ihr neckisches Geplänkel. Und mich erstaunte, wie sie es schafften, auch beim hundertsten Mal ihre Worte noch spontan und spritzig klingen zu lassen.

Für Alice und mich gestaltete sich das Ganze recht öde, da wir dazu verdammt waren, mit unseren leeren Gläsern in der Hand dabei zuzusehen. Nicolas tauchte nicht auf. Meine Stimmung war daher ziemlich geknickt, als gegen Mittag Pablo eine Pause ankündigte.

»Das war von allen ganz, ganz wunderbar! Wir machen jetzt eine Stunde Pause. Es gibt Mittagessen, und dann geht es direkt weiter mit …« In diesem Moment erschien sein Assistent mit bleichem Gesicht neben ihm und flüsterte Pablo etwas ins Ohr. Der runzelte die Stirn und wandte sich mit wütendem Gesicht seinem Untergebenen zu. Er brach in einen spanischen Wortschwall aus, während sein armer Assistent immer wieder hilflos den Kopf schüttelte.

»¡Carajo!«, fluchte Pablo noch einmal heftig, dann stürmte er davon und überließ seinem Assistenten das Wort.

»Ihr Lieben«, sagte der zögerlich und wandte sich zu uns um. Mir war schon aufgefallen, dass sich beim Film alle duzten und dass Ankündigungen, die mit »Ihr Lieben« begannen, oft nichts Gutes verhießen. »Leider gab es … gibt es … immer noch ein Problem, mit ähm, dem Catering und wir, ähm, sind noch nicht sicher, ob es, na ja, heute … Mittagessen geben wird.«

Kaum dass er zu Ende gesprochen hatte, machte sich empörtes Getuschel im Saal breit. Nun wäre wohl Samanthas

Einsatz gewesen, um zu verkünden, dass wir doch einfach Kuchen essen sollten, wenn es kein Brot gab. Aber da sie nicht wirklich Marie-Antoinette war – und selbst die echte Königin das nie gesagt hätte –, begnügte sie sich damit, so rasch wie möglich aus dem Saal zu stöckeln.

»Frechheit!«, hörte man da von mehreren Ballgästen. »Das Problem ist doch schon seit gestern bekannt!«

»Hier scheint ja nichts mit der Organisation zu klappen.«

»Also mir reicht es langsam ...«

»Unter solchen Bedingungen kann man nicht arbeiten.«

Ich sah interessiert dabei zu, wie sich die Komparserie nun in mehrere Lager aufteilte. Eins stürmte empört aus dem Ballsaal, während das andere den armen Regieassistenten in die Zange nahm. Ein paar versprengte Reste, zu denen Alice und ich gehörten, blieben einfach verwirrt, wo sie waren. Skandal bei Hofe.

»Das ist wirklich ärgerlich, dass es schon wieder kein Mittagessen gibt«, sagte Alice neben mir. »Haben diese beiden Schlossbesitzer nicht einen Koch? Die sind doch adelig oder so? Warum können die nicht was tun?«

Ich lachte.

»Von Guillaume würde ich nicht mal Hilfe erwarten, wenn mein Federhut anfängt zu brennen.«

Die Montenaits interessieren sich doch nur für sich selbst, für ihr Geld und für ihr Schloss. Courléon ist ihnen vollkommen schnuppe, mir traten plötzlich wieder Papas Worte ins Gedächtnis. Und auch wenn ich von Guillaume de Montenait wirklich den Eindruck hatte, dass er sich nur für Materielles interessierte, sah die Sache bei Nicolas anders aus ...

Ein ziemlich gewagter Plan nahm in meinem Kopf Gestalt an. Ein Plan, mit dem ich eventuell die Filmproduktion retten und den Stand der de Montenaits im Dorf verbessern konnte. Der einzige Haken an der Sache: Ich musste dafür mit Nicolas sprechen. Jetzt.

»Wo willst du hin?«, fragte Alice mit verwirrter Miene, als ich mich raschelnd in Bewegung setzte.

»Ich muss mit jemandem sprechen!«, sagte ich, was wesentlich selbstbewusster klang, als ich mich fühlte. »Warte hier auf mich.«

»Aber …«

Da mir keine Zeit für Diskussionen blieb und ich befürchtete, eine Debatte könnte meine Entscheidung ins Wanken bringen, ließ ich Alice einfach an ihrem Platz zurück und durchschritt den Ballsaal. Es herrschte zum Glück gerade ziemliches Chaos wegen des drohenden Komparsen-Streiks, und so blieb meine Wanderschaft relativ unbeachtet. Sofern man in einem ausladenden Satinkleid unauffällig sein konnte.

Mir war allerdings schleierhaft, wie ich es schaffen wollte, Nicolas im Château ausfindig zu machen. Guillaume hatte erwähnt, dass er sich meistens in der Bibliothek aufhielt. Doch ich hatte keine Ahnung, wo sich diese befand, und ein Schloss war kein Ort, wo man einfach mal einen Namen reinrufen konnte, und die betreffende Person erschien am Treppenende. Hinterher würde mein grandioser Plan darauf hinauslaufen, dass man die Dreharbeiten für drei Stunden unterbrechen musste, weil ein Ball-Gast auf Nimmerwiedersehen im Château verschwunden war.

»Mademoiselle Vinet?« Die Stimme war kalt und schneidend.

Ich blieb abrupt stehen und drehte mich langsam um, in der Hoffnung mich vielleicht doch getäuscht zu haben. Dieser Wunsch erfüllte sich nicht. Hinter mir stand Guillaume de Montenait.

»Was machen Sie denn da?« Er verschränkte die Arme. »Mir scheint, Sie sind in die falsche Richtung unterwegs.«

»Das glaube ich nicht«, erwiderte ich.

Guillaume kam nun näher und musterte mich. »Und warum, wenn ich fragen darf? Wer hat Ihnen die Erlaubnis erteilt, im Schloss spazieren zu gehen?«

Obwohl ich Guillaume von Herzen nicht leiden konnte, befürchtete ich, er war gerade meine beste Chance, Nicolas ausfindig zu machen.

»Ich muss mit Nicolas sprechen.« Ich reckte entschlossen das Kinn. »Es ist sehr wichtig.«

»Sehr wichtig, soso.« Guillaumes Mund verzog sich zu einem höhnischen Lächeln, dann packte er mich am Arm und zog mich zu einer der Marmorbüsten.

»Denken Sie ja nicht, mir wären nicht Ihre Versuche aufgefallen, sich an meinen armen leichtgläubigen Bruder heranzumachen, Mademoiselle«, zischte er, und seine Finger gruben sich unangenehm in meinen Ärmel. »Irgendein dahergelaufenes Wirtshausmädchen möchte sich also den Mädchentraum vom adeligen Leben in einem Schloss verwirklichen. Nun, darauf fällt vielleicht Nicolas rein, aber nicht ich.«

»Sie tun mir weh!« Ich entriss ihm meinen schmerzenden Arm. »Und ich mache mich an niemanden heran, Monsieur de Montenait! Nicht zu vergessen, dass Ihr Bruder ein freier Mensch ist, der tun kann, was ihm gefällt, und Sie nichts weiter sind als –«

»Als was?«

»Gibt es hier ein Problem?«

Eigentlich tauchten ja nur im Film im richtigen Moment die richtigen Leute auf, um einen zu retten – aber schließlich befanden wir uns an einem Filmset. Paul Hamilton hatte sich vor uns beiden aufgebaut und musterte vor allem Guillaume mit misstrauischer Miene.

»Kein Problem«, sagte der, auf einmal wieder die Gelassenheit in Person, und trat einen Schritt von mir zurück. »Mademoiselle Vinet wollte nur einen kurzen Ausflug ins Schloss unternehmen, und davon halte ich –«

»Ich glaube, ich habe eine Lösung für das Versorgungsproblem«, fiel ich Guillaume ins Wort. »Aber dafür brauche ich die Hilfe von Nicolas de Montenait. Und deswegen wollte ich ins Schloss.«

»Tatsächlich? Eine Lösung?« Pauls Gesicht hellte sich auf. »Aber das ist ja großartig! Und Sie wissen doch mit Sicherheit, wo Ihr jüngerer Bruder gerade steckt, oder, Monsieur de Montenait?«

Guillaume machte ein Gesicht, als hätte er gerade in eine besonders saure Zitrone gebissen. »Ja ... das weiß ich.«

»Na, dann würde ich vorschlagen, Sie bringen Mademoiselle Vinet so schnell wie möglich zu ihm, oder ...?«

Unter dem herausfordernden Blick von Paul hob Guillaume schließlich die Schultern. »Von mir aus. Wenn Sie mir folgen würden, Mademoiselle.«

»Oh, ich komme auch gleich mit«, sagte Paul lächelnd. »Dann sehe ich noch ein bisschen mehr von Ihrem herrlichen Schloss ...«

Kapitel 12

Hatte Paul in meinem Gesicht gelesen, wie sehr es mir widerstrebte, noch einmal mit Guillaume allein gelassen zu werden? Ich wusste es nicht. Momentan war ich ihm einfach nur dankbar dafür, dass er uns begleitete. Guillaume ging mit weiten Schritten voran, sodass Paul und ich Mühe hatten, nicht abgehängt zu werden.

»Ist er dir etwa zu nahe getreten?«, flüsterte er mir zu, als wir die Tür zum Ballsaal passierten.

Sollte ich ihm von Guillaumes Abneigung berichten? Aber was, wenn mir sonst niemand glaubte? Guillaume würde mit Sicherheit versuchen, mich als Lügnerin hinzustellen. Er hatte ja jetzt schon beschlossen, Nicolas und mich voneinander fernzuhalten, weil ich mir angeblich nur »einen Schlosserben angeln wollte«. Ich schnaubte verächtlich.

»Alles in Ordnung?«

»Oh, ja, klar!« Ich war so sehr in meine Überlegungen vertieft gewesen, dass ich kurz Pauls Anwesenheit nicht bedacht hatte.

»Das klingt wenig überzeugend«, antwortete der Darsteller.

Ich schüttelte energisch den Kopf. »War nur eine kleine Meinungsverschiedenheit.«

»Du kannst dich mir immer anvertrauen, wenn dich etwas bedrückt ...«

Ich warf Paul einen überraschten Blick zu, aber der schien es ganz ernst zu meinen.

»Danke«, sagte ich lediglich.

»Sag mal ...« Er lächelte erwartungsvoll. »Meinst du, du würdest irgendwann mal wieder Zeit finden, mir ein bisschen mit meinem Text unter die Arme zu greifen?«

»Wer?«, fragte ich verdattert. »Ich?«

»Nun, Samantha ist leider ein wenig unzuverlässig, und du hast dich letztes Mal doch gar nicht so schlecht angestellt, und außerdem ... habe ich gerne Zeit mit dir verbracht.«

Dieses Geständnis kam für mich so überraschend, dass mir erst mal keine Antwort einfiel. »Ich ... also ...«

»Überleg es dir.« Paul streifte wie zufällig meine Hand. »Du würdest mir eine sehr große Freude machen.«

Guillaume führte uns eine alte Treppe aus Holz hinauf, die bei jedem Schritt knarzte. An der Wand neben uns hingen riesige Ölgemälde von Männern und Frauen mit Perücken auf den Köpfen. Wir kamen nun in einen anderen Teil des Schlosses. Im Vergleich zu dem großzügigen hohen Ballsaal wirkte hier alles ein wenig verwinkelt, aber mindestens genauso alt. Vor den Fenstern hingen schwere Samtvorhänge, und Staubpartikel tanzten durch die Luft. Es fühlte sich wirklich wie eine kleine Zeitreise an. Guillaume schien das alles wenig zu berühren, er ging zügig den Gang hinunter, bis wir an einer alten Holztür ankamen.

»Nicolas!« Er pochte ein paarmal kräftig mit der Faust dagegen, dann schob er sie einfach auf und ging hindurch. Ohne weiter darüber nachzudenken, folgte ich ihm auf dem Fuß.

Wir befanden uns in einem der seitlichen Türme des Schlosses. Ein riesiger kreisrunder Raum, dessen Wände mit

Bücherregalen ausgekleidet waren, die sich weit nach oben erstreckten. Erreichen konnte man diese über schmale Stege, die die Regale miteinander verbanden, und diese wiederum konnte man über enge Treppenstufen begehen, die immer weiter nach oben führten. Eine ganz schöne Kletterpartie.

In der Mitte des Turms befand sich ein wuchtiger hölzerner Sekretär mit einem Stuhl davor, auf dem – das einzig Moderne an diesem Raum – ein alter Laptop abgestellt war. Meine Aufmerksamkeit galt allerdings den Bücherregalen, denen ich mich ehrfürchtig näherte. Die Folianten wirkten uralt, bei einigen war der Buchrücken schon ganz brüchig. Fasziniert streckte ich die Hand nach einem dicken Wälzer mit vergoldetem Rücken aus.

»Nicolas!« Guillaumes ungeduldige Stimme hielt mich aber davon ab. »Komm runter!«

Ich legte den Kopf in den Nacken und erkannte nun, dass Nicolas tatsächlich auf einem der Stege in luftiger Höhe stand. Eilig stellte er das Buch zurück, das er eben noch in der Hand gehalten hatte.

»Was ist?«, rief er und streckte den Kopf über das Geländer.

»Hier will jemand mit dir sprechen!«, gab sein Bruder zurück und klang dabei, als hätte er einen besonders nervigen Vertreter im Schlepptau.

Nicolas bemerkte nun endlich auch die junge Dame im Ballkleid in der Schlossbibliothek.

»Ich komme!«

Er begann den Abstieg, konnte sich aber offenbar nicht zu hastig über die schmalen Stege bewegen.

»Das ist wirklich eine beeindruckende Bibliothek«, meldete sich Paul neben mir zu Wort. »So etwas habe ich noch nie gesehen.«

»Soweit ich weiß, ist es sogar die einzige Turmbibliothek in ganz Frankreich«, antwortete Guillaume. »Aber aus guten

Gründen werden Bibliotheken normalerweise nicht in Türme gebaut. Louis-Michel de Montenait könnte das bezeugen, wäre er nicht achtzehnhundertneunundneunzig über eins der Geländer gestürzt.«

Ich hatte geahnt, dass Guillaume einem selbst so etwas Magisches wie eine Turmbibliothek verleiden konnte.

»Oh«, machte Paul, offenbar mangels einer besseren Erwiderung.

»Die Bibliothek hier zu erbauen war die Idee der allerersten Besitzerin des Schlosses, soweit ich weiß«, fuhr Guillaume fort. »Charlotte Parly. Die Bibliothek ist eine der ältesten Teile des Châteaus und hat sich in all den Jahren kaum verändert – was man natürlich auch am Zustand der Bücher merkt.«

Sein Blick wanderte kritisch über die vielen Exemplare, die uns umgaben, als hätten sie sich ihren maroden Zustand ganz selbst zuzuschreiben. Zum Glück war mittlerweile Nicolas bei uns angekommen. Etwas aus der Puste blieb er vor uns stehen und wischte sich eine Haarsträhne aus der Stirn.

»Du willst mit mir sprechen?« Er sah mir direkt in die Augen.

»Ja …« Ich wünschte, Guillaume würde mir den Gefallen tun, einfach zu verschwinden.

»Ich frage mich, wie weit es da wohl nach oben geht«, sagte Paul in diesem Moment und begann zügig, die Treppe zu erklimmen. »Wie viele Meter sind das?« Schon war er auf einem der ersten Stege.

»Seien Sie lieber vorsichtig, Mr Hamilton.« Guillaume, der wohl befürchtete, dass es der Star des Films dem armen Louis-Michel de Montenait gleichtun könnte, folgte Paul eilig nach oben. Ich atmete erleichtert auf.

Nicolas sah den beiden mit einer Mischung aus Verwirrung und Belustigung hinterher, dann wandte er sich wieder mir zu. »Also, was ist los?«

Ich atmete tief durch. »Ich denke, es gibt eine exzellente

Gelegenheit für dich, den Film zu retten und den Ruf der Montenaits im Dorf zu verbessern. Bist du dabei?«

»Willst du mir vielleicht noch irgendwelche Details nennen?«

»Ich würde lieber abhauen, bevor dein Bruder zurück ist. Details erkläre ich dir auf dem Weg.«

Nicolas legte kurz den Kopf schief, dann nickte er. »Einverstanden. Ich begebe mich ganz in Ihre Hände, Mademoiselle.«

Ich atmete erleichtert aus. »Dann lass uns gehen!«

Ohne darüber nachzudenken, ergriff ich Nicolas' Hand, so wie früher, wenn wir durch den Wald gestreunt waren, und zog ihn aus der Bibliothek. Kaum war die Tür hinter uns zugefallen, fiel mir allerdings auf, dass wir schon längst keine Kinder mehr waren und uns auch nicht im Wald befanden. Mit heißen Wangen ließ ich rasch seine Hand los, doch Nicolas lächelte nur.

»Ganz wie früher, nicht wahr?«

»Soll ich dir nun meinen Plan erklären?«, fragte ich, um meine Verlegenheit zu überspielen, und ging mit zügigen Schritten voran.

»Ich brenne darauf, mehr zu erfahren.« Nicolas hielt mühelos Schritt. »Fang einfach ganz von vorne an.«

»Also, in deinem Château wird gerade ein Film gedreht.«

»Nicht so weit vorne. Und außerdem«, er hielt mich am Handgelenk fest, »kenne ich eine Abkürzung aus dem Schloss heraus. Ich würde daher vorschlagen, du lässt mich vorangehen. Es sei denn, du weißt von einem Geheimgang, den ich noch nicht kenne.«

Ich nickte. Die peinlichen Momente wurden irgendwie nicht weniger.

Nicolas bog in einen anderen Gang ein als den, wo uns Guillaume entlanggeführt hatte.

»Du warst gerade bei ›im Château wird ein Film gedreht‹«,

erinnerte er mich und blieb vor einem lebensgroßen Porträt von einer wunderschönen jungen Frau mit rosigen Wangen stehen.

»Richtig«, erwiderte ich. »Und der steckt gerade in Schwierigkeiten, weil sie es nicht fertigbringen, das Catering für die Komparsen zu gewährleisten. Sie haben wohl irgendeine Firma aus Angers bestellt, die einfach nicht aufkreuzt. Wer ist das eigentlich?« Ich musterte die sanft lächelnde junge Frau vor mir. »Und was machst du da?« Nicolas war damit beschäftigt, den vergoldeten Bilderrahmen abzutasten.

»Das ist Charlotte Parly«, erklärte er, während er vorsichtig einen der goldenen Schnörkel berührte.

Ich nickte. »Die erste Besitzerin des Schlosses.«

»Woher –«

»Dein großer Bruder.«

»Ah ja …«

»Warum hieß sie eigentlich Parly und nicht de Montenait?« Ich ließ mich kurz von meiner eigentlichen Mission ablenken.

»Oh, das ist einfach.« Nicolas wandte den Kopf zu mir um. »Sie war die Mätresse von Alois de Montenait. Er ließ dieses Schloss für sie bauen. Hier ist es!« Nicolas griff nach einer abstehenden Verzierung am Bilderrahmen, die aussah wie eine goldene Rose, und begann, daran zu drehen. Zu meinem völligen Erstaunen bewegte sich das Bild daraufhin langsam zur Seite, bis es einen Gang freigab.

»Ich dachte, das war ein Witz mit dem Geheimgang!«

Nicolas betrachtete mein sicherlich verblüfftes Gesicht. Er wirkte erfreut. »Dieses Schloss ist einfach ein wunderbarer Ort«, sagte er. »Und als Kind habe ich all seine Geheimnisse ergründet. Wie auch immer, durch diesen Gang kommen wir schnell nach draußen, ohne dem Personal vom Film in die Quere zu kommen.«

Ich konnte meine kindliche Aufregung kaum verbergen,

als ich voller Begeisterung den schmalen Gang betrat. Nicolas stellte sich neben mich, und mit einem scharrenden Geräusch glitt das Gemälde wieder zurück an seinen Platz. Plötzlich standen wir im Stockdunkeln. Das versetzte meinem Enthusiasmus einen Dämpfer.

»Keine Sorge.« Neben mir blitzte die Taschenlampe eines Smartphones auf. »Wir müssen uns nicht blind vorantasten.«

Nicolas kam mir so altmodisch vor, dass ich gar nicht mit einem Handy in seinem Besitz gerechnet hatte.

»Gut mitgedacht!«

»Ich mache mir nur ein wenig Sorgen um dein Kleid. Raffe es vielleicht ein bisschen zusammen, damit es nirgends hängen bleibt.«

»Danke für den Tipp.« Ich raffte den Stoff meines Rocks und setzte mich in Bewegung. Nicolas war direkt hinter mir, und seinen Atem in meinem Nacken zu spüren, machte mich ziemlich nervös. Ganz abgesehen von der Tatsache, dass ich mich langsam wirklich wie die Hauptdarstellerin in einem abenteuerlichen Kostümfilm fühlte.

»Und wofür war dieser Gang mal gedacht?«, fragte ich. »Ist das ein Fluchtweg?«

»O ja. Er wurde auf Wunsch von Alois de Montenait eingebaut, um seine geliebte Charlotte zu schützen. In weiser Voraussicht.«

»Was weißt du denn über diese Charlotte?« Ich dachte an das überlebensgroße Porträt im Gang. »Also, außer dass sie eine echte Schönheit war.«

»Tatsächlich konnte ich schon einiges über sie in Erfahrung bringen. Ich habe Teile ihrer Tagebücher in der Bibliothek gefunden. Sie sind wirklich ein faszinierendes Zeugnis der Zeit von … Wie auch immer, Charlotte war die Mätresse von Alois de Montenait, und der ließ ihr dieses Schloss hier bauen. Das war so um 1760. Damals war es ziemlich normal, eine Geliebte zu unterhalten, aber um seine Ehefrau nicht zu verprellen, entschloss er sich dazu, Charlotte an einem eher abgeschiedenen Ort unterzubringen.«

»Mit Courléon eine goldrichtige Wahl«, ergänzte ich.

Nicolas lachte.

»Damals wie heute. Jedenfalls ... vor der französischen Revolution waren meine Vorfahren ganz gut betucht und relativ einflussreich bei Hofe. Als die Revolution dann schließlich ausbrach, konnte ein Teil außer Landes fliehen und der andere ... nun, der endete wie Marie-Antoinette und ihr Gemahl. Vorsicht, gleich kommt eine Treppe.« Wir bogen um eine Ecke, und Nicolas Voraussage bestätigte sich. Zum Glück gab es ein Geländer.

»Und was ist dann passiert?«, fragte ich, während ich in kleinen, vorsichtigen Schritten die Stufen hinabkletterte. »Ich dachte ehrlich gesagt immer, das hier wäre der Stammsitz der Montenaits.«

»Nein, es ist nur das einzige Schloss der Montenaits, das die Revolution überlebt hat«, erwiderte Nicolas nüchtern. »Als meine Familie schließlich nach Frankreich zurückkehren konnte, war das alles, was von unserem Besitz noch übrig war.«

»Und Charlotte Parly?«

Nicolas seufzte.

»Die damaligen Dorfbewohner sind hier eingedrungen und haben sie aus Courléon vertrieben. Die Mätresse eines Adeligen war ihnen als Nachbarin schon immer ein Dorn im Auge. Vom Schloss waren danach quasi nur die Außenmauern übrig. Der Großteil der Einrichtung stammt daher aus dem späten neunzehnten Jahrhundert.«

Langsam begriff ich, warum ein derart angespanntes Verhältnis zwischen den Schlossbesitzern und dem Dorf herrschte. Und alles nur, weil man vor dreihundert Jahren nicht den Menschen heiraten durfte, den man liebte und stattdessen ein Doppelleben mit einer Geliebten führte. Wir passierten noch eine weitere Treppe und kamen nun wieder in einen schmalen Gang. Ich vermutete, dass wir uns jetzt relativ nahe am Ausgang befinden mussten.

»Sie soll nicht nur schön gewesen sein«, erzählte Nicolas hinter mir weiter, »sondern auch überaus gebildet. Sie beherrschte vier verschiedene Sprachen und zwei Instrumente. Außerdem liebte sie Kunst und sammelte Statuen und Gemälde. Zeitzeugen berichten ebenfalls von ihrer charmanten, wortgewandten Art. Wir sind fast da.«

Tatsächlich kamen wir nun an einer hölzernen Rückwand an. Ein schlichter Handgriff war an ihr befestigt.

»Würdest du sie bitte aufschieben?«, bat mich Nicolas.

Ich schloss die Finger um den Griff und schob vorsichtig die Rückwand zur Seite. Als ich durch die Öffnung trat und mich umdrehte, stellte ich fest, dass die Rückwand wieder ein hohes gerahmtes Porträtbild war. Ich vermutete, dass der hochgewachsene Mann mit der weiß gepuderten Perücke und dem Outfit, das Pauls Kostüm gar nicht unähnlich sah, Alois de Montenait war. Und mir fielen sofort die schmalen Gesichtszüge mit den dunkelbraunen Augen auf. Sie ähnelten sehr dem jungen Mann, der nun ebenfalls aus dem dunklen Gang kam.

»Sie muss wirklich etwas ganz Besonderes gewesen sein«, stellte ich fest, während Nicolas das Porträt wieder zurück an seinen Platz schob. »Wenn er ein eigenes Schloss mit Fluchtweg für sie gebaut hat.«

»Das war sie.« Nicolas vergewisserte sich noch einmal sorgfältig, dass das Bild wieder richtig an seinem Platz verankert war. »So wie du.«

Nicolas drehte sich wieder zu mir um. Vermutlich hatte er sich nur getraut, mir dieses Kompliment zu machen, weil er mir einen Moment den Rücken zugewandt hatte.

»Ich finde, dass du etwas Besonderes bist, Élodie«, wiederholte er.

»Weil mein Name klingt wie Melodie?«

Nicolas lächelte, und ich war mir sicher, dass er die Anspielung verstanden hatte.

»Dein Name ist übrigens auch nicht schlecht«, fügte ich hinzu. »Der klingt wie *chocolat*.«

»Es liegt nicht nur am Namen. Du hast so etwas Unverfälschtes an dir. Dein Gesicht ist wie ein offenes Buch. Ich sehe sofort, ob du fröhlich oder traurig bist, wen du magst und wen du verabscheust, deswegen habe ich mich in deiner Nähe auch immer so gut aufgehoben gefühlt. Du bist kein Mensch, der hundert Mauern um sich errichtet, die man nach und nach überwinden muss. Und ich mit meiner … meiner Art habe damals genauso einen Menschen gebraucht. Du hast den komischen verschrobenen Jungen aus dem Schloss einfach angenommen, wie er ist. Dafür bin ich dir bis heute dankbar.«

Nicolas sah mich unverwandt an, doch ich brauchte nicht mal in seine Augen zu blicken, um zu wissen, dass seine Worte aufrichtig waren. Nicht nur er hatte sich in meiner Nähe immer gut aufgehoben gefühlt.

»Dafür musst du mir nicht danken«, sagte ich schließlich. »Den etwas seltsamen Jungen vom Schloss habe ich nicht trotz seiner Andersartigkeit ins Herz geschlossen, sondern genau deswegen.«

Nicolas lächelte, und ich spürte wieder ein sehnsüchtiges Kribbeln in meinem Bauch aufsteigen. Doch dann wandte er sich ab und deutete den niedrigen Gang entlang. »Dort vorne kommen wir aus dem Schloss hinaus.«

Er ging voran, ich hinterher. Hatte ich mir den Zauber der vorherigen Situation etwa nur eingebildet? Nein, irgendetwas – oder irgendwer – schien Nicolas zurückzuhalten. Ich fühlte mich fast an den Tanz erinnert, den ich im Ballsaal beobachtet hatte. Ich dachte an die Paare, die einander umgarnten, sich näherten, fast berührten und sich dann doch wieder trennten. Genauso fühlte sich das Zusammensein mit Nicolas an.

»Das hier ist übrigens der alte Dienstbotenflügel«, erklärte er jetzt und deutete mit der Hand in Richtung einer offen stehenden Tür. Im Vorbeigehen erkannte ich einen ziemlich heruntergekommenen Raum mit einem riesigen gusseisernen, verrußten Herd.

»Den hat aber schon ewig keiner mehr benutzt ...«

»Und hier ist der Lieferanteneingang!« Nicolas erklomm einige Stufen zu einer alten Holztür, die nur mit einem einfachen Riegel gesichert war und schob diesen auf. Wir standen nun tatsächlich wieder im Freien auf einem kleinen gekiesten Platz, auf dem aber das moderne Zeitalter in Form von einigen riesigen Plastikmülltonnen Einzug gehalten hatte. Das historische Erbe des Schlosses wurde durch einen Karren mit kaputten Rädern hochgehalten. Mir blieb allerdings keine Zeit, mich in diesen Anblick zu vertiefen.

»Ich hoffe, du weißt auch den schnellsten Weg von hier aus ins Dorf. Wir haben nicht mehr viel Zeit.«

Nicolas nickte. Er umrundete den Karren, und ich hörte das Rascheln einer Plane.

»Was ...?«

Ich folgte ihm und blieb verblüfft stehen, als ich vor einem weißen Citroën DS aus den Sechzigerjahren zum Stehen kam. Er hatte die typische V-Form, bei der das Heck etwas schmaler zulief als die Front, und natürlich die altmodisch hervorstehenden Lampen vorn.

»Was soll das denn sein?«

»Der ehemalige Wagen meines Großvaters«, antwortete Nicolas und öffnete die Fahrertür. »Wenn du gestattest, würde ich fahren, das Auto hat die meiste Zeit seinen eigenen Kopf.«

»*Mon dieu.*« Nun fühlte ich mich eher wie in einem alten Bond- als in einem Kostümfilm. Aber mir war klar, dass es mehr Sinn ergab, mit dem Auto ins Dorf zu fahren, als mit meinem Kostüm durch den Wald zu staksen.

Ich seufzte und raffte die Lagen meiner Röcke zusammen, dann ließ ich mich vorsichtig auf die Rückbank sinken.

»Fahr vorsichtig«, sagte ich zu Nicolas. »Mit diesem Ungetüm von Kleid kann ich mich unmöglich anschnallen.«

»Großvater ist damit sogar mal eine Rallye gefahren. Monte Carlo 1967«, ließ mich Nicolas wissen, fischte zu meinem Erstaunen den Autoschlüssel aus dem Handschuhfach – dort lagen tatsächlich auch weiße Fahrerhandschuhe – und ließ den Motor an.

»Wir müssen schnell ins Dorf, aber nicht lebensgefährlich schnell.«

»*Oui, Madame.*«

Nicolas tippte sich an die Schläfe wie ein dienststeifriger Chauffeur. Er warf einen fachmännischen Blick über die Schulter und parkte dann aus.

»Habt ihr eigentlich auch eine Kutsche?« Ich konnte mir die Frage einfach nicht verkneifen.

»Natürlich. Aber keine Pferde.«

Wir fuhren nun den breiten Hauptweg entlang, an dessen Rändern sich momentan die Wohnwagen und Trailer drängten. Dass hier immer wieder ein Wagen durchwollte, waren die meisten sicherlich schon gewohnt, aber nicht unbedingt den Anblick eines Oldtimers aus den Sechzigerjahren mit dem Schlossbesitzer am Steuer und einer jungen Frau in einem blauen Ballkleid auf der Rückbank.

»Ich glaube, das ist das Verrückteste, was ich je getan habe«, stellte ich fest, während ich durchs Fenster die verdatterten Gesichter der Filmcrew beobachtete. Schade, dass Guillaume nicht darunter war. »Vermutlich sehen wir aus wie Bonnie und Clyde aus dem achtzehnten Jahrhundert.«

»Für mich klingt das sehr stilvoll, aber … läuft das Ganze hier etwa auf einen Banküberfall hinaus?«

Ich lachte und wandte mich wieder nach vorn. Wir passierten das Schlosstor und brausten durch den Wald nach Courléon. Ich hatte es fast geschafft.

»Ich glaube, jetzt kann ich es dir verraten«, sagte ich. »Weißt du, ich glaube, das Problem mit den Montenaits und Courléon ist, dass sich beide Parteien irgendwie daran gewöhnt haben, einander nicht zu mögen«, erklärte ich ihm, während wir durch den Wald fuhren. Ich beobachtete Nicolas' obere Gesichtshälfte im Rückspiegel. »Und ich glaube, ich habe den perfekten Plan, wie wir diese gegenseitige Abneigung zumindest schrittweise abbauen können.«

»Tatsächlich?« Nicolas klang skeptisch. »Und wie stellst du dir das vor? Nicht dass ich etwas dagegen hätte, Abneigungen abzubauen, nur aus meiner Erfahrung haben Menschen einen unglaublichen Hang dazu, sich an ihnen festzuklammern. Niemand legt gerne alte Gewohnheiten ab.«

»Trotzdem sind kleine Schritte wichtig! Und in diesem ersten Schritt wird es darum gehen, die Beziehung durch eine neutrale Geschäftsbeziehung zu verbessern. Wusstest du, dass Leute einen lieber mögen, wenn sie dir einen Gefallen getan haben? Ich habe mal eine Studie darüber gelesen.« Dies Studie hatte ich auf einer Internetseite mit der Überschrift »Wie bringe ich ihn dazu, mich zu mögen« gefunden, aber das musste Nicolas ja nicht unbedingt wissen.

»Würdest du bitte vor der Auberge Viret halten?«

»*Bien sûr, mademoiselle.*«

Nicolas bog scharf um die Ecke.

»Aber, ähm, was wollen wir denn bei deinen Eltern?«, fragte er und klang nun doch ein wenig nervös. Der Citroën kam mit einem quietschenden Geräusch und einem kräftigen Ruck zum Stehen.

»Überlass mir einfach das Reden.« Ich klappte die Autotür auf und schwang die Beine heraus. Ein Teil meines Rocks hing dabei immer noch zwischen Vordersitz und Rückbank fest.

»Wir hätten doch 'ne Kutsche nehmen sollen«, murmelte ich, während ich den bauschigen Stoff befreite.

»Élodie!« Meine Mutter kam mit Papa im Schlepptau aus der Auberge gestürmt. Natürlich war die Ankunft eines extravaganten Oldtimers vor ihrem Gasthof nicht unbemerkt geblieben. Ich hatte mich mittlerweile aus dem Auto befreit und richtete mich ächzend auf. Abrupt blieben die beiden nebeneinander stehen. Einen Moment fragte ich mich, warum sie so große Augen machten, bis mir wieder einfiel, dass mich meine Eltern noch nicht im Kostüm gesehen hatten.

»Du siehst ... wunderschön aus, Élodie!«, hauchte Maman jetzt.

Papa kratzte sich am Kopf. »Nicht wiederzuerkennen«, brummte er, und wie so oft war ich mir nicht sicher, ob das nun positiv oder negativ gemeint war. »Solltest du damit nicht an einem Filmset herumlaufen?«

»Sehr richtig erkannt! Aber das geht leider nicht, es gibt am Set Probleme mit der Versorgung der Komparsen. Irgendwie scheint die Filmproduktion nicht in der Lage zu sein, ein vernünftiges Catering zu organisieren, und da hat mich Nicolas mit einer ziemlich genialen Idee angesprochen.« Ich machte eine großzügige Geste gen Nicolas, der ebenfalls ausgestiegen war.

»Bonjour, madame.« Er neigte höflich den Kopf in Richtung meiner Mutter. »Monsieur.« Und in die meines Vaters.

Maman blinzelte. »Nicolas ... de Montenait?«

»Ganz genau!«, sagte ich fröhlich. »Monsieur de Montenait hat gebeten, mich zu begleiten, wenn er euch seinen Vorschlag unterbreitet.«

Papa verschränkte die Arme. »Und was für ein Vorschlag soll das sein?«

Ich warf Nicolas einen Seitenblick zu, dieser erwiderte ihn, und ich sah das Verstehen in seinen Augen aufblitzen. Er nickte mir einmal zu, dann wandte er sich wieder an meine Eltern.

»Na, dass Sie das Catering für die Komparsen während der Dreharbeiten übernehmen. Wir hätten viel eher auf die Idee kommen sollen, ein lokales Unternehmen zu fragen. Also, was meinen Sie?«

»Also, ja, also … meine Güte!«, rief Maman.

»Ob wir dafür überhaupt die Kapazitäten haben …«, sagte Papa zweifelnd.

»Ach, das schaffen wir schon!«, erwiderte Maman. »Claudine hilft uns sicherlich, falls wir zusätzliche Unterstützung brauchen und, ähm, ab wann sollten wir dann damit anfangen?«

Nicolas warf mir einen Seitenblick zu.

»Also, am allerbesten wäre … jetzt«, gestand ich. »Im Schloss gibt es schon eine kleine Meuterei deswegen.«

»Puh!« Maman lachte. »Na, dann tauchen wir dort besser auf, bevor jemand den Kopf verliert.«

Das hatte ich schon immer an ihr gemocht. Während andere Leute in Stresssituationen einsilbig und sarkastisch wurden, verlor sie nicht den Humor.

»Also einige Reste aus den letzten Wochen sind noch eingefroren.« Papa rieb sich nachdenklich das Kinn. »Ansonsten ist noch jede Menge Brot da, ein wenig frische Milch … Ich mache besser mal den Transporter startklar.« Es freute mich, zu sehen, dass auch er sich für die Idee zu erwärmen schien.

»Haben Sie beide vielen, vielen Dank«, sagte Nicolas. »Sie sind uns wirklich eine unschätzbare Unterstützung.«

»Wir sollten besser schon vorher zurück ins Schloss und dort eure Ankunft ankündigen«, schlug ich vor.

»Aber natürlich, Liebes. Dein Vater und ich stürzen uns in die Arbeit, wir sollten bald nachkommen! Etienne, ich gehe kurz rüber zu Claudine und frage sie, wie es zurzeit um ihre Marmeladen-Produktion steht.«

»Ich bin in der Küche!«

Meine Eltern nickten sich wie ein eingespieltes Team zu. Maman marschierte los zu unserer Nachbarin und Papa zurück in die Auberge.

Kapitel 13

»Na, wenn das mal nicht ein guter erster Schritt ist!« Ich drehte mich zu Nicolas um. »Das hat doch bestens geklappt!«

Nicolas musterte mich mit einem Blick, der eine Mischung aus Belustigung und Bewunderung ausdrückte.

»Ein gerissener Plan. Denn ich vermute, wenn ich alleine im Citroën angebraust wäre, hätte dein Vater mir glatt die kalte Schulter gezeigt. Der Mann kennt wirklich einen finsteren Blick.«

Ich winkte ab. »Den legt er ab, sobald er einen etwas besser kennt.«

»Nun vielleicht ist das ja heute wirklich der Anfang einer wunderbaren Freundschaft«, erwiderte Nicolas. Er ging zurück zum Wagen. »Darf ich Euch wieder ins Schloss entführen, Mademoiselle?« Die Autotür sprang erst beim zweiten Rütteln auf.

Wir stiegen zurück in den Oldtimer, der stotternd ansprang, und Nicolas steuerte wieder in Richtung Schloss. Ich lächelte zufrieden vor mich hin, selbst ein wenig überrascht, wie gut mein Plan funktioniert hatte, gleichzeitig kam mir dabei etwas anderes in den Sinn. Nämlich, dass an diesem Set erstaunlich viel schiefging.

»Hast du eigentlich von dem Skandal im Kostümzelt heute Morgen gehört?«, wandte ich mich an Nicolas.

Der runzelte die Stirn und schüttelte den Kopf. »Was war denn los heute Morgen?«

»Hat dir dein Bruder nichts erzählt? Jemand hat im Kostümzelt von allen Kleidersäcken die Beschriftungen abgerissen und auf dem Boden verteilt. Wir haben deshalb heute mit zwei Stunden Verspätung angefangen.«

»Das hat jemand getan?« Nicolas verzog das Gesicht. »Ich verstehe wirklich nicht, warum. Merkwürdig, dass Guillaume mir nichts ...« Er verstummte.

Ein paar Sekunden zögerte ich, dann sprach ich es aber doch aus. »Er kann damit nichts zu tun haben, oder?«

»Guillaume? Unsinn!«, antwortete Nicolas jetzt wieder mit forscher Miene. »Was hätte er denn davon, den Film in unserem eigenen Schloss zu sabotieren? Wenn du mich fragst, würde ich lieber Samantha im Auge behalten. Immerhin hat sie darauf bestanden, während der Dreharbeiten im Gästeflügel zu wohnen.«

»Oh, stimmt, das hatte ich ganz vergessen. Aber bei ihr gilt doch das Gleiche. Warum sollte sie ihren eigenen Film sabotieren?«

Nicolas zuckte mit den Achseln. »Ich weiß es nicht. Aber Guillaume würde mich nicht hintergehen, er ...« Ich sah, wie Nicolas nervös mit den Fingern aufs Lenkrad trommelte. »Damals, nachdem Maman mich aus dem Schloss geholt und ins Internat gesteckt hat, war er der Einzige, der sich um mich gekümmert hat. Er hat auf mich aufgepasst. Ich weiß nicht, wie oft ich Prügel von den Jungen aus der höheren Stufe bezogen hätte, ohne ihn. Die haben sofort gesehen, dass ich ... tja, ein erbärmlicher Rugby-Spieler war.« Nun lachte Nicolas wieder. »Aber was soll's, es ist auch ein dämlicher Sport. Guillaume würde jedenfalls nie versuchen, mir zu schaden. Er ist mein großer Bruder. Er passt auf mich auf.«

Ich antwortete daraufhin nichts mehr. Die Linie zwischen Beschützer und Unterdrücker war meiner Meinung nach sehr fein, aber ich hatte mich ohnehin schon mit meiner Vermutung, er könnte der Saboteur sein, weit aus dem Fenster gelehnt.

»Es ist ganz ähnlich wie mit deinem Vater«, fügte Nicolas hinzu. »Wenn man Guillaume etwas besser kennt, hat man auch gleich weniger Angst vor ihm.«

»Hmpf«, machte ich.

Es mochte vielleicht sein, dass sowohl Guillaume als auch Papa keinen Preis für das charmanteste Lächeln gewinnen würden, aber Papa würde niemals jemanden so unbarmherzig in die Ecke treiben, wie Guillaume es mit mir versucht hatte. Ich wollte jedoch keinen Streit vom Zaun brechen, also sah ich aus dem Fenster, bis wir das Schloss erreichten. Wie zu erwarten, erregten wir wieder einiges an Aufsehen, als der Oldtimer durchs Eingangstor fuhr.

»Oh, es scheint heiß herzugehen«, stellte ich fest. Niemand anderes als Pablo Domingo persönlich stand draußen vor den Zelten, umrundet von ein paar unzufriedenen Komparsen.

»Wird Zeit, dass wir dem Armen aus der Patsche helfen«, sagte ich und Nicolas brachte das Auto in ein paar Metern Entfernung zum Stehen. Schon als wir ausstiegen, wehten uns hitzige Wortfetzen entgegen.

»Unter diesen Umständen können wir hier nicht weiterarbeiten!«

»Es tut uns ja furchtbar leid, Señora –«

»*Mesdames et messieurs!*«, verkündete ich, als wir uns der aufgebrachten Menge näherten. »Es gibt keinen Grund mehr zur Aufregung.«

»Es ist uns gelungen, das Versorgungsproblem zu lösen!«,

fügte Nicolas hinzu. »Die Auberge Vinet übernimmt das Catering für den Rest der Dreharbeiten.«

Pablo drehte sich mit einem Gesichtsausdruck zu uns um, als handelte es sich bei uns beiden um eine wundersame Erscheinung.

»Tatsächlich?«

Nicolas lächelte. »Monsieur und Madame Vinet werden bald hier sein.«

»Eventuell sogar Claudines Marmelade«, ergänzte ich.

»¡Dios mío! Gott sei Dank!« Pablo warf die Arme in die Höhe, kam auf Nicolas zu und zog ihn voll Dankbarkeit an seine Brust. Nicolas ließ es überrascht über sich ergehen.

»Sie beide! Sie verdienen einen Ehrenpreis!«, verkündete Pablo, nachdem er Nicolas wieder losgelassen hatte. Da mein Kleid eine Umarmung unmöglich machte, verneigte er sich schwungvoll vor mir. »Und meinen Assistenten würde ich am liebsten feuern«, fügte er finster hinzu.

»Ach, wir haben gern geholfen«, sagte ich grinsend.

»Dann kann ich mich ja endlich wieder meinem Film widmen. »¡Fantàstico!«, rief der Regisseur zufrieden und machte sich mit federnden Schritten auf den Weg zurück zum Schloss. Nicolas sah ihm hinterher. Er wirkte etwas unschlüssig.

»Du spielst doch nicht etwa mit dem Gedanken, direkt wieder abzuhauen?«, erkundigte ich mich.

Der Schlosserbe machte ein ertapptes Gesicht.

Ich legte den Kopf schief, um seinen Blick aufzufangen. »Bleib noch ein wenig, Nicolas. Das hier ist doch gerade dein Moment. Du hast es selbst gehört, wir haben den Film gerettet – und meine Eltern würden sich bestimmt ebenfalls freuen. Meine Mutter ist ein großer Fan vom Château, und du weißt doch alles über das Schloss.«

Nicolas warf stirnrunzelnd einen Blick auf die schnatternde Komparsenschar, die über das kurze Gras vor den Zelten

flanierte. Ich konnte in seinem Gesicht sehen, dass er hin-
und hergerissen war. Einerseits schien er sich in Menschen-
mengen wirklich nicht wohlzufühlen, andererseits … Nun
merkte ich, wie sein Blick wieder meinen suchte. Der Zweifel
in seinen Augen wurde von einem warmen Lächeln vertrieben.

»Wenn du ebenfalls bleibst …«

Tatsächlich mussten wir auch nicht lange warten, denn kurz
darauf – wie sie es in dieser Rekordzeit fertiggebracht hatten,
würde für immer ihr Geheimnis bleiben – erreicht der Transporter meiner Eltern das Schloss. Die beiden sprangen heraus
und versorgten das Komparsenzelt, als hätten sie nie etwas
anderes gemacht.

Ich hatte Nicolas darum gebeten, währenddessen zu bleiben, und er blieb. Er half beim Verteilen der Verpflegung, und
sobald die anderen Ballgäste begriffen hatten, dass die Mahl-
zeiten gerade von einem echten Schlosserben serviert wurden,
löcherten sie ihn mit neugierigen Fragen. Anfangs zögerlich,
dann immer enthusiastischer ging Nicolas auf die Erkundi-
gungen ein. Ich war ganz erstaunt, wie viel er über das Schloss
wusste.

Einige Zeit später ließ er sich neben mich auf eine der pro-
visorischen Bierbänke sinken. Ich hatte mein Baguette mit
Crème Fraîche und Schnittlauch bereits verputzt, und im Zelt
machte sich die typisch gesättigt-zufriedene Stimmung breit,
die ich auch von der Auberge kannte.

»Danke.«

»Danke wofür denn?« Verwundert sah ich zu Nicolas. Er
erwiderte meinen Blick mit einem Lächeln in den Augen.

»Dass du mich gebeten hast zu bleiben.«

»Wer so viel über das Schloss weiß, sollte sich nicht nur
den ganzen Tag darin verstecken«, sagte ich halb scherzhaft.

»Ich weiß.« Nicolas fuhr sich durchs Haar. »Ich weiß. Und

nicht nur ich. Ich glaube, auch das Schloss sollte das nicht länger tun.«

»Das Schloss sollte sich nicht länger verstecken?«, hakte ich nach. »Willst du es mit einem Hubschrauber versetzen?«

»Was für eine Idee!« Nicolas lachte. »In die Gärten von Versailles würde es wahrscheinlich mühelos hineinpassen, aber, was ich eigentlich meinte ... Ich habe viel Zeit im Château verbracht. Erst als Kind und jetzt als Erwachsener. In jungen Jahren habe ich nie groß infrage gestellt, dass mein Großvater sich vom Rest der Welt abgeschottet hat, aber mittlerweile ... Das Château hat so viel zu bieten. Alleine die Bibliothek, der Ballsaal ... Ich glaube, man könnte etwas Wunderbares aus diesem Ort machen, wenn man ihn nur öffnen würde.«

Es war das erste Mal seit meiner Rückkehr nach Courléon, dass ich Nicolas darüber sprechen hörte, was er eigentlich mit dem – halben – Schloss in seinem Besitz im Sinn hatte. Und schon wie vorhin, als er die Fragen der Komparsen beantwortet hatte, sah ich, dass es ihm ernst mit seiner Begeisterung war. Jedes Mal, wenn das Thema zur Sprache kam, wurde aus dem schüchternen jungen Mann ein wortgewandter und selbstbewusster Schlossherr.

»Zwei Voraussetzungen sind dafür allerdings nötig«, fuhr Nicolas fort. »Erstens muss die Welt wissen, dass wir überhaupt existieren, und zweitens ... na ja, braucht man, wie für alles in der Welt, auch einen Batzen Geld.«

Ich hob die Brauen. »Selbst ein de Montenait?«

Nicolas seufzte. »Besonders ein verarmtes Adelsgeschlecht. Und deswegen ist dieser Film wichtig. Egal, in was für grauenhaft schrillen Farben er die Biografie der armen Marie-Antoinette d'Autriche malen wird.«

»Wo wir gerade schon davon sprechen ...« Ich nickte mit dem Kinn zum Zelteingang, wo Pablos anscheinend noch nicht gefeuerter Assistent aufgetaucht war.

»Ihr Lieben, die Mittagspause ist jetzt vorbei«, sagte er etwas kleinlaut. »Ich würde euch bitten, mich zurück ins Schloss zu begleiten.«

»The ball must go on«, stellte ich fest. »Sind Sie mit von der Partie Monsieur de Montenait?«

Er nickte. »Ich komme noch mit in den Ballsaal.«

Und so flanierte kurz darauf eine Schar adeliger, satter und zufriedener Gäste zurück ins Château. Auf dem Weg dorthin gesellte sich Alice zu uns und warf Nicolas immer wieder lange forschende Blicke zu. Jedes Mal, wenn sie den Mund öffnete, um etwas zu sagen, machte ich jedoch ein strenges Gesicht, woraufhin sie stumm blieb. Im Ballsaal wurden wir bereits von Pablo Domingo erwartet. Neben ihm standen Paul Hamilton und Samantha Watts, die einander kaum eines Blickes würdigten.

»Die scheinen wirklich …« Ich wollte mich an Nicolas wenden, doch der hatte sich schon in eine Ecke des Ballsaals verzogen, um die Rolle des stillen Beobachters einzunehmen.

»Läuft da was zwischen euch?«, platzte Alice neben mir heraus.

»Nein«, antwortete ich. »Und selbst wenn, würde dich das gar nichts –«

»Alle bitte wieder auf ihre Plätze!«

Von Neuem begannen sich alle wieder im Raum zu verteilen, doch diesmal schien irgendetwas nicht zu stimmen, und der Regisseur sprach auch bald aus, was.

»Ein Teil fehlt!«, rief er und deutete ungeduldig auf die klaffenden Lücken, die plötzlich in den Reihen der Tänzer herrschten.

»Na ja«, sagte ein Assistent kleinlaut. »Ein paar Leute sind, ähm, haben in der Mittagspause beschlossen, das Ganze abzubrechen, wegen, der, ähm, untragbaren Arbeitsbedingungen.«

Pablo schnaubte.

»Damals, als wir *Desert Killer 3* in der Wüste von Tunesien während einer tsunamiartigen Regenflut gedreht haben, das waren untragbare Arbeitsbedingungen. *Carajo*, so können wir die Ballszene nicht weiterdrehen.«

»Aber das ist doch gar kein Problem.« Zu meiner Überraschung trat Paul neben den Regisseur. »Lassen wir doch ein paar von den Ballgästen im Hintergrund einspringen. Es fehlt ja nicht mehr viel vom Tanz, die paar Schritte bekommt man schon hin. Sie zum Beispiel ...« Ich wusste nicht recht, wie mir geschah, als Paul plötzlich direkt auf mich zukam und mir seine Hand darbot, um mich in die Mitte des Saals zu führen.

Alice versetzte mir von der Seite einen Stups, sodass ich prompt nach vorn stolperte und keine andere Wahl hatte.

»Sie trägt ein ähnliches Kleid wie die Tänzerin vor ihr. Sie könnte also problemlos hier stehen ...« Er führte mich in eine Lücke schräg gegenüber von seiner ursprünglichen Position. »Oder?« Er drehte sich zu Pablo um, der hatte die Stirn in Falten gelegt und begann sich dann hastig mit seinem Assistenten zu beraten.

»Was soll das denn?«, zischte ich Paul zu. »Du kannst mich doch nicht ungefragt zum Tanzen abkommandieren.«

»Verzeihung, Mademoiselle.« Er zuckte mit den Achseln und grinste. »Aber nicht nur Sie haben ein Interesse daran, dass diese Dreharbeiten ein Erfolg werden. Und außerdem bin ich mir sicher, dass du eine wundervolle Tänzerin bist.«

»Schmeichler«, erwiderte ich, konnte mir aber ein Lächeln nicht verkneifen. »Also wenn du unbedingt ahnungslose Hintergrundmenschen befördern willst, dann mach doch bitte auch meiner Nichte, äh, ich meine, der Nichte meiner Nachbarin eine Freude.«

»Ist das die in dem blassgelben Kleid mit der Stupsnase? Die uns beide anschaut, als wären uns Flügel gewachsen?«

»Ganz genau die!«

»Also ... von mir aus!«, meldete sich der Regisseur nun

wieder zu Wort. »Für die paar Takes heute wird das schon irgendwie durchgehen, denke ich. Wie viele brauchen wir denn …?« Er reckte den Hals, um sich einen Überblick zu verschaffen. »*Uno, due …* noch fünf Tänzerinnen und … drei Tänzer.«

Also wurden aus der Menge die ursprünglich nur für den Hintergrund bestimmt gewesen war, noch ein paar Leute herausgepickt. Alice war ebenfalls dabei und strahlte über beide Ohren, als sie kurz darauf in der Nähe von Samantha Watts stand. Vermutlich handelte es sich gerade um den besten Tag ihres Lebens.

Der Dreh der weiteren Szenen verlief allerdings alles andere als reibungslos, zwar versuchte man, uns noch schnell notdürftig die letzten Schritte des Tanzes beizubringen, aber eine Gavotte lernte man kaum in zehn Minuten. Verkompliziert wurde all das von Pablos perfektionistischen Ansprüche und Samanthas Pausen, um sich aufzuwärmen.

Hinzu kam, dass ich immer und immer wieder auf Paul Hamilton zugehen und seine Hände nehmen musste, woraufhin er mich einmal schwungvoll im Kreis herumschwenkte. Er schien das sichtlich zu genießen, und ich zumindest wusste nun, dass er mich ganz gezielt auf meine Position gestellt hatte. Seine Hände fühlten sich warm und kräftig an, und er schien nie die gute Laune zu verlieren, selbst wenn Pablo zum hundertsten Mal eine Wiederholung der Wiederholung anordnete. Im Dialog mit Samantha klang er von Mal zu Mal sogar noch schlagfertiger.

»Und … danke!« Als wir schließlich mit der Ballszene fertig waren, hatte man im Saal noch weitere Lampen aufgestellt, da es draußen dämmerte. Mir war mittlerweile etwas schummrig zumute, ob es nun am Hunger lag, dem ständige Gedrehe oder Pauls langen Blicken in meine Richtung, konnte ich nicht so genau sagen.

Wie anstrengend das Ganze gewesen war, merkte man daran, dass Pablos übliches »¡Fantàstico!« von einem »¡Finalmente!« abgelöst wurde.

»Danke für eure Mithilfe, den Ball zu gestalten«, verkündete Pablo. »Ich bin froh, dass wir diesen Kraftakt, trotz komplizierter Umstände, so gut bewältigen. Ein paar Takes fehlen noch, aber da morgen Drehpause ist, sehen wir uns erst am Montag wieder. Noch einmal danke an alle.«

Es gab eine Runde höflichen Applaus, und die Menge begann sich langsam aufzulösen. Ich wollte mich ebenfalls zum Ausgang begeben, eine warme Dusche und ein Abendessen lockten.

»Hat Spaß gemacht so ein Ball damals, oder?« Paul tauchte neben mir auf und stupste leicht meinen Arm an.

»Oh, na ja.« Ich legte den Kopf schief. »Zumindest wurde niemand verletzt.«

»Ich habe doch gesagt, dass du eine fantastische Tänzerin abgeben wirst.«

Nun musste ich lachen. »Wenn man das schon als fantastisch durchgehen lassen kann …«

»Luft nach oben ist natürlich schon noch«, räumte Paul ein. »Ein- oder zweimal bist du mir dann doch auf den Fuß getreten.«

»Es geschah nie mit Absicht und zum Glück nie mit Absatz.«

Paul grinste und wollte etwas erwidern, wurde dann aber vom Regisseur herangewunken. Er warf mir einen entschuldigenden Blick zu.

»Es ist zwar keine gute Sache, wenn am Set ständig etwas schiefläuft, aber wenn es dazu führt, dass wir noch ein paar gemeinsame Szenen haben … komme ich damit zurecht. Ich hoffe, wir sehen uns bald.« Und mit einem letzten reichlich verwegenen Zwinkern verabschiedete er sich.

In meinem Bauch bildete sich eine kunstvolle Achterbahn

der Gefühle, als ich mich dem Rest der Komparsen anschloss, um zurück zu den Zelten zu gehen. Alice wartete am Ausgang auf mich. Wir waren die letzten, die den Saal verließen.

»Also, das, was bei dir gerade läuft, ist eigentlich noch viel, viel besser als die Lovestory im Film«, erklärte sie mir, während wir durch die halbdunklen Gänge schritten.

An dieser Aussage störte mich so vieles, dass ich gar nicht wusste, wo ich anfangen sollte.

»Okay, also erstens, läuft bei mir gerade gar nichts«, begann ich, nachdem ich einmal stumm den Mund auf- und zugeklappt hatte. »Und zweitens …«

»Entschuldigung?«

Jemand war uns nachgelaufen und tippte mir auf die Schulter. Dass es ausgerechnet Samantha Watts war, schrieb ich erst einer Erschöpfungsfantasie zu. Zumindest bis Alice neben mir entzückt »*Samantha!*« hauchte.

»Ja?«, fragte ich, nachdem ich meine Sprache wiedergefunden hatte.

»Könnte ich vielleicht kurz mit dir sprechen?«, fragte sie nun mit ernster Miene. »Allein?«

»Ähm …«, machte ich unschlüssig.

»Ich geh schon mal vor zum Zelt«, verkündete Alice und räumte bereitwillig das Feld. Plötzlich stand ich also in einem zugigen Gang des Châteaus allein mit einem internationalen Filmstar – und Method Actress. Mir war vollkommen schleierhaft, warum sie ausgerechnet mit mir sprechen wollte, allein dass sie von meiner Existenz wusste, überraschte mich. Direkt vor jemandem in Fleisch und Blut zu stehen, den man sonst nur von Plakaten und Bildschirmen kannte, fühlte sich unwirklich an.

»Kann ich … irgendetwas für Sie tun?«, fragte ich vorsichtig.

»Ich wollte dich nur warnen«, sagte Samantha mit ihrer feinen, melodischen Stimme.

»Warnen? Wovor?«

»Mir ist aufgefallen, dass mein … Co-Star dir viel Aufmerksamkeit widmet.«

Ich schluckte. »Ja, das … na ja, er ist doch … denke ich … einfach nur nett zu mir.«

Samantha schnaubte ungeduldig. »Mach dir lieber vorher ein paar ehrliche Gedanken über seine Intentionen. Im Hintergrund herumzustehen ist etwas ganz anderes, als plötzlich in die Mitte der Bühne gezerrt zu werden. Ich weiß, wovon ich spreche, und Paul ist jemand, der …« Samantha hielt kurz inne, als suchte sie nach den richtigen Worten. »Er sucht das Rampenlicht. Er ist sehr ehrgeizig, und das … macht manche Menschen rücksichtslos. Behalte das im Hinterkopf, falls er dir weiterhin so viel Aufmerksamkeit schenkt.«

»Aber ich …«

Doch Samantha warf mir nur einen letzten eindringlichen Blick zu und machte dann auf dem Absatz kehrt. Das Klackern der Absätze ihrer Schuhe hallte von den Wänden wider, während ich ebenso verwirrt wie misstrauisch im Gang zurückblieb. Diese ganze Filmgeschichte nahm langsam beunruhigende Ausmaße an.

Kapitel 14

Selbstverständlich wurde ich von Alice mit Fragen bestürmt, kaum dass ich zurück im Komparsenzelt war.

»Was wollte Samantha von dir?«, rief sie mit leuchtenden Augen. Manchmal ähnelte sie doch sehr ihrer Tante.

»Ein Autogramm«, antwortete ich trocken.

»Du bist blöd! Also, was wollte sie wirklich?«

Ich schüttelte müde den Kopf. »Nichts Wichtiges.«

Alice schürzte schmollend die Lippen. »Du willst es mir also nicht sagen.«

»Ich versichere dir, wenn es wichtig für dich wäre, würde ich es dir sofort anvertrauen.«

»Sie ist wohl eifersüchtig«, begann Alice nun zu rätseln. »Weil sie gemerkt hat, dass Paul dich viel mehr ansieht als sie. Warum sagst du ihr nicht einfach, dass du ohnehin schon bis über beide Ohren in den Schlosserben verliebt bist?«

Zum Glück wurde ich von einem Make-up-Artist zum Abschminken herangewunken, bevor ich darauf eine Antwort finden musste.

Als ich spät am Abend in den Gasthof zurückkehrte, fühlte

ich mich so ausgelaugt wie schon lange nicht mehr. Mir war bewusst, dass ich noch ein paar Interviewfragen vonseiten meiner Eltern beantworten musste, bevor ich ins Bett gehen konnte. Und wenn man bedachte, dass ich heute im historischen Kostüm mit einem adeligen Schlossbesitzer spontan bei ihnen aufgekreuzt war, konnte ich das verstehen. Meine Mutter sah auch ein wenig erschöpft aus, als ich sie in der Küche der Auberge antraf.

»Das war ja wirklich eine ganz schöne Überraschung heute«, sagte sie, kaum dass ich eingetreten war. »War es denn wirklich ganz alleine Nicolas' Idee, uns zu bitten, das Catering für den Film zu übernehmen?«

»Na ja … also …« Im Grunde war mir klar, dass ich Maman nichts vormachen konnte. »Ich gebe zu, der Kern der Idee stammte eventuell von mir. Aber Nicolas hat bereitwillig mitgemacht.«

Maman lächelte vielsagend. »Er scheint dich zu mögen.«

Ich seufzte. »Nun fang du bitte nicht auch noch damit an. Es ist alles schon kompliziert genug.«

»Kompliziert? Wieso?«

Ich zögerte kurz, versucht, meiner Mutter von der beunruhigenden Begegnung mit Guillaume zu erzählen, machte dann aber eine wegwerfende Handbewegung.

»Ach. Gefühle sind immer kompliziert.«

Maman lächelte verständnisvoll. »Ich wollte dich jedenfalls nur wissen lassen, dass ich es eine ganz wunderbare Idee fand. Selbst Étienne hat es zugegeben. Ich glaube, dass Nicolas es in der Hand hat, das Dorf und das Château miteinander zu versöhnen, und dass du ihm dabei hilfst, finde ich ganz wunderbar. Ich bin sehr stolz auf dich.«

Angesichts dieser warmen Worte musste ich ein wenig schlucken. Bevor aber Tränen flossen, bot mir Maman zum Glück etwas zu essen an, und ehe ich etwas später in einen tiefen traumlosen Schlaf fiel, galt mein letzter Gedanke der

Tatsache, dass ich in Courléon vielleicht doch nicht so fehl am Platz war, wie ich immer geglaubt hatte.

Ich schlief am nächsten Morgen lang aus. Wobei lang in meinem Fall bedeutete bis acht Uhr, denn das war im Vergleich zu den letzten Tagen schon ein wahrer Luxus. Sobald ich mich aus meinem Bett geschält und ein paar zerknitterte Kleidungsstücke von meinem Ablagestuhl für noch brauchbare Wäsche übergeworfen hatte, machte ich mir einen Kaffee und begab mich zurück an den Schreibtisch.

Während der Drehtage noch Jura zu büffeln, war ein zutiefst optimistischer Wunschtraum gewesen. Ich hatte die Ordner kein einziges Mal auch nur angerührt. Dementsprechend dauerte es eine Weile, bis es mir wieder gelang, mich in meine Notizen einzufinden. Die Ereignisse der letzten Tage machten es mir nicht unbedingt leichter, mich zu konzentrieren, weshalb sich die erste Stunde anfühlte, als würde man beständig Wasser in einen löchrigen Eimer kippen.

In meinen angestrengten Versuchen, mich zu konzentrieren, begann ich, mein Haar auf dem Kopf zu zerzausen. Zumindest gewann ich nach einer weiteren Stunde des Blätterns, Lesens und Vor-mich-hin-Murmelns langsam das Gefühl, etwas mehr Durchblick zu haben – bis mein Handy klingelte. Ungehalten blickte ich aufs Display. Es war Solène.

»Ich lerne gerade!«, verkündete ich, kaum dass ich abgehoben hatte.

»*Très bien!*«, lobte sie mich sofort. »Hast du trotzdem kurz Zeit, deiner besten Freundin zu berichten, wie der Stand der Dinge ist? Ich platze vor Neugier und sitze gerade mit ein paar Croissants auf meinem Balkon und hätte etwas Zeit.«

»Also, eigentlich …« Ich seufzte. »Okay, ich hoffe, du hast genügend Croissants besorgt, denn es ist tatsächlich einiges passiert.«

Und so berichtete ich Solène davon, wie Nicolas und ich das Catering gerettet hatten, ebenso von Guillaumes Drohung.

»Und das Problem ist«, erklärte ich ungehalten, meine Füße hatte ich mittlerweile auf einem Gesetzbuch platziert und mich weit auf dem Stuhl zurückgelehnt, »dass Nicolas vollkommen davon überzeugt ist, dass sein Bruder der netteste Mensch der Welt ist und immer nur sein Bestes will. Wie soll ich dagegen ankommen?«

»Dieser Guillaume ist ein ganz mieser Typ«, sagte Solène angewidert. »Und ich gebe dir recht. Es macht keinen Sinn zu versuchen, Nicolas mit Worten davon zu überzeugen. Sein Bruder muss sich selbst verraten. Er muss sein wahres Gesicht in Nicolas' Gegenwart zeigen.«

»Tja, dann leihe ich mir das nächste Mal einfach eine Kamera vom Set, wenn er wieder auf mich losgeht.«

»Oh, haha. Ich überlege schon angestrengt, wie du das hinkriegen könntest.«

»Zögere nicht, es mich wissen zu lassen, wenn dir etwas einfällt«, antwortete ich. »Es sei denn, du kommst ebenfalls zu dem Schluss, dass ich ein ›dummes Wirtshausmädel‹ bin, das sich einen Schlossbesitzer angeln will.«

Solène kicherte. »Also wenn du mit Nicolas eines Tages in den Sonnenuntergang reitest, dann sicher nicht, weil, sondern obwohl er ein Schloss hat.«

»Wie ist denn das jetzt gemeint?«, fragte ich entrüstet.

»Du bist der chaotischste Mensch, den ich kenne, und ein Schloss zu führen, na ja, das stelle ich mir ähnlich schlimm vor wie eine Abschlussprüfung in Jura.«

»Hmmm …« Von der Seite hatte ich das Ganze bisher noch nicht betrachtet. »Aber genug von mir. Erzähl doch mal, was du zurzeit –«

Ein Klopfen unterbrach meinen Satz.

»Élodie?«

Ich nahm eilig die Füße von meinem Schreibtisch und ließ das Handy sinken. Im Türrahmen stand Papa.

»Da draußen wartet ein junger Mann, der dich sprechen will«, sagte er mit undurchdringlicher Miene.

Nicolas, schoss es mir sofort durch den Kopf.

»Ich komme!«

»Wie gesagt, er wartet draußen …«

»Ich muss jetzt leider gehen«, ließ ich Solène durchs Telefon wissen. »Draußen steht meinem Vater zufolge ein junger Mann, der mich unbedingt sprechen will.«

»Er scheint sich wirklich freizuschwimmen!«, frohlockte Solène. »Na, dann wünsche ich dir … ganz viel Spaß.«

Mir blieb keine Zeit mehr, sie für den zweideutigen Unterton zu tadeln, denn sie hatte bereits aufgelegt. Ich steckte mein Handy ein und rauschte zur Tür, erst auf halbem Weg im Gang fiel mir ein, dass ich heute Morgen meine Haare nicht ordentlich gekämmt hatte und mein Outfit lauthals »Tag auf der Couch« schrie, aber Nicolas war ja meistens elegant genug für zwei ge…

»Hallo, Élodie.«

Abrupt blieb ich stehen. In der Auberge stand zwar ein junger Mann mit einem amüsierten Gesichtsausdruck, doch es war nicht Nicolas.

»Du guckst, als wäre ich ein Gespenst.«

»Paul?«, fragte ich perplex. »Was machst du denn hier?«

»Auf dich warten«, antwortete er, als wäre ich nicht ganz bei Trost. »Dein Vater hat mich hier abgestellt und meinte, du würdest gleich nachkommen.«

Es war typisch Papa, dass er einen angehenden Hollywoodstar mit derselben stoischen Ruhe eingelassen hatte wie den Kaminkehrer.

»Na ja, das sehe ich.« Ich kam vorsichtig ein paar Schritte näher. »Aber mir ist nicht ganz klar, warum du auf mich wartest.«

Paul hob die Schultern und lächelte verschmitzt. »Es ist drehfrei, und da dachte ich, na ja, vielleicht hättest du Lust, ein wenig Zeit mit mir zu verbringen. Dem armen Ausländer fern von der Heimat, der hier niemanden kennt und niemanden versteht.«

Gegen meinen Willen musste ich lachen. »Das klingt ja, als wärst du an einem ganz schrecklichen Ort gestrandet.«

»Aber nein, ich liebe Frankreich! Vor allem die französische Aussprache.« Paul grinste. »Dass ihr meinen Vornamen wie den Nordpol aussprecht und meinem Nachnamen das H klaut. Pol Amilton.«

»Wir wissen eben, was Stil hat, akzeptier es einfach.«

Paul nickte. »Daran habe ich nie gezweifelt. Und ich habe mich ebenfalls gefragt, ob du mir ein bisschen was von Angers zeigen könntest … Mein Hotel ist dort, und bisher hatte ich noch kaum Gelegenheit, mich in der Stadt umzusehen. Du kennst dich doch bestimmt gut aus.«

Ich betrachtete mein Gegenüber mit einer Mischung aus Bewunderung und Erstaunen angesichts solcher Hartnäckigkeit – ebenso mit leichter Besorgnis. Denn Samanthas mysteriöse Warnung war natürlich nicht einfach aus meinem Gedächtnis verschwunden.

»Nun schau doch nicht so misstrauisch«, sagte Paul, für den mein Gesicht anscheinend ein offenes Buch war. »Vor dir steht einfach nur ein armer Mann, der schon länger nicht mehr einen Tag freihatte. Ich verspreche, von der Tatsache abgesehen, dass ich Schauspieler bin, bin ich relativ harmlos.«

»Relativ harmlos, soso«, wiederholte ich. Samantha schien das ja anders zu sehen, und auch wenn sie mit ihrer kryptischen Warnung versucht hatte, mich von ihrem Co-Star fernzuhalten, war ich tatsächlich nun eher neugierig, was wirklich dahintersteckte. Natürlich war da noch eine Stimme in meinem Hinterkopf, die Nicolas' Namen flüsterte, aber die wischte ich mit der Begründung beiseite, dass ich erstens keinerlei

Verpflichtung hatte und zweitens nicht plante, die Stadterkundung in einer wilden Knutscherei enden zu lassen. Ich straffte die Schultern.

»Also schön!«, verkündete ich. »Ich helfe dem armen Mann, der mit einem freien Tag in Frankreich gestraft wurde.«

Paul steckte mit einem zufriedenen Lächeln die Hände in die Hosentaschen. Es war ganz ungewohnt, ihn in Jeans und T-Shirt zu sehen.

»Nichts anderes hatte ich erwartet.«

Ich packte noch schnell eine Tasche mit meinem Portemonnaie und nahm mir die Zeit, ein T-Shirt ohne Zahnpasta-Spritzer anzuziehen, dann trat ich nach draußen vor den Gasthof. Paul wartete dort neben einem schnittigen dunkelgrauen Peugeot auf mich. Einem Mietwagen, vermutete ich.

»Hast du eigentlich keine Bodyguards oder so?«, fragte ich, als ich auf dem Beifahrersitz Platz nahm. »Müssen die nicht noch kurz einen Background-Check von mir machen, bevor ich mit dir Auto fahren darf?«

Paul schmunzelte und ließ den Motor an.

»Klar habe ich Personenschutz, aber ich habe den guten Frank gebeten, sich heute mal freizunehmen. Außerdem bin ich nicht ganz so berühmt wie Samantha, die ist wirklich nirgends mehr vor Papparazzi sicher.«

»Außer in einem alten Schloss mitten in der französischen Pampa vielleicht.«

Paul nickte. »Dass es dabei voll und ganz um die Vorbereitung auf ihre Rolle geht, glaube ich kaum.«

Paul drückte das Gas durch, und wir brausten aus Courléon in einem Tempo, bei dem sich Monsieur Bernouilles Kühe irritiert nach uns umdrehten.

»Das muss schon komisch sein«, bemerkte ich, als wir über die leere Landstraße rauschten. Paul hatte das Fenster ein Stück heruntergefahren, und eine scharfe Windbrise zupfte an meinen Haaren.

»Was?«

»Na, da arbeitet man mit aller Kraft darauf hin, eine berühmte Schauspielerin zu werden, und dann … na ja, dann muss man sich verstecken, weil auf einmal alle glauben, dein Leben wäre ihr privates Eigentum.«

»Ich weiß, dass es an der Spitze hart sein kann«, erwiderte Paul überraschend grimmig. »Aber das hält mich nicht ab. Ich will es trotzdem dorthin schaffen.«

»Wie genau bist du eigentlich zum Schauspiel gekommen …?«

Und so verbrachten wir den Rest der Fahrt nach Angers damit, uns über Pauls Einstieg in die mehr oder weniger glamouröse Welt von Film und Fernsehen zu unterhalten. Auf diese Weise erfuhr ich etwas mehr über ihn persönlich. Mich überraschte wenig, zu hören, dass er ursprünglich als Model ins Showgeschäft gekommen war und in dieser Zeit eine ziemlich große Schar von Followerinnen auf Instagram angesammelt hatte. Seiner Auskunft zufolge hatte es ihn aber schon immer zum Film gezogen. Er bezahlte sogar einen eigenen Schauspiel-Coach für teure Privatstunden.

Es wurde bei unserem Gespräch schnell deutlich, dass ihm das Filmprojekt wirklich unheimlich wichtig war und er in Samantha jemanden sah, die ihren Hollywood-Erfolg nicht angemessen zu schätzen wusste.

»Weißt du«, meinte er, kurz bevor wir Angers erreichten. »Ich komme aus eher bescheidenen Verhältnissen, bin in Bolton aufgewachsen, in der Nähe von Manchester. War keine Leuchte in der Schule, hab zwei Klassen wiederholt. Meine Mutter meinte dazu nur, so dumm, wie ich bin, sollte ich lieber auf mein hübsches Gesicht aufpassen.«

»Oha«, antwortete ich schockiert. Maman hätte nie, nie,

niemals so etwas zu mir gesagt und Papa, selbst wenn er manchmal etwas schroff sein konnte, auch nicht.

»Ja«, erwiderte Paul. »Jetzt war sie natürlich immer meine größte Unterstützerin, aber die Wahrheit ist, ich habe mir alles selbst erarbeitet. Auf sich selbst gestellt zu sein, wirkt auf den ersten Blick erschreckend, aber auf den zweiten merkst du, eigentlich ist es befreiend.«

Ich runzelte die Stirn angesichts dieser etwas drastischen Aussage. Paul warf mir einen Seitenblick zu, und der ernste Ausdruck in seinem Gesicht wurde wieder vom unbekümmerten Lächeln abgelöst.

»Aber momentan bin ich natürlich mehr als glücklich über meine wunderschöne Gesellschaft.«

Ich lachte, und die gedrückte Stimmung verflog.

»Pass lieber auf, dass wir nicht direkt an Angers vorbeirauschen.«

Paul nahm sich meine Warnung zu Herzen, und kurz darauf parkten wir im kühlen Parkhaus von seinem Hotel. Ein ziemlich beeindruckendes Gebäude, bei dem selbst das unterirdische Parkhaus irgendwie edel wirkte. Der gemietete Peugeot sah neben einigen anderen Autos geradezu unauffällig aus.

»Und hier wohnst du während der Dreharbeiten?«, fragte ich, während wir den Aufzug nach oben nahmen.

»Im Gegensatz zu Samantha kann ich mich in meine Rolle hineinversetzen, ohne direkt in ein Schloss zu ziehen.«

»Na ja, an adeligem Komfort mangelt es dir hier wahrscheinlich nicht.«

»Das ist auch wieder wahr. Außerdem halte ich es keine zehn Minuten an einem Ort ohne vernünftige Internetverbindung aus. Nichts gegen Courléon oder das Château, aber das Netzt dort ...«

»Garantierter Digital Detox, ich weiß ...«

Oben angekommen verließen wir Pauls Hotel durch die

Lobby, und selbst auf diesen wenigen Metern fühlte ich mich etwas fehl am Platz in meinem zusammengewürfelten Wochenend-Outfit. Ich atmete daher erleichtert aus, als wir draußen auf dem Bürgersteig ankamen. Es war ein sonniger Vormittag mit ein paar Wolken und einer leichten Brise, ideal für eine Stadterkundung.

»Habe ich dich vorhin richtig verstanden? Du wohnst zwar hier, aber hast noch nichts von Angers gesehen?«

»Nur dieses Hotel, mein Hotelzimmer und ein paar mittelmäßige Italiener von innen.«

Ich schnalzte mit der Zunge. »Na, dann wird es wohl höchste Zeit, dass du die besten Seiten der Stadt kennenlernst.«

Mir war bereits eine perfekte Idee für den ersten Stopp gekommen. Ich sah mich mit leicht gerunzelter Stirn um, um mich zu orientieren.

»Da lang!«

Zügig schritt ich voran, Paul hinterher.

»Du scheinst dich hier ja wirklich gut auszukennen«, bemerkte er.

»Klar, immerhin bin ich hier zur Schule gegangen. In das Lycée Jeanne d'Arc. Fünf Tage die Woche. Oft habe ich auch die Samstage bei meinen Freundinnen verbracht, die hier gewohnt haben – wenn Maman es erlaubt hat. Und dabei wiederum habe ich ein paar der besten Seiten der Stadt entdeckt. Ist das deine geheime Tarnung?«

Paul hatte im Laufen eine große quadratische Sonnenbrille gezückt und auf die Nase gesetzt.

»Sozusagen. Ich habe gerade keine große Lust, alle zwei Minuten anzuhalten, um Selfies zu machen.«

Nie im Leben hatte ich damit gerechnet, einmal mit einem waschechten Star durch die Straßen von Angers zu ziehen, der vor Selfies flüchtete.

»Aber es ist schade, dass ich erst jetzt dazu komme, mich

hier ein wenig umzusehen.« Paul sah sich nach allen Seiten um. »Es ist wirklich schön hier.«

Für mich waren die Fachwerkhäuser mit den hohen Dächern ein gewohnter Anblick, ebenso wie die vielen Blumenkästen, die an den Fensterbrettern befestigt waren. Objektiv wusste ich aber ebenfalls, dass es für eine Großstadt hier ganz beschaulich war.

»Ha! Da ist es!« Voller Vorfreude deutete ich auf einen winzig kleinen Laden, der sich in das untere Stockwerk eines älteren Bauwerks schmiegte. Die Holzläden waren in kräftigen bunten Farben angestrichen, und über dem Eingang baumelte ein Schild mit der Aufschrift »Plein de Délices«. Ich hatte den Laden selbst seit so langer Zeit nicht mehr besucht, dass ich mich zusammenreißen musste, nicht aufgeregt hineinzustürmen.

»Was ist ein Plein? Was sind Délices?« Paul zog die Brauen hoch. Wir hatten uns bisher meistens auf Englisch unterhalten. Französisch beherrschte er nur bruchstückhaft.

Ich beschleunigte meinen Schritt.

»Übersetzt heißt Plein de délices so viel wie *voller Köstlichkeiten.*« Wir waren vor dem Schaufenster angekommen. Hinter der Glasfassade öffnete sich ein altmodischer Bonbonladen. Im Schaufenster stapelten sich Bonbons in Schubladen, kunterbunt eingepackt, aber ordentlich mit Schildchen zu den verschiedenen Geschmacksrichtungen versehen.

»Der Besitzer stellt alles selbst her«, erklärte ich Paul. »Selbst mit vierzehn waren wir nie zu cool, uns dort nach der Schule eine Tüte Köstlichkeiten für uns packen zu lassen.«

»Also das ist irgendwie …«, Pauls Blick wanderte über das altmodische Bonbongeschäft mit den nostalgischen Beschriftungen, »… ganz süß!« Er grinste. »Ich bin schon wirklich lange keine Bonbons mehr kaufen gegangen.«

Also stapften wir zusammen in den Laden, dessen Besitzer

mich schon nach zwei Minuten als Élodie aus Courléon identifizierte – ich war wirklich oft dort gewesen – und sich herzlich nach meinem Befinden erkundigte. Ich versuchte, das Resümee meines Lebenslaufs möglichst kurz zu halten, damit mir genügend Zeit blieb, Paul in die Feinheiten der besten Bonbon-Kombinationen einzuweisen.

Und so verließen wir zehn Minuten später den Laden mit zwei bunt gestreiften Tüten, in denen sich selbst gekochte Bonbons in Geschmacksrichtungen wie Kaffee-Sahne, Himbeer-Zitrone, Pistazie oder einfach Erdbeere befanden.

»Und jetzt, wo wir adäquaten Proviant gesammelt haben«, erklärte ich Paul, »können wir uns auch Angers ansehen.«

Und so begann unser Spaziergang durch die Stadt, während dem wir uns über Gott und die Welt unterhielten. Ich zeigte Paul alles, was ich für besonders schön und bemerkenswert hielt. Da ich aber keine Historikerin war, beschränkten sich meine Bemerkungen oft auf »Das ist das Rathaus« oder »Hier, eine alte Kirche«. Ich schweifte in längere Jugendgeschichten ab und erzählte, was ich in der Gegend mit wem erlebt hatte.

Paul schienen diese Streifzüge in meine Vergangenheit nicht zu stören. Im Gegenteil, er hörte interessiert zu, steuerte immer mal wieder Szenen aus seinem eigenen Leben bei, und mit jedem Meter, den wir gemeinsam zurücklegten, begann ich mich in seiner Nähe entspannter zu fühlen.

»Es ist wirklich schön hier«, stellte Paul nach einer Weile fest. »Aber du wolltest trotzdem nicht bleiben?«

»Ich bin so schnell es ging nach dem Abschluss abgehauen, nach Paris.«

»Und was hast du dort gemacht?«, erkundigte sich Paul.

»Studiert. Jura. Warum schauen eigentlich immer alle so, wenn ich das sage?«

Paul lachte und warf mir einen langen Blick über seine

Sonnenbrille hinweg zu. »Das kann ich dir beim besten Willen nicht sagen.«

Ich konnte nicht anders, als ebenfalls zu schmunzeln. »Ach, schon gut. Ich gebe zu, das war auch nicht wirklich das Fach, für das mein Herz geschlagen hat.«

»Warum hast du dann damit angefangen?«

Ich seufzte. »Tja ... Weißt du, meine Eltern ... die sind ganz anders als deine. Maman war schon immer unglaublich stolz auf mich und hat mich dazu ermutigt, meinen Träumen zu folgen. Ich will jetzt nicht sagen, dass sie unglücklich darüber war, jung geheiratet zu haben und aufs Land gezogen zu sein, aber ... Hm, ich weiß, das klingt vielleicht komisch, sie hat mir zwar nie Druck gemacht, irgendwas Prestigeträchtiges zu erreichen, aber vielleicht habe ich es genau deshalb versucht. Ich dachte immer, wie kann es sein, dass Maman mein größter Fan ist, wenn ich nie etwas Besonderes in meinem Leben fertiggebracht habe? Also kam ich zu dem Schluss, ich zeige einfach mal allen, was für eine hart arbeitende, ernsthafte und disziplinierte Élodie in mir steckt. Und mittlerweile fühle ich mich wie auf einer Rennstrecke gefangen, die ich schon lange nicht mehr beenden will. Aber ich habe zu große Angst davor, die Bahn zu verlassen, weil ich nicht weiß, wo ich sonst lang sollte.«

Nach diesem Monolog verschränkte ich deprimiert, aber auch erleichtert die Arme. Ich hatte dieses Problem schon so lange in mich hineingefressen, dass ich gar nicht mehr richtig gemerkt hatte, wie sehr es mich bedrückte.

Paul sah mich an, und ich erwartete einen flapsigen Spruch, aber sein Gesicht blieb ernst.

»Weißt du, was ich dazu denke? Deine Eltern lieben dich«, sagte er schlicht. »Und du kämpfst um ihre Anerkennung, obwohl du sie schon hast. Darum kommst du auch aus deiner Rennbahn nicht raus. Du solltest mit deinen Eltern einfach darüber reden.«

»Das werde ich wohl«, antwortete ich niedergeschlagen. »Gleich nachdem meine Karriere beim Film beendet ist.«

»Gibt es sonst noch etwas von Angers, was ich sehen sollte?«, fragte Paul, wohl, um mich auf andere Gedanken zu bringen.

»Nun, das Highlight von Angers habe ich mir natürlich für den Schluss aufgehoben«, antwortete ich süffisant.

»Ist es etwa das, was ich denke?«

Ich nickte mit dem Kinn in Richtung Osten, wo sich gut sichtbar hinter den Silhouetten der Häuser die imposanten Mauern eines riesigen Schlosses erhoben. Paul folgte meinem Blick und hob theatralisch die Arme.

»Oh, Élodie, woher wusstest du nur, dass ich mich nach nichts mehr sehne, als noch mehr Zeit in einem Château zu verbringen?«

»Instinkt«, antwortete ich grinsend. »Weiblicher Instinkt. Außerdem finde ich es ganz lustig, dass man sowohl das winzige Schlösschen neben Courléon als auch dieses monumentale Hauptstadtbauwerk als Château bezeichnen darf. Mit diesen riesigen runden Türmen an den Seiten ist es für mich eher eine Burg.«

»Ja, ich würde auch eher von einer Festung sprechen«, gab mir Paul recht, während wir den Weg dorthin einschlugen. »Und deswegen will ich es gerade noch mal so durchgehen lassen.«

»Fantàstico!«, rief ich, und Paul lachte.

Das war es wohl auch, was unser Zusammensein am meisten von dem mit Nicolas unterschied, stellte ich fest. Mit Paul fühlte ich mich völlig unbeschwert, während ich bei Nicolas jedes Wort im Geiste zweimal umdrehte. Weil mich so viel mit ihm verband und gleichzeitig so viele Fragen offen waren, schwang in jeder Unterhaltung eine gewisse Anspannung mit. Hier genoss ich einfach nur den Moment, dachte weder an gestern noch an morgen.

Wir überquerten die Brücke über die Loire und erreichten nach zwanzig Minuten Fußmarsch das Château von Angers. Da es sich um eine der beliebtesten Sehenswürdigkeiten der Stadt handelte, herrschte dort auch entsprechendes Gedränge.

»Sollen wir wieder gehen?«, fragte ich, als ich die zahlreichen Besuchergruppen erblickte. »Damit du ungesehen bleibst?«

Paul winkte ab. Er nahm sogar seine Sonnenbrille von der Nase. »Schon in Ordnung.«

Zu meinem Erstaunen steuerte er die Parkanlagen an, wo besonders viele Menschen einen Spaziergang unternahmen.

»Ich mach mir, ehrlich gesagt, nicht so viel aus alten Burgen und Festungen«, erklärte er, als er meinen verwunderten Blick bemerkte. »Da drin ist es immer kalt, staubig, zugepflastert mit Infotafeln, und man wird von einem Haufen Porträts altehrwürdiger, längst verstorbener Edelleute angestarrt.«

»Ja, das … fasst es ganz gut zusammen, wobei das Château in Courléon irgendwie anders ist.«

»Anders?« Verwundert drehte sich Paul zu mir um. »Wie meinst du anders?«

»Ach …« Ich wusste selbst nicht so genau, was mich zu dieser Aussage gebracht hatte. »Das Château von Courléon ist einfach … Für mich wirkt es nicht so einschüchternd und unpersönlich, wie du Schlösser beschreibst. Es hat für mich … Leben. Es atmet Geschichten.«

Paul lächelte schief. »Vielleicht liegt es an seinen eigentümlichen Bewohnern.«

Über diesen Kommentar musste ich nachdenken, während wir schweigend durch die Parkanlage schritten, die das Schloss umgab. Es war ein sorgfältig angelegter Park mit exakt ausgemessenen Rasenflächen und akkurat zurechtgeschnittenen Büschen.

»Da fällt mir eine der letzten Szenen des Films ein«, sagte

Paul, als wir schließlich vor einem kleinen Brunnen zum Stehen kamen.

»Darfst du mir das Ende überhaupt verraten?«, fragte ich scherzhaft.

»Was denkst du denn, wie es ausgeht?«

»Marie-Antoinette lässt sich von ihrem Gemahl, dem König von Frankreich, scheiden, um mit dir durchzubrennen?«, schlug ich vor. »Sie wird eine feministische Influencerin, und du ... hast du überhaupt einen Beruf?«

Paul verzog amüsiert den Mund. »Natürlich! Reisender, Gelehrter, Philosoph und momentan Rebell bei Hofe. Aber nein, leider brennen die beiden nicht am Ende durch. Tatsächlich schlägt er es ihr aber vor.«

»Verrückt, der Mann.«

»Willst du es hören?«

Paul wartete nicht meine Antwort ab. Er richtete sich auf und sah mich mit ernster Miene an. Seine ganze Haltung war wie verwandelt. Obwohl er in Jeans und T-Shirt vor mir stand, hatte ich fast das Gefühl, ihn wieder im Kostüm vor mir zu sehen.

»Dachtest du wirklich, du könntest die Sache mit einem einzigen Brief beenden? Unsere Gefühle unter einem roten Siegel begraben? Du weißt, dass es nicht vorbei sein wird, wenn du mich fortschickst. Also warum schickst du uns nicht beide fort?« Paul deutete auf mich. »Du lachst daraufhin, ein trauriges, spöttisches Lachen, fragst, ob das mein Ernst ist, und betonst, dass eine Königin nicht weglaufen kann.«

Bevor ich eine Bemerkung dazu loswurde, trat Paul mit eindringlicher Miene vor mich und ergriff meine Hände. »Aber das tust du doch schon, Liebste«, sagte er. »All die Bälle, das Glücksspiel, die Verschwendung, das gezierte Lächeln hinter den Fächern. Das ist doch schon eine Flucht, eine traurige Illusion davon. Aber es gibt einen Ausweg. Sobald wir die feinen Kleider abstreifen, sind wir frei, zwei Menschen unter tausend anderen. Wir könnten so weit fortgehen, bis wir an Orte gelangen, wo man weder Könige noch Königinnen kennt. Es gibt sie, vertrau mir, ich habe sie gesehen.«

»Du träumst doch.« Ich blinzelte überrascht. Ich war schneller in Marie-Antoinettes Rolle geschlüpft als gedacht. Aber was hielt mich davon ab, einfach in ihr weiterzumachen? »Es gibt einen Punkt im Leben, an dem wir nicht mehr umkehren können. Die Welt wird mich nicht ziehen lassen, egal, wie sehr ...« Ich räusperte mich kurz. »Ganz gleich, wie groß unsere Zuneigung ist.«

Pauls Augen leuchteten angesichts meiner Improvisation begeistert auf, mit einem tief verletzten Gesichtsausdruck kehrte er im nächsten Augenblick wieder in seine Rolle zurück.

»Dann ist dies Euer letztes Wort?«, flüsterte er heiser, und seine Finger schlossen sich fester um meine. »Wir sollen alles für immer vergessen?«

Ich reckte aristokratisch das Kinn. »Lebt wohl, Monsieur.«

Paul ließ meine Hände los. »Leb wohl, meine Königin.«

Und plötzlich lagen seine Lippen auf meinen, spürte ich Pauls Herzschlag, als er sich an mich drängte. Es war ein seltsamer Kuss, er fühlte sich mechanisch und irgendwie kalt an, und ich war so überrumpelt, dass ich für ein paar Sekunden einfach erstarrte. Als Pauls Hände jedoch begannen, meinen Rücken hinunterzuwandern, erwachte ich aus meiner Trance und wich zurück.

»So genau müssen wir es jetzt doch nicht mit der Schauspielübung nehmen«, sagte ich mit einem nervösen Lächeln.

Paul legte leicht den Kopf schief. »Habe ich dich erschreckt? Das tut mir leid.«

»Aber war das jetzt ...«, stotterte ich. »War das jetzt –«

»Es kann gewesen sein, was du willst ...« Paul näherte sich mir geschmeidig.

Ich verschränkte die Arme vor der Brust. »Ich glaube, die Szene ist vorbei.«

Paul blieb stehen und musterte mich mit schwer zu deutender Miene. Vielleicht bildete ich es mir auch nur ein, aber er sah nicht einmal besonders enttäuscht aus.

»Dann machen wir einen Cut«, sagte er.

Kapitel 15

Die von mir so gelobte Leichtigkeit zwischen Paul und mir wollte an diesem Nachmittag nicht mehr zurückkehren. Wir beendeten zwar noch unseren Rundgang um das Château, und Paul fand zu seiner unbeschwerten und fröhlichen Art zurück, machte Scherze und stellte Fragen über dieses und jenes, doch ich blieb wortkarg. Mein Gedankenkarussell lief auf Hochtouren, und ich fühlte mich vollkommen rastlos, hin- und hergerissen zwischen dem Wunsch, noch mal über den Kuss zu sprechen, und der Befürchtung, mich lächerlich zu machen.

Es war doch einfach nur Schauspiel gewesen – oder? Kein Grund, gleich auszuflippen. Das sagte ich mir innerlich ungefähr zweitausendmal, bis Paul schließlich vorschlug, den Ausflug zu beenden und nach Courléon zurückzukehren. Den Rückweg verbrachten wir größtenteils schweigend, vielleicht grübelten wir beide über die Ereignisse des Tages nach? Als wir jedoch nach einer Stunde Fahrt Courléon erreichten und Pauls Peugeot vor der Auberge hielt, ergriff Paul das Wort.

»Vielen Dank für einen ganz wunderbaren Tag.«

»Es war mir ein Vergnügen«, antwortete ich und tastete nach meiner Tasche.

»Ich fand es wirklich nett mit dir, und hilfreich war es auch.«

»Das … freut mich«, erwiderte ich ein wenig verunsichert. *Nett* und *hilfreich* waren meiner Meinung nach Adjektive, mit denen man eher eine Info-Hotline bedachte als ein Date. Aber wir hatten ja auch kein Date!

»Dann sehen wir uns wohl … demnächst am Set.«

Paul nickte nachdrücklich.

»Ganz genau.«

»Dann … bis dann.«

Und mit dieser eloquenten Verabschiedung flüchtete ich aus dem Auto. Ich meinte noch, Pauls Blick in meinem Rücken zu spüren, als ich die Stufen zum Gasthof hinaufstieg. Noch einmal umdrehen wollte ich mich jedoch nicht und betrat stattdessen eilig das Haus. Da mittlerweile schon der Abend angebrochen war, hatten meine Eltern damit zu tun, hungrige Gäste zu versorgen. Normalerweise hätte ich ihnen dabei geholfen, doch heute war ein Ausnahmefall. Ich schlich zurück in mein Zimmer, zog dort angekommen mein Handy aus der Tasche und wählte den Notruf. Den juristischen Notruf in Paris.

Zum Glück nahm Solène beinahe in dem Moment ab, indem ich den Hörer gedrückt hatte. »Uuuuund? Wie war es mit Nicolas?«, fragte sie inquisitorisch. »Ich hoffe für ihn, dass es ganz fantastisch war, wenn du dafür den *code civil* vernachlässigt hast.«

Ich seufzte tief. »Es war nicht Nicolas, der draußen auf mich gewartet hat. Sondern Paul Hamilton.«

Im Hintergrund hörte man etwas scheppern, was wie ein Kochtopf klang.

»Okay, die Pasta kann warten, ich mache mir jetzt eine

Flasche Wein auf, und du erzählst mir in allen Details von deinem Filmstar-Date!«

Ich ließ mich auf mein Bett sinken und begann gemäß Solènes Anweisung genaustens zu berichten, wie ich den Tag verbracht hatte. Als ich zum Kuss zwischen uns beiden kam, geriet ich ein wenig ins Stottern.

»Das klingt, als wäre Paul Hamilton ein verdammt schlechter Küsser«, stellte meine beste Freundin sogleich fest.

»Es war ein seltsamer Moment. Und der Kuss war auch komisch! Er wirkte so … keine Ahnung, so unpersönlich, aber dann wieder auch nicht und … ich weiß nicht, ich weiß einfach nicht, ob er etwas zu bedeuten hatte.«

»Aber wer würde denn jemanden selbst bei einer Schauspielübung küssen, den er gar nicht leiden kann?«

»Ich glaube ja auch, dass er mich mag. Vielleicht empfindet er tatsächlich mehr für mich.«

»Also, ich finde die Zeichen ziemlich eindeutig …«

Ich schnaubte. »Aber das mit Nicolas … da ist ebenfalls etwas, was ich unmöglich leugnen kann, wohingegen bei Paul … Ernsthaft, wie oft ist so was schon mal im echten Leben passiert? Nenn mir irgendein Beispiel!«

»Also fürs echte Leben fehlen mir gerade die Beispiele, aber in *Pretty Woman* führt Vivian mit ihrer besten Freundin fast dasselbe Gespräch, und da endet das Ganze –«

»Das ist was anderes! Wir sind nicht in den Neunzigern, Paul ist kein Millionär – denke ich zumindest –, und es handelt sich um einen Hollywoodfilm, auch wenn sie in der Szene so getan haben, als wäre er keiner, weshalb es am Ende doch ein Happy End gab und, o Mann, das wird mir jetzt zu abstrakt! Wenn das hier ein Liebesfilm wäre, könnte ich mich entspannt zurücklehnen, weil, dann würde ich so oder so dem Richtigen in die Arme fallen. Aber so leicht ist es nun mal nicht.«

»Na ja … doch«, widersprach Solène. »Du fällst am Ende

dem in die Arme, der dich aufrichtig liebt, denn das ist in der Regel der Richtige. Und wer nicht sieht, was für ein wunderbarer Mensch du bist, ist ohnehin ein Idiot.«

»Ach, Solène …« Leider konnte man übers Telefon niemanden an sich drücken.

»Es stimmt! Und das solltest du dir merken, egal, was du jetzt als Nächstes tust. Wenn Nicolas es nicht schafft, über seinen Schatten zu springen, und Paul dir nur etwas vorspielt, dann sind sie deiner einfach nicht würdig, *putain!*« Solène fluchte selten, um ihrer Meinung Nachdruck zu verleihen, also musste es ihr wirklich ernst sein. Ihre eindringlichen Worte erinnerten mich allerdings noch an jemand anderen.

»Samantha ist übrigens der Meinung, ich sollte mich von ihrem Co-Star lieber fernhalten.« Ich schilderte Solène kurz die kryptische Warnung, die ich von ihr erhalten hatte.

»Wow. Okay, das Ganze wird langsam komplizierter als der Rechtsstreit, den ich gerade bearbeite – und der hat es mit fünf zerstrittenen Parteien ganz schön in sich.«

»Hmmm. Drei Parteien sind schon zu viel.«

»Lass jetzt einfach mal auf dich zukommen, was am nächsten Tag am Set passiert. Aber pass gut auf dich auf, ich glaube nicht, dass Samantha ohne Grund versucht hat, dich vor Paul zu warnen.«

»Danke, ich versuch's«, erwiderte ich trocken.

»Du weißt, wo du mich findest, wenn du weiteren Rat brauchst. *À bientôt, chérie!*«

Ich legte mein Handy neben mir aufs Bett und starrte mit müden Augen auf meinen Schreibtisch mit den Lernunterlagen. Die Berge von bunten Ordnern und Gesetzesbüchern, aus denen die bunten Post-its wie herausgestreckte Zungen ragten. Dann stand ich auf, um meinen Eltern bei der Bewirtung der Gäste zu helfen.

Es fiel mir am nächsten Morgen schwer, mich aus dem Bett

zu wälzen. Sosehr ich mir auch wünschte, ich könnte den gestrigen Tag einfach als »nett und hilfreich« einsortieren und wieder vergessen, es gelang mir nicht. Mein Herz pochte jedes Mal schneller vor Aufregung, wenn ich daran dachte, dass ich heute wieder Paul begegnen würde, aber es war nicht die positive, sondern eher die leicht panische Art von Aufregung.

Zum Glück entging ich einer neugierigen Befragung durch meine Mutter, was ich gestern mit Paul so getrieben hatte, da meine Eltern vollauf damit beschäftigt waren, das Frühstück und das Catering für den Nachtmittag vorzubereiten. Ich konnte daher relativ unbehelligt in der Küche ein paar Tassen Kaffee schlürfen, bevor ich Alice abholte. Diese wirkte zum ersten Mal seit unserer gemeinsamen Zeit beim Film etwas geknickt, als wir nebeneinander durch den Wald zum Schloss wanderten.

»Alles in Ordnung?« Ich hatte mich mittlerweile so an ihr unermüdliches Geplapper gewöhnt, dass mir der Wald trotz singender Vögel sehr still vorkam.

»Na, heute ist doch der letzte Drehtag für uns. Wir wurden ja nur als Gäste für den Ball gebucht.«

»Oh …« Ich kam mir etwas albern vor, dass mir dieser Umstand noch gar nicht aufgefallen war. Aber natürlich hatte Alice recht. Die Dreharbeiten im Schloss waren zwar nicht beendet, aber die Zeit von Alice und mir am Set neigte sich dem Ende zu.

»Aber wir hatten doch ein paar schöne Tage«, versuchte ich sie aufzumuntern. »Versuch den letzten noch mal ganz besonders zu genießen.«

»Kannst du nicht ein gutes Wort für uns bei Paul Hamilton einlegen? Der ist doch ein Fan von dir, und dann könnten wir noch ein bisschen länger –«

»Auf gar keinen Fall.«

Alice verzog schmollend den Mund und hüllte sich wieder in Schweigen, bis wir das Château erreichten.

Es war erstaunlich, wie schnell man sich daran gewöhnen konnte, in ein historisches Kostüm gesteckt und in eine adelige Person verwandelt zu werden. Ich hatte an diesem Morgen nur noch einen flüchtigen Blick für mein Spiegelbild übrig. Ich war mit nervösem Grübeln beschäftigt.

»Ist mit dir eigentlich alles in Ordnung?«, fragte mich schließlich Alice, als wir gemeinsam ins Schloss marschierten.

»Alles bestens«, antwortete ich.

Im Ballsaal angekommen wanderte mein Blick über die Menge, bis ich Paul erspähte, der wie immer neben dem Regisseur seinen Posten bezogen hatte und – wie an den meisten Morgen – auf Samantha wartete. Als die Komparsen und anderen Ballgäste eintraten, sah er kurz auf und vertiefte sich dann wieder ins Gespräch mit Pablo. Ob er mich nicht gesehen hatte oder ihn meine Anwesenheit schlicht nicht interessierte, war schwer zu sagen.

Ich seufzte und ließ meinen Blick weiter durch den Raum schweifen. Zu meinem Erstaunen waren sowohl Guillaume als auch Nicolas anwesend. Sie waren gerade damit beschäftigt, den Teil des Saals, der nicht von Kamera- und Tonleuten belagert wurde, abzulaufen.

Gerade als ich die beiden entdeckt hatte, drehte sich Nicolas um, und unsere Blicke trafen aufeinander. Nicolas lächelte und hob die Hand, dann wurde er allerdings ungeduldig von seinem Bruder in die Seite gestoßen. Sie standen an einer Stelle der Wand, die mit weißem Stuck verziert war, und Guillaume zeigte mit finsterer Miene auf einen bestimmten Abschnitt. Ich hatte den Eindruck, dass Nicolas versuchte, seinen Bruder zu beschwichtigen, doch Guillaume machte auf dem Absatz kehrt und stürmte auf einmal zurück in unsere Richtung.

»*Buenos días*, alle zusammen!«, rief Pablo in diesem Moment. »Vielen Dank für eure Anwesenheit! Wir drehen heute die letzten Szenen des Balls, bevor wir ab morgen mit den Außenszenen weitermachen. Antoinette und ihr zukünftiger Geliebter liefern sich ein heftiges Wortgefecht, bevor sie unter dem Geflüster der Anwesenden aus dem Saal –«

»Hier wird heute gar nichts mehr gedreht!«

Pablo drehte sich mit gerunzelter Stirn zu Guillaume um, der mit seinem Bruder im Schlepptau beim Regisseur angekommen war.

»Señor de Montenait?«

»Die Bedingung für Ihre Dreharbeiten im Schloss waren, dass sie das Gebäude mit größter Umsicht behandeln.«

»Ja und?«

»Nun, der Stuck an der rechten hinteren Saalwand ist beschädigt. Offensichtlich hat sich doch jemand dagegengelehnt.«

»Es sind nur die Flügel einer Putte«, versuchte Nicolas schlichtend einzugreifen. »Das muss nicht mal unbedingt bei den Dreharbeiten –«

»Hier im Ballsaal wird nichts mehr gedreht«, fiel ihm Guillaume ins Wort. »Ich lasse nicht zu, dass wegen Ihres albernen Films das Schloss meines Großvaters heruntergewirtschaftet wird.«

»Wir können aber jetzt nicht einfach die Dreharbeiten im Ballsaal abbrechen«, erwiderte Pablo. »Es fehlt noch ein Shot!«

»Es laufen einfach zu viele Leute hier herum!«, entrüstete sich Guillaume. »Da musste so etwas ja passieren.«

»Also bei einem einzelnen Take kann man nicht mehr allzu viel Schaden anrichten«, schaltete sich Paul ein. »Wenn Ihnen zu viele Leute hier herumlaufen, können wir ja die Anzahl der Komparsen reduzieren.«

Ich hörte Alice neben mir entsetzt nach Luft schnappen. Guillaumes Augen wurden schmal, sein Blick wanderte über die Schar von kostümierten Leuten, blieb ein paar unangenehme Sekunden an mir hängen, dann nickte er.

»Um die Hälfte. Mindestens.«

Paul zuckte mit den Schultern und sah zum Regisseur, der mit entnervter Miene seufzte.

»Wenn wir dann endlich anfangen können.«

»Ach, und jetzt ist einfach die Hälfte von uns heute für gar nichts gekommen«, murrte ein Komparse neben mir.

Die meisten der Anwesenden schienen diese Ansicht zu teilen und Meuter-freudiges Gemurmel machte sich im Saal breit. Pablo ließ sich davon aber nicht abschrecken und begann gemeinsam mit seinem Assistenten, die Komparsen in zwei Gruppen aufzuteilen.

»Ihr werdet natürlich für die Anreise entschädigt«, war kurz darauf der Satz, den ich am häufigsten hörte.

»Ich will aber keine Entschädigung«, sagte Alice neben mir mit finsterer Miene. »Ich will beim Dreh dabei sein.«

»Erklär das Guillaume«, antwortete ich mit einem Seufzen.

Nach einigen Diskussionen leerte sich langsam der Ballsaal. Jetzt waren nur noch eine Handvoll Männer und Frauen im Kostüm übrig, und ich wollte gerade schon erleichtert aufatmen, als sich Pablo und sein Assistent Claudines Nichte und mir näherten.

»Haben wir jetzt genügend rausgeschickt?«, fragte der Regisseur seinen Gehilfen.

»Monsieur de Montenait meinte, mindestens die Hälfte ...«

»Tja, dann tut es mir leid für euch beide.« Pablo wandte sich an Alice und mich.

»Aber ...!« Ich wusste nicht genau, welche Argumente Alice zu unserer Verteidigung hervorbringen wollte, und erfuhr es auch nicht, denn in diesem Moment tauchte Paul auf.

»Dauert das noch lange hier?«, fragte er ungeduldig. »Mittlerweile ist sogar Samantha am Set.«

»Meinst du, wir müssen die beiden Damen noch heimschicken, um Señor de Montenait zu besänftigen?«

Ich sah den Schauspieler fragend an. Den Paul, den ich in

den letzten Tagen kennengelernt hatte, würde wenigstens das flehende Gesicht von Alice erweichen.

Doch Paul warf nur einen flüchtigen Blick in unsere Richtung und zuckte mit den Schultern. »Eure Entscheidung«, sagte er und ließ die beiden wieder stehen, um zu seiner Spielpartnerin zurückzukehren.

Ich starrte ihm einigermaßen fassungslos nach.

»Er hat recht, wir verlieren viel zu viel Zeit mit diesem Unsinn.« Pablo Domingo setzte eine entschlossene Miene auf. »Danke, dass ihr da wart, aber wir müssen uns leider jetzt schon von euch –«

»Solltet ihr sie nicht lieber dabehalten?« Mit Nicolas' Erscheinen hatte ich überhaupt nicht gerechnet. Mit entschlossener Miene hatte er sich vor dem Regisseur aufgebaut.

»Sollten wir?«, fragte Pablos Assistent stirnrunzelnd.

»Mademoiselle Vinets Kopfschmuck ist so auffällig, der ist wahrscheinlich recht gut im Hintergrund zu sehen«, erklärte Nicolas. »Für die Stringenz der Szene wäre es womöglich besser, sie auch im letzten Shot zu behalten.«

»Oh, wissen Sie, ich bin eigentlich nur als Aufsicht von Alice angestellt«, fügte ich hinzu. »Wenn Sie nicht dabei ist, hat es für mich also auch keinen großen Sinn –«

Pablo wedelte entnervt mit der Hand.

»*Sea lo que sea*, sie bleiben. Ich will endlich an meinem Film weiterarbeiten.« Schon stürmte er davon.

Alice strahlte Nicolas dankbar an. Der lächelte uns beiden stolz zu und warf dann einen Blick über seine Schulter. Ich vermutete, auf der Suche nach Guillaume.

»Wenn ihr beide bitte mitkommen würdet …« Pablos Assistent nickte auffordernd, sodass keine Zeit mehr für überschwängliche Dankesreden blieb.

»Alle auf Position bitte!«, schallte es durch den Saal.

»Noch mal Glück gehabt«, flüsterte Alice mir zu, als wir zu unseren Plätzen geführt wurden. »Dieser Schlossbesitzer starrt dich zwar immer ein bisschen liebeskrank an, aber er scheint ganz in Ordnung zu sein.«

Was für eine treffende Zusammenfassung das doch war. Ich sparte mir eine Antwort, während wir von Pablos Assistenten wie Möbelstücke rund um Samantha und Paul positioniert wurden. Da nur noch die Hälfte der Komparsen übrig war, wurden wir zu einer Traube zusammengestellt, um diesen Umstand zu verschleiern. Das Streitgespräch zwischen Samantha und Paul sollte auf der linken Seites des Raumes in der Nähe des Ausgangs stattfinden.

»Wenigstens ist die Tanzerei vorbei«, murmelte ich.

Ich beobachtete Paul, der leise vor sich hin flüsternd auf und ab ging. Anscheinend übte er seinen Text. Von mir nahm er weiterhin nicht die geringste Notiz. Nun schob sich Samantha durch die Menge, um ihre Position einzunehmen, dicht gefolgt von Pablo, der sie mit letzten Tipps versorgte.

»Man muss ihre Abneigung spüren können!«

»Ja.«

»Gleichzeitig fühlt sie sich von ihm angezogen.«

»Okay.«

»Und ist auf eine verwirrende Art fasziniert.«

»Verstanden.«

»Aber auch verunsichert.«

Beinah gleichzeitig kamen Samantha und der Regisseur vor Paul zum Stehen.

»Hast du gehört?«, flüsterte ich Alice zu, während ich dabei zusah, wie sich der Regisseur hinter eine der Kameras verzog. »Sie soll ihre Abneigung gegen ihn zeigen, aber auch ihre verunsicherte Faszination und Anziehung.«

»Du hast verwirrt vergessen.«

»Ist das nicht dasselbe wie verunsichert?«

»Alle auf Anfang!«

Alice und ich unterbrachen unser Gespräch.

»Ton läuft.«

»Kamera läuft!«

»Und bitte!«

Zum Glück war es diesmal Teil der Szene, Samantha und Paul ganz unverhohlen anzustarren. Die beiden begannen ihr Wortgefecht, das sich vor allem darum drehte, was der eine vom anderen hielt – und das war nicht viel.

»Ihr seid doch wie alle anderen. Ich kenne Leute wie Euch. Ihr verfolgt irgendeine Agenda«, sagte Samantha kühl.

»Tue ich das?«

»Ich bin die Königin von Frankreich. Niemand nähert sich mir ohne Hintergedanken. Nur Eure sind exzeptionell schwer zu erraten.«

Paul lachte und warf einen demonstrativen Blick auf die Menschentraube, die sie beide umgab.

»Ihr verkennt mich, *votre majesté*. Das Spiel der Gefälligkeiten bei Hofe ist mir fremd. Was mein Herz begehrt, spreche ich aus, und was Worte nicht erreichen …« Paul trat einen Schritt näher an Samantha heran und senkte wieder die Stimme: »… greife ich mit Händen.«

Samantha presste die Lippen zusammen, wandte sich dann abrupt ab und stürmte davon, sodass die Außenstehenden auseinanderstoben, um ihr Platz zu machen.

»Danke!«

Samantha stoppte und kehrte wieder auf ihre Ausgangsposition zurück. Dort wurde sie bereits vom Regisseur erwartet.

»¡Fantàstico! ¡Maravilloso! Aber wenn wir das Ganze gleich noch mal machen, solltet ihr darauf achten …«

Ich hörte nicht richtig zu, ich war noch mit der Tatsache beschäftigt, dass Paul warum auch immer beschlossen hatte, mir die kalte Schulter zu zeigen. War irgendetwas passiert, von dem ich nichts wusste? Oder hatte er mich wirklich fallen gelassen, weil ich auf seinen Kuss nicht in gewünschter Weise reagiert hatte? Solange er damit beschäftigt war, sich verbal mit Samantha zu duellieren, hatte ich keine Möglichkeit, es herauszufinden.

Ich harrte in einer Mischung aus Ungeduld und Unruhe aus und ließ immer und immer wieder den Dialog zwischen Samantha und Paul über mich ergehen, an dem Pablo jedes Mal neue verbesserungswürdige Kleinigkeiten fand. Er kam auf die Idee, das Drehbuch zu variieren und eine ganz neue Variante der Szene auszuprobieren. Als schließlich der Regisseur mit dem dramatischen Streit zwischen Paul und Samantha zufrieden war, war es daher fast Mittag.

»Paul! Samantha! *¡Fantàstico!*«, verkündete Pablo nach dem letzten Take und wandte sich dann an die übrig gebliebenen Komparsen. »Danke, dass ihr dabeigeblieben seid. Für euch war das für heute der letzte Take. Nach der Mittagspause drehen wir nur noch Dialog zwischen Samantha und Paul, für den wir keine Komparsen brauchen.«

Das war's also. Wenn ich noch irgendwie mit Paul sprechen wollte, war jetzt wohl die beste Gelegenheit. Während alle anderen sich zum Abmarsch bereit machten, warf ich einen kurzen Blick nach rechts und links und ging dann einfach auf ihn zu. Der Darsteller unterhielt sich gerade mit Samantha.

»Paul?«

Beide drehten sich zu mir um. Samantha mit leicht skeptischem Blick. Als Paul mich erkannte, hob er mit desinteressierter Miene kurz die Hand, dann sagte er leise etwas zu seiner Spielpartnerin, woraufhin die beiden gemeinsam zum Ausgang gingen. Nur ein Wort ihres Gesprächs wehte noch zu mir herüber.

»Fans …«

Ich blieb abrupt stehen, als wäre ich gegen eine unsichtbare Wand gedonnert. Fassungslos, ein wenig an meinem Verstand zweifelnd, sah ich ihnen nach, während sich hämisches

Getuschel im Hintergrund erhob. »Die dachte wohl, sie wären befreundet.«

Hatte es sich gerade wirklich um denselben Paul gehandelt? Der, mit dem ich gestern noch einen entspannten, fröhlichen Tag verbracht hatte? War das einfach nur eine Persönlichkeit gewesen, die er ab und zu aus dem Hut zauberte, wenn ihm nach Gesellschaft war? Offensichtlich. Denn es war nur zu klar geworden, dass Paul Hamilton jegliches Interesse an meiner Person verloren hatte.

Kapitel 16

Ich bekam kaum etwas von meiner Umgebung mit, als ich kurz darauf von meiner Kostümierung und der Turmfrisur befreit wurde. Ich war immer noch damit beschäftigt, meine gesamten bisherigen Begegnungen mit Paul Revue passieren zu lassen und mich zu fragen, ab welchem Moment ich hätte ahnen können, dass ein eiskalter Mistkerl in ihm steckte.

»… dir gefallen?«

»Hm?« Verwirrt schreckte ich auf.

Violetta lächelte. »Ich habe gefragt, ob es dir denn nun am Set gefallen hat.«

»Oh, ähm.« Ich brachte nur ein schwaches Lächeln zustande. »Es war eine einmalige Erfahrung.«

Die Kostümdesignerin tätschelte mitfühlend meinen Arm. »So ist das beim Film, aufregend, faszinierend, aber auch ganz schön kräftezehrend.«

»Ja, das trifft es ziemlich gut.«

»Ich bin auf jeden Fall unheimlich froh, dass du da warst und den großen Aufstand der Komparsen verhindert hast.« Violetta zwinkerte. »Dass deine Eltern das beste Essen weit und breit zaubern, wusste ich ja schon vorher.«

»Oh, das richte ich ihnen gerne aus.«

»Bis bald, Élodie«, sagte Violetta herzlich, und ich verließ mit einem nicht mehr ganz so niedergeschlagenen Gefühl das Zelt. Draußen wartete bereits Alice auf mich.

»Du siehst völlig fertig aus«, lautete ihre Begrüßung.

»Wundert es dich?«

»Nein.«

»Dann lass uns einfach verschwinden.«

Alice war ausnahmsweise so taktvoll, mich nicht mit Fragen zu löchern, während wir durch den Wald zurück nach Courléon liefen, und ich war froh darüber, denn meinen deprimierenden Gefühlsmix aus Verwirrung, Wut, Selbstzweifeln und Hilflosigkeit machte ich lieber mit mir selbst aus. Als wir schließlich im Dorf ankamen, war ich so sehr ins Grübeln vertieft, dass ich Alice fast bis zur Tür von Claudines Haus begleitete.

»Mach dir nichts draus, Élodie«, sagte Alice, als sie die Gartentür öffnete. »Wir geraten alle mal in peinliche Situationen.«

»Peinlich? Ich wünschte, es wäre nur das gewesen.«

Alice zuckte mit den Schultern. »Er hatte wohl nicht wirklich Interesse an dir. Das passiert uns allen mal.«

Trotz ihrer fünfzehn Jahre schien Claudines Nichte schon einiges erlebt zu haben.

Ich rieb mir müde die Stirn. »Vielleicht. Die Frage ist nur, an was dann …«

Nachdem ich Alice bei ihrer Tante abgeliefert hatte, kehrte ich immer noch ziemlich niedergeschlagen in den Gasthof zurück. In meinem Zimmer angekommen, setzte ich mich an meinen Schreibtisch und starrte meine noch nicht allzu häufig genutzten Lernunterlagen an.

Ich versuchte, die letzten Tage Revue passieren zu lassen. Es war einfach zu viel auf einmal passiert, und ich hatte mir nie wirklich die Zeit genommen, tief durchzuatmen und darüber nachzudenken. Dass Paul aus heiterem Himmel beschlossen hatte, mich zu ignorieren, war zugegeben schmerzhaft, aber ... Hatte ich nicht selbst zu Solène gesagt, dass der Kuss zwischen uns beiden sich merkwürdig angefühlt hatte? Als wäre es dabei nicht wirklich um mich gegangen?

Wenn ich ganz genau in mich hineinhorchte, war es nicht wirklich das Bedauern, dass aus uns beiden kein Paar wurde, das mich so sehr beschäftigte, sondern vielmehr, wie eiskalt er mich vor allen Anwesenden blamiert hatte. Wie hatte ich mich nur so in ihm täuschen können? Ich hätte jeden ausgelacht, der angedeutet hätte, dass ... Ich seufzte. Samantha hatte es zumindest versucht. Womöglich sollte ich ihr danken, sofern es nicht ebenfalls unter ihrer Würde war, mit mir zu sprechen.

Aber noch etwas anderes Bemerkenswertes war an diesem Tag geschehen. Es fiel mir erst jetzt ein, da ich alles mit ein wenig Abstand betrachten konnte. Es war nicht Paul, sondern tatsächlich Nicolas gewesen, der für mich Partei ergriffen hatte. Der zurückhaltende, ruhige Nicolas, aus dem ich bisher nicht schlau geworden war, während ich gedacht hatte, Paul ganz genau zu verstehen.

Müde vergrub ich den Kopf in den Händen. Warum war das alles nur so kompliziert? Zumindest wusste ich jetzt bei Paul wirklich, woran ich war, während bei Nicolas ... Ich hoffte, dass noch genügend meiner Nerven übrig geblieben waren, um es herauszufinden.

An diesem Tag lernte ich einen ganz neuen Produktivitätstrick kennen. Wenn einen das eigene Leben so drastisch überforderte und ratlos zurückließ, fiel es einem auf einmal ganz leicht, sich in juristische Themen zu stürzen, selbst wenn sie einen nicht die Bohne interessierten. Jede Ablenkung war mir mittlerweile willkommen. Vor allem die von Solène, als am Abend mein Handy klingelte.

»Ich dachte, so viel, wie bei dir momentan los ist, sollte ich lieber heute anrufen, um mich auf den aktuellsten Stand der Dinge zu bringen.«

»Deine Intuition ist wirklich unschlagbar«, antwortete ich, während ich begann meine Notizen zusammenzuschieben. »Denn zufälligerweise wurde ich heute geghostet. Falls du dachtest, das wäre nur digital möglich, ich kann dich jetzt eines Besseren belehren.«

Während ich Solène die Ereignisse des Tages schilderte, wurde es am anderen Ende der Leitung sehr still.

»Was für ein Mistkerl«, sagte Solène schließlich.

»Ich kann mir nicht wirklich erklären, was passiert ist. Denkst du, ich habe irgendetwas falsch ge–«

»Du hast gar nichts falsch gemacht!«, unterbrach mich Solène. »Wehe, du deutest so etwas noch mal an. Er ist derjenige, der sich dämlich verhält, aber weißt du was? Das ist jetzt sein Problem. Sein schlechter Charakter fällt nur auf ihn zurück, nicht auf dich.«

»Ich wünschte, es wäre so«, murmelte ich.

»Heißt das, du hast jetzt gar nichts mehr im Schloss zu tun?«, fragte Solène weiter nach.

»Richtig.«

»Aber was ist mit Nicolas?«

»Keine Ahnung!«, rief ich frustriert. »Vielleicht lässt er sich was einfallen, damit wir uns wiedersehen, vielleicht gelingt es aber auch seinem Bruder, ihn davon zu überzeugen, dass ich ein dummes Miststück bin. Ich weiß es nicht.«

»Ach, *chérie*«, sagte Solène.

»Tja … Wenigstens kann ich dir jetzt sagen, wo man für welche Rechtsfrage nachsieht.«

»Lass den Kopf nicht hängen. Dieser Mistkerl Paul wird irgendwann seine gerechte Strafe erhalten, und wer weiß, vielleicht springt Nicolas doch noch über seinen Schatten. Du kannst mich jederzeit anrufen, wenn dir nach Reden ist, klar?«

»Danke, Solène. Auf dich ist immer Verlass.«

»Ich weiß!«, verkündete sie. »Und du brauchst jetzt etwas Ablenkung.«

Die restliche halbe Stunde verbrachte meine beste Freundin damit, mir die verrücktesten Geschichten aus ihrer Kanzlei zu erzählen, sodass ich tatsächlich eine kurze Weile mein kompliziertes Privatleben vergessen konnte.

Als ich jedoch an diesem Abend im Bett meines ehemaligen Kinderzimmers lag und an die dunkle Decke starrte, fühlte ich niedergeschlagen eine Leere in mir hochsteigen. Den Jura-Abschluss zum vierten Mal zu verpatzen hätte eine perfekte Liebesgeschichte vielleicht wieder aufwerten können. Aber die Prüfung zum vierten Mal zu verpatzen, weil ein Filmstar und ein Schlosserbe mit meinen Gefühlen spielten … Das hatte ich hoffentlich nicht verdient.

Der nächste Tag begann wie üblich mit Monsieur Bernouilles Hahn. Ich hatte zwar geplant, zeitig aufzustehen, schlurfte aber trotzdem noch reichlich belämmert in die Küche der Auberge.

»Guten Morgen, Élodie!« Meine Mutter war eine echte Lerche, die es irgendwie fertigbrachte, auch um sechs Uhr morgens allerbester Laune zu sein. »Papa ist gerade los, um die Milch zu holen, hilfst du mir währenddessen ein bisschen beim Frühstück?«

Ich unterdrückte ein ausgiebiges Gähnen. »Klar.«

»*Merveilleux*, dann nimm doch bitte den Kaffee mit in den Gästeraum, es sind, glaube ich, schon ein paar Leute da.«

»Okay!« Ich schnappte mir eine der silbernen Kannen und ging damit hinüber. Wie bereits von Maman angekündigt, saßen dort schon einige Mitarbeiter vom Film, die sich bei uns eingemietet hatten. Unter anderem Violetta.

»Koffein!«, verkündete ich und hielt die Kanne in die Höhe. Alle Anwesenden im Raum drehten sich zu mir um, und die Sonne schien ein zweites Mal aufzugehen. Pablo Domingo winkte mich mit zerzauster Lockenfrisur an seinen Platz.

»Hier drüben!«

Ich begann, die hölzernen Tische im Raum abzugehen, um alle mit Kaffee zu versorgen, bis ich schließlich bei Violetta ankam.

Ich machte ein wenig Small Talk, während ich den letzten Rest Kaffee in ihre Tasse goss: »Was dreht ihr denn heute Schönes?«

Violetta winkte ab. »Irgendwas draußen im Park des Châteaus. Relativ wenig Komparsen. Also wird der Tag etwas entspannter als sonst – hoffe ich zumindest.«

»Na, dann wünsche ich euch viel Erfolg.«

Ich wollte gerade mit meiner leeren Kanne in die Küche gehen, als Violetta mich zurückhielt.

»Warte kurz, ich hab noch was für dich.«

Überrascht blieb ich stehen und sah dabei zu, wie die Kostümchefin einen kleinen zusammengefalteten Zettel auf den Tisch legte. »Den hier soll ich dir geben.«

Ich betrachtete das kleine Papierchen erst einigermaßen verdutzt, dann steckte ich es rasch in meine Tasche.

»Danke!«

Mit klopfendem Herzen ging ich wieder in die Küche.

»Alles in Ordnung?«, fragte meine Mutter sofort. »Du siehst ganz aufgeregt aus.«

»Das ist der Kaffee.«

»Den hast du doch nur ausgeschenkt?«

»Trotzdem.«

Lachend schüttelte Maman den Kopf. »Wenn du meinst.«

Sie schnappte sich einen Korb mit Brötchen und machte sich auf den Weg in den Gastraum.

Diesen kurzen Moment nutzte ich, um den Zettel aufzufalten, den mir Violetta gegeben hatte. Sofort erkannte ich die feine, leicht schräg stehende Handschrift, und ein Lächeln breitete sich auf meinen Lippen aus.

Élodie,
würdest du heute Nachmittag gegen zwei Uhr zum Château kommen? Treffpunkt am üblichen Ort.
Nicolas

Das war kurz, aber aussagekräftig. Und vielleicht sollte ich Nicolas einmal vorschlagen, Handynummern auszutauschen – auch wenn ich seine Art, per Brief zu kommunizieren, ganz romantisch fand. Das Klirren von Milchflaschen ließ mich hochschrecken.

»Morgen, Élodie!« Im Türrahmen stand Papa, der damit beschäftigt war, Monsieur Bernouilles Milch hereinzutransportieren. Hastig sprang ich auf, um ihm dabei zu helfen.

»Danke«, sagte mein Vater knapp, als auch die letzten Flaschen in der Küche verstaut waren. »Wenn du immer noch hier bist, scheinen die Dreharbeiten erst mal zu Ende zu sein?«

»Für mich zumindest.«

»Also, ich bin ganz froh, wenn du nicht mehr jeden Tag im Schloss herumhängst.«

Ich seufzte. »Findest du diese Fehde zwischen den Montenaits und den Bewohnern von Courléon nicht ein bisschen albern? Du hast Nicolas doch mittlerweile selbst kennengelernt, ist der nicht völlig –«

»Es geht mir gar nicht um Nicolas«, unterbrach mich Papa.

»Nicht?«

Zu meiner Überraschung machte mein Vater ein fast schon verlegenes Gesicht.

»Deine Mutter, sie … sie ist viel fröhlicher, seit du wieder zu Hause bist. Es war eine Zeit lang wirklich schwierig, du weißt schon, als du uns gar nicht mehr besucht hast … Du hast ihr sehr gefehlt, mir natürlich auch, aber für Madeleine –«

»Die Milch ist da, wie schön!« Meine Mutter kam in die Küche und gab Papa einen Kuss auf die Wange.

»Schöne Grüße von Alain. Er meinte, er hätte auch ein wenig frischen Schinken und ein paar Kohlköpfe aus seinem Garten, falls heute Nachmittag jemand …«

Ich schlich mich jedoch während Papas Ausführungen aus der Küche. Unser Gespräch hatte mich ziemlich nachdenklich gemacht, vor allem aber auch das schlechte Gewissen in mir verstärkt, dass ich mich so lange bei Maman und Papa nicht mehr gemeldet hatte. Alles nur, um nicht zugeben zu müssen, wie schief mein Leben lief. Ich hatte zwar nicht den Eindruck, dass momentan die Dinge wesentlich besser funktionierten, aber anscheinend konnte ich genauso gut von Courléon aus in neue Katastrophen schlittern.

Ich nahm mir fest vor, irgendwann in einer ruhigen Minute noch einmal das Gespräch mit Maman zu suchen. Wenn ich schon nicht zugeben wollte, dass mir Jura wenig Freude bereitete, konnte ich mich trotzdem dafür entschuldigen, die letzten zwei Jahre durch Abwesenheit geglänzt zu haben. Aber erst einmal wartete das Treffen mit Nicolas auf mich. Ich brannte darauf, zu erfahren, warum er mich ins Château gebeten hatte.

Der Weg durch den Wald fühlte sich an diesem Nachmittag fast wieder wie damals an, als ich mit neun Jahren unbeschwert zwischen den Bäume umhergestreift war. Vorbei am Holunderbaum, mit einem entschlossenen Sprung über den kleinen Bach auf das Château zu. Und als ich die Rückseite des Schlosses erreichte, erkannte ich bereits Nicolas, der am Zaun auf mich wartete und mir ein breites Lächeln schenkte, nachdem ich aus dem Wald hervorgetreten war.

»Ich bin froh, dass du gekommen bist«, sagte er, während er mir die Tür im Zaun aufhielt.

»Musst du nicht die Dreharbeiten beaufsichtigen?«

»Ich habe Guillaume gebeten, das für eine Weile zu übernehmen.«

Ich atmete erleichtert aus, denn das bedeutete hoffentlich, dass er nicht in unmittelbarer Nähe auftauchen würde, um mir das Leben schwer zu machen.

»Danke übrigens für deine Fürsprache gestern im Ballsaal. Alice ist jetzt ein Fan von dir.«

»Alice?«

»Claudines Nichte, der Teenager, der immer in meiner Nähe rumhängt.«

»Ah ja.«

Eine Weile schwiegen wir uns etwas unbeholfen an.

»Du hast mich gebeten, herzukommen?«, sagte ich schließlich.

Nicolas legte den Kopf schief und sah mich forschend an.

»Ich hoffe, meine Bitte ist nicht zu vermessen, aber, nun ja, ich brauche Hilfe. Seit ich nach Courléon zurückgekehrt bin, bin ich damit beschäftigt, mich im Schloss umzusehen, zu überprüfen, an welchen Stellen wie viel Arbeit nötig sein wird, um es wieder herzurichten, seine letzten Geheimnisse zu erforschen sozusagen, und ich habe mich gefragt, ob du mir dabei helfen würdest. Ich hatte den Eindruck, dass dir das Château ebenfalls etwas bedeutet, und es wäre –«

»Natürlich helfe ich dir«, sagte ich entschlossen. »Sag mir einfach nur, wo wir anfangen.«

Nicolas lächelte mich warm an.

»Du machst mir gerade eine riesige Freude, Élodie.« Mit

218

einem einladenden Lächeln machte er eine galante Handbewegung. »Heißt das, ich darf Euch ins Château geleiten?«

Ich erwiderte mit einem eleganten Hofknicks. »Es wäre mir eine Ehre.«

Und obwohl ich dieses Mal kein aufwendiges Kostüm und kein Haarteil trug, fühlte ich mich wie eine adelige Hofdame, so wie ich gemeinsam mit Nicolas zum Schloss spazierte. In der Ferne hörte ich das vertraute »Ton läuft!«, »Kamera läuft!«.

»Sie drehen heute im Park«, erklärte mir Nicolas, als ich mich umdrehte. »Im Rosenpavillon.«

»Der ist auch geradezu geschaffen für Filme.«

»Tatsächlich hat ihn mein Großvater errichtet«, antwortete Nicolas, während wir durch das offene Eingangstor das Château betraten. »Die Rosenzucht war neben seinem Oldtimer seine zweite große Leidenschaft.« Zielstrebig steuerte Nicolas die Treppen auf der rechten Seite der Eingangshalle an, und wir liefen die Galerie hinauf. »Leider hat er sich wesentlich weniger Mühe gegeben, einige andere Dinge in Ordnung zu halten. Siehe die Bibliothek oder auch …« Nicolas öffnete eine Tür, und wir betraten einen langen Gang. »… die Gemäldesammlung.«

Ich blieb beeindruckt einen Moment stehen und betrachtete die lange Reihe von Bildern, die an der holzgetäfelten Wand hing. Einige mit riesigen ausladenden Rahmen, andere kaum größer als ein Blatt Papier.

»Ich wusste gar nicht, dass es hier so etwas gibt«, stellte ich ehrfürchtig fest.

»Als Kind habe ich mir immer vorgestellt, ich könnte in einige von ihnen hineinspazieren und dort ein Abenteuer erleben«, erzählte mir Nicolas, während wir langsam an einem riesigen Bild einer alten Windmühle vorbeigingen. »Ich habe sogar …«

»Sogar was?«

Nicolas lachte verlegen.

»Geschichten darüber geschrieben. Auf Großvaters Schreibmaschine. Hab mich dabei gefühlt wie ein richtiger Schriftsteller.«

Ich konnte mir ein kleines Lächeln nicht verkneifen, denn es fiel mir sehr leicht, mir den jungen Nicolas mit ernsthafter Miene an einer Schreibmaschine vorzustellen.

»Die würde ich nur zu gerne lesen.«

Nicolas lachte. »Besser nicht!«

»Ich kann verstehen, dass du nicht deine Kindheitswerke veröffentlichen willst.« Ich nickte zu den Bildern. »Aber es ist schade, dass das hier niemand zu Gesicht bekommt.«

»Ich weiß … aber vielleicht ändert sich das ja eines Tages.«

»Deine Entscheidung, oder?«

»Die von Guillaume und mir«, korrigierte Nicolas und machte dabei ein etwas besorgtes Gesicht. »Aber wie auch immer. Lass uns kurz ein Stockwerk nach oben gehen, dort gibt es ein paar Räume, die etwas moderner eingerichtet sind. Und da befindet sich auch mein Laptop und mein Notizblock, den ich für meine Inventur hier benutze.«

»Alles klar!«

Ich folgte Nicolas eine weitere Treppe nach oben, wo sich wie angekündigt ein paar modernisierte Zimmer befanden, beziehungsweise, eine uralte Küchenzeile aus den Neunzigern, wie ich am alten Herd erkannte, ein Sofa, ein Fernseher und ein Radio mit eingebautem Plattenspieler. Auf einem Beistelltisch lag ein riesiger Stapel vergilbter Zeitungen.

»Wie ist es eigentlich, mit Samantha das Château zu teilen?«, fragte ich, während ich fasziniert die uralten Schlagzeilen durchsah.

»Oh, wir hatten sie gewarnt, dass die alten Gästezimmer gewöhnungsbedürftig sind, aber ihr scheint es zu gefallen«, antwortete Nicolas. »Die meiste Zeit bleibt sie für sich. Für einen Weltstar ist sie sehr introvertiert. Man bemerkt kaum, dass sie da ist.«

»Am Set bekommt man einen ganz anderen Eindruck von ihr …« Ich drehte mich dann wieder zu Nicolas um, der seinen Laptop unterm Arm trug und mir einen Notizblock reichte.

»Na ja«, erwiderte er nachdenklich. »Manchmal spielen wir eben lieber die Rollen, in denen wir uns sicher fühlen, als unser wahres Selbst zu zeigen.«

Ich nahm Nicolas den Notizblock ab und sah ihn prüfend an. »Das einzige Problem dabei ist, dass dein Umfeld dann irgendwann nicht mehr weiß, mit wem es gerade spricht.«

Ausgerüstet mit Laptop und Schreibzeug begaben Nicolas und ich uns wieder auf Wanderschaft durchs Schloss, und ich bekam nun alles vom Château zu sehen, was mir als Kind verwehrt geblieben war. Und obwohl das Schloss, verglichen mit anderen zumindest, gar nicht mal so groß war, fand ich es zutiefst beeindruckend, wie Nicolas es schaffte, sich nicht darin zu verirren, denn es gab wirklich viele Zimmer.

Wir begutachteten unter anderem einen Salon mit einem verstaubten Flügel, den man mal stimmen müsste, ein gruseliges Zimmer mit Jagdtrophäen und Gewehren, keine Ahnung, was wir mit damit anstellen sollten, und, was mich besonders entzückte, eine Art Kinoraum, in dem tatsächlich ein uralter Filmvorführer und ein Dia-Projektor standen und uralte Kameras in einer Glasvitrine lagen.

»Mein Urgroßvater, Pierre-Marie de Montenait, war ein richtiger Film-Narr«, erklärte mir Nicolas, während ich fasziniert eine alte Filmrolle aus einer Kiste hob. »Er hat alte Polaroids gesammelt – die muss auch noch jemand durchsehen und nummerieren –, Stummfilme, Leica-Kameras. Angeblich hat er mal Marlene Dietrich aufs Château eingeladen. Komischerweise ist sie nicht erschienen.«

»Der Hollywood-Glamour ist erst hundert Jahre später in Courléon angekommen«, stellte ich fest und verstaute vorsichtig wieder die Filmrolle. »Dieses Schloss ist einfach … der Wahnsinn. Hier drin schlummern so viele …«

»Geschichten?«, fragte Nicolas. »Dadurch, dass so viele Generationen von Montenaits hier gelebt haben, fühlt sich das Château ein bisschen wie ein Mosaik an, jeder seiner Bewohner hat diesem Schloss etwas Eigenes hinzugefügt.«

»Dann bin ich mal gespannt, was das bei Guillaume und dir sein wird.«

»Da bin ich mir selbst noch nicht ganz sicher«, antwortete Nicolas.

»Hauptsache, ihr setzt nicht den Weg eures Großvaters fort und verbarrikadiert euch hier drin.«

»Das möchte ich auf keinen Fall«, erwiderte Nicolas. »Im Gegenteil, ich könnte mir vorstellen, aus dem Schloss eine Art Begegnungsort zu machen, kreativen Leuten wie dem Filmteam eine Bühne zur Verfügung zu stellen. Schauspiel, Kunst, Musik – wenn wir den Flügel wieder auf Vordermann gebracht haben –, das könnte hier alles möglich sein. Zumindest, wenn …«

»Wenn was?« Im nächsten Moment wurde ich von Nicolas zur Seite gezogen, als ein alter Pappaufsteller mit Filmplakaten umkippte.

»… nicht vorher alles auseinanderfällt …«

Und so setzten wir unseren Streifzug durchs Schloss fort, Nicolas mit seinem Laptop, ich mit dem Notizblock, in dem ich versuchte, einigermaßen objektiv Mängel im Château aufzulisten, wie kaputte Türklinken und lose Dielenbretter. Irgendwann schrieb ich einfach nur noch wild drauflos, wenn mir Ideen kamen, was man im Schloss alles verbessern und veranstalten könnte.

Und selbst die verrücktesten Ideen schienen bei Nicolas Anklang zu finden. Ich merkte mal wieder, dass er im Château ganz in seinem Element war, mir selbstbewusst und eloquent alles über irgendein Deckengemälde im blauen Salon – es gab einen gelben, roten und blauen – erzählen konnte.

Wir lachten viel dabei, denn das Schloss hatte auch einiges an Kuriositäten zu bieten wie eine alte Fingerhut-Sammlung. Keiner von uns bemerkte dabei – oder wollte bemerken –, wie draußen langsam, aber sicher die Sonne über den Himmel wanderte und es schließlich Abend wurde. Irgendwann wurden wir aber doch dazu gezwungen, diesen Umstand zu beachten, besonders dadurch, dass es in einigen Teilen des Schlosses immer noch kein funktionierendes Stromnetz gab.

Nicolas musste einen Teil des Weges mit seinem Handy ausleuchten, als wir den Laptop und den Notizblock zurück in die kleine Wohnung brachten, die Teil des Schlosses war.

»Mit dem Geld, das wir von der Filmproduktion erhalten, können wir das Stromproblem sicher beheben lassen«, sagte Nicolas, während er mich zurück zum Ausgang begleitete.

In der Eingangshalle vom Schloss begegneten wir schließlich auch wieder einigen Mitarbeitern vom Set, die Kameras, Kabel und Beleuchtungsequipment durch die Gegend schleppten. Von Guillaume entdeckte ich dankenswerterweise keine Spur. Auch nicht, als wir zur Rückseite des Châteaus gingen und Nicolas die schmale Tür im Zaun für mich öffnete.

»Kommst du morgen wieder?«, fragte er. »Wir haben noch nicht mal an der Oberfläche gekratzt.«

Ich nickte lächelnd. »Selbstverständlich komme ich wieder. Aber eine Sache würde ich zum Abschied gerne klarstellen.«

»Und die wäre?«

»Du meintest heute Nachmittag, dass du denkst, mir würde das Schloss etwas bedeuten, und das stimmt, aber ich helfe dir nicht nur deshalb.«

»Sondern?« Nicolas zog die Brauen hoch.

Ich beugte mich nach vorn und gab ihm einen Kuss auf die Wange. »Gute Nacht, Nicolas.«

Kapitel 17

Auf dem ganzen Weg zurück zur Auberge spürte ich, wie ein kleiner Glücksballon in meiner Brust anschwoll und es mir unheimlich schwer machte, das sinnbefreite Dauergrinsen auf meinem Gesicht zu unterdrücken. Wir hatten uns gerade erst verabschiedet, aber ich konnte es kaum erwarten, morgen Nachmittag wieder im Schloss zu erscheinen und meine Erkundungstour mit Nicolas fortzusetzen. Ich fühlte mich einfach unglaublich wohl in seiner Nähe und genauso gut aufgehoben wie damals vor zwölf Jahren bei unseren Abenteuern im Wald.

Als ich in meinem Bett lag, nachdem ich abends noch meinen Eltern mit der Bewirtung der Gäste geholfen hatte, kam ich zufrieden zu dem Schluss, dass es vielleicht nicht das Schlechteste war, dass ich nicht länger an den Dreharbeiten beteiligt sein würde. Es warteten andere Aufgaben auf mich.

In den nächsten Tagen spielte sich ein wunderbarer Rhythmus ein, bei dem ich vormittags meinen Eltern in der Auberge half und mich mit meinen Lernunterlagen beschäftigte und nachmittags hinüber zum Schloss wanderte. Nicolas und ich wurden schon rasch zu einem eingespielten Team, und mit ihm gemeinsam Pläne für das Château zu schmieden, begann mir mehr Spaß zu machen, als ich fast schon zugeben wollte.

Das Einzige, was bei unserer gemeinsamen Arbeit ein wenig zu kurz kam, war Zeit für Gespräche, die sich nicht ums Schloss drehten. Nicolas stellte zwar viele Fragen zu meiner Zeit in Paris und den Jahren davor, doch wenn ich versuchte, mit Gegenfragen zu kontern, gab er sich meistens zugeknöpft. Ich wusste nicht, ob es einfach nur an seiner zurückhaltenden Art lag oder er andere Gründe hatte. Ich wollte ihn aber auch nicht zu irgendetwas drängen, und solange ich weder Guillaume noch Paul ständig über den Weg laufen musste, war ich schon ganz zufrieden.

Von Nicolas und den Mitgliedern der Filmcrew, die sich in der Auberge einquartiert hatten, erfuhr ich, dass die Dreharbeiten momentan gut vorangingen und man hoffte, dem Zeitplan entsprechend fertig zu werden.

Nicolas jedenfalls schien die Abreise des Film-Teams kaum erwarten zu können, schließlich wollte er sobald wie möglich seine Renovierungspläne umsetzen. Und ich wiederum würde nicht traurig sein, wenn Paul und Samantha sich wieder in ihr glamouröses Hollywood-Leben verabschiedeten. Wenn da nicht die nagende Frage in mir gewesen wäre, ob Nicolas nun doch tiefere Gefühle für mich empfand und wenn ja, weshalb er diese nicht zeigen konnte, hätte alles ziemlich wunderbar sein können …

»Alles in Ordnung?«

»Hmpf?« Verwirrt schreckte ich aus meinen Grübeleien hoch.

Zusammen mit Nicolas ging ich an diesem Morgen einer seiner Lieblingsbeschäftigungen nach. Dem Katalogisieren von Büchern in der Turmbibliothek. Nicolas saß dabei unten am Schreibtisch an seinem Laptop, während ich Stapel von Büchern die Treppen rauf- und wieder runterschleppte. Da es sich dabei nicht um die spannendste aller Tätigkeiten handelte, war ich gedanklich etwas abgeschweift, während Nicolas mit leuchtenden Augen brüchige Seiten umblätterte. Ich ließ einen mächtigen Stapel alter Atlanten auf die Schreibtischplatte fallen, woraufhin eine kleine Staubwolke aufwirbelte.

Nicolas schmunzelte. »Du hast auf einmal sehr tief geseufzt, und ich habe mich gefragt, warum.«

»Oh, ähm …« Ich lachte verlegen. »Ja, manchmal beende ich lange Gedankengänge mit einem tiefen Seufzen. Zumindest weißt du dann, dass ich ab jetzt wieder ansprechbar bin.«

Nicolas sah von den Atlanten auf, die er sofort angefangen hatte durchzublättern.

»Beschäftigt dich zurzeit irgendetwas? Ist es wieder deine Abschlussprüfung?«

Ich schüttelte den Kopf. »Nicht so wichtig.« Schließlich konnte ich schlecht antworten: *Du! Du beschäftigst mich.* Oder?

»Also ich habe nur darüber nachgedacht«, antwortete ich. »Na ja, dass ich, also … dass wir, denke ich zumindest …«

Nicolas sah mich erwartungsvoll an. Vielleicht war es doch keine so schlechte Idee, die Sache einfach …

In diesem Moment flog die Tür zur Bibliothek auf.

»Wusste ich doch, dass du hier steckst!« Guillaume stürmte mit finsterem Gesichtsausdruck herein.

»Das tue ich«, erwiderte Nicolas und klappte seinen Laptop zu. »Was ist denn los?«

»Ich habe nun die ganzen letzten drei Tage diese dämliche Film-Crew beaufsichtigt und die Launen von Pablo Domingo und Samantha Watts ertragen. Ich finde also, es wäre allerhöchste Zeit –«

»Selbstverständlich kann ich dich ablösen«, erwiderte Nicolas sofort. »Entschuldige, dass das so lange am Stück an dir hängen geblieben ist. Élodie und ich …« Er warf einen Blick in meine Richtung.

Nun bemerkte auch Guillaume meine Anwesenheit, und während seine Miene vorhin nur genervt gewesen war, gesellte sich jetzt noch ein missbilligender Ausdruck hinzu. »Ach ja«, sagte er gedehnt. »Ihr beide seid ja momentan damit beschäftigt, eifrig Pläne für das Château zu schmieden.«

Nicolas nickte. »Ganz genau.«

Ich verkniff mir ein Lächeln. Eine steile Falte bildete sich auf Guillaumes Stirn.

»Hauptsache, du kümmerst dich um das Film-Team«, sagte er schroff. »Ich habe auch noch andere Dinge zu tun.«

Damit machte er auf dem Absatz kehrt, und die schwere Holztür fiel mit einem dumpfen Schlag hinter ihm zu.

»Tja, dann war's das wohl für heute.« Ich verschränkte die Arme.

»Wieso?«, fragte Nicolas. »Komm doch einfach mit ans Set.«

»Hmmm …«, machte ich unentschlossen. Ich war eigentlich in den letzten Tagen ganz froh darüber gewesen, Paul nicht mehr zu sehen. Gleichzeitig freute ich mich, dass Nicolas noch mehr Zeit mit mir verbringen wollte. Ich seufzte.

»Du tust es schon wieder.«

Nun musste ich lachen. »Stimmt! Bitte entschuldige. Was ich nun mit diesem tiefen Seufzer sagen wollte: Natürlich komme ich noch mit ans Set.«

Nicolas lächelte. »Dann war das also ein gutes Seufzen. Komm, wir müssen runter in den Park.«

Wir verließen zusammen die Bibliothek. Anfangs war mir das Schloss noch wie ein riesiges Labyrinth vorgekommen, doch mittlerweile konnte auch ich mich ganz gut in den Gängen orientieren. Als wir kurz darauf die Eingangshalle durchschritten, wehte uns bereits von draußen die frische Frühlingsluft entgegen. Etwas, was einem ein wenig fehlen konnte, wenn man so viel Zeit in dem alten Gemäuer verbrachte.

»Eigentlich ist es doch ganz gut, auch ein wenig Zeit draußen zu verbringen«, sprach Nicolas meine Gedanken aus. »Bei unseren Rundgängen haben wir bisher den Park ausgespart, und ich wollte mir demnächst mal das Gewächshaus ansehen.«

»War einer deiner Vorfahren ein begeisterter Tomatenzüchter?«

»Mir ist keiner bekannt. Aber die Ehefrau von Charles de Montenait hat 1889 einen Preis für ihre Clementinen-Zucht gewonnen. Sie hat eine eigene Sorte gezüchtet, ich glaube, sie hieß …«

Ich bekam nicht mehr mit, welchen Namen die Clementinen-Züchtung erhalten hatte, denn meine Aufmerksamkeit richtete sich auf die Szenerie vor mir. Auf dem Rasen hinter dem Schloss hatte das Filmteam ein Krocket-Spiel aufgebaut, bei dem die Teilnehmenden kleine bunte Kugeln mit einem langen Holzschläger auf dem Rasen herumkicken konnten.

Ob die echte Marie-Antoinette damals diese Sportart ausgeübt hatte, wusste ich nicht, es wirkte jedenfalls realistischer, als wenn sie mit den Hofdamen ein paar Körbe gelegt hätte. Von denen war nur eine Handvoll anwesend, gerade waren sie damit beschäftigt, herauszufinden, wie man Krocket spielen konnte, ohne sich im Kleid zu verheddern. Ich erkannte Paul Hamilton, der zusammen mit Pablo Domingo am Rand des Spielfeldes stand. Wie so oft war der Regisseur damit beschäftigt, seinem Schützling gestenreich etwas zu erklären.

»Es scheint alles seinen gewohnten Gang zu gehen«, stellte ich fest.

»Vielleicht dürfen wir ja nachher auch eine Runde Kugeln schlagen.«

»Ich denke nicht …«

In diesem Moment bemerkten auch Paul und der Regisseur unsere Anwesenheit.

»Na, endlich, Señor de Montenait! Dann können wir ja anfangen!«, rief Pablo. Mein Blick landete bei Paul, der nur kurz die Augenbrauen hochzog und sich dann wieder abwandte.

»Sie können loslegen«, erwiderte Nicolas.

»Leider nicht«, schaltete sich Paul mit säuerlicher Miene ein. »Es sei denn, wir wollen die Szene ohne Samantha drehen.«

»Ist sie immer noch nicht da?« Pablo reckte den Hals und sah sich um. »Tatsächlich *¡Madre de díos!* Wo bleibt sie denn?« Der Regisseur nahm sein Funkgerät vom Gürtel und bellte ein paar Sätze auf Spanisch hinein. Vermutlich kommunizierte er mit seinem Assistenten. Sein Gesicht wurde dabei immer ungläubiger. Schließlich ließ er das Funkgerät sinken.

»Anscheinend … hat sie sich in ihrem Zimmer im Schloss eingesperrt und meint, sie will heute nicht drehen.«

Paul rollte mit den Augen. »Das heißt, das wars jetzt für heute? Alles, weil unser Superstar *keine Lust hat* zu arbeiten?«

»Na ja, noch würde ich nicht das Gewehr aufs Feld schmeißen«, erwiderte Pablo. Vermutlich meinte er: Die Flinte ins Korn werfen. »Samantha ist eben manchmal etwas launenhaft. Vielleicht, wenn jemand mit ihr spricht und fragt, was los ist …«

»Ich könnte kurz zurück ins Schloss gehen«, erbot sich Nicolas.

»O nein, Sie behalten wir hier, sonst erscheint hinterher Samantha am Set, und wir können wieder nicht anfangen, weil ein de Montenait fehlt!«

Nicolas warf mir einen Blick zu. »Würdest du …?«

»Ich?«

»Du kennst dich doch mittlerweile gut im Schloss aus.«

Auf einmal richteten sich Pablos, Nicolas' und Pauls Blicke auf mich.

Ich winkte ab. »Na schön. Ich gehe ins Schloss und versuche, aus Samantha herauszubekommen, was los ist.«

»Señora, Sie sind ein Schatz!«

»Ich weiß.«

Ich drehte mich um und marschierte voll selbstbewusster Zuversicht – man nannte das positive Affirmation – zurück in Richtung Château. Ich wusste zwar, wo die Gästezimmer waren, aber da dort momentan ein Weltstar logierte, hatten Nicolas und ich sie bei unseren Rundgängen bisher ausgespart.

Im Schloss war es wieder unweigerlich kühler als draußen im Park. Ich blieb in der Eingangshalle kurz stehen, um mich zu orientieren. Die Gästezimmer befanden sich ebenerdig unterhalb des Ballsaals und hatten große Fenster, von denen aus man einen schönen Blick auf das kleine Wäldchen rund ums Schloss hatte – meinem eigenen Zimmer nicht unähnlich.

Ich nahm daher nicht die Treppe hoch zur Galerie, sondern einen Seitengang, der zur rechten Seite des Schlosses führte. Als ich diesen betrat, konnte ich nicht umhin, zu bemerken, was Guillaume damals mit seiner Aussage »Bist du in letzter Zeit mal dort gewesen?!« gemeint hatte. In den Dielen befanden sich zahlreiche Risse, die grüne Wandtapete mit dem Blattmuster war vollkommen vergilbt, und einer Vase in einer Wandnische fehlte ein Henkel. Trotzdem konnte ich verstehen, warum Samantha lieber hier statt in einem Hotel schlafen wollte, um ihrer Rolle gerecht zu werden.

Ich blieb kurz stehen, um ein kleines Gemälde von einer Schäferin zu betrachten, die ein kleines Lämmchen auf dem Schoß hatte – und Charlotte Parly erstaunlich ähnlich sah. Etwas anderes ließ mich kurz darauf innehalten. Ein fernes Geräusch. Es klang wie ein Schniefen. Vorsichtig näherte ich mich der Richtung, aus der ich es gehört hatte. Es kam vom Ende des Gangs. Die hölzerne Zimmertür war zwar verschlossen, aber das Holz so alt und die Tür so verzogen, dass man trotzdem noch ziemlich deutlich die Schluchzer hören konnte, die aus dem Inneren kamen.

Ich hob unsicher die Hand, dann klopfte ich vorsichtig an

die Tür. Drinnen wurde es kurz still. Der Eingang blieb trotzdem versperrt. Ich klopfte erneut.

»Ms Watts? Hier ist –«

»Ich habe doch schon gesagt …!« Mit einem Mal wurde die Tür mit solcher Wucht aufgerissen, dass ich erschrocken zurückzuckte. Vor mir stand Samantha Watts. Ihre sonst so akkurat frisierten roten Locken standen zerzaust in alle Richtungen ab. »Ich kann heute nicht drehen!«

Betroffen blieb ich stehen, wo ich war. Samanthas Gesicht war vollkommen verheult und statt einem glamourösen Filmstar-Outfit oder einem antiken Kostüm trug sie ein übergroßes T-Shirt mit Snoopy-Motiv. Solène hatte fast genauso ausgesehen, als ich sie nach ihrer letzten Trennung besucht hatte. Aber da hatte ich wenigstens so was Nützliches wie eine Packung Schokoladeneis und eine Dart-Scheibe dabeigehabt. Mir war jedenfalls klar, dass es nicht die beste Idee war, direkt mit meiner eigentlichen Mission herauszurücken.

»Entschuldigung«, sagte ich daher. »Ich wollte Sie nicht stören.«

Samantha runzelte die Stirn. »Du bist nicht Pablos Assistent. Du bist diese Komparsin.«

»Also, momentan bin ich eigentlich gar nicht mehr am Film beteiligt«, erwiderte ich, woraufhin sich Samantha sichtlich entspannte. »Ich helfe dem Schlossbesitzer dabei, sozusagen Inventur zu machen. Es gibt, ähm, einiges zu renovieren.«

Samantha lächelte schief. »Bei seinen Gästezimmern kann er direkt anfangen.«

»Könnte ich kurz reinkommen?«

Samantha machte ein unentschlossenes Gesicht, dann zuckte sie mit den Schultern und trat einen Schritt zurück.

»Aber nur kurz.«

Selbst ganz überrascht von meinem unverschämten Glück, trat ich hastig über die Schwelle. Im Zimmer fiel mir als Erstes das riesige Himmelbett ins Auge, das dort stand. Es hatte veilchenblaue Vorhänge mit goldenen Borten. Dann gab es noch einen altmodischen Tisch mit einer Waschschüssel aus Emaille und einen hölzernen Sekretär. In der Wand direkt gegenüber vom Bett war ein Kamin eingelassen, ringsum auf dem Boden lagen Samanthas zahlreiche Koffer verteilt.

»Zum Duschen muss ich den Trailer benutzen«, erklärte sie jetzt. »Also ein Bad wäre bei einer Renovierung nicht schlecht, und das Bett knarzt beunruhigend. Manchmal habe ich Angst, dass die ganzen schönen Vorhänge auf mich herabstürzen. Und kalt wird es nachts.«

Beim Versuch, auf nichts draufzutreten, stakste ich wie ein Storch durchs Zimmer. Auf Samanthas Schreibtisch fiel mir ein Packen Zeitschriften mit knallbunten Überschriften und vielen Ausrufezeichen auf. Unter anderem befand sich ein unvorteilhaftes Bild von Samantha darauf, auf dem sie mit leidender Miene in die Ferne sah. »*Wenn Schönheit vor Talent kommt*«, stand darunter.

Mit gerunzelter Stirn wollte ich mich darüberbeugen, als die Hefte plötzlich aus meinem Sichtfeld gezogen wurden. Überrascht sah ich zu Samantha auf, die mit zusammengepressten Lippen die Hefte an sich drückte.

»Samantha? Ähm, Ms Watts?«, fragte ich vorsichtig.

Die junge Schauspielerin ließ sich mitsamt den Heften auf ihr Bett sinken. »Was?«, erwiderte sie.

Ich wusste selbst nicht so genau, wo ich den nötigen Schuss Selbstbewusstsein in diesem Moment hernahm. Er führte jedenfalls dazu, dass ich die zahlreichen Koffer und Schuhe auf dem Boden umkurvte und mich neben sie setzte.

»Na, was wohl? Ich hab Sie vorhin doch gehört. War es wegen diesen Heften?«

Samantha warf mir einen Seitenblick zu, dann reichte sie mir den Packen Magazine in ihren Armen. »Reaktionen zu meinem letzten Film«, sagte sie leise.

Ich breitete sie auf meinem Schoß aus. Einige Cover zierten wirklich vernichtende Titel wie »10 Gründe, warum Samantha Watts Filme überbewertet sind« oder »Blondinen bevorzugt: Welche Schauspielerinnen aktuell an Samantha Watts Thron sägen«. Ich schluckte, etwas ratlos, was ich zu diesen Überschriften sagen sollte.

»Meine Therapeutin hat gesagt, ich soll mir diese Sachen nicht durchlesen«, murmelte Samantha, und wieder rollten ein paar Tränen ihre Wangen herab.

»Na ja, so was über sich selbst zu lesen, würde, glaube ich, jeden fertigmachen.«

Samantha wischte sich übers Gesicht.

»Aber ich muss damit klarkommen! Das haben mir alle gesagt, als ich angefangen habe zu schauspielern. Entweder wirst du irgendwie fertig damit, oder du lässt es bleiben. Ich sollte hier auch nicht sitzen und herumjammern. Schließlich habe ich es geschafft, oder? Ich bin eine bekannte Schauspielerin, bekomme oft sogar eine höhere Gage als die Männer und …« Mit zusammengepressten Lippen wandte sie den Kopf ab. »Und alle hassen mich«, hörte ich sie leise hinzufügen.

Ich zögerte kurz, streckte dann aber die Hand aus und legte sie auf Samanthas Schulter.

»Die Journalisten da draußen kennen Sie doch nicht einmal. Die kennen nur sich selbst, ihre Klick-Zahlen und irgendeinen Frust, den sie an anderen auslassen. Das sagt gar nichts über Sie als Mensch oder als Schauspielerin aus.«

Samantha wandte sich wieder mir zu, blickte halb skeptisch, halb hoffnungsvoll.

»Ich kann's denen niemals recht machen«, sagte sie. »Aber vielleicht hat das auch sein Gutes …«

»Wenn du weißt, dass dich jemand ohnehin niemals mögen wird, egal, was du tust, kann das auch sehr befreiend sein«, antwortete ich.

Nun sah ich sogar ein kleines Lächeln auf Samanthas Lippen. »Ja, vielleicht …«

»Und ich denke, Ihre Therapeutin hat recht, kaufen Sie sich diese dämlichen Hefte gar nicht erst. Sie haben doch einen Kamin, der wäre –«

»Aber ich hab die gar nicht gekauft!«, fiel mir Samantha ins Wort.

»Nicht?«

»Die lagen heute Morgen einfach vor meiner Tür.«

»Die lagen vor Ihrer Tür?«

Samantha lächelte traurig. »Normalerweise schreien mir Paparazzi solche Überschriften auf der Straße entgegen, um mich aus der Fassung zu bringen. Ich dachte, hier im Schloss wäre ich vor solchen Attacken sicher.« Ein harter Zug lag nun um den Mund der Schauspielerin. »Offensichtlich habe ich mich geirrt, aber man darf sich nichts anmerken lassen. Es wird überall Leute geben, die versuchen, deine Träume zu zerstören.« Samantha straffte die Schultern und stand vom Himmelbett auf. »Zum Glück kann man verheulte Augen überschminken – und einen echten Profi halten diese Gehässigkeiten nicht von der Arbeit ab.«

»Heißt das, Sie kommen heute ans Set?«, fragte ich überrascht.

Samantha richtete sich zu voller Größe auf, und vor mir stand mit einem Mal wieder die junge Königin von Frankreich.

»Natürlich komme ich ans Set«, sagte sie hoheitsvoll. »Und bitte, lass doch das siezen, ich bin Samantha.«

Ich lächelte. »Vermutlich werde ich zwei oder drei Anläufe brauchen, bis es klappt, aber gern.«

Samantha lächelte zurück und wirkte in diesem Moment so normal und nahbar, dass man glatt vergessen konnte, was für eine Berühmtheit sie war.

Die Schauspielerin schlüpfte in ein Paar Turnschuhe,

klemmte sich einen Kulturbeutel unter den Arm und machte sich auf den Weg nach draußen.

»Und entsorg doch bitte diesen Müll für mich!«, rief sie über die Schulter mit einem verächtlichen Blick auf die Hefte. Dann war sie verschwunden.

Ich sah ihr nachdenklich nach und stapelte schließlich die bunten Illustrierten aufeinander. Ich dachte momentan nicht daran, sie einfach im Kamin zu verfeuern. Das war Beweismaterial. Samantha hatte das Ganze zwar als Streich abgetan – die Arme war anscheinend einiges gewohnt –, aber ich glaubte eher an einen weiteren Sabotageversuch. Es würde nur leider ziemlich schwierig werden, herauszufinden, wer die Hefte vor Samanthas Tür hinterlassen hatte. Im Schloss liefen momentan haufenweise Leute herum, das machte es nicht wirklich einfacher, den Schuldigen zu finden.

Ich klemmte die Hefte unter meinen Arm und verließ Samanthas Zimmer. Wurde Zeit, dass ich ans Set zurückkehrte, um Pablo Domingo mitzuteilen, dass heute doch noch gedreht wurde. Ein kleines Lächeln stahl sich bei diesem Gedanken auf meine Lippen, als ich die Eingangshalle des Schlosses durchquerte.

»Mademoiselle Vinet!« Oben auf der Galerie stand Guillaume de Montenait. Mit den Händen am Geländer abgestützt sah er auf mich herab wie ein Adler auf Beutefang. »Sie machen seit Neuestem auch alleine mein Schloss unsicher?«

Ich biss mir auf die Lippen und blieb stehen. Nun war es wohl keine Option mehr, einfach wortlos davonzulaufen. Guillaume nutzte meine Denkpause, um hinunter in die Eingangshalle zu kommen.

»Ob Sie vorher um Erlaubnis gebeten haben, brauche ich wahrscheinlich gar nicht erst zu fragen.«

»Ihr Bruder hat mich losgeschickt, um nach Miss Watts zu sehen. Sie war heute Morgen ein wenig durcheinander.«

»Tatsächlich?« Guillaume blieb ein paar Schritte näher vor mir stehen als nötig.

»Ja. Irgendjemand fand es wohl lustig, einen Haufen Klatschzeitschriften mit vernichtenden Artikeln über sie vor ihrer Zimmertür herumliegen zu lassen.« Ich drückte Guillaume den Stapel Hefte vor die Brust, woraufhin der ein paar Schritte zurückstolperte. »Waren Sie vielleicht dieser Scherzbold?«

Nicolas' Bruder blickte auf die Zeitschriften in seinen Händen hinab und zog die Brauen hoch.

»Warum um Himmels willen sollte ich so etwas tun? Und überhaupt, Sie haben Miss Watts doch am Set erlebt, ich vermute die Liste an Leuten, die ihr gern eins auswischen würden, ist lang, und in diesem Schloss herrscht momentan ein Durchgang wie an einem Bahnhof. Ich fasse es immer noch nicht, dass Nicolas diesen Leuten erlaubt hat, hier einzufallen.«

»Aber mit dem Geld kann das Château –«

»Oh, ich weiß schon«, zischte Guillaume. »Sie haben bereits große Pläne mit meinem Bruder und dem Schloss, jetzt nachdem dieser gut aussehende Schauspieler das Interesse an Ihnen verloren hat. Der Glückliche hat eben etwas schneller Ihre Motive erkannt als der arme Nicolas. Wissen Sie, ich hatte ihn fast so weit. Ich hatte ihn fast davon überzeugt, dass seine Pläne vom Schloss als einem Ort für Kulturveranstaltungen, Kunst und Theater utopische Fantastereien sind, aber seit er mit Ihnen durch diese heruntergekommenen Gänge zieht, glüht wieder dieses Feuer in ihm. Dabei haben weder Nicolas noch Sie irgendeine Ahnung davon, was es bedeutet ein Schloss zu besitzen oder zu führen! Das alles wirkt nur im Moment ganz zauberhaft, aber ich werde nicht immer da sein, um ihn vor der Realität zu beschützen. Und die kann verdammt hart sein!« Guillaume schnaubte. Es war ihm deutlich anzumerken, dass ihm diese Tirade schon seit Tagen auf der Zunge lag.

»Und Sie können sich wirklich nicht vorstellen, dass Nicolas diesen Schutz gar nicht nötig hat, oder?«, fragte ich leise. »Oder wollen Sie es nur nicht?«

Guillaumes Gesicht verzerrte sich, und einen Moment befürchtete ich, er könnte handgreiflich werden. Mit bedrohlicher Miene beugte er sich zu mir herunter. »Kommen Sie mir einfach nicht in die Quere, Mademoiselle Vinet«, flüsterte er.

Mein Hals schnürte sich zu, aber das wollte ich mir nicht anmerken lassen. »Oder was?« Ich erwiderte seinen Blick. »Beziehungsweise sollte ich lieber fragen, bei was?«

Guillaume de Montenait antwortete darauf lediglich mit einem abschätzigen Schnalzen und ließ mich in der kühlen Eingangshalle stehen.

Kapitel 18

Als ich kurz darauf hinaus in den Park trat, schlug mir das Herz noch immer bis zum Hals. Das kurze Hochgefühl, das ich angesichts meiner erfolgreichen Filmrettungsmission verspürt hatte, war verflogen. Vor Samantha hatte ich zwar behauptet, dass es befreiend sein konnte, wenn man unabhängig von dem, was man tat oder sagte, verabscheut wurde, aber in Wahrheit war es alles andere als befreiend. Mich jedenfalls belastete es.

Es war jedoch ein anderer Satz meiner Auseinandersetzung mit Guillaume, der mir zu denken gab. *Ich hatte ihn fast so weit, wissen Sie. Ich hatte ihn fast davon überzeugt, dass seine Pläne utopische Fantastereien sind.*

Nicolas und sein Bruder schienen wirklich sehr unterschiedliche Vorstellungen davon zu haben, wie die Zukunft des Schlosses aussehen sollte, und mir war schleierhaft, ob Nicolas das bewusst war oder er es nicht wahrhaben wollte. Aus Fernsehkrimis war mir bekannt, dass niemals der Mann mit dem offensichtlichen Motiv der Täter war, aber ich war mittlerweile trotzdem davon überzeugt, dass Guillaume de Montenait den Filmleuten hier das Leben schwer machte. Ich konnte es nur nicht beweisen.

Als ich wenig später ans Set zurückkehrte, war Pablo Domingo noch damit beschäftigt, mit aufgeregter Miene auf und ab zu marschieren, während sein Assistent ratlos neben ihm stand. Paul hatte es sich im Hintergrund auf einem Klappstuhl bequem gemacht und blätterte in seinem Skript.

»Sie kommt!«, verkündete ich mit ausgebreiteten Armen. Langsam färbte das dramatische Schauspielgeschäft doch auf mich ab.

Pablo bremste abrupt ab und drehte sich zu mir um.

»*¡Gracias a dios!*«, rief er strahlend. »Ich dachte schon, wir kriegen heute überhaupt nichts mehr auf die Reihe! Wenn das so weitergeht, müssen wir Sie noch im Abspann erwähnen, Señora, für besondere Verdienste um den Film.«

»Angemessen wäre es, meiner Meinung nach«, meldete sich Nicolas mit einem kleinen Lächeln zu Wort.

Pablo wedelte mit der Hand. »Wie auch immer! Wir können drehen.« Und schon eilte er zu den Kameraleuten, um, wie ich vermutete, »die Energie der Szene« weiter zu diskutieren.

Auch Nicolas lächelte mich dankbar an, als ich mich wieder zu ihm gesellte. »Du bist wirklich die Beste.«

»Das hört man doch gern«, antwortete ich und zwinkerte.

»Was war denn los mit Samantha?«

»Ach …«, antwortete ich zögerlich. Die Klatschhefte hatte ich in meinem Überschwang seinem Bruder überlassen. Lohnte es sich überhaupt, Nicolas von dem neuesten Sabotage-Akt zu erzählen? Meinen Verdacht gegen Guillaume teilte er ohnehin nicht.

»Sie hatte einen kleinen Nervenzusammenbruch.« Ich beschloss, größtenteils bei der Wahrheit zu bleiben. »Wegen ein paar hässlichen Sachen, die die Presse über sie geschrieben hat.«

Nicolas schüttelte den Kopf. »Die Arme. Für mich wäre es eine absolute Horror-Vorstellung, ständig in irgendwelchen bunten Blättern abgelichtet zu sein.«

»Aber du bist doch adelig«, neckte ich ihn. »Also genau ihr Beuteschema.«

»Aber unwichtig und arm. Zumindest bis Pablo hier fertig ist. Dann sind die Montenaits zwar immer noch unwichtig, aber wenigstens können wir das Schloss wieder instand setzen.«

»Wie lange sollen die Dreharbeiten im Château denn noch dauern?«, fragte ich vorsichtig nach. So konnte ich mich wenigstens mental auf weitere Anschläge vorbereiten.

»Einige Wochen, und dann drehen sie noch eine Weile in einem Studio und auf einem anderen Landsitz.«

»Hmmm …«

»Du machst schon wieder dieses zutiefst nachdenkliche Gesicht.«

»Ach, ich hoffe nur, dass bis dahin alles gut geht.«

»Das hofft unser Regisseur auch. Während du weg warst, hat Pablo einen langen Vortrag darüber gehalten, warum dieser Dreh wie verhext ist.«

»Hexen stecken da, denke ich, nicht dahinter …« Nun war ich doch wieder auf dieses Thema gekommen.

»Du meinst also, jemand stört absichtlich die Dreharbeiten? Jemand mit einem perfiden Plan?«

»Na ja … ja.«

»Ach.« Nicolas schüttelte den Kopf. »Dafür gibt es keinen Grund.«

»Zumindest fällt dir keiner ein.«

Nicolas sah mich mit gerunzelter Stirn an. »Du weißt doch irgendwas. Hast du etwas gesehen? Oder gibt es etwas, was du mir –«

»*La reine!*«

Alle Köpfe schnellten herum, als Samantha am Set erschien. Das Kostüm- und Make-up-Department verdiente einen Preis dafür, in welcher Rekordzeit sie es geschafft hatten, eine verheulte junge Frau im Oversize-Shirt in die Königin von Frankreich zu verwandeln. Samantha trug ein strahlend weißes Kleid, das mit blauen und gelben Blüten verziert war und einen Sonnenschirm in der Hand. Das rote Haar war wie immer unter einer gepuderten Perücke verschwunden. Ihr Teint wirkte etwas blasser als sonst, aber davon abgesehen bemerkte man nichts von ihrer morgendlichen Sinnkrise.

»Wann fangen wir an?«, fragte sie mit glockenheller Stimme und wedelte mit ihrem Schirm. »Ich kann es kaum erwarten, loszulegen!«

Ab diesem Zeitpunkt bekam Nicolas keine Gelegenheit mehr, mich mit Fragen zu bombardieren, denn die Dreharbeiten begannen. Nicolas und ich blieben währenddessen im Hintergrund, und ich stellte fest, dass die Story des Films auch noch eine beste Freundin der Königin zu bieten hatte, die jede Menge gut gemeinte Ratschläge erteilte, während sie Krocket-Kugeln über den Rasen kickten.

Hier merkte man, dass der Film vor über zweihundert Jahren spielen sollte, denn während Solène mir wahrscheinlich geraten hätte, die alltägliche Langeweile mit einer heißen Affäre aufzupeppen, wurde die arme Samantha eindringlich davor gewarnt, sich auf Paul einzulassen. Die Argumentation stützte sich vor allem auf die unvorhersehbaren katastrophalen Folgen. Ich hatte Aufstellung hinter einem der Kameraleute bezogen und konnte auf einem kleinen Bildschirm jede Gesichtsregung der beiden Darstellerinnen mitverfolgen.

»Wenn Ihr meinen Rat hören wollt, meine Königin, haltet Euch von ihm fern!«

»Aber haben nicht die Männer aller europäischen Königshäuser Mätressen, ohne dass es jemanden interessiert?«, erwiderte Samantha, stützte ihren Unterarm auf dem Krocket-Schläger ab und warf einen langen Blick in Richtung Paul, der in dieser Szene wirklich nicht viel mehr zu tun hatte, als attraktiv auszusehen.

»Ihr seid aber kein Mann, *votre majesté!* Ihr seid nicht nur eine Frau, sondern auch noch die Königin. Ihr wisst doch selbst, dass man Euch nicht mal eine misslungene Frisur nachsieht.«

»Eben deshalb«, antwortete Samantha und riss sich wieder von Pauls verführerischem Anblick los.

»Madame! Ich bitte Euch, verliert Euch nicht in irgendwelchen Träumereien, Ihr habt keine Ahnung, welch katastrophale Auswirkungen diese Geschichte haben könnte. Das alles mag im Moment noch äußerst romantisch wirken, aber sobald das wahre Leben Euch einholt …«

Auf einmal fühlte ich mich unangenehm an das Gespräch mit Guillaume erinnert. *Das alles wirkt nur im Moment ganz zauberhaft.*

»Ihr wisst nicht, welche Bürde Ihr damit auf Euch ladet.«
Weder Sie noch Nicolas haben irgendeine Ahnung davon, was es bedeutet, ein Schloss zu besitzen.

Ich schüttelte den Kopf, woraufhin der Kameramann mir einen verwunderten Blick zuwarf. Ich lächelte entschuldigend und trat ein Stückchen zurück. Anscheinend hatten mich Guillaumes Worte doch mehr getroffen, als ich zugeben wollte. Waren Nicolas und ich wirklich nur zwei weltfremde verwöhnte Tagträumer wie die junge Königin? Hatten wir tatsächlich keine Ahnung, worauf wir uns da einließen? Selbst Solène hatte einmal erwähnt, dass sie in mir keine Château-Besitzerin sah. Aber sie hatte mich bisher auch nur als unmotivierte Jura-Studentin erlebt.

Nachdenklich ließ ich meinen Blick über den Park und das Schlossgebäude schweifen. In so kurzer Zeit war mir alles hier so vertraut geworden. Mir lag das Château der Montenaits am Herzen. Nicolas lag mir am Herzen, und auch wenn Guillaume davon überzeugt war, dass das nicht reichte, um sein Glück zu finden, mir waren diese zwei Erkenntnisse genug.

Das einzige Problem war nur, dass ich nicht wusste, was genau ich Nicolas bedeutete – und inwieweit er sich dabei von seinem Bruder beeinflussen ließ. Gekrönt wurde dieser Gedankengang von Samanthas Hofdame, die der Königin zum Abschluss mit Grabesstimme mitteilte: »Wenn Ihr entscheidet, Eurem Herzen zu folgen, Madame, wird das Euer Untergang sein.«

Als ich an diesem Abend nach Hause zurückkehrte, fühlte ich mich nicht wie sonst aufgekratzt und euphorisch, sondern grüblerisch und müde. Pablo hatte mir zwar am Ende des Drehtages noch einmal überschwänglich gedankt und Samantha mir verhalten zugelächelt, aber trotzdem war ich wie ausgelaugt.

»Ist alles in Ordnung?«, war daher auch das Erste, was Maman mich fragte, als sie mich an diesem Abend in der Küche vorfand. Meine Eltern waren, seit sie die Versorgung des Film-Teams und der Komparsen übernommen hatten, in Hochstimmung, trotzdem fiel es meiner Mutter sofort auf, wenn ich mich nicht wohlfühlte. Zu meiner Überraschung ließ sie die Vorbereitung des Abendessens einfach stehen und setzte sich mir gegenüber.

Ich stützte das Kinn in meine Handfläche und sah sie nachdenklich an. »Sag mal, Maman … Ich weiß, ich bin fast sechsundzwanzig und sollte aus meinem eigenen Erfahrungsschatz schöpfen, aber … Woher wusstest du eigentlich, dass Papa sich in dich verliebt hatte?«

Zu meiner Überraschung platzte meine Mutter daraufhin nicht mit der Frage heraus, wer sich denn in mich verliebt hatte, sondern lächelte schweigend in sich hinein, woraufhin ich wieder das Wort ergriff: »Weil anhand von so klassischen Zeichen wie ›Er schenkt dir sehr viel Aufmerksamkeit‹ oder ›Er kommt auf die Idee, dich zu küssen‹ kann man das heutzutage nicht mehr beurteilen. Das reicht nicht als Beweis.«

»Und das ist der Denkfehler«, antwortete meine Mutter. »Du kannst natürlich versuchen, logisch zu argumentieren und das Verhalten von jemandem zu analysieren, aber am Ende des Tages geht es nicht um Beweise, sondern um Gefühle, mein Schatz. Ich glaube, wenn wir alle lauten Gedanken einmal kurz schweigen lassen und einfach nur fühlen, merken wir schon, ob von der anderen Person etwas zurückkommt.«

»Das klingt sehr vage.«

»Geht es etwa um diesen jungen Mann, der dich letztens hier abgeholt hat? Paul? Oder machst du dir doch Gedanken um –«

»Es ist nicht so wichtig, aber ... sagen wir mal, Papa hätte einen Bruder gehabt, der dich hasst und felsenfest davon überzeugt gewesen wäre, dass du weder einen Gasthof noch einen Bauernhof leiten kannst, wärst du dann –«

»Wir reden gerade über Nicolas und Guillaume, oder?«

»Ja ... ja.«

Maman lächelte warm. »Ach, mein Schatz, lass dir von niemandem einreden, du könntest irgendetwas nicht schaffen, was du dir vornimmst. Sieh dich doch an, du hast es ganz alleine geschafft, dich in Paris durchzubeißen und nebenbei auch noch ein Jura-Studium –«

»Aber ich war furchtbar schlecht darin!« Nun war es doch noch aus mir herausgeplatzt. »Ich war die schlechteste Jura-Studentin aller Zeiten und bin mehrmals durch die Abschlussprüfung gerasselt, weshalb ich auch hierher zurückgekommen bin. Ich bin drauf und dran, zum vierten Mal diese dumme Prüfung zu vergeigen, aber ich ... ich konnte es Papa und dir einfach nicht sagen.«

Unglücklich betrachtete ich meine Hände auf dem abgeschabten Holztisch. »Weil ich dir einen Grund geben wollte, stolz auf mich zu sein, aber eigentlich gibt es keinen. Es tut mir so unendlich leid, dass ich Papa und dich so lange im Stich gelassen habe. Wahrscheinlich hat Guillaume recht, und ich bin die letzte Person auf der Welt, die versuchen sollte, Verantwortung für irgendetwas zu –«

Mein emotionaler Ausbruch wurde davon unterbrochen, dass sich Mamans Hand plötzlich auf meine legte. Ruhig, aber bestimmt.

»Du bist meine Tochter«, sagte sie. »Meine wunderbare Élodie, und das ist das einzige Gefühl, das ich dir jemals geben wollte. Du bist meine wundervolle, einzigartige Tochter, egal, ob du tausend Prüfungen oder gar keine bestehst, egal, was du aus deinem Leben machst. Solange du dabei meine Élodie mit dem großen liebevollen Herzen bleibst, könnte ich nicht stolzer auf dich sein.«

Ich merkte, wie sich ein unglaubliches Gewicht von meinen Schultern löste, es hatte so lange dort gelegen, ich hatte gar nicht mehr bemerkt, wie sehr es mich belastete.

»Ach, Maman«, flüsterte ich. »Ich war so furchtbar dumm. Ich dachte immer, ich würde dieses kleine Dorf im Nirgendwo nicht leiden können, ich dachte, dass es Papa und dich stolz machen würde, wenn aus mir eine Großstadtanwältin wird ... Und jetzt habe ich mich Hals über Kopf in Courléon und Nicolas de Montenait verliebt. Wie dumm kann man eigentlich nur sein?«

Meine Mutter lächelte.

»Erkenntnis ist bekanntlich der erste Schritt zur Besserung. Dein Vater war schließlich auch immer der festen Überzeugung, dass die de Montenaits unausstehlich sind.«

»Bei Guillaume liegt er da gar nicht mal so weit daneben«, antwortete ich. »Der träumt nachts davon, dass mich im Schloss eine Standuhr erschlägt.«

»So schlimm?«, erwiderte Maman stirnrunzelnd.

»Ich glaube, er ist derjenige, der immer wieder die Dreharbeiten sabotiert!«, platzte es aus mir heraus. »Aber ich kann
ihm natürlich nichts nachweisen.«

»Vielleicht musst du das auch gar nicht«, sagte Maman
nachdenklich.

»Nicht?«

»Wenn er wirklich derjenige ist, der die Filmcrew vertreiben will, bist du gerade diejenige, die ihm ständig in die Para-
de fährt, und das wird ihn irgendwann wütend genug machen, dass er sich selbst verrät. Impulsive Menschen wie er
überschätzen sich häufig. Sie werden zu selbstsicher.«

»Dann bleibt mir wohl vorerst nichts anderes übrig, als
weiterhin die Feuerwehr zu spielen und auf diesen magischen
Moment zu hoffen.«

»Das wäre zumindest mein Ratschlag.«

Obwohl die Situation momentan nicht besonders rosig
war, konnte ich nicht anders, als zu lächeln.

»Und dafür bin ich dir wirklich sehr dankbar, Maman.«

»Du könntest mir im Gegenzug etwas versprechen«, antwortete meine Mutter. »Friss deinen Kummer nicht wieder so
lange in dich hinein. Alles alleine zu schaffen macht uns nicht
zu besseren Menschen. Wenn du deine Jura-Abschlussprü-
fung bestehen willst, wunderbar, du hast meine volle Unterstützung. Wenn du beschließt, lieber doch etwas ganz anderes
zu machen, kein Problem, ich bin an deiner Seite. Falls Nicolas und du zusammenkommt, sind Étienne und ich die Ersten,
die euch zum Tee einladen. Und falls er dir das Herz bricht,
kippe ich höchstpersönlich eine Ladung Kuhdung unter seinem Fenster aus.«

Ich schmunzelte, dann legte ich meine Hand auf die meiner Mutter und drückte sie kurz.

»Danke.«

Kapitel 19

Als ich am nächsten Morgen aufstand, fühlte ich mich so unbeschwert wie schon lange nicht mehr. Es tat so gut, meiner Mutter die ganze Wahrheit gebeichtet zu haben, und ich war unheimlich froh darüber, dass sie meine Gefühle für Nicolas nicht unter einem Berg an mütterlichen Zweifeln begraben hatte – denn Zweifel hatte ich schon ohne fremdes Zutun genug. Selbst die Blätter im Wald schienen heute ein wenig grüner zu leuchten und die Vögel fröhlicher zu singen, als ich nach dem Frühstück zum Château lief.

»Du strahlst ja richtig heute Morgen«, stellte schließlich Nicolas fest, als er mich am üblichen Treffpunkt abholte.

»Heute scheint einfach ein guter Tag zu sein.«

Nicolas grinste, was man selten an ihm sah.

»Ich liebe diese Einstellung.«

»Gibt es denn schon irgendwelche Pläne, was der Tag so bringen wird?«

»Also, ich habe ja Guillaume versprochen, dass ich eine Weile die Dreharbeiten beaufsichtige. Es stehen immer noch Außenaufnahmen auf dem Programm, aber ich dachte, wir könnten trotzdem die Zeit nutzen und uns die alten Gewächshäuser ansehen. Pablo braucht ja nicht immer einen de Montenait in unmittelbarer Nähe.«

»War diese Vertragsklausel eigentlich deine Idee?«, fragte ich, während wir über den vom Morgennebel noch feuchten Rasen schritten.

»Das hat tatsächlich Guillaume vorgeschlagen, und für Szenen wie die im Ballsaal sehe ich ja durchaus den Nutzen, aber bei den Takes auf dem Außengelände ...«

»Ist es herzlich unnötig.«

»Na ja ... vielleicht ein bisschen.«

Man sah schon aus der Ferne, dass heute wieder draußen gedreht werden sollte. Seit ich nun einige Male selbst ein Filmset besucht hatte, fragte ich mich häufig, wie Schauspieler es schafften, sich in irgendeine Rolle hineinzuversetzen, während sie von Dutzenden Kameras verfolgt wurden und ein nervöser Regisseur im Hintergrund lauerte.

Man erkannte Pablo Domingo schon von Weitem, denn er war immer derjenige, der mit ausladenden Gesten auf und ab lief. Ich kam allerdings nicht dazu, genauere Beobachtungen zu machen, denn wir näherten uns nun den beiden großen Gewächshäusern. Sie bestanden aus hohen dunkelgrünen Stahlstreben, zwischen denen sich die dicken Glasscheiben befanden. Allerdings hatten manche davon lange hässliche Kratzer oder waren heillos verschmiert.

»Ich war schon wirklich lange nicht mehr dort drin«, erklärte Nicolas. »Ich fürchte, wir werden nur noch Unkraut vorfinden.«

»Keine berühmten Pampelmusen deiner Vorfahren?«

»Clementinen, es waren Clementinen.«

Wir betraten das Gewächshaus, und ich merkte sofort, was Nicolas mit seinem Kommentar gemeint hatte. Ich fühlte mich wie in einem Dschungel angekommen. Es herrschte ein Wirrwarr aus leeren Pflanzenkübeln und solchen, in denen karge Orangenbäume vor sich hin wucherten. In der Mitte des

Gewächshauses befand sich ein großes rundes Mosaik, auf dem ein einsamer Holztisch mit einem Stuhl stand, der dringend neu lackiert werden musste.

»Großvater hat dort immer nachmittags Kaffee getrunken«, erzählte Nicolas, während wir uns näherten. »Währenddessen hat er meistens Zeitung gelesen und sich über den Zustand der Welt beschwert.«

»Und dabei habe ich gelesen, Orangenduft macht glücklich.«

»Er war notorischer Pessimist. Ich weiß noch, damals als Mutter mich wieder zu sich geholt hat, hat er zum Abschied gesagt: Die Welt da draußen wird dich entweder fressen oder einen stärkeren Menschen aus dir machen, Nicolas.«

»Ich bin froh, dass du offensichtlich nicht gefressen wurdest.«

»Ich auch.«

»Und was haben wir heute hier drin vor?«

»Jemand muss dringend ein bisschen Ordnung schaffen, deswegen würde ich vorschlagen, wir sehen nach, welche der Pflanzen überhaupt noch leben, und schaffen die auf die rechte Seite, das Unkraut und die leeren Töpfe kommen auf die linke.«

Ich nickte. »Harte körperliche Arbeit also. Klingt nach Spaß.«

»Je schneller wir fertig sind, desto früher können wir zurück in die Bibliothek!«, verkündete Nicolas und schien das als verlockenden Anreiz völlig ernst zu meinen.

Wir machten uns also daran, die alten Pflanzenkübel durchs Gewächshaus zu transportieren und verteilten dabei eine Portion Blumenerde auf dem steinigen Boden. Über uns schien währenddessen die Sonne erbarmungslos hell durch das gläserne Dach, sodass mir bald der Schweiß auf der Stirn ausbrach. Nicolas und ich kamen wie so oft während unserer

Arbeit ins Plaudern, und unweigerlich landete das Gespräch mal wieder bei den Dreharbeiten.

»Ich bin mal gespannt auf das Endergebnis«, sagte ich über die Zweige eines vertrockneten Zitronenbäumchens hinweg. »Momentan kenne ich ja nur Bruchteile vom Film.«

»Ich fand es wirklich inspirierend bisher«, antwortete Nicolas, der auf der anderen Seite damit beschäftigt war, eine Begonie zu gießen. »Ich habe sogar wieder ...«

»Sogar was?«, rief ich durchs Gewächshaus und hob den Pflanzenkübel hoch.

»Ich habe wieder angefangen an einem Roman zu schreiben. Blödsinnig, ich weiß, aber –«

»Gar kein Blödsinn!«, fiel ich ihm ins Wort. »Ich bin mir sicher, das wird ...«

In diesem Moment rutschte der Topf, der auf einer dünnen Platte gestanden hatte, aus meinen Händen. Eine der hervorstehenden Verzierungen ritzte schmerzhaft meine Handfläche auf, als ich versuchte, den Kübel festzuhalten. Dann zerschellte er mit einem lauten Knall auf dem Boden.

»*Mince!*« Ich kniete mich hin, um den Schaden zu begutachten.

»Fass das ja nicht an!« Nicolas erschien neben mir und ging ebenfalls in die Knie. Anstatt die Scherben zu untersuchen, griff er nach meiner Hand. »Du hast dich verletzt. Hier.« Er zog aus seiner Hosentasche ein Stofftaschentuch hervor und begann damit den Kratzer abzutupfen.

»Kein Grund zur Panik«, erwiderte ich, ließ ihn aber gewähren.

»Ach, vielleicht ist das Ganze doch keine so gute Idee. Wenn wir ganz ehrlich sind, haben wir beide keine Ahnung, was wir da tun. Ich bin weder Gärtner, Schreiner noch ein Spezialist für alte Gebäude – und momentan bin ich auch ein lausiger Sanitäter.«

»Aber das Schloss ist dein Zuhause, Nicolas. Und ich glaube, du bist der Richtige, um dich darum zu kümmern, nicht weil du ein besonders talentierter Gärtner oder Maurer wärst, sondern, weil es dir am Herzen liegt«, antwortete ich sanft. »Außerdem riskiere ich immer gerne meine Hand für das Château«, fügte ich scherzhaft hinzu, doch Nicolas sah mich warm an.

»Habe ich dir eigentlich schon mal gesagt, wie gut du mir tust?« Er nahm vorsichtig meine Hand in seine. »Und wie gerne ich Zeit mit dir verbringe?«

»Bisher nicht.« Mein Herz begann wie wild zu klopfen. »Aber ...«

»Aber?«, fragte Nicolas mit dunkler Stimme, und die Spannung zwischen uns war fast mit Händen zu greifen.

»Na ja«, flüsterte ich und hob das Kinn, sodass wir uns direkt in die Augen sahen. »Wörter werden manchmal auch überschätzt.« Unsere Gesichter waren nur noch Zentimeter voneinander entfernt.

»*Monsieur de Montenait!*«

Nicolas und ich fuhren auseinander wie zwei Kinder, die man mit verbotenen Süßigkeiten erwischt hatte.

»Was?«

Ich musste mir ein Lachen verkneifen, als ich die Gereiztheit in Nicolas Stimme hörte.

Im Türrahmen des Gewächshauses war Pablos Assistent aufgetaucht, wie immer mit hochrotem Kopf und leicht panischem Gesichtsausdruck. Seine Freude, endlich Nicolas gefunden zu haben, wandelte sich angesichts dessen Gesichtsausdrucks in peinliche Verlegenheit.

»T...tut mir leid, Sie zu stören ...«

»Wir haben hier gerade wirklich ... zu tun!«, erklärte Nicolas mit Nachdruck.

»Pablo braucht Sie aber dringend am Set«, antwortete der Assistent schüchtern. »Es gibt einen kleinen Notfall, und wir müssen alles umstellen.«

Bei den Worten »kleiner Notfall« und »alles umstellen« stieg ein ungutes Gefühl in mir hoch. Nicolas warf mir einen entschuldigenden Blick zu.

»Da müssen wir wohl hin. Deine Hand?«

Ich winkte ab. »Retten wir den Film.«

Als Nicolas und ich Pablos Assistenten über den gekiesten Weg im Park hinterhereilten, meinte ich immer noch, das Knistern zwischen uns beiden zu spüren. Die Situation fühlte sich ähnlich unbefriedigend an wie ein Film, der kurz vorm Finale hängen geblieben war. Aber jetzt hatten wir keine Zeit, die Verhältnisse zwischen uns zu klären, denn am Horizont tauchte der Filmregisseur auf, und mit fliegender Lockenfrisur kam er auf uns zu.

»Monsieur de Montenait! Können wir vielleicht doch heute im Inneren ihres Châteaus weiterdrehen? Die Außenszene muss abgeblasen werden.«

»Aber Guillaume meinte … Wieso muss die Szene denn abgeblasen werden?«

Pablo warf theatralisch die Arme in die Höhe.

»Da hat man ausnahmsweise mal alle Hauptdarsteller pünktlich am Set, und dann fehlt einfach die Filmkuh!«

»Die Filmcrew?«

»Nein, nein, die Film-Kuh!«

»Was soll das denn sein?«, fragte ich perplex.

Pablo rollte mit den Augen, als hätte ich gefragt, wofür wir am Set Kameras brauchten.

»Na, eine speziell ausgebildete Kuh, die keine Angst vor lauten Geräuschen und schnellen Bewegungen hat und die auf Kommando stehen bleiben und weitergehen kann. So eine brauchen wir für heute.«

»Aha«, erwiderte ich beeindruckt. »Mir war nicht klar, dass man Rinder mit besonderen Fähigkeiten bestellen kann.«

»Nun, es gibt Tiertrainer, die sich um so etwas kümmern«,

erklärte Pablo. »Anscheinend hat ihm jemand eine anonyme E-Mail geschrieben, in der ihm ›katastrophale Zustände am Set‹ geschildert wurden, und die will er natürlich seinen Schützlingen auf keinen Fall zumuten. Wie auch immer, wenn er jetzt abgesprungen ist, werden wir die Szene nicht mehr hier drehen. Wir hängen ohnehin schon mit unserem Szenenplan hinterher und haben einfach nicht die Zeit für ...«

»Was wäre, wenn ich bis heute Nachmittag eine andere Kuh auftreiben könnte, die all das kann?« Wofür auch immer sie plötzlich eine Kuh brauchten.

Pablo musterte mich. »Das erscheint mir unmöglich, aber da Sie nun schon mehrere Male meinen Drehplan gerettet haben, will ich die Hoffnung nicht aufgeben. Señora.«

»Ich bin mir zumindest sicher, dass sie keine Angst vor lauten Geräuschen hat«, antwortete ich mit einem kleinen Lächeln.

»Also drehen wir jetzt heute noch die Außenszene, oder nicht?« Im Hintergrund war jetzt auch Paul Hamilton aufgetaucht, in der rechten Hand sein Skript und im Gesicht einen genervten Ausdruck. »Ich habe gestern Abend stundenlang den ganzen Text gepaukt.«

Pablo musterte mich, offensichtlich unschlüssig. Zu meiner Überraschung legte daraufhin Nicolas seine Hand auf meine Schulter.

»Also wenn Sie dem Wort von Mademoiselle Vinet nicht vertrauen, weiß ich auch nicht weiter.«

»Ja, sie ist doch eine ... ziemlich clevere Person«, fügte zu meinem noch größeren Erstaunen Paul hinzu. »Außerdem haben Samantha und ich uns schon auf diese Szene vorbereitet. Das würde ich nur ungern verschwenden.«

»Also gut.« Pablo fixierte mich scharf. »Aber wenn wir wegen Ihnen heute überhaupt nichts mehr gedreht kriegen, stehe ich nicht für den Schaden gerade.«

Ich stellte mich ein wenig aufrechter hin. »Sie können sich auf mich verlassen.«

Pablo wedelte mit der Hand und machte dann kehrt, um ans Set zurückzugehen.

Ich atmete erleichtert auf, dann wandte ich mich an Nicolas. »Ich hoffe, dein alter Citroën hält noch eine weitere Fahrt aus. Wir werden wieder Hilfe aus dem Dorf brauchen beziehungsweise die Hilfe von einem alten Freund meiner Familie«, erklärte ich ihm.

Nicolas nickte, und wir schlugen den Rückweg zum Schloss ein.

»Lass mich raten, dieser jemand besitzt eine Kuh mit besonderen Fähigkeiten?«, fragte er.

»Eine ganze Herde davon! Er spielt ihnen zweimal am Tag Charles Trenet vor. Und seitdem meine Eltern hier das Catering leiten, hast du wahrscheinlich auch schon ihre Milch getrunken. Jedenfalls mache ich mich jetzt auf den Weg zu Monsieur Bernouille und versuche ihn davon zu überzeugen, uns für einen Nachmittag einen tierischen Darsteller auszuleihen.«

»Aber wäre meine Anwesenheit nicht eher hinderlich, wenn du Monsieur Bernouille besuchst?«, fragte Nicolas. »Ich bin schließlich kein Freund der Familie.«

»Wenn du Monsieur Bernouilles Freundschaft erringen willst, geht das am besten über seine Kühe, und er rechnet sicher nicht damit, dass ein Montenait die wertschätzen könnte.«

Nicolas lächelte mich von der Seite an. »Sie sind wirklich ganz schön gerissen, Mademoiselle Vinet.«

»Noch haben wir ihn nicht überzeugt. Viel wichtiger aber: Was soll das überhaupt für eine Szene sein, in der Marie-Antoinette mit einer Kuh interagiert?«

»Oh, das hat mir Pablo letztens erklärt. Es ist eine der Schlüsselszenen zwischen Samantha und Paul. Eine Kuh aus dem Gesindetrakt ist aus den Ställen ausgebrochen und hat sich im Schlosspark verirrt. Paul versucht sie einzufangen, aber es gelingt ihm nicht, bis ihm Samantha zur Seite springt. Es soll eine kleine Hommage daran sein, dass Marie-Antoinette später als Mutter von mehreren Kindern das *Hameau de la Reine* in Versailles bauen ließ, um dort sozusagen Landleben zu spielen und Kühe zu melken.

»Das hat sie wirklich getan?«

»Allerdings, aber die Kuh wurde vorher parfümiert.«

»Sehr lustig.«

»Nein, im Ernst. Das hat man wirklich gemacht.«

»Und ich dachte, es wäre verrückt, seinen Kühen Chansons vorzuspielen …«

Leider blieb keine Zeit, genauer die Parfümierung von Kühen zu diskutieren, denn kurz darauf erreichten wir Nicolas' Oldtimer.

Als wir im Hof von Monsieur Bernouille parkten, kamen doch leichte Zweifel in mir hoch, ob der Landwirt sich auf diese verrückte Idee einlassen würde. Schließlich hatte er mir selbst erklärt, dass er dieser ganzen Filmerei misstrauisch gegenüberstand.

»Er wird wohl im Stall sein«, erklärte ich Nicolas, und zielstrebig näherten wir uns dem niedrigen Gebäude. Ich behielt recht. Durch die offen stehenden Türen erkannte ich den Landwirt, der mit einem Eimer in der Hand durch den Stall lief. Er warf einen Blick über die Schulter, als er unsere Schritte hörte.

»Élodie?«, fragte er. »Was machst du denn hier? Und ist das nicht …?« Er musterte Nicolas skeptisch.

»Monsieur Bernouille, Nicolas und ich sind auf Ihre Hilfe angewiesen«, erklärte ich ohne Umschweife und blieb vor ihm stehen. »Beziehungsweise auf die Hilfe einer Ihrer Kühe.«

»Einer meiner Kühe?« Monsieur Bernouille verschränkte

die Arme. »Wieso braucht ihr die Hilfe von einer meiner Kühe? Von welcher denn genau?«

»Von einer, die keine Angst vor lauten Geräuschen und schnellen Bewegungen hat. Und die auf Kommando vorwärtslaufen und stehen bleiben kann.«

»Da kommt eigentlich nur Fabienne infrage«, erwiderte Monsieur Bernouille prompt. »Sie ist die klügste Kuh der ganzen Herde. Aber sie hört nur auf mich, und ich weiß ja noch nicht einmal, womit euch Fabienne helfen soll. Können Sie sich etwa keinen Gärtner mehr leisten?«, wandte er sich an Nicolas, doch der ließ sich davon nicht aus der Ruhe bringen.

»Es geht um die Dreharbeiten im Schloss«, antwortete er. »Marie-Antoinette soll mit einer Kuh interagieren, draußen im Park.«

»Ja, ursprünglich hatte der Regisseur eine speziell ausgebildete Film-Kuh bestellt, aber die ist ausgefallen und –«

Bernouille schnaubte. »Speziell ausgebildete Film-Kuh, Fabienne steckt die locker in die Tasche. Kommt, seht sie euch selbst an! Ich glaube, sie ist gerade im Stall.« Schon ging er durch den staubigen Gang voraus, um uns zu seiner Herde zu führen. Ich warf Nicolas einen ermutigenden Blick zu, als wir ihm folgten.

»Ich habe sowieso allen meinen Kühen beigebracht, auf Kommando loszulaufen und stehen zu bleiben«, erklärte Monsieur Bernouille, und blickte uns über seine Schulter an. »Weil ich nichts davon halte, die armen Tiere mit der Mistgabel durch die Melkmaschine zu treiben, aber Fabienne ist von allen immer noch die Ausgeglichenste, Verständigste und Hübscheste. Ich glaube, da vorne ist sie schon. Fabienne!«

Wir kamen am Ende des großen Offenstalls zum Stehen, wo es sich eine kleine Gruppe Kühe auf ein paar Matten am Boden gemütlich gemacht hatte. Auf Bernouilles Rufe hin hob eine von ihnen den Kopf – eine wirklich ausgesprochen hübsche Kuh mit weißem Fell, karamellbraunen Flecken und hellrosa Nase. Und tatsächlich, als ihr Besitzer ein weiteres Mal »Komm hierher!« rief, stand sie auf und zockelte gemütlich zu uns herüber.

»Na also!«, rief Bernouille, während er ihren Hals kraulte. Fabienne quittierte dies mit einem genüsslichen Augenrollen und bohrte mit der Zunge in ihrer Nase.

»Sie scheint wirklich perfekt zu sein«, bestätigte ich, denn uns lief langsam die Zeit davon. »Könnten Sie sich vorstellen, uns Ihre Wunderkuh für einen Nachmittag auszuleihen? Der Aufwand wird ihr natürlich entschädigt.«

»Hmmm.« Monsieur Bernouille musterte uns beide mit zusammengekniffenen Augen. »Aber Fabienne braucht genügend Drehpausen, ausreichend Wasser und Heu – und natürlich muss sie auch namentlich im Abspann erwähnt werden!«

»Sie wird sich den Film ohnehin nie ansehen.«

»Trotzdem! Fabienne hat schon Preise gewonnen.«

»Aber keine für –«

»Was auch immer«, fiel mir Nicolas ins Wort. »Pablo wird alles in den Abspann schreiben, was sie wollen.«

»Außerdem hört sie nur auf mich, das heißt, ich muss die ganze Zeit dabei sein, und das …« Bernouille kratzte sich am Kopf. » … ist eigentlich das größere Problem. Jemand muss schließlich am Nachmittag füttern und den Stall ausmisten, und das kann ich meiner armen Frau nicht alleine zumuten.«

»Das können wir doch übernehmen«, erwiderte Nicolas prompt.

»Sie?!« Bernouille riss erstaunt die Augen auf. »Aber Sie sind doch ein …«

»Ja?«, fragte Nicolas mit unschuldigem Lächeln.

»Na, ein adeliger Einfaltspinsel – dachte ich zumindest.«

Nicolas schien diese Betitelung nicht im Geringsten aus der Fassung zu bringen. »Ich würde trotzdem mein Bestes geben, wenn Sie es erlauben, und für Ihre Hilfe wäre ich wirklich sehr dankbar.«

Ich fand ja, dass er in solchen Momenten wirklich etwas Aristokratisches an sich hatte und das ganz ohne zu betonen, dass ihm ein Schloss gehörte.

»Na ja ...« Nicolas hatte Monsieur Bernouille mit seinem Angebot wirklich komplett überrumpelt. Unentschlossen wiegte er den Kopf hin und her.

»Geben Sie ihm die Chance«, sprang ich Nicolas zur Seite und klopfte ihm auf die Schulter. »Ich passe schon auf, dass er nichts kaputt macht.«

Mit dieser Geste brachte ich Monsieur Bernouille schließlich zum Lachen, und damit wusste ich endgültig, er würde uns helfen.

»Na, von mir aus«, sagte er gutmütig. »Der kleinen Élodie konnte ich ohnehin nie etwas abschlagen.«

Ich atmete erleichtert aus.

»Okay, dann würde ich vorschlagen, Sie packen gleich mal unseren neuen Filmstar ein und machen sich auf den Weg zum Schloss.«

»Aber natürlich, Mademoiselle. Ich hole nur kurz das Halfter und gebe meiner Frau Bescheid.«

Monsieur Bernouille, der jetzt ganz Feuer und Flamme für unseren Plan zu sein schien, verließ geschäftig den Stall. Fabienne sah ihm mit vorwurfsvoller Miene hinterher, sodass ich ihr das Fell tätschelte.

»Gott sei Dank hat er eingewilligt.«

»Er hätte sicher nicht zugestimmt, wenn ich ihn alleine gefragt hätte«, sagte Nicolas schmunzelnd.

»Wer überlässt seine kostbare Kuhherde schon gern einem adeligen Einfaltspinsel«, zog ich ihn auf.

»Ich bin eigentlich ganz gerührt, in meiner Jugend wurden mir schlimmere Sachen an den Kopf geworfen.«

»›In deiner Jugend‹, das klingt, als wärst du schon hundert Jahre alt.«

»Großvater meinte mal, alte Gemäuer lassen dich auch

schneller altern. Aber das war nur ein Scherz«, fügte er hastig hinzu, als befürchtete er, ich könnte mich plötzlich weigern, das Château zu betreten.

»Ich glaube, bis dieser Film zu Ende gedreht ist, sind wir alle um zehn Jahre gealtert.«

Nicolas verschränkte die Arme. »Es gehen einfach zu viele Dinge schief am Set, und es ist wirklich nicht mehr normal, wie viele. Ich glaube, du hast recht, irgendjemand versucht absichtlich den Film zu sabotieren. Und ich habe beschlossen, herauszufinden, wer hinter diesen merkwürdigen Aktionen steckt.«

»Glückwunsch, Sherlock.«

»Danke, Watson. Zufällig wollte ich auch genau Sie darum bitten, meine Ermittlungen mit Ihrem Scharfsinn zu unterstützen.« Nicolas' entschlossene Miene wurde weicher. »Ich glaube, zu zweit hätten wir die allerbesten Chancen.«

Ich lächelte. »Wer könnte da Nein sagen? Ich bin absolut dafür, dem Schurken das Handwerk zu legen, der Pablos Nerven ruiniert.«

»Nicht nur seine«, erwiderte Nicolas mit einem Seufzen.

»Und was genau planst du nun gegen die mysteriösen Vorkommnisse zu unternehmen? Du bist ja mittlerweile auch zu dem Schluss gekommen, dass es sich um ein weltliches Problem handelt und wir nicht dem Hausgeist zum Opfer gefallen sind.«

»Geister schreiben keine E-Mails – und unser Schlossgeist ist völlig harmlos.«

Ehe ich Zeit hatte, nachzufragen, ob Nicolas gerade Scherze machte oder nicht, tauchte im Stall wieder Monsieur Bernouille zusammen mit seiner Frau auf. Er trug ein Halfter in der Hand und wirkte äußerst zufrieden.

»Marie, das sind für den restlichen Tag deine zwei Gehilfen!«, rief er. »Sie gehen dir zur Hand, während Fabienne berühmt wird.«

Nach dieser Ankündigung ging er in den Offenstall, um dort seine Kuh einzufangen. Fabienne wirkte wenig begeistert angesichts der Aussicht, ihre Herde zu verlassen. Selbst wenn unsterblicher Ruhm winkte.

»Und wobei können Élodie und ich Ihnen nun helfen, Madame?«, erkundigte sich unterdessen Nicolas.

Marie Bernouille lächelte verschmitzt. »Na, bei allem.«

Kapitel 20

Und genauso kam es tatsächlich. Nachdem Monsieur Bernouille es geschafft hatte, eine höchst widerwillige Film-Kuh in spe abzutransportieren, zauberte Madame Bernouille zwei Heugabeln hervor und schickte uns los, um Mist im Stall aufzugabeln.

Es war eine schweißtreibende Arbeit, bei der innerhalb kürzester Zeit nicht nur Stroh, sondern auch jede Menge Staub an einem klebte. Nicolas machte das alles aber überhaupt nichts aus. Er krempelte lediglich die Ärmel seines Hemds hoch, schaufelte munter Mist und erkundigte sich hin und wieder nach meiner zerkratzten Hand.

Die romantische Stimmung im Gewächshaus kam leider trotzdem nicht wieder auf, da wir auf Schritt und Tritt von Marie Bernouille verfolgt wurden, die mit Argusaugen unsere Arbeit beaufsichtigte. Währenddessen gab sie eine Menge Anekdoten von, über und aus Courléon zum Besten, in denen auch ich manchmal eine unrühmliche Rolle spielte.

Die zahlreichen Geschichten versüßten zwar etwas die Arbeit, täuschten aber nicht darüber hinweg, dass uns die Hofbesitzerin den gesamten Nachmittag auf dem Hof schuften ließ. Wir misteten aus, stellten draußen auf der Weide den umgefallenen Wassertrog wieder auf, stapelten drinnen Heuballen aufeinander, brachten Gülle weg und fütterten die Hühner und die Schweine, die sich Bernouille noch nebenher hielt, die aber nicht mit einem eigenen Musik-Programm verwöhnt wurden.

Als Madame Bernouille schließlich zum Schluss kam, dass wir für heute genug getan hatten, waren satte vier Stunden vergangen. Mittlerweile flehten alle Muskeln in meinen Armen und Beinen um Gnade und meine Kehle um ein kühles Getränk. Trotzdem versuchte ich, mit Würde zurück nach draußen zu wanken, wo uns Marie Bernouille verabschiedete.

»Danke für eure Hilfe«, sagte sie und lächelte. »Habt euch gar nicht so schlecht angestellt. Also, wenn mein lieber Mann mal wieder unterwegs ist …«

»Wir hoffen, dass seine Karriere beim Film nur von kurzer Dauer ist«, bremste ich sie rasch.

»Es war uns ein großes Vergnügen, Ihnen behilflich zu sein«, antwortete Nicolas und neigte den Kopf. »Aber jetzt sollten wir doch langsam ins Schloss, um dort nach dem Rechten zu sehen.«

»Ja, genau!«, fiel ich ein.

»Macht das, macht das, aber kommt bald mal wieder vorbei. Ihr zwei seid ein wirklich nettes Paar.«

Damit verabschiedete sich Madame Bernouille, während Nicolas und ich mit leicht rot angelaufenen Wangen zum Oldtimer zurückkehrten.

»Ich hoffe nur, Fabienne hat Pablo nicht enttäuscht«, sagte ich, um den peinlichen Moment zu überspielen.

»Wir werden es gleich herausfinden«, antwortete Nicolas, während er den Motor anließ. »Ich fürchte, man wird unsere Ankunft schon von Weitem riechen können.«

»Wir sollten einfach kurz in den Springbrunnen hüpfen.«

»Aber du hast doch überhaupt keine Badesachen bei dir.«

»Das war ein Scherz, Nicolas.«

Ähnlich ging unsere Kabbelei weiter, bis wir schließlich wieder das Château erreichten. Nachdem Nicolas den Oldtimer einfach neben einem der Trailer geparkt hatte, sprang er in Windeseile aus dem Wagen, um mir die Tür aufzuhalten.

»Noch ist Pablo uns nicht entgegengekommen, um uns zu verklagen«, sagte ich, während ich ausstieg.

»Das nehme ich mal als gutes Zeichen«, antwortete Nicolas.

Nachdem er den Wagen abgesperrt hatte, schlugen wir den Weg in den Park ein.

Ich erkannte, kurz nachdem wir das Gewächshaus passiert hatten, dass unser Plan anscheinend aufgegangen war, denn von Weitem hörte man ein lautes Muhen, gefolgt von einem »*Fantastico!*«. Als ich dann jedoch wirklich Paul und Samantha ein Stück entfernt erspähte, die Monsieur Bernouilles Kuh durch den Rosenpavillon verfolgten, musste ich kurz stehen bleiben, um diesen surrealen Anblick zu verarbeiten.

»Wo warst du um Himmels willen?«, fragte Guillaume stirnrunzelnd und musterte Nicolas von oben bis unten. »Du siehst aus, als hättest du dich den ganzen Nachmittag in einem Kuhstall verkrochen.«

»Streng genommen hat er das auch.« Ich konnte mir ein Grinsen nicht verkneifen.

Guillaume lächelte säuerlich. »Ich brauche wohl gar nicht erst zu fragen, wessen Idee das war. Es ist wirklich nicht zu fassen, dass nicht nur die Filmleute, sondern jetzt auch noch irgendwelche Rindviecher aus dem Dorf unseren Park heimsuchen. Sind wir uns wirklich für gar nichts mehr zu schade?«

»Es war doch nur für diesen Nachmittag«, antwortete Nicolas beschwichtigend. »Und die Geschichte mit der Kuh beruht auf einer wahren –«

»Verschone mich!« Guillaume funkelte seinen Bruder an,

dann seufzte er. »Ich hoffe nur, das alles ist bald vorbei. Entschuldige, dass ich aus der Haut gefahren bin, mir liegt einfach nur das Schloss am Herzen. Ich will nicht, dass es für irgend so ein dämliches Filmchen ruiniert wird.«

»Ich weiß«, erwiderte Nicolas ruhig. »Trotzdem könntest du dich manchmal etwas mehr zusammennehmen.«

Sein Bruder sah einen Moment so aus, als wollte er noch etwas hinzufügen, dann ließ er uns beide stehen und rauschte in Richtung Schloss davon.

Ich verkniff mir einen Kommentar zu Guillaumes Launenhaftigkeit, während wir uns der Filmcrew näherten. Es war schwer zu beurteilen, ob sie noch mit Drehen beschäftigt waren.

»Ist die Kutsche eigentlich fertig für morgen, oder ist das die nächste Katastrophe, die wir irgendwie händeln müssen?«, fragte Pablo seinen Assistenten.

Der schreckte erst zusammen und richtete sich dann zu voller Größe auf. »Das hat geklappt! Wir haben Sie mit Monsieur de Montenaits Hilfe auf dem gekiesten Platz vor dem Gewächshaus abgestellt.«

»¡*Fantàstico!* Dann hoffe ich einfach mal, dass wenigstens dieser Teil morgen funktioniert. An alle anderen, danke für euren Einsatz heute!«, rief Pablo. »Wir sehen uns morgen!«

Es gab von allen einen kurzen Applaus, dann löste sich die Gruppe auf, und Paul und Samantha kehrten zu ihren Trailern zurück. Monsieur Bernouille legte Fabienne ihr Halfter an. Als er Nicolas und mich entdeckte, winkte er erfreut und kam in unsere Richtung.

»Also, ich hatte ja am Anfang so meine Zweifel!«, rief er im Näherkommen. »Aber es war ganz fabelhaft! Sehr nette Leute hier, und Fabienne hat sich wirklich selbst übertroffen. Ihre Versorgung am Set war übrigens einwandfrei. Dieser Regisseur … Pablo? Der hat immer seinen Assistenten losgeschickt, um Wasser zu bringen, und einen Sonnenschirm hat er auch aufgestellt, damit Fabienne zwischen den Takes im Schatten warten kann. Die junge Frau … Mademoiselle Watts hat sogar ein Selfie mit Fabienne gemacht! Sie meinte, sie wird es auf ihrem Instagram hochladen. So sagt man das doch, oder?«

»Genau so.« Ich grinste. Ich war zugegeben schon gespannt auf das Foto. Gleich zwei Schönheitsköniginnen in einem Bild.

»Ich bin Ihnen wirklich sehr dankbar für Ihre Hilfe«, warf Nicolas ein. »Élodie und ich haben wirklich unser Bestes gegeben, Sie in Ihrer Abwesenheit auf dem Hof zu vertreten.«

»Da bin ich mir sicher«, antwortete Bernouille. »Aber ich muss jetzt dann mal los. Es war wirklich ein langer Tag für Fabienne, und sie hat ihren Freundinnen sicher eine Menge zu erzählen.« Daraufhin gab er seiner Kuh einen liebevollen Klaps auf den Hals und machte sich ebenfalls auf den Rückweg zum Schloss.

»Und wieder ein Drehtag gerettet«, resümierte ich, während Nicolas und ich dabei zusahen, wie das Filmteam die Kameras abbaute.

»Ja, zumindest der heutige. Ich befürchte, der mysteriöse Saboteur wird bald wieder zuschlagen.«

»Das … denke ich allerdings auch.«

»Das Problem ist einfach, dass wir nie wissen, wann und wo dieser jemand als Nächstes Schaden anrichtet.«

»Ich würde bei der Kutsche anfangen, die Pablo erwähnt hat. Ein wunderbares Ziel für Sabotage-Akte.«

Nicolas runzelte die Stirn. »Das ist allerdings wahr. Es wäre eine perfekte Gelegenheit, diesen Strolch auf frischer Tat zu ertappen.«

Dass Nicolas ernsthaft noch Begriffe wie Strolch verwendete, brachte mich zum Schmunzeln. »Was schlägst du also vor, um den Schurken dingfest zu machen?«

Nicolas sah in die Ferne, dann hellte sich sein Gesicht auf.

»Ich glaube, ich hätte da eine Idee. Élodie, würde es dir etwas ausmachen, die Nacht mit mir im Château zu verbringen?«

Normalerweise hatte man sich doch wenigstens einmal geküsst, bevor man das tat. Nicolas bemerkte mein Blinzeln.

»Oh, ähm, ich meinte eigentlich …« Er lachte und schob die Hand in seinen Nacken.

»Natürlich bleibe ich.« Ich zwinkerte. »Aber verrätst du mir noch deinen genialen Plan?«

»Ich würde sagen, er ist einfach, aber effektiv«, antwortete Nicolas. »Wir brauchen einen guten Beobachtungspunkt, von dem aus wir das gesamte Schlossgelände im Auge behalten können. Nur so haben wir eine Chance, den Schuldigen zu erwischen.«

»Und das heißt …?«, fragte ich erwartungsvoll, denn ich begann bereits zu ahnen, worauf er hinauswollte.

Nicolas lächelte und wies dann mit der Hand zurück zum Château in die Richtung des kleinen verwunschenen Türmchens, das dort in die Höhe ragte.

Ich kehrte an diesem Abend in die Auberge zurück, um meinen Eltern mit dem Abendessen und der Versorgung der Gäste zu helfen. Als ich danach ankündigte, noch einmal zum Schloss zurückzukehren und vermutlich über Nacht zu bleiben, fühlte ich mich plötzlich wieder wie eine Fünfzehnjährige, die zum ersten Mal bei ihrem ersten Freund übernachtete. Verstärkt wurde dieses Gefühl durch die vielsagenden Blicken, die meine Eltern austauschten.

»Pass gut auf dich auf, ja?« Papa verschränkte die Arme.

»Ich versuch's«, erwiderte ich leichthin.

»Ruf an, falls wir dich abholen sollen, Schatz.«

»Maman, ich bin fünfundzwanzig. Und das Dorf erreicht man bequem zu Fuß.«

»Ich will nur nicht, dass du nachts alleine durch den Wald gehst.«

»Das habe ich auch gar nicht vor«, antwortete ich mit einem Seufzen.

»Trotzdem.«

Beschwichtigend hob ich die Hände. »Falls etwas Schlimmes vorfällt, gebe ich euch sofort Bescheid, aber macht euch keine Sorgen, Nicolas und ich gehen nur ganz gesittet auf Verbrecherjagd.«

»Ihr geht *was*?«

»Bis später dann!«

Ich ließ meine vermutlich nicht ganz so beruhigten Eltern in der Küche zurück und machte mich auf den Weg zurück in mein Zimmer, um mein Handy zu holen, bevor ich zum Schloss ging. Auf dem Display ploppte die Nachricht auf, dass Solène einige Male versucht hatte, mich anzurufen, aber da es langsam spät wurde und ich Nicolas nicht warten lassen wollte, entschied ich mich dagegen, zurückzurufen. Was auch immer mir Solène mitteilen wollte, würde vermutlich noch bis morgen warten können.

Dieses Mal schritt ich durch das breite Tor am Vordereingang, anstatt mich wie üblich hinten durch den Park zu schleichen. Die Sonne war inzwischen fast untergegangen und tauchte die Szenerie in ein mattes oranges Licht. Wären da nicht die Zelte und die vielen Wohnwagen gewesen, hätte man wirklich glauben können, in einem Märchen gelandet zu sein.

Mir blieb jedoch nicht die Zeit, weiter das magische Lichtspiel zu bewundern, denn Nicolas kam mir bereits entgegen. Er trug einen altmodischen Korb mit sich und sah höchst zufrieden aus.

»Wie schön, dass du gekommen bist«, sagte er. »Wollen wir den Aufstieg wagen?«

»Ich bin mittlerweile schon so viel in eurer Bibliothek herumgeklettert, dass euer Schlossturm mir nicht zu viele Sorgen bereitet.«

»Na, dann lass uns gehen!«

Ich folgte Nicolas, und wir gingen an den leeren Wohnwagen vorbei zurück zum Château.

»Ist Guillaume eigentlich … Er wohnt ebenfalls im Schloss, oder?«, fragte ich, als wir die Eingangshalle betraten.

»Ja, zumindest für die Dauer der Dreharbeiten, bis zu Großvaters Tod lebte er noch in Paris.«

»Ah ja.«

Zum Glück war ich ihm dort nie über den Weg gelaufen.

Wir stiegen die Treppe zur Galerie hinauf, und Nicolas führte mich einen der Gänge entlang, die ins Herz des Schlosses wiesen. An einer Abzweigung blieb er schließlich stehen und wies auf eine unscheinbare kleine Holztür. Als ich sie vorsichtig öffnete und eintrat, wurde ich von Dunkelheit umhüllt.

Hinter mir leuchtete ein Lichtkegel auf.

»Hier wurde leider nie Strom verlegt.« Nicolas hatte eine große elektrische Lampe mit Henkel aus dem Korb hervorgezogen, die nun eine schmale steinerne Wendeltreppe beleuchtete. Bei der Erkenntnis, dass es nicht mal ein Geländer gab, musste ich ein wenig schlucken.

»Okay, dann gehe ich mal voran«, sagte ich nervös.

Wir erklommen beide hintereinander die lange Wendeltreppe, und ich versuchte dabei notdürftig, mich an der Wand festzuhalten.

»Keine Angst, ich bin direkt hinter dir, um dich notfalls aufzufangen«, meldete sich Nicolas zu Wort.

»Das ist sehr freundlich, aber ich hoffe trotzdem, ich muss es nicht in Anspruch nehmen.«

Ich tastete mich weiter voran, und nach einer kurzen Zeit erreichten wir die Spitze des Turms. Der kreisrunde Innenraum war größer, als ich ihn mir von außen vorgestellt hatte.

Dadurch, dass sich irgendjemand die Mühe gemacht hatte, eine Kommode und ein altes Teleskop nach oben zu schleppen, wurde er aber erheblich verkleinert. Ich betrachtete fasziniert das antike Instrument, während Nicolas die helle Lampe auf der Kommode abstellte. Ein wenig Staub wirbelte dabei auf.

»Lass mich raten, einer deiner Vorfahren war Hobby-Astronom …«

»Diesmal kann nicht mal ich dir sagen, welcher es war«, erwiderte Nicolas. »Wenn du mir kurz …?«

Wir schoben gemeinsam das Teleskop vom Fenster weg, um so Platz für unseren eigenen Aussichtspunkt zu schaffen. Es gab ein einzelnes breites, fast bodentiefes Fenster. Mit respektvollem Abstand stellte ich mich davor und konnte so zum ersten Mal einen Blick nach draußen werfen.

Tatsächlich hatte Nicolas nicht zu viel versprochen. Vom höchsten Punkt des Châteaus hatte man einen exzellenten Blick auf das Schlossgelände und konnte perfekt die prächtige Kutsche im Auge behalten, die im Schein einiger Laternen im Park stand.

Meine Aufmerksamkeit wurde allerdings von dem wunderschönen Nachthimmel abgelenkt, der sich gerade über uns aufspannte. So viele Sterne auf einmal funkeln zu sehen war etwas, was mir in Paris sehr gefehlt hatte. Dort blitzten nachts nur die Lichter von Straßenlampen, Reklamen und Polizeisirenen. Hier oben fühlte man sich ein wenig wie in einer anderen Welt. Hoch genug über dem Erdboden, um für eine Weile seine Alltagssorgen zu vergessen. Ich bemerkte, wie ich mich langsam entspannte und eine wohltuende Ruhe sich in mir ausbreitete.

»Es ist wirklich wunderschön hier … Ich hoffe nur, dass ich nicht eingenickt bin, wenn unser mysteriöser Saboteur auftaucht.«

»Keine Sorge, ich bin vorbereitet.«

Ich drehte mich um und sah dabei zu, wie Nicolas aus dem Korb eine Thermoskanne hervorzog, ebenso einen Becher.

»Ich hätte dir das Getränk gerne im guten Geschirr mit dem Familienwappen serviert«, sagte er, während er meinen Becher mit Kaffee befüllte. »Aber zwei Porzellantassen hier heraufzubringen war mir zu riskant, nicht dass auf der Treppe ein Unglück passiert. Vorsicht, heiß.«

Er reichte mir das Getränk, und mir stieg der aromatische Duft von Kaffee in die Nase. Genüsslich atmete ich ihn ein.

»Keine Sorge, ich trinke Kaffee auch aus nicht adeligem Geschirr.«

»Das ist beruhigend.«

Nicolas war noch längst nicht fertig. Nachdem er mich mit Kaffee versorgt hatte, holte er nun tatsächlich eine blau-grün karierte Decke aus seinem Korb, die er vor dem Fenster ausbreitete.

»Das müsste doch jetzt ein guter Beobachtungsplatz sein.«

»Monsieur, er ist perfekt.« Ich ließ mich mit meinem Kaffee auf die Decke sinken. Mein Getränk stellte ich unter das Fenster, damit es abkühlen konnte, und schlang dann die Arme um meine angewinkelten Beine. Nicolas ließ sich vorsichtig neben mich sinken.

Für einen Moment herrschte Stille, aber es war keine unangenehme Stille. Es hatte etwas zutiefst Beruhigendes, wie wir da auf unserer Decke saßen, ganz allein den Park und den angrenzenden Wald beobachteten. Ausnahmsweise vollkommen ungestört von Regisseuren am Rande des Nervenzusammenbruchs oder missgünstigen Brüdern. Es fühlte sich fast so an, als hätten die letzten Tage genau auf diesen ruhigen Moment zwischen uns beiden hingeführt.

»Wusstest du, dass ich schon immer davon geträumt habe, einmal hier oben zu sein?«, ergriff ich schließlich wieder das Wort.

»Tatsächlich?«

»Ja, die Aussicht hat mich neugierig gemacht.«

»Und wie gefällt es dir?«

Ich blickte zur Seite in Nicolas aufmerksames Gesicht. Wenn Nicolas mich etwas fragte, schaffte er es jedes Mal, mich so anzusehen, als gäbe es nichts Wichtigeres als meine Antwort. Das erkannte man selbst im Halbdunkeln. Ich lächelte.

»Es ist ein wenig ... anders, als ich es mir damals vorgestellt habe. Aber das heißt nicht unbedingt schlechter.«

»Es hat sich wirklich viel verändert«, antwortete Nicolas. Er wirkte nachdenklich. »Aber du bist noch genauso, wie ich dich damals kennengelernt habe. Ein offener, lebensfroher Mensch mit einem großen Herzen.«

»Hmmm.«

Ich schlang die Arme um meine angewinkelten Beine. Aus irgendeinem Grund war mir bei Nicolas' Worten Paul wieder ins Gedächtnis getreten. Eine Person, an die ich eigentlich gerade überhaupt nicht denken wollte.

»Stimmt etwas nicht?«, fragte Nicolas, der sofort meine Zögerlichkeit bemerkt hatte. Ob ich ihm die ganze Geschichte erzählen sollte? Würde er es verstehen oder mich genauso fallen lassen, wie Paul es getan hatte? Ich entschied mich, Nicolas zumindest einen Teil der Wahrheit anzuvertrauen.

»Ach, es ist nur ... ich habe mich in der letzten Zeit immer mal wieder gefragt, ob es wirklich eine gute Sache ist, offen zu sein und von jedem das Beste anzunehmen. Ich bin mir nicht sicher, ob man mit diesen Eigenschaften wirklich die richtigen Menschen anzieht.«

»Meinst du damit jemand Bestimmten?« Nicolas klang scherzhaft.

»Nicht dich natürlich!«, erwiderte ich hastig. »Ach, vergiss einfach, was ich gesagt habe, es war Blödsinn.«

»Nein, nein, ich verstehe schon, was du meinst.« Nicolas

legte nun ebenfalls die Unterarme auf die Knie und sah durch das bodenlange Fenster. »Mein Bruder … Guillaume hat einmal zu mir gesagt, dass es nichts bringt, sich anderen zu öffnen«, begann er schließlich. »Er sagte, dass man nie auf andere Menschen angewiesen sein sollte. Meinem Großvater war er in diesen Aussagen nicht unähnlich. Nun, es ist mir nie leichtgefallen, mich zu öffnen, aber ich habe das nie als große Stärke betrachtet. Nicht wenn ich eines morgens aufwache, um mich zu fragen, ob ich stark und unabhängig oder doch nur einsam und gefühllos geworden bin.«

Während er all dies aussprach, blickte Nicolas die ganze Zeit hinunter auf das Gelände und den dunklen Wald, die Stirn in tiefe Falten gelegt. Ich sah zu ihm auf und begriff nun zum ersten Mal seit unserer Wiederbegegnung seine seltsame Zurückhaltung. Dahinter hatte nicht, wie ich angenommen hatte, Misstrauen gegen meinen Charakter gesteckt. Vielmehr kämpfte Nicolas mit den tiefen Zweifeln, die seine Familie ihm über viele, viele Jahre hinweg eingepflanzt hatte. Und diese Zweifel sorgten auch noch jetzt dafür, dass Nicolas gerade aufgerichtet auf der Decke saß, zwischen uns einige Zentimeter Abstand. In diesem Moment tat ich einfach, was mein Bauchgefühl für richtig hielt. Ich lehnte mich an Nicolas' Schulter.

»Aus dir wird kein gefühlloser Mensch, Nicolas de Montenait«, sagte ich. »Egal, was man versucht hat, dir einzureden. Nicht in tausend Jahren. Dafür kenne ich dich einfach zu gut.«

»Dann heißt das …?«, fragte Nicolas mit rauer Stimme.

»Dass du nicht einsam bist«, flüsterte ich und hob den Kopf. Nicolas und ich sahen uns an, und ich konnte nicht sagen, in wessen Augen die Sehnsucht größer war. Als unsere Lippen sich fanden, spielte es keine Rolle. Nicolas zog mich eng an sich, und eine unglaubliche Wärme begann, in meinem Bauch zu kribbeln. Alles Schwere glitt einfach von meinen Schultern.

Seine Hände fuhren durch mein Haar, streichelten sanft meinen Hals und meine Schultern. Wir fanden in einer Selbstverständlichkeit zueinander, die mir bis dahin unbekannt gewesen war. Noch nie hatte sich etwas in meinem Leben so einfach, so richtig angefühlt, doch als meine Hände bei Nicolas Hemd ankamen, hielten wir kurz inne. Fragend sah ich zu ihm auf.

Nicolas legte lächelnd seine Hand an meine Wange, und ich löste vorsichtig einen Knopf nach dem anderen. Der nackte Oberkörper, der daraufhin zum Vorschein kam, war schlank und definiert. Ich ließ meine Hände sinken und zog mein T-Shirt über den Kopf. Das Kleidungsstück landete auf dem Boden neben mir, dann der BH, und auf einmal war ich mir wieder nicht mehr ganz so sicher, ob ich wirklich das Richtige tat, fragte mich, ob meine Brüste vielleicht zu klein waren und wann ich zuletzt meine Achseln rasiert hatte. Doch Nicolas sah mich wieder mit diesem Blick an, der vollkommen ausschloss, dass etwas Unperfektes an mir existieren konnte, und ich merkte, wie ein gelöstes Lächeln über meine Lippen glitt.

Wir küssten uns wieder und begannen, mit den Händen den Körper des jeweils anderen zu erkunden. Erst vorsichtig, dann wagemutiger. Das sehnsuchtsvolle Ziehen in meinem Bauch wurde immer stärker, und als Nicolas' Hände schließlich auf meinen Hüften ruhten und ich in seine dunklen Augen blickte, wusste ich, ihm ging es genauso. Ich lehnte mich langsam zurück, bis ich schließlich auf der Decke lag. Nicolas folgte mir, die Ellenbogen aufgestützt betrachtete er mich von oben und zeichnete dann mit dem Zeigefinger die Umrisse meines Gesichts nach.

»Du bist wunderschön, Élodie«, flüsterte er, während er

sanft die Haarsträhnen aus meiner Stirn strich. »Stark, schlau und wunderschön.«

Ich schloss die Augen und ließ mich für einen kurzen Augenblick einfach nur in die Geborgenheit fallen. Gab es perfekte Momente? Ich war mir ziemlich sicher, die Antwort auf diese Frage gefunden zu haben. Plötzlich bemerkte ich, wie Nicolas in seinen Bewegungen innehielt. Mit klopfendem Herzen öffnete ich die Augen. Nicolas' Aufmerksamkeit war nicht länger auf mich gerichtet, stattdessen starrte er mit zusammengekniffenen Augen durch das Fenster und richtete sich weiter auf.

»Was ist los?«, fragte ich verunsichert und stützte mich ebenfalls auf meine Unterarme.

»Unten im Park ist das Licht ausgegangen …«, flüsterte Nicolas.

Nun bemerkte ich auch, dass auf dem Schlossgelände plötzlich völlige Dunkelheit herrschte und nur noch ein spärliches Licht von der Lampe auf der Kommode kam. Die Kutsche, die wir eigentlich beobachten wollten, wurde vollkommen von der Finsternis verschluckt.

»Das kann kein Zufall sein«, sagte Nicolas durch zusammengebissene Zähne. Prompt griff er nach seinem Hemd, um sich wieder anzuziehen. Ich tastete nach meinem Shirt.

»Wir müssen runter in den Park. Sofort!«

Kapitel 21

In Windeseile hatten wir uns wieder angezogen. Ich rappelte mich mit wackligen Beinen auf. Nicolas schnappte sich die Lampe von der Kommode. Wir hasteten, so schnell wir konnten, die lange Wendeltreppe hinunter, bis wir schließlich durch die morsche Tür wieder in die Gänge des Châteaus traten.

Ab diesem Zeitpunkt gab es kein Halten mehr, Nicolas stürmte mit wild nach rechts und links ausschlagender Lampe voran, sodass ich Mühe hatte, hinterherzukommen. Wir rannten durch das leere Schloss, die Galerie hinunter durch die Eingangshalle. Nicolas schob mit der Schulter das schwere Schlosstor auf, schon standen wir draußen in der kühlen Nachtluft.

Mein Herz schlug mittlerweile wie wild. Würden wir jetzt endlich den verdammten Film-Saboteur in die Hände bekommen? Wir rannten über den Rasen zum Park hinter dem Château. Hier war es so finster, dass einzig und allein Nicolas' Lampe einen kleinen Lichtkegel vorauswarf.

»Wer auch immer Sie sind, und was auch immer Sie vorhaben!«, rief Nicolas durch die dunkle Nacht. »Lassen Sie es besser bleiben!«

Sein Licht streifte schließlich die Umrisse der riesigen Kutsche. Keuchend blieben wir nebeneinander stehen und lauschten in die dunkle Nacht hinein. Eine Weile hörte man außer unseren aufgeregten Atemzügen nichts. Dann gingen auf einmal die Laternen flackernd an.

»Huch?« Verwirrt wandte ich mich um, betrachtete den plötzlich wieder in mattem Licht erleuchteten Park und sah dann zurück zur Kutsche.

»Sie scheint völlig unversehrt zu sein«, stellte Nicolas fest und ging prüfend um sie herum.

»Tatsächlich?« Ich konnte nicht glauben, dass alles nur ein Fehlalarm gewesen sein sollte, und folgte ihm.

»Sieh selbst.« Nicolas deutete auf die Kutschentüren und die Räder. »Es ist alles in Ordnung.«

»Merkwürdig. Vielleicht waren wir einfach schneller als der Täter, und er ist noch irgendwo hier.«

»Oder das war alles Unsinn, und wir werden langsam paranoid.«

»Aber warum ist dann das Licht –«

»Ist da jemand?« Erschrocken wirbelte ich herum.

Auf einem der Parkwege war plötzlich Guillaume de Montenait aufgetaucht. Er hatte ebenfalls eine Taschenlampe dabei und lief mit straffen Schritten an der niedrigen Hecke entlang. Nicolas kam ihm entgegen und winkte.

»Hallo, Guillaume!«

»Was um alles in der Welt machst du um diese Uhrzeit noch draußen im Park?«, fragte sein Bruder und kam vor Nicolas zum Stehen.

Ich trat hinter der Kutsche hervor. »Wir könnten Sie dasselbe fragen.«

Guillaume leuchtete mich daraufhin mit seiner Taschenlampe an, und ich kniff im grellen Schein die Augen zusammen.

»Ach, Mademoiselle Vinet, Sie sind also auch hier«, sagte er säuerlich. »Anscheinend reicht es nicht, dass Miss Watts ungefragt ins Château eingezogen ist.«

»Ich bin nicht ins Château eingezogen! Und würden Sie bitte Ihren Scheinwerfer aus meinem Gesicht nehmen?«

Zu meiner Überraschung schaltete Guillaume seine Taschenlampe aus.

»Verzeihung, Mademoiselle.«

»Élodie und ich haben die Kutsche beobachtet«, erklärte Nicolas. »Nur um sicherzugehen, dass sie niemand beschädigt.«

»Sie hat dich also mittlerweile auch davon überzeugt, dass irgendein fieser Verbrecher das Filmset unsicher macht.«

»Und Sie haben meine Frage immer noch nicht beantwortet.« Ich sah Guillaume herausfordernd an.

Der hob spöttisch die Hände. »Ich bin nur nach draußen gekommen, um nachzusehen, was den Stromausfall verursacht hat. War beim Sicherungskasten hinter dem Gewächshaus. Sie müssten mittlerweile das Schloss gut genug kennen, um zu wissen, dass hier immer mal wieder etwas kaputtgeht.«

»Ist dir denn irgendetwas aufgefallen, als du nach draußen gegangen bist?«, fragte Nicolas stirnrunzelnd. »Oder irgendjemand?«

Guillaume schüttelte den Kopf. »Nein, außer ein paar Feldmäusen bin ich niemandem begegnet, und wenn es dir nichts ausmacht, würde ich jetzt wieder zurück zum Château gehen. Es ist verdammt spät, und morgen wird dieser überkandidelte Filmregisseur sicher wieder an meinen Nerven zerren. Legt euch noch in den Büschen auf die Lauer, wenn ihr unbedingt wollt, aber ich gehe ins Bett.«

Mit diesen Worten ließ Guillaume uns stehen, und schon bald hörte man nur noch das Knirschen von Kies, als er ins

Schloss zurückkehrte. Ich sah ihm mit einem Seufzen nach und wandte mich dann wieder an Nicolas.

»War wohl doch ein Fehlalarm«, sagte ich niedergeschlagen.

»Womöglich hat es doch niemand auf die Kutsche abgesehen.«

»Tja, dann war der Abend wohl leider verschwendet.«

»Also, das würde ich nicht sagen.« Nicolas legte lächelnd eine Hand an meine Wange. Dann zog er mich an sich und gab mir einen langen Kuss, bei dem meine Knie ganz weich wurden.

»Ich fürchte, für heute ist unsere Wach-Mission beendet«, sagte er, als wir uns schließlich voneinander lösten. »Aber würdest du morgen wieder ins Château kommen? Ich glaube, es gibt einiges zu besprechen …«

Bei diesen Worten stieg ein Glückgefühl in mir hoch, das ich schon lange nicht mehr gespürt hatte. Ich nahm Nicolas' Hand und drückte sie kurz. »Natürlich komme ich.«

Nicolas erwiderte die Geste, und ich war mir ziemlich sicher, ihm war gerade auch danach, von einem Ohr zum anderen zu grinsen.

Dass ich mir einen Großteil der Nacht um die Ohren geschlagen hatte, merkte ich am nächsten Morgen daran, dass es nicht einmal Monsieur Bernouilles Hahn geschafft hatte, mich zu wecken. Als ich aufwachte, war es bereits kurz vor zwölf, und ich eilte nach einer kurzen Katzenwäsche in die Küche der Auberge. Wie immer waren dort bereits meine Eltern zugange. Die Bewirtung der Gäste hatten sie heute Morgen allein gestemmt.

»Guten Morgen, Schlafmütze«, begrüßte mich Maman gut gelaunt.

»Ja, es wurde gestern noch recht spät.« Ich stellte eine Tasse in die Kaffeemaschine. »Aber ich habe versucht, mich so leise wie möglich in die Wohnung zu schleichen.«

»Das ist dir gelungen«, sagte Papa. »Ich hab jedenfalls nichts gemerkt.«

»War denn eure, ähm, Verbrecherjagd erfolgreich?«

Ich merkte, wie sich schon wieder das selige Grinsen in meinem Gesicht ausbreitete. »Wir haben zwar nicht den Kerl geschnappt, der ständig die Dreharbeiten stört. Aber wir hatten trotzdem einen wirklich schönen Abend zusammen. Ich mag Nicolas wirklich sehr.«

Meine Mutter strahlte. »Das scheint ja auf Gegenseitigkeit zu beruhen, nicht wahr?«

Ich nickte mit einem verhaltenen Lächeln. Mein Blick landete bei Papa, der bisher kaum ein Wort gesagt hatte. Mit verschränkten Armen lehnte er am Kühlschrank.

»Na ja ...«, grummelte er schließlich. »Wenn du ihn wirklich magst – und er dich ... Vielleicht hab ich mich doch in dem jungen Mann getäuscht. Bernouille hat mir heute Morgen erzählt, dass er ordentlich auf seinem Hof mit angepackt hat.«

Maman gab sich keine Mühe, ihr erleichtertes Seufzen zu verbergen. »Du verbringst dann wohl heute wieder den Tag im Château?«, fragte sie.

Ich nickte, nun doch breit grinsend. »Gleich nach dem Frühstück breche ich auf. Vermutlich müssen bei den Dreharbeiten wieder einige Feuer gelöscht werden.«

»Ihr werdet das schon hinkriegen«, antwortete Maman. »Ach, ich freu mich!«, schickte sie hinterher, und ich konnte nicht anders, als zu lachen.

»Ich mich auch.« Ich nahm meinen Kaffee aus der Maschine. »Aber wenn ihr mich kurz entschuldigen würdet?«

Ich ging mit meinem Kaffee in der Hand zurück in mein Zimmer, wo ich mich umzog und dann zum ersten Mal seit gestern Abend mein Handy checkte. Angeblich hatte ich

Hunderte von Nachrichten auf meinem Instagram-Account erhalten. Das hielt ich doch für sehr unwahrscheinlich. Trotzdem öffnete ich mein Postfach, und mir schlugen als Erstes zehn neue Nachrichten von irgendwelchen Profilen entgegen, die ich noch nie gesehen hatte.

»Halt dich von Paul fern, Schlampe!«

»Wie hässlich kann man eigentlich sein, haha, geh dich umbringen, lol.«

»Du hast ihn echt nicht verdient und solltest echt die Finger von ihm lassen.«

In diesem Stil ging es noch eine ganze Weile weiter. Vollkommen fassungslos checkte ich meinen Account, um irgendwie auf den Ursprung dieser Nachrichten zu kommen, bis mir schließlich ein bestimmtes Foto begegnete. Auf dem Bild sah man einen lächelnden Touristen im Park rund um das Schloss von Angers. Im Hintergrund erkannte ich Paul und mich – und wir küssten uns. Irgendjemand hatte uns beide mit einem roten Kreis versehen. Unter dem Post stand: *Omg! Hat er eine Freundin!!?* Ich spürte, wie meine Hände schwitzig wurden und eine Welle von Übelkeit in mir hochstieg. Ein Albtraum, das musste einfach ein … In diesem Moment ploppte auf dem Display ein eingehender Anruf auf. Solène. Mit klopfendem Herzen nahm ich ab.

»Meine Güte! Endlich gehst du ans Telefon!«

»Solène es ist etwas Schreckliches pa–«

»Was meinst du, warum ich seit gestern ständig versuche, dich anzurufen!«, unterbrach mich meine Freundin. »Weil seitdem das Knutschfoto von dir und Paul viral gegangen ist!«

»Ja, aber … aber …«, stotterte ich, während ich wieder durch die hasserfüllten Nachrichten in meinem Postfach scrollte. »Das kann doch nicht wahr sein Wie ist das passiert?! Das Ganze ist doch schon eine Woche her.«

»Anscheinend wart ihr beide knutschend im Hintergrund auf einem Foto, das ein Tourist gemacht und auf seinem Social-Media-Account hochgeladen hat. Irgendjemand hat schließlich Paul und dich entdeckt. Seitdem geistert das Bild durch alle Klatschmagazine, und auf Pauls Instagram-Account spielen die Fans verrückt.«

»Aber wie haben die mich gefunden?«, fragte ich verzweifelt. »Du willst nicht wissen, was ich hier für Nachrichten bekomme!«

»Dein Instagram-Profil ist öffentlich, *chérie*, und überhaupt … Hast du schon mal was von der Rückwärts-Bildersuche gehört? Selbst ich hätte dich ziemlich schnell im Internet ausfindig machen können …«

»Na ja, jetzt nicht mehr«, antwortete ich. »Mein Profil habe ich auf privat gestellt, das hält Pauls eifersüchtige Verehrerinnen erst mal davon ab, meine Posts mit hässlichen Kommentaren zu versehen. Mein Postfach können sie aber weiterhin mit Gift fluten. Irgendwelche Journalisten, die ein Statement zu meiner *heimlichen Liebesaffäre* wollen, sind übrigens auch darunter. *Merde!*«, rief ich und versuchte mich zum Durchatmen zu zwingen.

»Es tut mir so leid, chérie«, sagte Solène.

»Warum nur musste das ausgerechnet jetzt noch passieren? Das könnte alles …«

»Moment mal, soll das etwa heißen –«

»Ich muss los, Solène. Ich erklär's dir später!«

»Aber …!«

Ich unterbrach die Verbindung, stopfte mein Handy in die Hosentasche und sprang auf. Es gab jetzt nur eine einzige Person, die diesen Wahnsinn stoppen konnte.

In meinem ganzen Leben war ich noch nie so schnell zum Château gerannt. Und während ich dem Schloss entgegenhastete, musste ich immer wieder die Tränen unterdrücken, die hartnäckig in mir aufsteigen wollten. Wie sehr verfluchte ich den Augenblick, in dem Paul Hamilton in mein Leben getreten war. Ich wünschte, wir hätten niemals auch nur ein Wort gewechselt. Dieser verfluchte Kuss! Er hatte mir nichts bedeutet, und jetzt zerrissen sich ein Haufen Leute, die weder mich noch Paul kannten, das Maul darüber. Und sie hassten mich. Für einen Kuss, den ich nie gewollt hatte.

Als ich am Schloss ankam, eilte ich schnurstracks an den Komparsenzelten vorbei zu den Wohnwagen für die Schauspieler. Ich hoffte nur, dass ich Paul dort antraf. Ansonsten würde es ausnahmsweise einmal ich sein, die Pablo Domingos Dreharbeiten störte. Kurz blieb ich stehen, um mich zu orientieren. Leider hatte ich keine Ahnung, welcher Wohnwagen zu Paul gehörte. Zu meinem großen Glück erspähte ich in diesem Moment Samanthas Stylistin.

»Nikita!«, rief ich und winkte hektisch.

»Ja …?« Mit ihrem Kaffeebecher in der Hand kam sie zu mir herüber.

»Kurze Frage: Wo ist Pauls Wohnwagen?«

»Ähm, das ist der da drüben.« Nikita zeigte auf einen grauen Wagen mit getönten Scheiben. »Aber du kannst nicht einfach …«

»Danke!«

Ich ließ die Stylistin stehen und stürmte die Stufen zum Wagen hinauf. Ohne zu klopfen oder sonst irgendwie innezuhalten, riss ich die Tür auf und betrat den Wohnwagen. Ein riesiger Stein fiel mir vom Herzen, als ich dort Paul erkannte. Er saß in einem niedrigen Drehstuhl vor einem großen runden Spiegel, während ein anderer Mann gerade mit einem dünnen Stift seine Augenbrauen nachzeichnete. Auf einem Tisch standen die Reste eines Mittagessens. Als der Make-up-Artist mich im Spiegel entdeckte, hielt er inne.

»Du kannst Pablo ausrichten, dass wir hier gleich fertig sind«, sagte er.

»Paul! Ich muss mit dir sprechen.«

In der jetzigen Lage konnte er mich wohl kaum länger

ignorieren. Er hatte sich noch nicht einmal zu mir umgedreht, sondern betrachtete mich im Spiegel.

»Bist du noch ganz bei Trost?«, sagte der Visagist stirnrunzelnd. »Ich muss dich bitten, sofort zu –«

Paul hob die Hand. »Ist schon okay. Wir waren doch sowieso fast fertig, oder? Kannst du uns vielleicht ein paar Minuten alleine lassen?«

Der Make-up-Artist machte ein verdrießliches Gesicht, dann nickte er schließlich und stapfte aus dem Wohnwagen.

Paul drehte sich auf seinem Stuhl zu mir um und legte den Kopf schief. »Also, was ist los?«

»Jetzt tu nicht so, als hättest du keine Ahnung!«, platzte es aus mir heraus. Ich zog mein Handy aus meiner Tasche und wedelte damit vor Pauls Gesicht herum. »*Das!* Das ist los! Das Internet und alle Klatschreporter flippen gerade aus, weil sie denken, ich wäre deine neue Freundin. Also würdest du bitte deiner eifersüchtigen Fan-Gemeinde stecken, dass du dich nicht mehr die Bohne für mich interessierst! Sag ihnen, dass das alles nur eine dämliche Schauspielübung war, denn das war es schließlich auch!«

Paul schien mein emotionaler Ausbruch nicht groß zu rühren, stattdessen lächelte er schief. »Das war natürlich ein übler Zufall, dass bei unserer kleinen Übung auch noch ein Foto entstanden ist.« Er lehnte sich auf seinem Stuhl zurück.

Seine vollkommene Gelassenheit ließ einen furchtbaren Verdacht in mir hochsteigen.

»Du wolltest ... dass so etwas passiert«, sprach ich ihn mit zitternder Stimme aus. »Du hast es mit Absicht provoziert.«

»Und selbst wenn«, erwiderte Paul gelangweilt. »Ich verstehe gar nicht, warum du dich gerade so aufregst. Unsere Zeit miteinander war doch ganz angenehm.«

Diese Aussage machte mich derart fassungslos, dass ich meine Stimme nur noch mühsam beherrschen konnte. »Ganz angenehm? Ich habe alleine heute schon zwanzig Hassnachrichten auf meinem Instagram-Account bekommen, was ich dumme Schlampe mir eigentlich einbilde! Wie ich darauf komme, mich an dich heranzuschmeißen. Dass ich ein hässliches Miststück bin, die sich lieber umbringen sollte. Und das alles nur, um ein bisschen den PR-Rummel um deine Person zu erhöhen? Das mag ja für dich ganz angenehm sein, aber ich gehe gerade durch die Social-Media-Hölle!«

Paul zuckte mit den Achseln. »Es bringt nichts, sich deswegen aufzuregen. So was dauert höchstens ein paar Wochen, und es ist wichtig, um das Interesse hoch zu halten. Glaub mir, ich kenne das Spiel.«

Ich ballte die Hände zu Fäusten, etwas, von dem ich nicht wusste, wann ich es zuletzt getan hatte. »Für mich ist das aber kein Spiel!«, rief ich und konnte nicht verhindern, dass meine Stimme eine Tonlage höher rutschte. »Ich dachte zu diesem Zeitpunkt wirklich, dass du … Ich dachte, wir …«

Paul hob eine Augenbraue. »Was? Wir gemeinsam in den Sonnenuntergang reiten? Der Filmstar und die unentschlossene Träumerin, die ihr Leben nicht sortiert bekommt?«

Ich schluckte. Die Worte waren mir tatsächlich ausgegangen.

»Also von mir aus können wir gerne in Kontakt bleiben.« Paul drehte sich wieder zu dem großen runden Spiegel um und zupfte an seiner Frisur herum. »Nach dem Film bin ich erst mal 'ne Weile in den USA, aber falls ich mal wieder in Europa bin … Solange du da keine große Sache draus machst, natürlich.«

Mir wurde übel. Selten hatte ich mich so wütend und so hilflos zugleich gefühlt. Und dass sich ein dicker Kloß in meinem Hals gebildet hatte, war für einen starken Abgang auch nicht gerade hilfreich.

»Ich will dich nie, nie wieder sehen«, flüsterte ich. »Und ich hoffe, eines Tages wird die Welt da draußen erfahren, was für ein Mensch du wirklich bist, Paul. Ein berechnender, herzloser Eisklotz.«

Ich drehte mich auf dem Absatz um und stürmte aus dem Wohnwagen. Draußen angekommen nahm ich nicht einmal wahr, wo ich hinlief, denn meine Gedanken überschlugen sich. Es war offensichtlich, dass Paul keinen Finger rühren würde, um die Sache aufzuklären. Er ließ lieber das Netz über eine mysteriöse neue Liebschaft munkeln und genoss die Medienaufmerksamkeit, während ich mich mitten im Shitstorm befand. Zumindest wusste ich jetzt, wovor Samantha versucht hatte, mich zu warnen. Sie war schließlich daran gewöhnt, im Rampenlicht zu stehen.

Noch wichtiger war allerdings gerade die Frage, ob und was Nicolas schon von alldem wusste. Ich musste dringend mit ihm reden. Jetzt! Der Gedanke an ihn war der erste seit dieser Katastrophe, der mir ein wenig Trost und Zuversicht schenkte. Er würde mir zuhören. Er würde verstehen. Leider wusste ich nur mal wieder nicht, wo ich ihn finden konnte. Vielleicht war er auch schon unterwegs zu unserem Treffpunkt, es war schon kurz vor eins.

Nach einem knappen Zögern verließ ich schließlich die kleine Wohnwagen-Gruppe und ging aufs Château zu. Probehalber drückte ich gegen das breite Eingangstor. Es ließ sich öffnen. Anscheinend wurde heute wieder draußen gedreht, denn die meiste Zeit über standen die Türflügel einfach offen. Vorsichtig schob ich mich durch den schmalen Spalt, der entstanden war.

»Wir haben doch schon hundertmal darüber gesprochen.«

Ich zuckte zusammen, als ich Nicolas' Stimme erkannte. Sie kam von oben von der Galerie. Und tatsächlich, als ich den Kopf hob, erkannte ich Nicolas zusammen mit seinem Bruder hinter dem Geländer.

»Das schon, aber du hast bisher kein einziges Mal zugehört.« Das war Guillaumes Stimme. Sie klang hart und entschlossen. »Du solltest dich fernhalten von Élodie Vinet. Sie macht dir etwas vor. Dieses Dorfmädchen nutzt nur dein weiches Herz aus, weil sie denkt, dass es bei uns etwas zu holen gibt.«

»Das tut sie nicht.« Ich hatte Nicolas noch nie Guillaume widersprechen hören. »Und ich habe es satt, dass du immer so abwertend über Élodie sprichst. Warum kannst du mir nicht einfach einmal vertrauen?«

»Weil ich schon zu lange damit beschäftigt war, auf dich aufzupassen, Brüderchen. Du hast doch gesehen, wie sie mit diesem Schauspieler in den Drehpausen herumgeschäkert hat. Sie ist nur auf ihren Vorteil bedacht. Für sie bist du komplett austauschbar. Ich verstehe nicht, warum –«

»Warum nimmst du dir nicht einfach die Zeit, sie wirklich kennenzulernen?«

»Hast du das hier überhaupt schon gesehen? Hast du nicht, oder?«

Mir rutschte das Herz in die Hose, als ich erkannte, dass Guillaume sein Handy zückte. Noch immer stand ich wie zur Salzsäule erstarrt in der hohen Eingangshalle und brachte beim besten Willen keinen Ton heraus. Stattdessen sah ich stumm dabei zu, wie Guillaume Nicolas das Display hinhielt.

»Hat sie dir das erzählt?«

Nicolas schwieg.

»Hat sie, oder hat sie nicht?«

Ich sah, wie er langsam den Kopf schüttelte.

»Ich weiß ganz genau, dass sie versucht hat, dir einzureden, ich wäre ein schlechter Mensch, und ich weiß, ich kann manchmal harsch sein, aber war ich nicht immer ehrlich zu dir?«, fragte Guillaume eindringlich.

Noch immer antwortete Nicolas nicht.

»Also was ist dir jetzt wichtiger, Nicolas? Dieses leichtfertige Wirtshausmädchen oder deine Familie? Was meinst du, wer nach alldem mehr dein Vertrauen verdient hat? Verab-

schiede dich endlich von deinen Träumereien und ... von
Élodie Vinet.«

»Ich ...«, begann Nicolas.

Mein Herz pochte so schnell, dass ich es am liebsten fest-
halten wollte.

»Vielleicht ... hast du recht«, sagte er leise.

Etwas in mir zerbrach. Es zerfiel in tausend kleine Scherben, und ich drehte mich langsam um, öffnete die Tür, durch
die ich gekommen war, und stahl mich aus dem Schloss. Als
das helle Tageslicht wieder meine Augen traf, versuchte ich
noch einen Moment lang, mir einzureden, dass ich mich doch
nur in einem Albtraum befunden hatte ... oder immer noch
befand. Schließlich war es nur in einem Albtraum möglich,
dass innerhalb eines Tages alles, alles, was du dir erträumt
hattest, erst geschenkt und dann wieder genommen werden
konnte. Richtig?

Aber als ich langsam über den Kiesweg an den Wohnwagen vorbeiging und die großen weißen Zelte passierte, wurde
mir klar: Das hier war zwar ein Albtraum, trotzdem würde ich
nicht einfach aufwachen. Nicolas war nicht für mich oder wenigstens für sich selbst eingetreten. Er hatte sich von seinem
Bruder davon überzeugen lassen, dass ich eine herzlose Auf-
reißerin war.

Kapitel 22

Als ich wieder zurück im Gasthof meiner Eltern war, setzte ich mich an meinen Schreibtisch und begann meine Hände in meinem Schoß zu betrachten, solange bis langsam deren Konturen verschwammen. Tränen rollten meine Wangen hinab, während mein Handy, das immer noch auf der verkratzten Holz-Oberfläche lag, ununterbrochen vor sich hin vibrierte. Vermutlich jede Menge neue Hassnachrichten, um mich dafür zu verdammen, Paul Hamilton vertraut zu haben.

Ich konnte nicht sagen, wie lange ich einfach nur so dasaß. Ab und zu stand ich auf, von dem Wunsch ergriffen, etwas zu tun, aber dann lief ich doch nur einmal im Kreis und setzte mich wieder hin. Das Gefühl der Hilflosigkeit war einfach übermächtig. Irgendwann legte ich mich auf mein Bett und schloss die Augen, vielleicht in der kleinen Hoffnung, in der Welt aufzuwachen, in der zwischen Nicolas und mir noch alles in Ordnung war und mich Paul Hamilton nicht für etwas Social-Media-Aufmerksamkeit benutzt hatte.

Als ich die Augen wieder öffnete, waren weder die Müdigkeit noch die tiefe Traurigkeit verschwunden, die sich in jeder Faser meines Körpers festgesetzt hatte. Im Grunde schaffte ich nur, einen einzigen klaren Gedanken zu fassen: Ich wollte und konnte hier nicht mehr sein. Nicht in Nicolas' Nähe und erst recht nicht in der von Paul. Abstand. Ich brauchte Abstand, und den würde ich hier nicht bekommen.

Mit fahrigen Bewegungen stand ich auf, zog meinen Koffer unter dem Bett hervor und begann, meine Kleidung hineinzustopfen, während ich überlegte, wie um Himmels willen ich meinen Eltern das alles beibringen sollte. Dass Maman oder Papa schon etwas vom digitalen Horror mitbekommen hatten, bezweifelte ich stark, da sich ihre Internetnutzung auf die Kommunikation über Messenger beschränkte.

Ich setzte mich an meinen Schreibtisch und kritzelte auf einen Notizzettel, dass ich beschlossen hatte, doch wieder nach Paris zurückzukehren, um für die Prüfungen zu lernen, und mich bei ihnen melden würde, sobald …

In diesem Moment klopfte es an meiner Zimmertür. Verwirrt sah ich hoch.

»Élodie?« Meine Mutter streckte den Kopf herein. »Hier ist ein junger Mann, der dich sprechen will.«

Noch bevor ich Zeit hatte, nachzufragen, welcher junger Mann, oder formulieren konnte, dass ich gerade niemanden hören und sehen wollte, trat sie zurück und ließ die Person eintreten, die hinter ihr gewartet hatte.

»Nicolas?«

Er sah ein wenig mitgenommen aus. Sein Haar war zerzaust, als hätte er sich Dutzende Male mit den Händen durch die Frisur gefahren und – ich vermutete, von der gestrigen Nacht – lagen leichte Ringe unter seinen Augen. Hinter ihm fiel die Zimmertür mit einem leichten Klack ins Schloss. Es fühlte sich zutiefst merkwürdig an, Nicolas hier zu sehen. Er hatte nie die Auberge, geschweige denn mein altes Zimmer betreten.

»Was willst du?«, fragte ich schließlich und stand von meinem Schreibtisch auf.

»Du warst heute Nachmittag nicht am Gartentor.«

»Ich war mir nicht sicher, ob ich dich dort treffen würde.«

Nicolas wurde blass. Sein Blick wanderte durch den Raum und blieb schließlich am Koffer auf meinem Bett hängen. »Wieso packst du?«, fragte er stirnrunzelnd.

»Warum packen Leute wohl?«, antwortete ich schroff, ging zu meinem Gepäck und stopfte ein weiteres T-Shirt hinein. »Weil ich fahre.«

»Und wohin?«

»Nach Paris. Da werde ich wahrscheinlich auch nicht von Pauls eifersüchtigen Verehrerinnen und neugierigen Journalisten verschont, aber alles ist mir momentan lieber, als hierzubleiben. Mehr Details muss ich dir wohl kaum nennen, oder? Du weißt doch ohnehin Bescheid. Dein Bruder hat dir doch alles erzählt. Die ganze Wahrheit über Élodie Vinet.«

Nicolas hob überrascht die Augenbrauen und knetete dann seine Hände, während ich mich innerlich anspannte.

»Aber wenn du jetzt gehst, was ist dann mit deinen Eltern? Sie waren doch so froh, dass du wieder in Courléon bist.«

Natürlich. Was hatte ich auch anderes erwartet?

»Sie werden schon zurechtkommen.« Ich stopfte energisch meinen Waschbeutel an die Seite des Koffers. »Vielleicht sind sie sogar besser dran ohne mich.«

»Aber wolltest du nicht wenigstens hierbleiben, bis die Dreharbeiten abgeschlossen sind?«

Mit einem letzten festen Handgriff stopfte ich den Waschbeutel fest, schlug den Kofferdeckel zu und drehte mich zu Nicolas um. Instinktiv wich der einen Schritt zurück. Ich bemerkte erst jetzt, dass ich zitterte.

»Du kannst es einfach nicht sagen, oder?«

»Was sagen?«, fragte Nicolas, und der Schmerz in seinen Augen war fast so groß wie der in meiner Stimme, als ich antwortete:

»Warum sagst du nicht einfach ›Ich will aber nicht, dass du gehst, Élodie.‹?«

Nicolas sah mich an, öffnete den Mund, schloss ihn wieder. Ich ballte meine zitternden Hände zu Fäusten.

All die Anspannung brach plötzlich aus mir heraus. »Willst du es nicht einmal versuchen?«, rief ich. »Von mir aus helfe ich dir sogar! Du könntest etwas sagen wie: ›Élodie Vinet, ich habe mich in dich verliebt, schon als wir Kinder waren, und in diesen wenigen Wochen, die wir miteinander verbringen durften, habe ich begriffen, dass ich mit dir zusammen sein will. Ich liebe dich von ganzen Herzen, so wie du bist, und wünschte, ich hätte dir einfach mehr vertraut.‹«

Ich packte den Griff meines Koffers. »Vielleicht hätte ich dir dann sogar gesagt, dass dieser Kuss, für den mich gerade alle hassen, nicht von mir ausging, und ich Paul Hamilton aus tiefster Seele verachte. Von seiner Seite aus war das alles nur ein verdammter PR-Gag. Aber du kannst es nicht, Nicolas de Montenait. Du kannst nichts sagen, nicht für dich, mich oder für uns, und ich habe keine Zeit mehr, darauf zu warten. Denn wenn wir auf unser Glück warten, wird es uns niemals finden. Für eine kleine Weile dachte ich tatsächlich, es wäre hier, in Courléon … Aber …« Ich schluckte und verstummte.

Die Wut und die Kraft, die vorhin noch durch meinen Körper tobten, waren plötzlich verschwunden. Und von meiner Stimme blieb nur noch ein tränenersticktes Flüstern übrig. »Mach's gut, Nicolas.«

»Élodie …«

Doch ich stapfte an ihm vorbei, und als die Tür hinter mir zuschlug, strömten auch die Tränen, lange unter Fassungslosigkeit begraben, ungehindert mein Gesicht hinunter. Ich versuchte nicht einmal, sie abzuwischen, während ich den Gasthof verließ. Ich hatte in einem Traum gelebt, meinem Kindheitstraum … und der war endgültig vorbei.

Kapitel 23

Sechs Monate später

»Bitte schön, Monsieur, ihr *café au lait* und zwei Croissants mit Erdbeermarmelade.«

»Vielen Dank, Mademoiselle.«

»Gerne.«

Ich lächelte dem Herrn mit seiner Zeitung freundlich zu und machte mich dann auf den Weg zurück in die Küche, froh, die Bestellung fehlerfrei über die Bühne gebracht zu haben. Zu den Klängen von *La vie en rose* schob ich den Vorhang zur Seite, der in den hinteren Bereich des Cafés führte.

»Ich glaube, momentan sind alle glücklich.«

»So soll es sein«, erwiderte Monsieur Charlier. »Dann kannst du ja ein paar Tassen in den Geschirrspüler räumen.«

»Natürlich.«

Ich ging durch die Küche, nahm ein paar schmutzige Tassen mit Eiffelturm-Motiv von einem Tablett und begann, sie in die Geschirrspülmaschine einzuräumen.

»So ganz verstehe ich es ja nicht.«

Verwirrt drehte ich mich zu meinem Chef um, der mit verschränkten Armen neben der Kaffeemaschine lehnte.

»Was verstehen Sie nicht?«

»Warum du immer noch hier arbeitest.«

»Pardon?«

»Na, unsere Frau Anwältin ist doch jetzt wirklich eine Anwältin, oder? Du hast die Prüfungen bestanden, also warum hängst du immer noch in meinem kleinen Café herum, anstatt dir eine wesentlich besser bezahlte Stelle zu suchen?«

Ich schluckte. Warum musste Charlier unbedingt davon anfangen? »Es ... hat sich einfach noch nichts ergeben«, antwortete ich schließlich.

Charlier hob die Schultern. »Man kann niemanden zu seinem Glück zwingen, richtig?«

»Richtig.« Ich nahm eine weitere Tasse vom Tablett.

Am späten Nachmittag trottete ich durch Montmartre zur Metro-Station, während mir eine kühle Herbstbrise entgegenwehte. Fröstelnd steckte ich die Hände in die Taschen meiner Jacke. Das Gespräch mit Charlier hing mir immer noch nach. *Man kann niemanden zu seinem Glück zwingen.*

Ja, erst recht nicht, wenn diese Person schon längst nicht mehr wusste, wo sie ihr Glück fand und was sie überhaupt glücklich machte. Die Arbeit im Café? Die trug definitiv mehr zu meiner Miete als meinem seelischen Wohlbefinden bei, aber die Mail, die mich vor ein paar Wochen darüber informiert hatte, dass ich nun eine »echte Frau Anwältin« war, hatte auch nicht viel in mir ausgelöst. Um ganz ehrlich zu sein, vermisste ich sogar das stupide Auswendiglernen, das mich mehrere Monate lang begleitet hatte.

Zurück in Paris hatte ich Solènes alten Ratschlag befolgt, mich in meiner Wohnung eingesperrt und den ganzen Tag mit Gesetzestexten verbracht. Im Grunde hätte ich fast alles getan, um mich nicht mit meinem Privatleben auseinandersetzen zu müssen. Mein Handy war mehrere Wochen lang nur eingeschaltet gewesen, um mich bei Solène oder meinen Eltern zu melden, so lange, bis irgendwann die giftigen Nachrichten und Presse-Anfragen in meinem Postfach versiegten und ich das Gefühl hatte, endlich wieder von der digitalen Bildfläche zu verschwunden zu sein. Zurückgeblieben war allerdings keine Erleichterung, sondern eine Leere, die es mir nur umso leichter machte, mich weiter in meiner Wohnung zu verkriechen oder endlose Stunden im Café zu arbeiten.

Zurück in meiner winzigen Mansardenwohnung, warf ich meine Jacke über den einzigen Stuhl in meiner Wohnung. Ich hatte unten die Post aus dem Briefkasten geholt und legte den Stapel Briefe achtlos neben mein Smartphone, das auf dem winzigen Tisch lag. Zögerlich griff ich danach. Solène hatte mal wieder mehrere Sprachnachrichten hinterlassen.

Ich weiß, du schaust seit dieser Geschichte mit Paul nicht mehr so regelmäßig auf dein Handy, aber du kannst dich doch nicht ewig verkriechen, chérie! Die Ausrede, dass du lernen musst, ist jetzt auch nicht mehr gültig. Du musst dringend mal wieder vor die Tür. Von Nicolas hast du immer noch nichts gehört, oder? Ruf mich doch mal an, ja? In meiner Kanzlei wird demnächst eine Stelle frei. Falls du Interesse hast, könnten wir doch mal drüber ...

Ich stoppte die Nachricht und legte mein Handy zurück auf den Tisch. Ich wusste doch selbst, dass es nicht ewig so weitergehen konnte, aber in Solènes Kanzlei anzufangen, war definitiv nicht der richtige Weg für mich.

Müde ließ ich mich auf den Stuhl sinken und begann die Umschläge durchzusehen, die in meinem Briefkasten gelandet waren, größtenteils Werbung und Rechnungen, bis auf einen weißen Umschlag, sorgfältig von Hand mit meiner Adresse beschriftet. Kritisch drehte ich ihn hin und her. Nicolas' Handschrift war es nicht, aber wer sonst sollte mir einen guten alten antiquierten Brief schreiben? Vorsichtig öffnete ich den Umschlag und zog einen Bogen Papier heraus.

Meine liebe Élodie,
ich hoffe sehr, dass es dir gut geht. Von deinen Eltern weiß ich, dass du wieder in Paris lebst und deine Abschlussprüfungen bestanden hast. Sie sind sehr stolz, auch wenn sie dich natürlich vermissen. Ich ebenfalls, aber das ist nicht der Grund meines Schreibens.
In Kürze erscheint der Film, bei dem meine Nichte und du mitgespielt habt. Es wird eine kleine Premierenfeier im Château geben, und alle Bewohner von Courléon sind eingeladen. Das war Nicolas' Idee, und alle freuen sich schon sehr darauf. Du würdest gar nicht glauben, wie beliebt er mittlerweile im Dorf ist. Es scheint sich wirklich etwas zu verändern zwischen Courléon und den de Montenaits. Und ich weiß, dass das unter anderem dein Verdienst ist.
Daher bitte ich dich, komm doch für das Wochenende vom 9. bis zum 11. September zurück nach Courléon. Ich weiß, die Dinge zwischen Nicolas und dir haben sich verändert, aber ich glaube, weder du noch er können wirklich weitermachen, wenn ihr euch nicht wenigstens ein letztes Mal gesehen habt.
Je t'embrasse,
Claudine

Nachdenklich ließ ich den Brief sinken. Ich hatte mit vielem gerechnet, aber sicher nicht mit einer Nachricht unserer Nachbarin.

Mein Blick wanderte ein weiteres Mal über die Zeilen. Ich hatte irgendwie ganz vergessen, dass dieser Film eines Tages noch in die Kinos kommen sollte. Aber war es wirklich eine gute Idee, für die Premierenfeier nach Courléon zurückzukehren?

Ich glaube weder du noch er können wirklich weitermachen, wenn ihr euch nicht ein letztes Mal gesehen habt.

Womöglich hatte Claudine recht. Mein jetziges Leben war in keinem Zustand, den ich auf Dauer aushalten konnte. Ich wollte abschließen, egal, mit welchem Ausgang, Hauptsache, ich konnte endlich wieder nach vorn sehen. Monsieur Charlier würde wohl ein paar Tage ohne mich auskommen müssen.

***

In Courléon veränderte sich nie wirklich etwas, das hatte ich zumindest immer gedacht, aber die Wahrheit war: Ich hatte mich verändert und damit auch meine Sicht auf das Dorf. Was sich nicht verändert hatte, war die unerschütterliche Zuneigung meiner Mutter, als sie mich am Bahnhof von Angers fest in die Arme schloss.

»Es ist so schön, dass du wieder da bist. Ich hatte Angst, du tauchst wieder vollkommen ab«, sagte sie, als wir uns wieder voneinander lösten.

Ein kleines Lächeln stahl sich auf meine Lippen. »Ich freue mich auch, Maman.«

Wir kehrten zum Auto zurück, das meine Mutter vor dem Bahnhofsgebäude abgestellt hatte. Ich hatte lediglich eine kleine Reisetasche mit Gepäck mitgenommen. Schließlich plante ich, nicht besonders lange zu bleiben. Die Fahrt nach Courléon spielte sich vorerst schweigend ab.

Es war Maman, die das Wort ergriff: »Wie geht es dir? Hat sich ... alles wieder beruhigt?«

Natürlich hatten meine Eltern schlussendlich doch mitbekommen, dass ich für eine Weile im Internet als die neue Affäre von Paul Hamilton gehandelt wurde. Schließlich hatten zeitweise ein paar vorwitzige Journalisten versucht, mehr über mich zu erfahren, indem sie die Auberge kontaktierten.

»Momentan habe ich meine Ruhe. Es gibt schon wieder neue Gerüchte, mit wem Paul jetzt zusammen sein könnte.«

»Woher wusstest du eigentlich von der Premierenfeier? Ich dachte, du würdest ohnehin nicht kommen wollen, wegen ...«

»Claudine.«

Maman seufzte. »Das hätte ich mir denken können.«

»Wann und wo ist die Feier denn nun eigentlich?«

»Morgen Abend im Schloss. Wo genau im Schloss weiß ich nicht. Treffpunkt ist gegen halb acht vor dem Eingang des Châteaus. Es ist ehrlich gesagt nicht nur wegen des Films ein besonderer Moment. In all den Jahren hat noch nie ein Montenait das ganze Dorf zu sich eingeladen.«

»Bestimmt nicht Guillaumes Idee«, murmelte ich.

»Das sehe ich ganz genauso«, antwortete Maman.

In der Auberge angekommen zog ich mich möglichst schnell in mein altes Zimmer zurück. Dort begann ich, wie ein eingesperrter Tiger auf und ab zu laufen. Selbstzweifel prasselten wieder auf mich ein. War es tatsächlich eine gute Idee, morgen zum Schloss zu gehen? Brachte ich am Ende wirklich die Sache zu einem Abschluss, oder riss ich nur alte Wunden auf? Ich war kurz davor, meine nicht mal ausgepackte Reisetasche unter den Arm zu klemmen und doch wieder nach Paris abzuhauen, als mein Handy klingelte. Ohne einen weiteren Blick aufs Display nahm ich ab.

»Hallo?«

»Da schleppt man extra Pizza und Wein die Hundertmillionen Stufen zu deiner winzigen Dachkammer hoch, um dich zu überraschen, und dann bist du nicht einmal zu Hause! Beweg gefälligst deinen Hintern hierher. Wir werden jetzt so lange in ungesundem Essen und Romcoms schwelgen, bis du endlich mal wieder lächelst.«

»Ach, Solène ...«

»Élodie!«

»Ich, also ich würde ja gerne ... Aber ich kann gerade wirklich nicht.«

»Sagte ich nicht schon, dass ich Ausreden nicht mehr –«

»Ich bin gar nicht in Paris. Ich bin in Courléon.«

»Oh ... *Oh!*«, machte Solène. »Heißt das etwa ...?«

»Im Schloss findet eine Premierenfeier zum Erscheinen dieses unsäglichen Marie-Antoinette-Films statt, und unsere Nachbarin hat mich überredet hinzugehen. Sie meinte, es würde mir helfen, meine Gefühle zu sortieren, aber ich bin mir nicht mehr so sicher, ob ...«

»Geh hin. Geh zu der Feier. Deine Nachbarin, wer auch immer sie ist, hat recht. Du warst in den letzten Monaten nicht mehr du selbst. Geh, und finde dein Selbstbewusstsein, deinen Mut und deine Zuversicht wieder.«

Ich lächelte schief. »Ist das ein Befehl?«

»Allerdings.«

»Unter einer Bedingung, Solène. Versuch nicht noch mal, mich in deiner Kanzlei unterzubringen.«

Meine beste Freundin lachte. »Da hast du nur gesehen, was für Sorgen ich mir mittlerweile um dich mache.«

»Danke, Solène«, sagte ich warm. »Ich glaube, ich habe dir nie richtig dafür gedankt, dass du so felsenfest an meiner Seite stehst.«

»Aber dafür hat man doch beste Freundinnen, chérie!«, erwiderte Solène. »Geh morgen zum Château, und sprich dich mit Nicolas aus, wie auch immer es ausgeht, ich bin hier, um dich wieder zusammenzusetzen.«

Kapitel 24

Also blieb ich in Courléon. Den ganzen restlichen Nachmittag und den ganzen nächsten Tag, bis es langsam Abend und damit Zeit wurde, zum Schloss aufzubrechen. Bis kurz vor Abmarsch rückte ich immer wieder meine Bluse zurecht und strich über ein paar abstehende Haarsträhnen, um mich irgendwie abzulenken.

»Du siehst ja ganz bleich aus, mein Schatz«, stellte meine Mutter fest, als wir mit Papa im Schlepptau den Gasthof verließen.

»Ihr geht's gut.« Papa drückte hinter mir kurz meine Schulter.

»Élodie!« Wie aus dem Nichts kam ein Teenagerin mit hellblonden Haaren angeschossen, dicht gefolgt von einer hechelnden französischen Bulldogge.

Ein Lächeln glitt über meine Lippen. »Hallo, Alice.«

»Wie schön, dich wiederzusehen!« Alice verpasste mir links und rechts ein Küsschen.

»Sie kommt doch immer wieder zurück.« Hinter ihr erschien nun auch Claudine, das graue Haar wie immer zu einem Knoten zurückgesteckt. »Zum Glück.« Sie zwinkerte mir zu.

Nun zu fünft spazierten wir durch den herbstbunten Wald in Richtung Schloss, auch die anderen Bewohner von Courléon hatten sich zu kleinen Gruppen zusammengefunden, die aufgeregt miteinander tuschelten.

»… mir leid.«

»Was?«

Ich hatte gar nicht mitbekommen, dass Alice mit mir sprach.

»Ich habe nur gesagt, die Geschichte mit Paul tut mir leid«, wiederholte sie. »Was für ein unglaublicher Mistkerl.«

Ich zuckte mit den Achseln. »Es ist vorbei, nicht wahr? Und du hattest von Anfang an recht, lieber für Samantha Watts zu schwärmen.«

Alice grinste. »Ich weiß! Hast du das damals eigentlich mitbekommen? Sie hat auf Social Media eine Kampagne gegen Cyber-Mobbing gestartet und dafür plädiert, dich in Ruhe zu lassen.«

»Nein«, erwiderte ich überrascht. »Habe ich nicht …«

Schließlich durchschritten wir das offen stehende Tor zum Park und gingen auf das Schloss zu, wo sich bereits die Hälfte des Dorfes versammelt hatte. Die weißen Zelte und die Wohnwagen waren mittlerweile verschwunden, und so stand das Château wieder ganz wie in alten Zeiten vor uns.

»Kannst du schon einen der Montenaits sehen?«, fragte Papa meine Mutter.

»Nein …«

Ich hoffte nur, dass Guillaume nicht Nicolas in letzter Sekunde dazu gebracht hatte, das Ganze abzusagen. Einigen der anderen Anwesenden schien Ähnliches durch den Kopf zu gehen, denn beunruhigtes Gemurmel machte sich breit. In diesem Moment wurde das Schlosstor aufgeschoben. Guillaume de Montenait trat heraus, gefolgt von seinem Bruder Nicolas.

Er trug wie meistens eine etwas altmodische Hose aus festem Stoff und ein Hemd, während Guillaume in einem gut geschnittenen Anzug vor den Dorfbewohnern stand.

»Liebe Bewohner und Bewohnerinnen von Courléon!«, verkündete Nicolas in diesem Moment. »Ich freue mich wirklich sehr, dass so viele von ihnen …«

»Eigentlich alle«, flüsterte Alice mir zu.

»… unserer Einladung gefolgt sind. Meinem Bruder und mir ist bewusst, dass die Dreharbeiten im Schloss auch bei Ihnen im Dorf für einigen Trubel gesorgt haben. Als Dankeschön für Ihre Geduld und Aufgeschlossenheit …«

Ich hielt kurz Ausschau nach Monsieur Bernouille.

»… laden mein Bruder und ich sie daher sehr gerne heute Abend ins Schloss ein, um gemeinsam die Übertragung der Filmpremiere anzusehen.«

Höflicher Applaus erhob sich. Guillaume zog lediglich die Augenbrauen hoch.

»Wenn Sie mir nun alle nach drinnen folgen würden?«

Das ließen sich die Dorfbewohner nicht zweimal sagen. Kaum dass Nicolas das letzte Wort gesprochen hatte, drängten alle nach vorn, um das Château zu betreten. Ich hielt mich dabei weiterhin im Hintergrund. Noch war ich mir nicht mal sicher, ob Nicolas überhaupt mitbekommen hatte, dass ich zur Filmpremiere erschienen war.

Ich ließ mich einfach von der kleinen Menge ins Schloss hineinschieben. Schnell bemerkte ich, dass wir in den Ballsaal geführt wurden. Dort fiel mir als Erstes die große weiße Leinwand am anderen Ende auf. Davor waren mehrere Reihen bunt zusammengewürfelter Gartenstühle aus Plastik aufgestellt, die ein wenig verloren in dem sonst so pompösen Ballsaal aussahen. Am anderen Ende des Raumes entdeckte ich einen verkratzten Beamer, daran angeschlossen Nicolas' altersschwachen Laptop. Auf der rechten Seite, wo sich während der Dreharbeiten das Fake-Buffet befunden hatte, stand nun ein echtes kleines Buffet mit Sektgläsern.

»Nehmen Sie sich gerne alle schon etwas zu trinken, und suchen Sie sich einen Platz«, meldete sich Nicolas zu Wort. »Ich sehe unterdessen zu, dass ich die Übertragung zum Laufen bringe …«

»Passen Sie bitte auf, dabei nirgends anzustoßen!«, schickte Guillaume hinterher.

Ich konnte sehen, wie sich Monsieur Bernouille und ein anderer Landwirt vielsagende Blicke zuwarfen. Guillaume konnte froh sein, dass sich Fabienne gegen den Besuch der Premiere entschieden hatte.

Meine Aufmerksamkeit galt wieder Nicolas, der vor seinem Laptop am Boden kniete und angestrengt darauf herumtippte. Mit Erfolg, auf der großen weißen Leinwand – die ich mittlerweile als alte Bettlaken identifiziert hatte – flackerte es kurz, und plötzlich erschien dort das Bild einer aufgedonnerten Menschengruppe, die vor einer großen Plakatwand im Blitzlichtgewitter stand. Samantha erkannte man sofort an ihrer Haarfarbe und dem Schneewittchen-Teint, den sie durch ein fuchsrotes schulterfreies Abendkleid zur Geltung brachte.

»Sie sieht wunderschön aus«, hauchte Alice neben mir.

»Und glücklich.« Mir war als Erstes Samanthas gelöstes Lächeln aufgefallen. Am Set hatte man sie so selten gesehen.

Ich riss mich von der Projektion auf der Leinwand los und blickte zurück zum Beamer, genau in dem Moment, als Nicolas an seinem Laptop fertig wurde, sein Blick durch den Saal wanderte und meinen traf. Wir starrten einander an. Waren wirklich sechs Monate vergangen? Die Gefühle, die in diesem Moment in mir aufflammten, schienen nicht mal einen Tag alt zu sein. Ein kleines Lächeln zeichnete sich um Nicolas' Mundwinkel ab, und mein Herz machte einen Hüpfer.

In diesem Moment trat Guillaume neben ihn und klopfte

seinem Bruder auf die Schulter. Er flüsterte ihm etwas ins Ohr, und Nicolas riss sich von meinem Anblick los.

»Wenn Sie sich dann langsam alle bitte einen Sitzplatz suchen würden?«

Ich schluckte und sah wieder nach vorn zu den Sitzreihen, wo sich ein paar findige Dorfbewohner bereits die besten Plätze in der Mitte gesichert hatten. Mechanisch ging ich ebenfalls dorthin und ließ mich auf einen sonnengelben Plastikstuhl sinken.

»Ich glaube, er hat dich ebenso sehr vermisst.«

Ich zuckte zusammen. Durch meine Grübelei hatte ich überhaupt nicht gemerkt, dass sich Claudine neben mir niedergelassen hatte.

»Tatsächlich?«

Gerade als Claudine antworten wollte, drehte jemand den Ton lauter, und die Stimme von Pablo Domingo übertönte ihre Antwort, der einem Journalisten erklärte, warum sein neuer Film anders war als alles, was er bisher gedreht hatte. Mittlerweile hatten die meisten Besucher auf den Stühlen Platz genommen. Nicolas und Guillaume hielten sich allerdings weiterhin im Hintergrund.

Ich versuchte, mich auf die Übertragung zu konzentrieren, die abwechselnd zwischen den Filmdarstellern hin und her schaltete und kurze Ausschnitte aus dem Trailer zum Film zeigte. Es war ein merkwürdiges Gefühl, einen kleinen Teil der gezeigten Schauplätze aus dem eigenen Leben wiederzuerkennen. Gerade als ich darüber nachdachte, ob wohl auch Fabienne, die Kuh, es in den Trailer geschafft hatte, wurde er unterbrochen.

»Und hier kommt endlich die Person des Abends, auf die vor allem die weiblichen Fans gewartet haben!«, kommentierte eine grell geschminkte Journalistin. »Es ist niemand anderes als Paul Hamilton.«

Trotz der Vorwarnung biss ich mir unbehaglich auf die

Lippen, als Paul Hamilton überlebensgroß auf der Leinwand erschien. In einem schwarzen, perfekt geschnittenen Smoking schlenderte er über den roten Teppich.

»Paul! Paul!« Ein Journalist hielt ihm ein Mikro unter die Nase. »Gratuliere zu Ihrem ersten großen Film! Angeblich soll es ja am Set ... heiß hergegangen sein.«

»Alles, was ich dazu sagen kann, ist, dass ich mein Herz nicht leichtfertig verschenke«, erwiderte Paul und zwinkerte in die Kamera. »Schließlich besteht immer die Gefahr, dabei verletzt zu werden.«

»Mistkerl«, hörte ich Alice neben mir murmeln.

Mir wurde allmählich alles zu viel. Es hätte schon gereicht, in Nicolas' Nähe zu sein, der keinerlei Anstalten machte, mich anzusprechen. Aber auch noch den selbstgefällig grinsenden Paul Hamilton über den roten Teppich schreiten zu sehen, das war mehr, als ich ertragen konnte.

»Wo willst du hin?«, fragte Claudine, als ich aufstand und mich an ihr vorbeischob.

»Ich brauche kurz ein bisschen Luft ...«

Erst langsam, dann immer schneller durchquerte ich den Ballsaal, bis ich endlich draußen im kühlen Gang stand. Fröstelnd schlang ich die Arme um meinen Oberkörper, dann ging ich immer weiter, bis ich schließlich an einer kleinen Fensternische fernab vom Trubel angekommen war. Ich atmete tief aus und stützte die Hände an einem steinernen Vorsprung ab.

»Ich weiß, ich weiß, ich hatte Ihnen das Objekt schon früher versprochen, aber ich habe diese verdammte Filmcrew einfach nicht aus dem Schloss bekommen.«

Ich zuckte zusammen, als ich Guillaumes Stimme erkannte. Anscheinend war ich nicht die einzige Person, die sich klammheimlich von der Feier entfernt hatte. Vorsichtig folgte ich der Richtung, aus der ich die Stimme vernommen hatte, bis ich im Gang mit den Gemälden ankam. Guillaume stand dort, den Rücken mir zugewandt und das Handy am Ohr.

»Nein, nein, der Zustand hat sich nicht verschlechtert, wirklich nicht. Steht denn noch die Summe, die wir ausgemacht …? Ja? Okay, dann komme ich bald nach Paris, um die Verträge zu unterzeichnen. Ich weiß, dass es noch einen zweiten Erben gibt, aber um meinen jüngeren Bruder müssen wir uns keine Sorgen machen, den habe ich völlig in der Hand. Er wird ebenfalls unterschreiben, glauben Sie mir.« In diesem Moment drehte sich Guillaume vom Fenster weg. Ich versuchte noch, mich hinter die Biegung zurückzuziehen, aber zu spät.

»Ich rufe zurück, Marc.« Guillaume ließ langsam das Handy sinken und betrachtete mich kühl.

»Mademoiselle Vinet.«

»Ich wusste es.«

»Wussten was?«, fragte Guillaume und kam mir langsam entgegen.

»Sie waren derjenige, der versucht hat, die Dreharbeiten zu ruinieren! Und warum? Weil sie das Schloss verkaufen wollen?! Das ist der Plan, den Sie für das Erbe ihres Großvaters haben?«

»Hast du wirklich jemals angenommen, dieser heruntergekommene alte Kasten meines verschrobenen Großvaters würde mir etwas bedeuten? Ich habe keinerlei Interesse daran, irgendwo in der Provinz mit ein paar stumpfsinnigen Dorftrotteln als Gesellschaft zu versauern.«

»Nicolas wird niemals zulassen, dass Sie das Château verkaufen!«

Guillaume lachte.

»Wirklich? Du hast doch selbst gemerkt, wie weich mein armer kleiner Bruder ist. Er wird zustimmen und mir sogar seinen Anteil des Geldes zur Verwaltung überlassen, gutgläubig, wie er ist. Du siehst also …«, fuhr Guillaume mit einem wölfischen Lächeln fort, »du hattest dich von Anfang an an den völlig Falschen herangemacht.«

Ein eisiges Gefühl breitete sich in meinem Magen aus, als ich Guillaumes Atem auf meinem Gesicht spüren konnte. »Wie schade für dich, Élodie«, flüsterte er. »Im Gegensatz zu Nicolas habe ich nämlich Ahnung von dem, was ich tue.« Schon lagen seine Hände auf meinen Hüften. »Und hier kann uns niemand hören …«

Ich versuchte Guillaume gegen die Brust zu stoßen, doch der packte nur meine Handgelenke und lachte. »Darauf stehst du also? Na, das kannst du gerne haben …«

Verzweifelt schloss ich die Augen. Und hörte im nächsten Moment einen dumpfen Schlag. Guillaumes Hände lösten sich von mir. Verblüfft riss ich die Augen auf und erkannte Nicolas, der offensichtlich mit aller Macht seinen Bruder von mir weggestoßen hatte.

»Was zur Hölle tust du da?!«, schrie er. Nicolas versetzte Guillaume einen kräftigen Fausthieb, woraufhin der rückwärts auf dem Hintern landete. Guillaume wischte mit dem Handrücken über den blutenden Riss, der nun seine Unterlippe zierte. Er sah verblüfft aus.

»Was tust du denn, du hirnrissiger Idiot?«, rief er.

Nicolas schnaubte. »Etwas, was ich wahrscheinlich schon vor Jahren hätte tun sollen. Akzeptieren, was für ein Mensch du wirklich bist. Einer, der, ohne mit der Wimper zu zucken, das Leben anderer zerstört. Nur zu seinem eigenen Vorteil. Aber das ist jetzt vorbei. Ich habe alles mit angehört, euer ganzes Gespräch, also versuch gar nicht erst, mich wieder mit deinen Lügen einzuwickeln! Verschwinde von hier, Guillaume, ich will dich nie wieder im Château sehen! Du widerst mich an!«

»Und wie stellst du dir das vor?«, fragte sein Bruder höhnisch und rappelte sich auf. »Das Schloss gehört zur Hälfte auch mir.«

»Nicht, wenn ich dich ausbezahlen kann«, erwiderte Nicolas entschlossen. »Nimm das Geld von der Produktionsfirma. Nimm alles davon. Und im Gegenzug überlässt du mir das Château.«

»Du bist wirklich lustig«, antwortete Guillaume. »Aber gut, von mir aus. Gib mir das Geld, und das Schloss gehört dir allein. Ich überlasse es dir nicht, weil dein Vorschlag lukrativer für mich ist, sondern weil ich mich darauf freue, euch beide in diesem heruntergekommenen Kasten scheitern zu sehen. Von was wollt ihr es denn renovieren ohne die Film-Kohle? Luft und Liebe?«

»Das ist mir im Moment verdammt egal«, erwiderte Nicolas durch zusammengebissene Zähne. »Aber du kannst dich darauf verlassen, dass ich alles dafür tun würde, damit Élodie dich nie wieder sehen muss. Geh jetzt einfach, Guillaume. Verschwinde aus meinem Leben!«

Guillaume lächelte noch ein letztes Mal boshaft, dann klopfte er ein wenig Dreck von seinem Jackett und verließ den Gemäldegang. Krachend fiel die Tür hinter ihm zu.

»Élodie!« Ehe ich auch nur ein Wort sagen konnte, nahm Nicolas meine Hand. »Ich hätte niemals zulassen dürfen, dass mein Bruder einen Keil zwischen uns treibt.«

Ich versuchte erneut etwas zu sagen, doch Nicolas redete einfach weiter.

»Ich bin dir gefolgt, um mit dir zu reden, weil ich es einfach nicht länger ausgehalten habe. Ich liebe dich, Élodie. Ich liebe dich von ganzem Herzen, seit ich dich das erste Mal gesehen habe. Mein Leben war noch nie erfüllter als in den wenigen Wochen, die wir zusammen verbracht haben. Sechs Monate haben gereicht, um zu merken, dass mir dieses Schloss überhaupt nichts bedeutet, solange ich dich nicht sehen kann. Und darum lautet meine Frage an dich, kannst du mir verzeihen, Élodie Vinet? Verzeihst du mir, dass ich ein unglaublicher Hornochse und verblendeter Idiot war? Weil wenn nicht, weiß ich nicht, wie –«

Ich legte meine Hände an Nicolas' Wangen und küsste ihn. Er erwiderte den Kuss so leidenschaftlich, dass mir einen Moment die Luft wegblieb. Aber es kümmerte mich nicht. Ich wollte gar nicht, dass Nicolas mich jemals wieder losließ. Doch leider kam es doch irgendwann dazu, dass wir uns langsam voneinander lösten. Zärtlich strich Nicolas eine Haarsträhne aus meinem Gesicht.

»Ich fürchte, wir müssen allmählich zurück zum Fest«, sagte er. »Courléon fragt sich wahrscheinlich schon, was aus den Gastgebern geworden ist.«

»Das befürchte ich ebenfalls«, antwortete ich. »Wahrscheinlich teilen sie schon das Schloss unter sich auf.«

Nicolas lachte, und gemeinsam verließen wir die Gemälde-Galerie und kehrten zur Premierenfeier zurück.

Kaum dass wir den Raum betraten, drehten sich alle Anwesenden mit neugierigen Blicken zu uns.

»Die Feier kann weitergehen!«, verkündete Nicolas und hob kurz die Hand.

»Wo ist denn der andere Monsieur de Montenait?«, meldete sich einer der Bewohner aus Courléon zu Wort.

»Er hat sich soeben entschieden, das Château zu verlassen.« Nicolas warf mir einen kurzen Seitenblick zu und nahm dann meine Hand. »Und er kommt nicht wieder.«

Daraufhin herrschte einige Sekunden verblüffte Stille, dann begann jemand zu klatschen. Claudine stand von ihrem Stuhl auf und applaudierte, Alice fiel mit ein, mein Vater, meine Mutter, Monsieur Bernouille, und kurz darauf entbrannte im ganzen Raum begeisterter Applaus. Und ich konnte in diesem Moment nicht anders, als zu lachen und in Tränen auszubrechen.

Niemand, wirklich niemand – nicht einmal Alice – interessierte sich in den nächsten zwei Stunden mehr für den Film, der an die Wand projiziert wurde. Alle waren damit beschäftigt, Nicolas und mir zu versichern, was für ein wunderbares

Paar wir abgaben, wie schön es doch war, dass das Schloss nun endlich richtig zum Dorf gehörte und man selbstverständlich alles Menschenmögliche tun würde, um bei der Renovierung zu helfen. Hauptsache, niemand musste Guillaume de Montenait jemals wiedersehen. Nicolas ließ währenddessen meine Hand kein einziges Mal los.

Wir bemerkten erst, wie spät es eigentlich geworden war, als der Abspann des Films über die Leinwand flackerte und die schwache Beleuchtung kaum noch ausreichte, um die vielen Menschen auseinanderzuhalten, die sich nacheinander von Nicolas verabschiedeten. Es wurden noch einmal kräftig Hände geschüttelt und Küsse auf Wangen verteilt, besonders Maman musste Nicolas mehrmals an sich drücken, bis sie uns beiden zuwinkte und mit Papa den Rückweg antrat.

»Ich komme später nach!«, rief ich ihnen hinterher.

»Lass dir Zeit«, erwiderte meine Mutter und zwinkerte mir zu. Und dann, endlich, blieben nur noch Nicolas und ich im Ballsaal zurück.

»Bist du dir denn sicher, dass du das wirklich willst?«, fragte ich ihn. »Ein Schloss ganz allein wieder auf Vordermann bringen?«

»Hättest du mich das vor ein paar Tagen noch gefragt«, Nicolas schlang seinen Arm um meine Taille, »hätte ich mit Sicherheit Nein gesagt. Aber jetzt …« Er gab mir einen Kuss aufs Haar. »Jetzt bin ich ja nicht mehr alleine, nicht wahr?«

Ich drehte mich zu Nicolas um, und wir küssten uns. Lange und innig, wie jeder Kuss zwischen zwei Menschen sein sollte, die verrückt nacheinander waren.

Als wir uns schließlich voneinander lösten, standen wir Stirn an Stirn im Ballsaal des Châteaus von Courléon. Zwar mit ungewisser Zukunft, aber der festen Absicht, sie gemeinsam anzugehen.

FIN

Ein kleines Café zum Verlieben

Barbara Erlenkamp
DAS KLEINE CAFÉ
AN DER MÜHLE
Roman

288 Seiten
ISBN 978-3-404-17956-5

Der plötzliche Tod ihrer lieben Tante Dotti zieht Sophie den Boden unter den Füßen weg. Aber Dotti hatte einen Plan – und so findet sich Sophie plötzlich in einem verschlafenen Dorf zwischen Rhein und Mosel wieder. Dort steht sie vor ihrem Erbe: einem maroden Mühlencafé. Doch Sophie erbt nur, wenn sie das Café weiterführt. Trotz aller Widrigkeiten und mit viel Einsatz bringt sie das Café auf Vordermann. Die eigenwilligen Dorfbewohner sind ihr dabei keine große Hilfe. Aber zum Glück ist da ja noch ihr Nachbar Peter, Single und gutaussehend ...

Lübbe

Ein Neuanfang zwischen Moseltal und Weinbergen

Barbara Erlenkamp
DIE KLEINE PENSION
IM WEINBERG

288 Seiten
ISBN 978-3-404-19254-0

Katie ist eine wahre Weltenbummlerin. Doch vor Kurzem hat sie an der Mosel einen Gutshof inmitten von Weinbergen erworben und in dem alten Gebäude die kleine Pension »Gutshof Moselthal« eröffnet. Weder die Wünsche der Gäste noch die manchmal recht eigenwilligen aber stets liebenswerten Dorfbewohner von Wümmerscheid-Sollensbach können Katie aus der Ruhe bringen. Zu ihrem Glück fehlt eigentlich nur noch ein eigener Garten. Die passende Fläche hat sie schnell gefunden, aber sie hat die Rechnung ohne den benachbarten Winzer Oliver gemacht. Denn der legt Katie nicht nur so manche Steine in den Weg, sondern trifft sie auch mitten ins Herz ...

Lübbe

Vom Zauber der Bücher und der Liebe

Jana Schikorra
DIE KLEINE BÜCHEREI
DER HERZEN
Ausgezeichnet mit dem
Lovelybooks Community
Award

352 Seiten
ISBN 978-3-404-19274-8

Katherine erbt eine kleine Bücherei in der irischen Kleinstadt Howth. Die liebenswerten Dorfbewohner wünschen sich sehnlichst, dass Kate die Bücherei wieder eröffnet. Den Grund dafür findet sie zwischen den Seiten der Bücher: Briefe der Dorfbewohner. Was immer sie beschäftigt, aufwühlt oder glücklich macht, dort kann sich jeder seine Gedanken von der Seele schreiben und in seinen Lieblingsbüchern verstecken. Während Kate noch mit sich hadert, ob sie in Howth bleiben und dieses besondere Erbe fortführen will, trifft sie auf Cadan. Der charmante Fotograf bahnt sich schnell einen Weg in ihr Herz, und bald hat Kate mehr als nur einen Grund, um in Irland zu bleiben ...

Lübbe

An der Ostsee wartet dein Glück

Kerstin Garde
DER KLEINE
TRÖDELLADEN IM
LÖWENSTEG
Ostsee-Liebesroman

272 Seiten
ISBN 978-3-404-19257-1

Stellas Leben gerät aus den Fugen, als ihre Oma überraschend stirbt – und sie deren Trödelgeschäft im Löwensteg in Travemünde erbt: Ein Laden voll mit zauberhaftem Klimbim. Obwohl das Geschäft seit Jahren keinen Gewinn mehr macht, bringt Stella es nicht übers Herz, es zu verkaufen. Also beginnt sie, den Laden gemeinsam mit ihrer Schwester Emilie auf Vordermann zu bringen. Unterstützt werden die beiden dabei nicht nur von den Löwensteg-Bewohnern, sondern auch vom sympathischen Sam. Noch ahnt Stella nicht, welche Schwierigkeiten die Renovierung mit sich bringen wird. Und ihr Herz schlägt immer verdächtig laut, wenn Sam in ihrer Nähe ist.

Lübbe

Eine junge Frau, das Gestüt ihrer Träume und eine verbotene Liebe, die alles ins Wanken bringt

Frieda Radlof
GUT ROSENTHAL - DAS
GESTÜT IN POMMERN

336 Seiten
ISBN 978-3-404-18981-6

Pommern, 1886. Charlotte liebt das Abenteuer, ihre wilde Stute und das raue Land ihrer Heimat. Der Graf von Eichberg, den sie heiraten soll, lebt auf einem der prächtigsten Gestüte in Pommern: Gut Rosenthal. Lotte will ihrer Rolle als Gutsherrin gerecht werden, doch die Zuneigung ihres Mannes zu erwidern fällt ihr schwer. Sie vermisst ihr Pferd, die Freiheit im Sattel und das Drängen ihres Mannes nach einem Erben setzt ihr zu. Sie sucht Ablenkung in den Ställen – und trifft Johann, den Stallmeister. Mit ihm erlebt sie eine nie gekannte Verbundenheit. Mehr als sehnsüchtige Blicke sind undenkbar, erst recht, als Lotte endlich ein Kind erwartet. Aber was ist mit ihrem eigenen Glück?

Lübbe

Ein Roman voller Liebe und sommerlichem Blumenduft in einer kleinen Gärtnerei

Jana Schikorra
HIBISKUSTRÄUME
IN DER BRETAGNE
Ein Roman voller Liebe
und sommerlichem
Blumenduft in einer
kleinen Gärtnerei

ISBN 978-3-7413-0380-7

Während ihrer Reise durch die sommerliche Bretagne strandet Alicia im kleinen Rochefort-en-Terre. Sie ist sofort verzaubert von den Bewohnern und deren einzigartigen Geschichten. Dabei sticht vor allem Théo heraus, der Besitzer einer Gärtnerei mit einem besonderen Konzept: Blumensamen können im Hinterhof gepflanzt werden, und wer anderen eine Freude machen will, kann eine gediehene Pflanze verschenken. Alicia ist fasziniert von dem attraktiven Franzosen und seinem Laden. Doch der steht kurz vor dem finanziellen Ruin. Mit ihrer Aktion zur Rettung der Gärtnerei ruft Alicia allerdings Erinnerungen in Théo wach, die er lieber verdrängen wollte …